漢文脈の近代

清末＝明治の文学圏

齋藤希史──著
Mareshi Saito

名古屋大学出版会

はじめに

『漢文脈の近代』という書名には注釈が要りそうだ。一般に「漢文脈」と言えば、それは「和文脈」に対して言うのであり、その「脈」の発するところは、「和文」に対比された「漢文」である。けれども、本書が念頭に置いている「漢文」は、ただ日本において読み書きされた漢字による文語文を考えているのではない。近代以前の中国を起点に東アジア全体に流通した漢字による文語文をひとまず「漢文」とし、それを原点として展開したécriture――書かれたことば――の圏域を、「漢文脈」として捉えようとするのである。

ひとまず、と言うのは、それを「中国古典文」と呼ぶことも可能だし、「支那文」という呼び方もかつてはあったからだ。「漢文」と言うと、日本語として訓読することを前提としているかのように伝わってしまう懸念は確かにあるし、また、「漢文」はあくまで中国語なのだから「中国古典文」と呼ぶべきだという考えも承知している。けれども、「漢文」というécritureの可能性は、東アジアにおける地域の諸語を越えて展開したところにあるのであって、それが日本語か中国語かなどという議論は、書かれたことばが書かれたことばとして持つ可能性を、統一された国家の音声によって扼殺しようとすることにすらなりかねない。従って、ここに「漢文」と言うのも、中華世界の礎石たることをそのまま示す「中国古典文」なる呼称よりも、その世界の辺境において流通した「漢文」の呼称を敢えて選んだ、ということなのであって、決して日本語としての漢文の謂ではない。反対に、その越境性に重心を置いているのである。

本書が主題とするのは、十九世紀後半から二十世紀にかけて、かつてないほど相互に交通し作用しあった日本と中国において起きたécritureの変容である。書かれたことばの個別の変化であると同時に、そのしくみの変化、さらには、書かれたことばに対する認識の変化が、考察の対象となる。この時期、中国大陸東部と日本列島とは、言説の空間としても、出版物の空間としても、密接な結びつきを見せていた。その結びつきによって構成された歴史的時空について、本書では清末＝明治（期）と呼ぶこととする。一国の史的区分において用いられる呼称を繋げることで、新たな視野へのルートを拓こうとするのである。また、écritureの変容が表現の問題として意識され、書き手と読み手が相互に作用しあった場として、「文学圏」ということばを――近代以前の「文学」とも以後のそれとも関わらせて――用意したい。本書は「文学」について語る書物でもあるが、それはあたうかぎり書くことと読むことの場に即して語られるべきだと考えているからである。

全体は四つの部に分かれる。いま、それぞれに即して述べることとしよう。

第Ⅰ部「〈支那〉と〈日本〉」は、日本における国民国家意識の確立と〈支那〉を外部に析出した文学史テクストの成立とが密接に関わっていること、さらに〈支那〉という呼称自体がそれを準備していたことについて述べる。écritureの歴史を語る言説を分析することで、その国籍づけが行われた過程をたどる試みでもある。今日、間断なく市場に供給されているように見える漢字・漢語・漢文を語る言説において、「漢文」は日本語か中国語か、とまるで必然の問いのように繰り返すのを目にするのは、決して珍しいことではない。それは、われわれが歴史的な存在として否応なしに国民国家の枠組みのうちにあることを示してもいる。本書の視角がそれを相対化し、新たな可能性を見出そうとするものである以上、国籍づけの過程をたどる作業は必要であろう。

とはいえ、粗雑で惰性的な国民国家論の再生産は避けねばならない。清末＝明治期に書かれたテクストを取り上げて、その国民国家意識を指摘すること自体は、さして難しいことではない。伝統が発見されたり古典が創造されたりということについて、われわれはいささか食傷気味ですらある。

あたうかぎりテクストに即し、結論を閉じないこと。細部のベクトルの多様性を見定め、一つのベクトルが特権化していくメカニズムを叙述すること。テクストを単一において理解するのでなく、複数のテクストの間において理解すること。第1章において、三上参次・高津鍬三郎『日本文学史』を起点ではなく結節点として論じるのは、こうした留意による。その意味で、第I部は本書全体の議論の準備運動的な側面も持っている。

第II部「梁啓超と近代文学」は、清末を代表する知識人である梁啓超の小説論を中心に論じる。あるいは、梁啓超がなぜ清末を代表する知識人であり得るのか、その小説論から論じる、と言ってもいい。近代のカテゴリーでは詩文も小説もともに〈文学〉に属するが、伝統中国においては、詩文と小説が同一のカテゴリーに属することはなく、あるいは金聖嘆のように同列に論じたとしても、あくまでそれは次元を異にするものを同列に論じる妙手としてであった。しばしば誤解されるように詩文が中心にあり小説が周縁に位置するということではない。中心と周縁という対は、両者が交換可能な同一地平上にあることを暗示する。詩文と小説は地平を異にしていたのである。梁啓超は、伝統中国の教育を受け、いわば詩文の地平を足場とした知識人であったが、戊戌変法の失敗のために日本への亡命を余儀なくされる中、日本の政治小説を手がかりに新小説を提唱し、それによって、小説の地平に新たな秩序を打ち立て、〈文学〉概念の組み替えを図った。機軸として導入されたのは国民と進化という概念であり、雑誌というメディアがその基盤となった。そのメディアを舞台に、梁啓超は清末を代表する知識人となった。舞台では、日本の政治小説が翻訳され、梁自身による小説が執筆され、小説の批評が展開された。

この問題は、明治期文学思想の梁啓超への影響、梁啓超を媒介とした中国における近代文学思想の受容、などという論題で述べることもおそらく可能であろうが、本書はそうした影響や受容という捉え方をしない。梁啓超が明治日本の言説を参照しながら新しい小説論を構築し得たのは、それを可能にする文脈が存在していたからなのであり、本書はそこにこそ注目すべきだと考えているからである。あらかじめ受動的立場を前提とするような影響や受容という捉え方では、その文脈に目を凝らすことは難しい。能動と受動の二項が成立するのはあくまでその関係性においてであって、梁啓超が媒介であるなら、その登場によって初めて二項が二項として現れたのであり、つまりそれによって初めて日本が発信者としての位置に立ったのである。まして梁啓超は媒介たることにきわめて長じた知識人であった。そのことは、第4章で彼とその周辺知識人による伝統小説再評価の言説を検討し、第5章で彼の言語意識の重層性を分析することで、よりはっきり認識されるであろう。

第I部と第II部が、いわばécritureを秩序立てようとする言説についておもに述べたのに対し、第6章から第9章までの第III部「清末＝明治の漢文脈」は、個別écritureの分析へと向かう。本書の核を為す部分である。

『佳人之奇遇』と『経国美談』という二つの政治小説は、梁啓超ら清末の知識人によって翻訳されることで、日本という国の枠に留まらない翻訳可能性を獲得することになったのだが、その核心については、必ずしも明確にされてはこなかった。政治小説が、中国伝統詩文や白話小説の措辞や構成の組み替えとして成立していること、梁啓超らの翻訳がさらにそれを組み替えることで清末の表現空間に流通させたことを、それぞれのことばに即してたどり、政治小説を近代における漢文脈の一つの可能性として見ようというのが、第6章のねらいである。第7章はそれを受けて、『経国美談』の嫡子として登場した『浮城物語』について論じる。新聞小説としてあらわれた『浮城物語』は、自らを新聞というメディアに適合させ、読者とことばを共有しようとする志向を強く持った小説であり、坪内逍遥らの求めた「純然たる文学的小説」とは異なった領域を拓こうとしていたが、新聞紙面から抜け出して、序跋を付した単行本として出版されると、その〈非文学性〉が非難され、論争を巻き起こすことになる。結局、政治小説と同様、『浮城物語』もまた、近代文学史の主流として語られないことになるのだが、それは、「純然たる文学的小説」が小説の通俗性啓蒙性を排除することで成立していったことを示してもいよう。

第8章では、さらに漢文脈のありかを探るため、明治の游記を論じる。游記、すなわち紀行文は漢文脈において伝統的なジャンルだが、海外渡航という題材の拡大も加わって、明治期になると様々なヴァリエーションを見せ、多くの游記が書かれるようになる。学校作文においても、游記はまとまった文章を書くためのレッスンとしてうってつけであった。écriture の基礎は、近世までは手紙文を書くことで習得されたのであったが、近代以降は紀行文が次第にその地位を脅かす。従来になかった表現への摸索も始められる。つまり、游記の隆盛は明治文学の一つの特徴と言ってもよいものなのだが、伝統文学の世界と直結しやすいためか、近代文学の一ジャンルとして注意されることは少ない。もちろん、個別の作家論において、作家の経験の裏書き、作家の視線の固有性の証し等々として提示されることは珍しくないが、それは所詮、游記というジャンルの持つ可能性を作家という存在に分断して回収するだけであり、見えてくるものも自ずと限られてくる。近代における漢文脈の摸索がこのジャンルに特徴的に現れていることに着目すれば、游記の分析はむしろ中心的な課題として浮かび上がってくるはずである。

第9章は、明治文学における漢文脈のもう一つの中心的な課題である翻訳について、森田思軒に即して論じる。思軒の翻訳は一般に漢文調欧文直訳体あるいは周密文体と理解されているが、その内実については、まだまだ検討の餘地がある。漢学の素養のみでその漢文調を説明するのはあまりに皮相だし、翻訳文体の変化にも着目する必要がある。じつのところ、思軒の翻訳は、翻訳不可能性のジレンマとの格闘であり、その格闘の跡が訳文の其処彼処に見出せるのである。西洋と東洋の距離の自覚による困難、漢文を中国のものと見なすことによってもたらされる困難。明治二十五年ごろまでの翻訳は、自らの言語に安住しきれない緊張感が全体を律していると言ってもよい。思軒はその困難の解決を、和習を意に介せず漢文で『日本外史』を書いた頼山陽を肯定していくことで乗り越えようとする。それは思軒自らが新しい漢文脈を拓こうとした瞬間であった。惜しくも、ほどなく思軒は急死し、その充分な展開を見ることはできないが、思軒の可能性の一端は、明治二十九年以降の翻訳に示されている。

第Ⅳ部「今体文のメディア」は第10章と第11章から成り、明治期に広く流通した漢文訓読体の文章と、その作文教育について論じる。それは漢文脈の大衆化であり近代化であった。まず、第10章では、明治十年代から大量に出現した、訓読体漢字仮名交り文の作文書について述べる。この文体は当時は普通文や今体文などとも呼ばれ、新聞、法律、公文書、教科書など、公式の場の文体として広く用いられたが、第8章でも取り上げたように、学校の作文においても、それまでの候文や漢文に代わって学習の中心となった。定型を学び常套句を駆使し、テーマ毎に分類された模範文例集によって作文能力を身につける。近世までなら文章の主題によって文体は自ずと変わったものだが、明治今体文は基本的にジャンルを選ばない。いわば、あらゆる事象を表現しうる万能の文体であった。そしてこの文体を学ぶメディアとして登場した作文書は、その書物のすがたも、銅版印刷という明治らしい新しさに溢れていた。振り仮名を多用する漢文脈の文体は、この銅版印刷ときわめて相性がよかったのである。

さらに、第11章では、当時の作文雑誌『学庭拾芳録』『穎才新誌』とそこに掲載された文章について述べる。学校の課題作文のうちから優秀なものを選んで掲載することから始まった両誌だが、個人の名誉への欲望を刺戟した『穎才新誌』が圧倒的に強く、学校ごとの試験答案の転載に過ぎなかった『学庭拾芳録』はほどなく廃刊となる。『穎才新誌』においては、作文以外の投書も活潑で、作文の盗作を暴いたり誌面や投稿者批判を述べたりするものも少なくなかった。そうやって構成された誌面には、定型を駆使した漢文脈への同化と反発が少年たちの名と実への欲望を伴って現れていたが、これこそ、次代における漢文脈の命運を暗示していたのである。

終章は、第Ⅰ部から第Ⅳ部までと内容をやや異にして、一人の西洋人、すなわちアーネスト・フェノロサの目から見た漢字について述べる。それは西洋と東洋の総合を果たそうと欲した西洋人の視線であり、漢字を東洋を象徴するものと見なし、その魂を手に入れようと欲した西洋人の視線である。その視線はやがて東洋の内部にも取り込まれ、その時、漢文脈は新たなすがたを見せるであろう。この章を終章として置くのは、そうした問題への通路を開くことで本書の結びとしたいからである。

以上、本書の構成に即してその内容をおおまかに述べた。それぞれの章は、書き下ろしの第9章を除いて、もともとこの構成を念頭において書かれたものではなく、その時々の関心と紙幅の都合が優先されている。一冊の書物とするにあたって、体裁の統一のみならず、必要な加筆と訂正をおこない、それがやや多くなった章もあるが、それぞれの文章の論旨や力点を動かすことはしなかった。微妙に異なる志向が併存していることは、むしろ歓迎すべきことだと考えている。

文章が書かれた順番から言えば、第6章「小説の冒険」が最も早く、これが本書のいわば臍にもなっている。ここを起点として、梁啓超の側へ展開したのが第II部、さらに第I部であり、政治小説から明治の漢文脈へと展開したのが第III部、そして第IV部となる。表記についての原則は以下の通りである。

- 本文・引用文ともに、漢字は通行の字体を用いたが、藝・餘・辨などは例外とした。また、第6章のみ、初出時の形態を尊重して、引用文の字体を改めなかった。
- 引用者による注記は［ ］で示し、中略は［…］で示した。必要な場合に限り、前略、後略を同様に示した。
- 句読点がない、もしくは句点と読点が区別されていない漢文（中国文）を引用する場合、必要に応じて通行の句読点を施した。
- 訓点と送り仮名を付された漢文を書き下す場合、原文にない送り仮名を補うときは［ ］で示した。

「漢文脈」という概念によって、本書で述べたような問題群を俯瞰しようとするのは、おそらく初めての試みであろう。それが成功しているかどうかは読者の判断に委ねるしかないが、本書の関心をいくらかなりとも共有していただければ、著者としてはこれにまさる喜びはない。

目次

第Ⅰ部　〈支那〉と〈日本〉

第1章　文学史の近代
――和漢から東亜へ――

〈文学〉の近代が始まる上で、〈文学史〉と名づけられたテクストが大きな役割を果たしたことは、事新しく言うまでもないことかもしれない。伝統を構成しなおし、その〈国〉が他の〈国〉と際立つことを示すためのものとして編み上げる行為の、その中心に〈文学史〉は位置している。その行為こそ、つまりナショナリゼーションであり、近代を特徴づける重要な指標である。もちろん、〈文学〉における近代を示す指標には、さまざまな概念が取り上げられてきた。「言文一致」「近代的自我」、あるいは「内面」「風景」など、枚挙に暇がない[1]。このことは、近代という概念の複雑さを示していると見てもよいけれども、その便利さ安直さを示すものとも言える。ことに、文化史的文脈において用いられる〈近代〉は、あまりに融通無碍に過ぎるのではないか。ここで近代の指標をナショナリゼーションに置くのは、そうした融通無碍さに対し、近代を歴史的に生成されたメカニズムの一つとして、その輪郭を明確にしておきたいからであり、そうすることで、日本における〈文学〉そして〈文学史〉の出現が、東アジア全体の〈近代化〉において重要な機能を果たしていることが理解されるからである。

周知のように、そもそも〈文学〉ということば自体、十九世紀日本という時空で大きくその意味を変容させている。ごく大雑把には、中国由来の語として、今日で言う学問もしくは人文学全体を指していたものが、明治以降はliteratureの翻訳語としての意味が強まり、詩や小説など狭義の文藝を指すものへと傾斜していった、というのが大方の一致するところだろうし、わかりやすい見取図でもあろう。たんに意味範囲の変動が起きただけでなく、literatureという概念が、それに沿わされた〈文学〉ということばとともに、新たな領域を生成し、同時に他の諸領域と新たな関係を結びはじめたのである。そして〈文学〉なる領域の形成は、近代メカニズムの指標的機能であるナショナリゼーションと不可分であったし、それを支えもし具現もしたのが〈文学史〉というテクストであった。ただし、こうした見取図は、やはり見取図でしかない。重要なことは、実際にそれらのテクストに即して、どのようなベクトルが錯綜しあい、それがどのように機能しているかを見定めることであろう。

日本における近代的文学史の形成を語るとき、その創始としてまっさきにあげられる三上参次・高津鍬三郎『日本文学史』（金港堂、一八九〇）ひとつをとってみても、それがどのような過程を経て最初の〈文学史〉となったかについて、くわしく論じたものはない[2]。ここでは、まず近代日本における〈文学史〉の成立について、三上・高津『日本文学史』を、起源でなく、ひとつの帰結として考察することから始めよう。それは、幕末から明治にかけて起こった〈和漢〉の解体と〈国文学〉――そして〈支那文学〉――の発見とそのメカニズムを跡づける作業の入口となるだろう。

一　〈文学史〉の始まり

芳賀矢一『国文学史十講』（冨山房、一八九九）は、自ら文学史を語りはじめるにさいし、まず先行する文学史をざっと並べてみせる。

日本文学史と云ふことは、近頃段々人がいふやうになり、著述も追々現はれて来ました。明治十七八年の頃史学協会の雑誌に、栗田、木村などの先生達が文学史を書かれたのを見ましたが、纏まつた書物となつて、現れたのは三上参次、高津鍬三郎両君の日本文学史が第一です。それから又同じ人が少しくそれを簡略にして日本文学小史と云ふものを書かれ、小中村義象、増田于信両君が日本文学史とか云ふものを書かれ其後に大和田建樹君が和文学史といふものを書かれました。其外には鈴木弘恭君の日本文学史略と云ふものがあり、新保磐次君の中学国文史、今泉定介君の日本文学小史と云ふものも出て居るさうであります。[3]

挙げられた書目のうち発行年を確認できたものを時系列でならべれば、三上・高津『日本文学史』（一八九〇・十一）、小中村（池部）・増田『中等教育日本文学史』（一八九二・九）、大和田『和文学史』（一八九二・十一）、鈴木『新撰日本文学史略』（一八九二・十二）、三上・高津『日本文学小史』（一八九三）、新保『中学国文史』（一八九五・十二）となる。三上・高津の『日本文学史』が世に出てから、文学史の名を冠した書物がそれこそ雨後の筍のように現れ、よく売れたことがわかる。さらに芳賀は、「昔からの歌学の書物や、文章を論した書物は皆文学史の一部分と見てよろしいのです[4]」とも言うが、これは文学史が近代に特有のものであることに話し手が無自覚であったことの証左である以上に、これこそが、〈文学史〉というあらたに導入された観念が、過去のテクストを現在へと発展的に収斂するものとして包摂し回収しようとする視線を放つことを、端的に示しているのである。この視線によって、数多のテクストが、文学史を構成する〈文学作品〉として編成されるのであり、さらに歌学が「文学史の一部分」とされるのも、もちろんその視線の増幅によってである。いま書かれている〈文学史〉すらも、歴史を構成するテクストとなる。あらゆるテクストを過程としての歴史のなかに位置づけること。〈文学史〉的視線とはそのようなものであるし、本書すらもその磁場から完全に離脱しているとは言えまい。では、ここに挙げられたなかでもっとも早くに文学史を標傍した史学協会の「文学史」とは、いかなるものか。

明治政府の修史館が重野安繹らの漢学者によって占められたのに対抗し、一八八三年、小中村清矩ら国学派は史学協会を結成して反修史館勢力の拡大を図る。『史学協会雑誌』はその機関紙として同年七月からおおむね月一回、いま確認されるかぎり第三十四号まで刊行された。修史館が漢文による官撰編年史の編纂をくわだてたことを、史学協会は「本邦ノ歴史ハ佗ノ国語ヲ以テ自国ノ現状ヲ写スハ不体裁ナリ」と非難し、『神皇正統記』を手本に「文体精神共ニ之レニ倣ヒ国語ヲ以テ国事ヲ記」さんとしたのだが、[5] 実際にその相互の作業報告の媒体となったのが、この『史学協会雑誌』だった。毎号の扉には編者識としてこの雑誌の使命を「本会ニ於テ我カ建国ノ体裁ヲ存スル史典ヲ編輯スルニ当リテ之レカ参考ニ供セシムカ為ニ史料ト為ル可キ者又ハ歴史上ニ関スル事実ヲ講説シタル者ハ悉ク登録スルニ在リ」と言い、さらにその「各種史料ノ綱領」を「開闢史　星学史　地理史　神祇史　朝綱史　職官史　封建史　郡県史　言語史　文学史　音楽史　法律史　制度史　典礼史　車服史　兵制史　兵器史　食貨史　農業史　商業史　工業史　美術史　風俗史　人種史　医術史　数学史　外交史　仏教史」の二十八種に分かつ。一見してわかるように、「職官」や「食貨」のように中国の史書に「志」として立てられる項目もあれば、「美術」や「人種」のように明治という時代であればこその項目もある。もっともここに挙げられた項目は、結局その一部分のみについて史料が提示されたのみであり、ついにその壮大な企図は達せられなかったのだが、その中にあって「文学史」は、「講説」の提供者も一人にはとどまらず、これら二十八種の「史」のなかでは熱心に語られているほうだと言ってよいだろう。

『史学協会雑誌』第二号より断続的に掲載されたその「文学史」は、小杉榲邨の演説を筆録したものだが、予想されるごとく、今日いう文学史とはいささか趣きを異にしている。「我邦文学ノ起源沿革ヲ述ントスルニハ。先ツ之ヲ大別シテ。字《ノ》説文《ノ》説学《ノ》説ト三ツニ部分シ。サテ其《ノ》字ノ一部ニ。太古文字ト云モノ、有無ノ論ヨリ。仮字《カナ》ト云モノ。片カナ。ヒラガナハモトヨリ。」と書き出されるのを見れば、それが littélature ではなく écriture にかかわる「学」であることは明らかだ。むろん littélature がそもそもは lettre に起源を発することを考えれば、ここに言う「文学」もただしく littélature（literature）の訳語であると言えなくもないが、注目したいのは、「字」「文」「学」の三層をもって「文学」となす、いわば écriture の起源論を内包した構造的把握である。いったい近代以前における〈文学〉という概念については、例えばたんに『論語』などを引いて文章博学の意であったとすませてしまうなどというわけにはいかないのであって、中国においてであれ日本においてであれ、この語を用いるそのときどきにおかれる力点の差にはやはり留意せねばならない。また、本章の冒頭で述べたように、文学という語は近代以前においては人文学全体を指していたとしばしば言われるのだが、その概括はあくまで近代の側からなされていることは、忘れるわけにはいかない。

ともあれ、ここで小杉が提示している「字」「文」「学」の範囲はあまりに広大である。いま「文」について見れば、「古文。祝詞。宣命ノ類ヲハジメ。物語。紀行。消息ノ諸体。或ハ漢文。詔勅ハモトヨリ。記録日記。和文ナド云文章ノ諸体。或ハ詩歌ノ類ニモ及ボシ」などとジャンルをほとんど問わず、書かれたものなら何でもとりこもうとするかのごとくであるし、「学」もまた、「歴史学。典故学ト云モノヲ始メ。明経。紀伝。明法等ノ諸道。及ヒ儒学。音韻学。或ハ大学寮ノ職掌。生徒ノ修業科試等ヨリ。其寮ノ沿革。マタ国学ノ盛衰ニ至リ。ナホ算学。書学。画学ヲモ」とまで領域を拡げておよそとどまるところを知らない。そしてこういった文学観念はやはり小杉の独創にかかるものではない。その叙述が「簡便巨細ノ二書ニ拠テ」「今其ノ二書ノ説明ヲ折衷シ」たものだと小杉自身が明言するごとく、そこに挙げられた二つの書物、すなわち『文教温故』（一八二八）と『文藝類纂』（一八七八）にそれは依拠したものなのであった。

好古博学の江戸の国学者山崎美成による『文教温故』は、「文学」「学校」「経籍」「訓点」「読法」「文字」「文章」

「詩賦」「和歌」「印板」の十項目を立てて「文教」の歴史を説く。この「文教」は小杉「文学史」の〈文学〉に比べると「算学」や「暦学」を含まないなどの点で、その範囲はいささか狭い。ちなみに『文教温故』が項目として立てる「文学」は、「学規」「大小経」にはじまって「程朱学」「新旧二義」でしめくくられるように、ほぼ儒学にかかわる事柄で埋められているのだが、この書物全体が、唐土の随筆に似て必ずしも系統だてて論じられたものではないため、その「文学」の輪郭もいささかぼやけがちであることは否めない。ともあれ、上下あわせて八十丁ほどの紙幅に「文教」について初学の者がまず押さえておくべき知識を詰めこんだこの書物はだいぶ重宝されたと見え、明治三十年には七十年の時を隔てて再版されてすらいる。

『文教温故』とともに挙げられた榊原芳野の『文藝類纂』は、『文教温故』からちょうど五十年、明治十一年に文部省によって刊行された全八巻にわたる大冊である。その「例言」に「全部分ちて三志とす字文学是なり末附する に文具志を以てす」と言うように、小杉「文学史」の「字」「文」「学」は直接はここに由来する。「字」「文」「学」の包括する領域もほぼ同じである。例えば小杉がはじめに神代文字を論じてそれが後世に作られたものであることを証することなども、そのまま『文藝類纂』を襲ったものだ。自身が言う以上に、『文藝類纂』に一篇の「史」としての体裁を与えて纏めようとしたのが小杉の「文学史」であったとすら言えるだろう。

『文教温故』の叙述がいかにも箚記風であったのに比して、『文藝類纂』は字・文・学という大枠を構えたうえで、「文志」であれば、「文章沿革論」「文章分体原始図」「文章諸体」「歌志」「漢文伝来」「漢文に属する諸体」の項目を立て、そのうち「文章諸体」「歌志」「漢文に属する諸体」にはさらに細目を設けるなど、記述は分類意識にもとづいて詳細である。文部大書記官西村茂樹は序を記して、この書が「頃《さきご》ろ本省榊原芳埜に命じ。本邦文藝事を類纂せし」（原漢文、以下同）めたものであり、「引証詳確。叙事簡明」と評しているが、たしかに「類纂」の名にふさわしく、多くの史料がていねいに纏められた書物と言ってよい。むろんそれはそれで便利ではあるのだが、この書の価値はその実用性のみにあったわけではない。

二　〈和漢〉と〈支那〉

『文藝類纂』がいかなる動機を内包した書物であるかは、西村茂樹の漢文の序からうかがうことができる。往時「朝鮮支那の学」が日本に将来され、「邦人固有の才」と結んで「本邦の文藝」となり、互いに優劣を競いあい、その「比較競争の力」が「文藝」の隆盛をもたらしたのだが、隣国との交流が絶えたため、「文藝」もまた衰退へと向かった。この二百年、「文運再び興」ったものの、競争相手は「支那朝鮮」にとどまっていた。だが「欧米諸国と締交するに及んで。西洋の文藝。遠く我が邦に入」ったために、「比較の境界」は拡大し、「競争の心」は盛んとなり、文運はかつてないほど発展しつつある。そして「是書の記する所は。皆従来匣中に委棄する者。幸にして比較す可きの文藝を欧米に得て。為に競争自奮の志を発し。将に新たに払拭磨礪の功を試みんとす」、とその書の意義を説くのである。常に学藝の起源を受容する側にあった国にあって、その受容に積極的価値を見出そうとするためには、外来の「学」と固有の「才」という理屈は有効であろう。比較の相手が「支那朝鮮」から「欧米諸国」へと移り、「競争の心」がそれがために盛んになったというのも、明治政府の文部大書記官にふさわしい言葉だろう。重要なのは、自国の伝統というものは、つねにこの「比較」「競争」あってこそ形成されるものであると、この序が直截に語っていることだ。そしてもう一つ注意しておかねばならないのは、このテクストが、明治九年に文部省によって作成された『日本教育史略』のうち、同じく榊原芳野の筆にかかる「文藝概略」の章と、分量の差はともかく、構成としては相似の関係にあるということだ。海後宗臣「日本教育史略解題」[6]には、大槻修二の直話として

「文藝概略の方はこの年に於て急遽に書かれたものではなく、榊原芳野がそれ以前に於て徐々に編せられて居たものを編輯局の人々が共に纏めたもの」と記しているが、「榊原芳野がそれ以前に於て徐々に編せられて居たもの」とは、おそらくのちに『文藝類纂』と題されることになったこの書物である。[7]「文藝概略」が、「文字」「文章」「文学」の三節に「文具」を付す体裁になっているのを見れば、その相同は一目瞭然であろう。そして『日本教育史略』こそ、国外の需めに応じ、その読者を国外に想定して編まれた「史」であった。その序にこう記す。

欧米各国皆教育ノ史有リテ我カ邦ハ未コレ有ラスコレ有ルコト此ノ編ヨリ肇マル此ノ編ノ成ル明治九年ニ在リ即西暦一千八百七十六年ニシテ米国ノ独立セシヨリ茲ニ一百年ナリ国人乃将ニ大ニ博覧会ヲ費拉特費府ニ開カントス書ヲ我カ邦ニ致シテ其ノ場ニ陳スヘキ者ヲ求ム

「費拉特費府」すなわちフィラデルフィアで開かれたアメリカ独立記念博覧会に展示された『日本教育史略』が近代日本における〈文学史〉の成立を語るうえで欠かせない書物であることは、いまさら指摘するまでもないだろう。その書は全体を大きく「概言」「教育志略」「文藝概略」の三部に分かち、さらに「文部省沿革略記」を付す。「概言」はアメリカより文部省の学監として招聘されたデイヴィッド・モーレー（David Murray）の文を小林儀秀が訳したもの、「教育志略」は大槻修二（如電）が草して那珂通高が校したもの、「文藝概略」は榊原芳野、「文部省沿革略記」は妻木頼矩がそれぞれ著したものである。「概言」には「日本古代ノ文学ト称スル者ハ専ラ歴史理学詩賦小説ノ類ニシテ」などとあって、つまり「詩賦」はともかく「小説」も「文学」の範疇だとの言明がモーレーによってなされていて、注意を引く。「小説」はすでに漢土のそれではなく、「広ク衆人ノ読ムモノニシテ殊ニ婦女子ノ好ムノ多シ」と言うのだから、事はなおさらで、こういった言明がいかなる経緯でなされるに至ったか当然追求せねばならないのだが、残念ながら、その消息を明らかにする材料を手に入れていない。そして、それ以上に注意を引くのは、「概言」において漢字が「支那文字」、四書五経が「支那経典」と称されるなど、中国由来のものについてはくどいほどに「支那」を冠していることである。大槻の「教育志略」の章においてはむしろ逆で、そこでは和漢の別すらほとんど為されることはなく、「文字ノ伝来」も「朝貢」という関係のなかに起源を持つとされる。「支那」なる語もついに見えず、漢字や儒学の本籍が問われることもない。〈支那〉は〈和漢〉のうちにすっかり内在化されてしまっている。であってみれば、「概言」は、モーレーの英原文の Chinese character をただ「支那文字」と置き換えただけにすぎないとしてその意義を過小評価することはできないのである。〈和漢〉のうちに内在化されていた中国が、米国人モーレーの視線によって「支那」として剔出され、外在化されたこと。ここでおこなわれた小林儀秀の翻訳はそのようなベクトルの具現であり、それはちょうど、「WA-KAN、ワカン、和漢、n. Japan and China」（ヘボン『和英語林集成』）と和英辞典が定義することと同様に、ネイションを前提とした視点への転換がおこなわれたことを意味する。洋学者が「支那」という西欧の視点にもとづく語を採用した時点で、この転換は内包されていたのだが、それが地理名称を越え、文化の本籍を示す語として用いられたことは、その転換を顕現させることとなった。翻訳という行為が、ことばの置き換えでなく、認識の相互行為であることの、それは一例でもあろう。

「教育志略」において文化の本籍が問われなかったのとは異なり、「文藝概略」の章は、「概言」の方向へと加担している。「文藝概略」は翻訳ではないのだから、ことさら「支那」という語を用いずともよさそうなところを、唐土由来のものについて積極的に「支那」の語を冠する。ただし、「漢」の語も依然として用いられ、「千二百年頃より支那文章を学習し万事支那風を尚ふを以て日常の文皆漢文となれり」と言って、つまり「支那文章」が日本化されたものが「漢文」なのかと読み手に一瞬思わせるのだが、「宣命のごときも支那語の雑れる者あり」「政府頒布の文倍《マスマス》支那文にて通せしか」などと、その予想も裏切られてしまい、結局「漢」と「支那」の差異がどこにあるのかはっきりはしない。が、少なくとも、このテクストに「漢字」「支那字」「漢文」「支那文」などの語が、いささか不自然に混在していることは確かであるし、そうであれば、「漢」と言いうるところを「支那」と言い換えていることがかえって明らかとなる。

さて、「文藝概略」が「文字」「文章」「文学」「文具」の構成を持つことはすでに述べたが、いま「文章」についてその細目を見てみれば、「日記紀行」「物語文」「和歌の序」「歌」「漢文」と並び、今の「文学史」が対象とする範囲に近い。また、とくに「歌」には他の項目より多くの紙幅を費やして時代ごとの典型を挙げるなど、国学者の面目をよく施している。だがそれとても、「文藝概略」全体から見れば、漢学にかかわることがらが過半を占めるのをわずかに押しかえすに過ぎない。日本における「文藝」の起源がまず「文字」におかれ、しかもその「文字」の発明ではなく伝来に起源がおかれてしまっては、国学者として腕を振るう餘地はあまりなかった。榊原がなしえたのは、この「文藝概略」の章のみ、他の章が漢字片仮名文で書かれているのに倣わず、漢字平仮名文で書きとおしたことだけだったのかもしれない。〈和漢〉から〈支那〉を外部へと析出しようとする指向はありながらも、その辨別はさほど徹底されず、〈和漢〉は〈和漢〉のまま、時に応じて棲みわけをしているだけだ。もちろんこれは、〈和漢〉から〈支那〉を辨別し剔出した結果発見されるべき〈日本〉の輪郭が、「文藝」の領域において明確でなかったことにも起因しよう。中国・朝鮮から伝来したあれこれを取り除いて〈日本古来〉の伝統を見出し、ひとつ柱を立ててから、そこにもう一度大陸由来の学藝をぶらさげて一箇の学藝史を編まんとするには、〈日本古来〉はまだ頼りなげであった。なによりも、〈日本古来〉に文字はなく、つまりécritureはなかったのである。écritureを中心においてしまっては、〈日本文学史〉から〈支那〉を追い出すことはなかなか難しい。のちに誰かがそれに気づいて、〈文字〉でなく〈声〉に文学の起源を求めてゆくことになるだろう。だが、榊原にとって文字の呪縛はまだ強い。「文藝概略」は、「我国大古に文字なし」の句から書き起こされるのである。

『文藝類纂』に戻って仔細に読んでみると、「文藝概略」では目についた「支那字」「支那語」「支那文」が影をひそめていることに気づく。「支那」の語が使われないわけではないが、écritureとしての「支那字」「支那語」「支那文」はみな「漢字」「漢語」「漢文」に置き換わっている。「文藝概略」に「政府頒布の文倍《マスマス》支那文にて通せしか千五百年頃より留学生もなく支那との往来も稀なるを以て其文法倒錯して漸に乱れ亦一種の文体を為せり」（傍点引用者）とあるのが、『文藝類纂』では「官府日用の文は、漢文を用ゐなから、後世支那の留学生もなく、其文和語を以て、倒置して綴るか故に、文法乱れて、亦一種の文体を為せり」（傍点引用者）となるなどは、その典型としてよい。「文藝概略」の成立事情を考えると、必ずしも『文藝類纂』のこうした方向が「文藝概略」の後に生まれたと断じるわけにもいかないが、écritureの起源から始められた書物においてすべてを「支那」に変換する危険を考慮するがゆえに、いったんは「支那」としたものをもう一度「漢」に戻したと考えることもできるだろう。また『文藝類纂』「文志・文章沿革」には「文章分体図」として、「古文」と「漢文」をそれぞれ淵源とする系図が挿入されているが、そこにあるのはやはり「漢文」なのであって「支那文」ではなかった。ひとつ確認しておいたほうがよいのは、この「古文」と「漢文」は、系譜として決して交じりあっていない、ということだ。「文章分体図」には、和漢混淆文のごとき概念は存在していないし、田口卯吉が『日本開化小史』巻四（一八八一）で「日本の俗文」と「漢文」との間に「一種中間の文法」を有するものが生じたと言いなして「余は之を日本文と云ふ」などと断言した(8)ようには、さすがにいかなかった。

「和漢」の軋みを内包しつつ、『文藝類纂』は全体として「字」「文」「学」の構成をとることで、日本におけるécritureの百科全書としての地位を確立し、小杉の「文学史」の拠りどころともなった。そして『史学協会雑誌』第七号において小杉「文学史」は、日本における文字の歴史をなぜはじめに述べねばならなかったかを、「本邦の文といふ者の起源。文学といふ者の沿革を述んとしては。まづ斯の文の一器械ともいふべき。字の性質より説き起さざるを得ざるを以て」と説明し、この字・文・学の三層が文学の起源を語るために採用された構造であることを、『文藝類纂』に代わって明らかにする。しかしながら、一見穏当におもわれた文字にはじまる「文学史」は、おもわぬところからの反撃に遭う。

そもそも『文藝類纂』西村の序が「往昔朝鮮支那の学、本邦に入り。邦人固有の才と相い結し。而して本邦の文藝と為る」と語るように、文字からはじめられる「文学史」は、必然的に漢字の渡来からはじめられねばならず、いかに「邦人固有の才」を強調しても、中国を起源に措定しないわけにはいかない。明治初年の国学派のうち先鋭化しつつあった部分がそれに反発を感じたのも当然と言えば当然であった。小杉「文学史」は同じ『史学協会雑誌』の誌面で栗田寛から痛烈な批判を浴びることとなる。

文学ノ本ハ、道義ヲ明ニスルニ在リ、文学ノ用ハ政教ヲ助クルニ在リテ文章ヲ彫琢シ、字句ヲ修飾スルノ謂ニ非ズ、然レトモ道文無レバ伝ルコト能ハズ、文道ニ非レバ用ヲ為スコト能ハズ、所謂道ハ漢土ノ教アリテ後之アルニ非ズ、天地ノ始ヨリシテ、我天神ノ定ムル所ナリ、所謂文ハ漢学アリテ後之アルニ非ズ、天地ノ始ヨリシテ我皇国ニ伝ルノ文章ナリ、日月星辰ノ天ニ麗テ光明ナルハ、天ノ文ニ非ズヤ、草木山川ノ地ニ在テ明媚ナルハ地ノ文ニ非ズヤ、人ノ喜怒哀楽ノ情、中ニ鬱シテ辞ニ発スルモノハ、人ノ文ナリ、故ニ伊弉諾命ノ天柱ヲ廻ルヤ、妍哉《アナニエヤ》ノ辞アリ、(9)

以下、『古事記』でおなじみの神々が続々と登場して、日本にもむかしから言葉はあったのだと入れ替わり主張するのだが、もうそれは省略してもよいだろう。漢土より将来されたはずの「程朱学」そのままの文以載道説は明治の国学者にとっては当然の前提のごとくで、眼目はむしろそれを引っくり返して「所謂道ハ漢土ノ教アリテ後之アルニ非ズ」と言いなすところにあるのかもしれない。しかし「所謂文ハ漢学アリテ後之アルニ非ズ」はともかく、

「天地ノ始ヨリシテ我皇国ニ伝ルノ文章ナリ」と言われ、間髪を入れず「日月星辰ノ天ニ麗テ光明ナルハ、天ノ文ニ非ズヤ」と問われては、小杉も返す言葉を探しあぐねたにちがいない。「人ノ喜怒哀楽ノ情、中ニ鬱シテ辞ニ発スルモノハ、人ノ文ナリ」とまるで漢学者が「情 中《うち》に動きて言に形《あらわ》る」(「毛詩序」)を敷衍して唱えたかのような文句は、小杉が依拠したécritureとしての〈文学〉像からは、はなはだ距離がある。

このいかにも挑戦的な書き出しではじめられた「文学史贅言」は、小杉「文学史」とほぼ並行して『史学協会雑誌』第十・十二・十三号と、三回にわたって書き継がれていくのだが、小杉は第十二号に掲載した「文学史」の末尾に「榲邨こゝに一言せん」として、「先頃木村君附考をものし給ひ。此頃栗田君亦余言を投し給ふ」「諸君願はくは両君の説々を相併せて。本史真面目を得るものと見なし聞那し給はんことを」と言うのみで、栗田に反駁を加えようとはしない。ここに「木村君附考」と言うのは、木村正辞が小杉「文学史」のうち文字についての部分を補うために第六号(一八八二・十二)・七号(一八八三・十二)・十一号(一八八四・四)の三回にわたって掲載した「文学史附説」と題された演説を指している。木村はとくに小杉の論調に不満があったわけではなく、漢字をまねて作られた国字(和字)などについての解説を加えんとしたにすぎない。「文学」をécritureのほうへ引き寄せていく点では、むしろ小杉に近いと言ってよいだろう。ただ、「凡支那字ホド、其数多クシテ、且毎字音訓数多アリテ繁雑ナルモノハ無シ」と書き出されるように、木村の講演には「漢字」という言いかたと「支那字」「支那文字」という言いかたが並存しており、小杉が『文藝類纂』と同じく「漢字」に統一するのと比べると、やはり「支那文字」が目につく。国学者の間でも、「漢字」と「支那文字」の間にはまだ揺れがあって、しかもそれは、たんに呼称だけの問題ではなかった。この場合に即して言えば、国字の説明を任とする木村の論は、漢字のなかに「支那ノ文字」と「皇国ノ文字」との辨別線を引かねばならなかった。「支那」はその辨別の標徴なのだ。

結局小杉は「原稿にたまたま相同しき説は除きて。両君の説に譲らん」と言って控え目に振る舞ってしまい、主客がどうにもあやふやになり、その結果、分量的にも小杉の「文学史」が第二・四・七・十二・十九号の合わせて五回を占めてもっとも長く、かつそもそも「文学史」を書きはじめたのは小杉であるにもかかわらず、すでに引いたように、芳賀『国文学史十講』には「明治十七八年の頃史学協会の雑誌に、栗田、木村などの先生達が文学史を書かれたのを見ました」などとその名を落とされてしまうことになる。ともあれ、『史学協会雑誌』に掲載された「史」のうち、このように複数の書き手が名乗りをあげたのはひとり「文学史」のみであり、他の「史」には「附説」や「贅言」はあらわれなかったということは、留意する必要があろう。人々は――ことに国学者は――文学史を書きたくてうずうずしていたのだ。そしてその欲望は、これまで見たように、〈文学〉が今日的意味での〈文学〉ではないからこそ、あるいは「小説」も「文学」であると言いなされていたごとく、広くそれを包括するものであればこそ、生じたものであった。さらに言えば、〈文学〉は〈支那〉をも包摂していたこと、『和英語林集成』初版（一八六七）の「文学」に「Learning to read, pursuing literary studies, especially the Chinese Classics」とあるごとくで、国学者たちは、まずこの〈文学〉から〈支那〉を外部へと剔出しようとしていたのだ。詩歌小説を中心においた〈文学〉を語ることが可能になるのは、この作業ののちだ。そうであってみれば、〈文学史〉への指向がウェスタン・インパクトを契機としてはいるにせよ、そこからただちに西洋文学史ふうのテクストが編まれたのではないことは、とくに強調しておかねばならない。〈文学史〉はまず国学者たちの手によって編まれた。そして「西洋各国にある文学史と、文学書との体裁を参考して、之を折衷斟酌し」たと自ら言う三上・高津『日本文学史』が、それらと無縁に忽然と書かれたのかというと、そうではないのである。

三　〈日本〉の確立

「文学士三上参次・文学士高津鍬三郎　合著　落合直文補助」として明治二十三年十月に金港堂から出版された『日本文学史』上・下二巻がどのような経緯で世に出ることになったか、三上参次はこう回想する。

これ［当時の学生が西洋にかまけて日本のことがおろそかだったこと］は要するに日本文学史というような形での全体を通じてみられることが極めて少ないのが原因であって、榊原芳野という人の『文藝類纂』および尾崎雅嘉の『群書一覧』などがあり、書物の名前およびその解題だけは類によって書いてあるからすこぶる便利だが、それは唯一種の調べ物たるに止るのである。ゆえに日本にも材料は昔からたくさんあることであるから、これをテインの文学史流に編纂したならばすこぶる益するところがあるだろうと考えたのです。

それで私のクラスは、高津鍬三郎君と二人だけであったら、学生の時から折々そういうことを話合って、一つああいうものを企てようじゃないかと言っておったのです。そうすると卒業した十月に、金港堂という書物屋が、どこから聞いて来たのか、私に出版させてくれということでありましたので、一両回の相談の後に出版することにしたのです。ところがちょうどこの際に、落合直文君もそんな意見があったとみえて、材料を少しばかり集めておったのです。それでこれを全く無視する訳にいかぬというので、第一版の時は落合直文補助というようなことで［明治］二十四年でしたか出版した。後には落合君の名は除かれて二人だけの名前になったのです。[10]

テインとはイポリット・テーヌ（Hippolyte Taine）、その著『イギリス文学史』で有名なフランス十九世紀後半の批評家。発行年の記憶ちがいは回想の常としてよいだろう。なお、三上が帝大を卒業したのは、一八八九年、すなわち明治二十二年であるから、企画からほぼ一年で『日本文学史』は出版されたことになる。それはともかく、この回想によれば、『文藝類纂』に対する不満は、それが「史」ではないということにあった。同じことが、『日本文学史』の「緒言」では、こう説明されている。

著者二人曾て大学に在りし時、共に常に西洋の文学書を繙きて、其編纂法の宜しきを得たるを嘆賞し、また文学史といふ者ありて、文学の発達を詳かにせるを観、之を研究する順序の、よく整ひたるを喜びき。之と同時に、本邦には未だ彼が如き文学書あらず。また文学史といふ者もなくして、本邦の文学を研究するは、外国の文学を研究するよりも一層困難なることを感ずる毎に、未だ曾て、彼を羨み、此を憐み、如何にもして、我国にも彼に劣らざる文学書、また彼に譲らざる文学史あらしめんとの慷慨の念、勃然として起らざること無かりき。(11)

これらの記述を読むかぎり、『文藝類纂』を何とか「文学史」ふうに仕立てようとした小杉の「文学史」などは意にも介されていないかのごとくであるし、また、『日本文学史』という書物の構想がひそかに暖められていたのをどこかから金港堂が聞きつけ、一躍世を驚かすことになったかのようだ。「本邦文学史の嚆矢」と自称するに足るだけの際立ちかたではある。だが、これにはいささかの注釈が必要だ。実は三上は帝大を卒業する直前、すでに「日本文学史」の構想を世に明らかにしていた。『皇典講究所講演』五（一八九一・四）に「私は、本日より日本文学史を講義致す積りで、今日は、先づ其緒論を申上げます」との書きだしで掲載された「日本文学史緒論」が、活字になったものとしてはもっとも早いのである。周知のごとく国学院大学の前身である皇典講究所が国典研究と神官養成を目的として神道事務局によって創設されたのは一八八二年のことであり、開校式は十一月四日に行われた。ただ、設立はしたものの、実際の活動となるといささかの沈滞を免れなかったと見え、一八八九年には大幅な拡大改正が行われることとなった。その柱となったのが、同年一月九日から毎週開かれた同所主催の公開講演会だったのであり、『皇典講究所講演』はその筆記をまとめて月二回発行されたものである。三上は講演会の第七回、つまりおそらくは三月に同所で講演したものと思われる。

『皇典講究所講演』五に掲載された講演録は、三上のもの以外は、小杉榲邨の「美術と歴史との関係」および木村正辞の「憲法に就きての話」であり、奇しくもかつて『史学協会雑誌』上でともに「文学史」を講じた二人によるものだった。そして三上も、『史学協会雑誌』は、もちろんちゃんと読んでいた。しばらくその講演を聴いてみよう。

近頃、泰西史学の講究法が開けましてより、東洋に真史なしと云ふ事は、屢聞く語です。成るほど因果の理法を明にしたる史書は無い様ですが、かの新井白石の読史余論などは、之に近い者です。加之、近頃所謂真史と名のる者も、追々出掛くる様ですが、文学史の方は、一向進みません。原来我国には、文学史なるもの曽て有りませず、文学上の史書めきたる者にては、学者の言行を録したる先哲叢談、書物の名を列記したる群書一覧の様なものゝみで有ります。先年史学協会雑誌には、日本文学史と題したる文章がありましたが、これは我輩の所謂文学史とは、甚しく観察の点が違うて居ります。文学の何者たる事は後に云ひますが、先ず我邦にて文学の盛なりしは、誰も知る王朝。然れ共徳川氏の世こそ実に文学全盛の世です、といふ訳は、徳川氏の世には、文学のあらゆる種類が完備して居り、稗史、小説、俳諧、狂歌、浄瑠璃文、狂言文、川柳、狂句等に至るまで、其の盛りを極めて居りました故ですが、先輩諸氏は、是等の文章を軽蔑する様子が有りまして、文学の範囲内に席をかさない様に思はれます。又中には「王朝の文学は、真の文学に非ず、文学とは、世道人心を教化する者のみに限る」と云われまして、我輩の尊敬する源氏物語や、枕草子をも、文学の世界より放逐せんとする大家がありますす。其志は甚だ感服ですが、文学其物の為には、充分かゝる謬見を辨じなければ成りません。

「盛んなるかな我が国に物語類の行はるゝや」で始まる坪内逍遥『小説神髄』が一八八六年に出版されてからまだ数年であり、三上ももちろんその風潮のなかにあった。『史学協会雑誌』の「文学史」への不満の第一に、小説や物語に対する軽視を挙げるのは、この時期に学生時代を過ごした者にとって当然の反応であったと言えるだろう。なんといっても『小説神髄』は「それは人気があった[12]」のである。そして「先輩諸氏」と言って批判を加えるその姿勢には、明らかに世代意識が滲んでいる。小杉は一八三四年、栗田は一八三五年、木村は一八二七年生まれであって、幕末期に国学者としての教育を受けた世代、三上はそれからほぼ三十年後の一八六五年生まれ、つまり物心ついたときには時代は明治になっていた帝大生なのだ。『日本文学史』「緒言」は、上田万年の『国文学』（双々館、一八九〇・五）と芳賀矢一・立花銑三郎の『国文学読本』（富山房、一八九〇・四）の二書を挙げて、「従来の学者の著書とは大に其趣を異にして、余輩がかねて企図せし一部を成就せられたるもの」にして「わが国文学の、科学的研究に大功あるもの」と称賛するのだが、上田も芳賀も立花も、ともに三上より二つ年下の一八六七年生まれであることは留意してよい。そして上田の『国文学』が「著者は彼の和学者と共に奈良延喜の朝の文学を尊重すると同時に又後世の発達にかゝる戦記随筆謡文院本小説俳諧狂歌等をも尊重して措かざるものなり」「故に著者は容易に今日の和学者に雷同する能はずして彼等か度外視し放擲し置ける者を提起し来り敢て此等を教育界に輸入せんと欲するものなり」（「緒言」）と言明するのは、むろん三上の論と呼応していよう。

しかし「日本文学」をどこに位置づけるかということについては、三上が独創を開いたわけではない。例えばつぎのような一節。

従来国学者が和文を賞賛したるは、其比較する所は、唯支那文のみで、比較の区域が狭いです。今日では、欧洲各国との文学と対照する事が出来ますが、さて双べて見ると、及ばぬ事も多い代わりには、また我が独有の長所も少なからぬ様です。

さきに述べたとおり、こういった認識は西村の『文藝類纂』序にすであらわれていたものだ。「日本文学」の比較対照する相手を「支那」から「欧洲」に移すという根本に、西村も三上も変わりはない。ただ、一世代前の国学者が何よりも「和漢」から「支那」を外部に剔出する作業をせねば「日本」もたちまちあやふやになってしまいかねなかったのに対し、三上においては「日本」という国の枠組みは、ほとんど自明のごとく、鞏固なものとなっている。「邦国によりて、其固有の特質を具ふる文学を指して、其国文学《ナショナル・リテラチユーア》といふなり[13]」と言いきる概念装置を帝大生はすでに手にしていた。そしてその鞏固な国家―国文意識は、文学の効用を語るときにもそのまま反映される。講演を聴いてみよう。

一首の歌、一絶の詩でも、人倫を化し、夫婦を和らぐる位の功用は、大丈夫です。[…]一部の稗史、小説でも、尚国の風気を易へ、天下の元気を旺盛ならしめもし、また之を銷耗せしめもするに足る力あるは、人の知る所です。されども右に陳べたる所は、文学の功用の銷細なる事でして、別に其の著大なる者があります。それは、文学は、国家を愛する念を人々に教ゆる事です。私は先頃日本文学といふ雑誌の上にて、愛国心を養成するにも、国史を学ぶを必要とすと云ひ升たが、文学も亦其通りです。

なぜ文学が愛国心を養うのかというと、テクストのなかに愛国を鼓舞するような記述があるからというわけでは必ずしもない。「抑日本には神功皇后だの、豊太閤だのが見はれまして、武威を海外に迄輝かしたと思い升と、何だか嬉しい様です。また我国には富士の山が有り、琵琶湖などがあると思ひますと、是また何となく嬉しい様です」というのと同様に、「源氏物語などは、国の宝で、之を読めば、我国にも是れ程の者が有かと思はれ、日本が懐かしうな」るからなのだ。もちろんこれは大きな倒錯なのであって、「源氏物語」を「国の宝」として位置づけるためにこそ〈文学史〉は書かれるのである。そしてそれは「神功皇后」や「豊太閤」が「武威を海外に迄輝かした」ことを「何だか嬉し」く思わせるための物語を編みあげるのと、まったく同じ地平でなされる倒錯なのである。そして「何だか」とか「何となく」とは、まさしくその倒錯を隠蔽しようとしていることの標徴だ。「源氏物語」を傑作にすること、そして傑作を「国の宝」にすること。さらにその操作のあとを隠蔽し、その自明性を強調すること。それは確かに〈文学史〉の「功用」であった。

さて、三上が「日本文学といふ雑誌」と言うのは、一八八八年八月に創刊された雑誌『日本文学』であり、その第四号にはたしかに三上の「国史と愛国心と」という論説が掲載されている。そしてその第十号（一八八九・五）と第十二号（一八八九・七）には、『皇典講究所講演』掲載の同題かつ同内容の「日本文学史緒論」が載せられている。違いは、『皇典講究所講演』掲載のものが講演の速記録であったのに対し、『日本文学』に掲載されたものは、「泰西史学の講究法の開けてより、東洋に真史なしと云ふ語は、屢、聞く所なるが」と書き出されるごとく、その原稿、もしくは講演を書面語に改めたものということのみである。そもそも『日本文学』は皇典講究所の卒業生によって創刊されたものであり、その寄稿者も皇典講究所にかかわる国学者たちと重なっている。密接な関係にあったと言うべきだろう。そしてその創刊号巻頭に掲げられた「日本文学発行の趣旨」にはこうある。

　人の性質品位を人柄と謂ひ、国の性質品位を国柄と謂ふ。人柄の如何を知らんと欲せば、其の人の経歴態度に就て之を観るべく、国柄の如何を知らんと思はゞ其国の文学を以て之を徴すべし。今本題に日本文学と称するものは、本邦現行の文学を泛称するに非ずして、本邦固有の文学即国柄の如何を徴証すべきものを謂ふなり。

「本邦現行の文学」ではなくて「本邦固有の文学」こそが「日本文学」であるとの主張は、三上の国家―国文意識にそのまま直結する。「国柄」は「文学」で徴せられるが、しかしその「文学」は「本邦固有」のそれでなければならない。結局何が「本邦固有」で何が「国柄」かは、あらかじめ決まっているのであって、ほとんどこの言明はトートロジーである。そしてここに言う「文学」は、雑誌『日本文学』の内容から判断して「国柄」にかかわる学藝一般をひろく指していて、「文学とは、或る文体を以て、推論に交ふるに想像を以てし、教訓と実用とに兼ぬるに、快楽を以てし、大多数の人に、大体の智識を伝ふるものをいふ(14)」と三上が言う「文学」と定義を異にしているのだが、その差異が決して両者の断絶を意味するものではないことは、充分注意しなければならない。従来はこの〈文学〉への定義の違いこそが近代的文学意識のはじまりであるかのように論じられてきたし、どうかすると、三上のような定義も、功利主義的であるから前近代的文学観だと言いなされることすらあったのだが、それこそ近代文学のひとつの神話に過ぎない。雑誌『日本文学』の〈文学〉と三上の〈文学〉とは、共軛的に地続きなのであり、むしろこの共軛性こそが、日本近代における〈文学〉の核心なのである(15)。

〈和漢〉にまたがった écriture から〈支那〉を外部へ剔出するためには、和歌や物語を「本邦固有」の écriture の中心におかねばならなかった。つまり〈文学〉の中心を操作してはじめて、〈支那〉を〈支那〉として扱うことができたのである。いったん中心が確定されてしまえば、その領域は臨機応変変幻自在、そのつど都合のよいように決めればよい。実際、三上は『日本文学』第十九号（一八九〇・二）に、皇典講究所での講演を録した「日本歴史文学上の観察」なる文章を寄せて、「日本文学の上から」（傍点原文）日本の史書を論じてもいる。そしてその主張は、かつて修史館の漢学者に対抗して史学協会に集まった国学者たちのそれと変わらない。三上は在来の史書が「漢文で書いてある」がゆえに「本来歴史の有すべき丈の功能」を具えていないといい、例えば「日本外史」なども「外国の文章にて書きしもの故、日本文学の上よりは、甚だ価値の少ないもの」とすら言いきってしまうのである。「漢文を慕はないのではありません」とは言うものの、それはあくまで「外国」のものとしてであった。お得意の「何となく」も、やはりこの講演に登場する。

　原来自分の国の歴史を、外国文で書くといふのは、伊勢の大神宮を煉瓦石造にするのと仝じ事で、これがために其固有の尊厳を減損しはしますまいが、何となく其固有の尊厳以外の事に於て、感情を害する訳です、

したがって、「日本文学の眼中より見る時は」「菅公や大江匡房も、紫式部や清少納言に及ばず」と三上が言うのも当然であった。かつて史学協会に参集した先輩国学者よりもいっそう吐く言葉が過激なのは、彼が「日本文学」という確固とした概念装置を手にしていたからである。

三上・高津の『日本文学史』は、劈頭「総論」を述べたあとの第一編第一章を「日本上古文字有無の論」なる題で書き起こす。われわれはここに、榊原『文藝類纂』以来の〈伝統〉を見ることもできるだろう。écriture の起源はやはり語られねばならない。だが、「日本文学」の「固有」性をすでに確信してしまった『日本文学史』は、「古へより、我国語の美はしきのみを誇称して、文字などを顧み」なかったと何の興奮もなくさらりと言えるのであって、もはや écriture の起源など何ほどのものでもなくなっていた。宣長以来、国学者たちが最大の敵と見なしてきた「漢」は、外部へと簡単にほうりだしてしまえるものになっていたのだ。

四　〈東亜〉へ

一八八二年、田口卯吉は足かけ六年に及んで『日本開化小史』を完成させた。そこに述べられた〈文学史〉は、和文を日本固有のものとする視点はありつつも、「蓋し文学の史は文章の和漢を撰まず唯だ其主意趣向の巧にして味あるをこそ取るべきなれ[16]」とし、先に触れたように和漢混淆の文を「日本文」と定義するものであった。

千八百年代の以前にありては漢語の用法尚ほ未だ日本の習俗に親和せずして漢語和文各々分離の有様なりしが歳月を経るに従ひ漢語漸く世俗に浸染し千八百年代の末千九百年代始めより彼の所謂和文中に漢語を交ふること愈々多くなりたり此時に当りて漢文の変体なる日記体は愈々日本の俗語に和し日本の俗文も亦漢文の句調に近似し其間自から一種中間の文法を生ずるの萌芽を発せり余は之を日本文と云ふ即ち当今まで用ひ伝ふ文章を云ふなり

つまりここでは〈和漢〉から〈支那〉が剔出されることなく、混淆こそが〈日本〉とされる。『文教温故』や『文藝類纂』が述べようとした〈文学史〉の、それは一つの帰結であったと言えるだろう[17]。〈文学史〉を「開化」に引きつけて考えるのなら、異文化を巧みに受容することは、むしろ称賛されてしかるべきことがらだ。しかし一方で、〈日本〉の輪郭を明確にしようという指向も確実に存在し、だからこそ、和／漢と日本／支那とは別の位相に属するものとして把握されている。ここでは〈日本〉に含まれているのは〈漢〉であって〈支那〉ではなく、「漢文」はあくまで「漢文」と記され、「支那文」と記されることはないのである。〈支那〉については、別に語る場が用意された。すなわち、田口は『日本開化小史』完結の翌一八八三年に、はや『支那開化小史』を出版したのである。

それは、〈日本文学史〉流行のあとに出現したのが〈支那文学史〉であったことと、同じメカニズムによっている。〈日本〉の輪郭を明確にするためには、あらためて〈支那〉を把握し直す必要があった。なぜ中国本国に先んじて最初の〈支那文学史〉が日本人の手によって書かれたのか、その理由はここにある。「支那ノ文学ヲ歴史体ニ論述シタル書ハ、日本ハ勿論、本国ノ支那ニテモ之アラザルナリ、其ノ之アルハ、古城氏ノ支那文学史ヲ以て始メトス」[18]と言われるように、古城貞吉『支那文学史』（冨山房、一八九七）こそが、世界最初の中国文学史であった。ハーバート・ジャイルズ（Herbert Giles）がイギリス・ケンブリッジで 'This is the first attempt made in any language, including Chinese, to produce a history of Chinese literature.' と、その著 *A History of Chinese Literature* の序文に書いた一九〇〇年には、すでに古城の書は世に出ていたのである。そしてその「凡例」には、「此の書、稿を明治二十四年の秋に起す」とあって、この書物がまさに〈日本文学史〉流行のさなかに構想されたことを示している。そして〈日本文学史〉がそうであったように、こうして書かれた〈支那文学史〉が国家―国民を標徴するものとして〈文学〉を捉えようとすることも何ら怪しむに足るまい。その「序論」は何よりもまず「支那国民」の規定から始められている。

故に其の一国民としては頗る其の統一を欠きしことこれなきにあらさりしも個人としては其の利を逐ひ富を計るに活潑慧敏なるは正に彼の猶太人に似るものあり是特に今世に於ける支那人を観て以て説を立つるにあらずして其の先天的営利の人民たるは後世の天国視したる尭舜時代の人民に淵源するものあるを見るなり

こうして〈文学史〉は簡単にその〈国民〉の性情を数千年にさかのぼって規定することができる。そして日本人が〈支那文学史〉を書くとき、他の外国文学についてとは異なって、そこに格別の意味づけがなされるのが常であった。この書物に冠された井上哲次郎の序が「我邦の文化は本と支那に得る所少しとせざるも」と書き始められているのは、何よりも〈和漢〉の記憶が強いからであり、むろん今では「支那に駕して上ぼるに至れり」なのだが、それでも「支那文学を研究するにあれざれば、我邦古来の典故は如何にして討尋するを得ん」というのは、その典型的な例であろう。さらに井上はこうも言う。

然れども支那人自らは元来概括力に乏しく、且つ今の学術界の状態如何を辨ぜざるが故に、支那文学史を著はすの必要を知らず、仮令之を知るも、之れに応ずるの資格なきものなり、果して然らば支那文学史を著はすが如きは、我邦人自ら進んで此任に当らざるべからざるなり、

中国文学史を書き記すことは、日本人の任務なのだと言う。〈和漢〉から〈支那〉を外部へと剔出することで確立された〈日本〉が、こんどは〈支那〉の面倒を見てやろうというわけだ。ここから東亜の盟主を自任するまでは、ほんの少しの距離しかない。これを単なる帝国主義的自我の膨張とのみ見ては、おそらく問題の核心は見えてこないだろう。〈和漢〉から〈東亜〉へたどりつくための、つまり〈日本〉というネイションを内側からも外側からもはっきりとした輪郭をもつものに作り上げるための、それは思考のメカニズムのひとつの軌跡なのである。そうしたナショナリゼーションのメカニズムは、当然のことながら〈日本〉という〈国〉の内部でのみ機能するようなものではない。

中国人自身によって最初に書かれた「中国文学史」が、古城『支那文学史』出版の翌一八九八年に刊行された笹川種郎『支那文学史』（博文館）の華訳を契機にしていることは、〈和漢〉から〈日本〉と〈支那〉、そして〈東亜〉への道筋を考える上で、必ず参照せねばならない事実であろう。(19) 笹川『支那文学史』の華訳が上海中西書局から出たのは一九〇三年であり、「将倣日本笹川種郎中国文学史之意以成書焉（日本笹川種郎中国文学史の意に倣って著し

た)」と巻首に記す林伝甲『中国文学史』が最初に印行されたのは一九〇四年のこととされている。そしてそれは、日清戦争以降、そしてとりわけ梁啓超ら維新派の亡命以降活潑の度を加えた日本から中国への知識・思想の大量流入の状況という枠組みに返してふたたび検討せねばならないことがらであろう。近代的文学観念が日中相互でいかに流通し、どのように機能したかという問題も含め、章を改めて論じることとしよう。

第2章 「支那」再論

「支那」が蔑称であるかないか、用いるべきか用いるべきでないか、今日に至るまで、思い出したかのように議論は繰り返される。いささか水掛け論の感を拭えないこうした議論の一方で、たとえば、川島真「「支那」「支那国」「支那共和国」――日本外務省の対中呼称政策[1]」のような、外交史の立場から着実な史料分析を行うと同時に「中国」という枠組みそのものへの視角をもった論考も目にし得るのは、「支那」の呼称問題が過去のものでなく、今後の中国研究のあり方ともかかわるすぐれて今日的な課題であることを示している。中国を「支那」と呼ぶにせよ「中国」と呼ぶにせよ、意識的にそう呼びなすとき、国民国家の枠組みの中で生きるわれわれの自-他認識がどのようなものであるのか、自身で顕在させることが要請されるからであり、それを抜きに、「支那」「中国」の適不適を論じても議論は前進しないであろう。呼称の持つ政治上・外交上の意義については、前掲川島論文に詳しいが、ここでは、より言説論的な枠組みのもとにこの問題を考えたい。それは、十九世紀末の東アジア世界における国民国家意識《ナショナリズム》がどのように形成されてきたのかを跡づける作業の一つでもある。

一　呼称としての〈支那〉

国号問題としての「支那」については、これまでも多くの人の発言がある。そのなかで実藤恵秀《さねとうけいしゅう》が『中国人日本留学史』（くろしお出版、一九六〇）に「国号問題」の一節を割いてこのことを論じたものは、問題を歴史的に概観したものとしてやはりよくまとまっている。

実藤は、日清戦争ののち、子供たちが「日本カッタ支那マケタ」と清国人を囃し立てたことを述べて、「このときから日本人の支那ということばは、けいべつをもっていわれるようになった」（原文は分かち書き、以下同）という。ただし、「そのころ「支那」または「支那人」とよばれることについては中国人はまだ悪感情をいだいていなかったようである」として、早稲田大学清国留学生部が卒業生の記念揮毫を集めた『鴻跡帖』を引き、興味深い事実を指摘する。

その第四冊（一九〇七年分の一部）をしらべてみると、執筆者九五名、そのうち氏名だけしるして貫籍をしるさないもの三三名、のこりの六二名の貫籍のしるしかたをみると、

支那　18
清国　12
中国（中華をふくむ）　7
国号をしるさないもの　25

この場合「支那」は満州族の「清」を否定するためにつかわれたので、革命的意義をもっていたのである。(2)

「支那」のみならず「中国」もまた、「清」を用いるまいという意識にもとづくとも考えられるが、それは後に論じることとして、実藤のこの指摘はなお有効であろう。そして、「日本人の口から「支那」をきいて不快に感ずるようになったのは、二十一か条——シベリア出兵——パリ平和会議と日本の野心がつぎつぎにあらわれるにつれてのことであって、五四運動以降のことと思われる」として、郁達夫や郭沫若などを引用する。さらに、中華民国政府が正式に日本政府に抗議するに至ったのは、実藤によれば、一九三〇年五月二十七日付『東京朝日新聞』外電に「中央政治会議は日本政府および人民が中国に対し、支那なる名称を付し、日本政府が中国政府に発する正式公文にも大支那共和国と記載され居るを見る、この支那なる意味はすこぶる不明瞭にして現在の中国にはごうも関係のない言葉である、故に外交部は速やかに日本政府に対し、中国は英文ではナショナル・レパブリック・オブ・チャイナと書き中国文では大中華民国と読んでゐるから今後かくの如く記載するやうに要求し、もし支那なる文字を使用した公文書があったならば、断然受取を拒絶すべし」とあるごとくであった[3]。

その年の末に日本政府は正式に「支那共和国」を改めて「中華民国」としたが、民間ではあいかわらず「支那」がもちいられたのであり、中国人留学生と日本人との間の論争も頻繁であった。実藤はすでに一九三〇年六月八日に「中華と呼ばう」と題する書を『東京日日新聞』に投じていた。この投書は、ある投書者が先の外電に反駁して、むしろ「中華」なる尊大な国号を中華民国はやめるべきだと揚言したのに対する反論であった。そのときの実藤の論理は単純明快、「支那」という呼称を中国側が欲しない以上、「かれ等の見て正しいと思ふ名を呼ぶやうにすべき」「それが民族的交際の正しき礼儀」というものであった。けれども「日本人の「支那」をよしとし、「中国」をこばみたいきもちは戦後もなおつずいた」のであり、実藤はその理由を以下のようにまとめた。

1　中国とはごうまんな名称だ。

2　歴史的通称としては支那よりほかにない。
3　支那＝チャイナは世界的名称だ。
4　日本に中国地方がある。

実藤は、1については、国号はどれも多かれ少なかれそうであり、なおかついまの中国は傲慢な国家ではないこと、3については、世界最大の人口を有する中国自身が「支那」といわず、またソ連も「キターイ」と呼んでおり、世界的名称とはいえないこと、4については、むしろ日本の「中国地方」の方が実情にあわないのだから「本州西部地方」と改名したらよいことを言って反論する。もっとも紙幅を費やしているのが、いま飛ばした2についての反論である。すなわち、「支那」の語の淵源がインド経由のもので仏典にしばしば見られる語ではあるが、日本語にはなっておらず、日本語に取り入れられたのは新井白石『采覧異言』（一七一三）に始まるであろうこと[4]、次第に地図や漂流記に使われだしたものの、「日清戦争までは、支那ということばは庶民のあいだではつかわれていなかった」ことを例を挙げて述べる。明治初期の段階ではしばしば「西洋人のくちまね」で「支那」と言っていたことも正しく指摘するが、やはり強調されるのは、日清戦争後の対中蔑視とのかかわりである。その後、明治大正昭和を通じてもっぱら「支那」の語が使われ、そして、一九四六年六月六日の外務次官通達および七月三日の文部次官通達「支那の呼称をさけることについて」によって報道・出版方面では漸く「支那」に代わって「中国」が用いられるようになり、新中国の誕生と躍進によって「中国ということばが日本人の口をついてでるように」なったと結ばれる。

こういった認識をもとになされる実藤の議論を端的に示すのは、例えば次のような箇所である。

文字は言語をうつすものであるが、言語のとおりにはうつせない。言語には男性・女性の音色があり、同性のうちにもそれぞれの個性がある。高低があり強弱がある。それにまた喜怒哀楽の感情を込めることができる。言語はじつに多面的であり、これにたいして文字は一面的である。

いま、「支那」という文字について論ずれば、インドにおこったのを中国人が漢字にうつしていらい、千有余年、ずっとおなじである。ところが、それをたっとんでいうばあいと、いやしんでいうばあいとでは、まるで音色がちがう。大正いごの日本人の中国人をみるめがちがってきた。そのため、くちにだす「支那」ということばの音色もかわってきた。明治時代にチャンコロといっていたそのきもちで、支那人というものだから、中国人はきいていやになった。そこで、明治時代は留学生から問題にされなかった日本人の「支那」が大きな問題になったのである。

実藤はこの論理で、「支那」という語が歴史的なものでそれ自体差別的なものでないのだから使用はいっこうに差し支えないという意見を無効にする。焦点は「支那」という語ではなく、中国に対するさげすみにある。一度さげすみをもって発せられた語を捨てるのに躊躇するのは、そのさげすみをまだ持っているからではないのか、そう実藤は問いかけているようだ。論理は単純であればあるほど力強く、論点を「さげすみ」に集中させることでこの問いはその力強さを得るのだが、またそのゆえに、なぜ「支那」という語が明治以降とくに際立ったのかについて顧みることは少ない。ていねいな考証を通じて、その語が明治以降にようやく使われるようになったということを明らかにしておきながら、どうしてそれが使われるようになったかには目が向かないのである。

庶民レベルでの「支那」の普及が日清戦争後であることを言うとき、実藤は日清戦争後の中国蔑視を必ず言うのだが、しかし「支那」という語と中国蔑視との結びつきのメカニズムは、明らかにされない。実藤の論を敷衍すれば、「支那」という語の普及と中国蔑視とは、それぞれ別個に登場したもので、その時点では、「留学生から問題にされなかった」。二つの結びつきが緊密になったのは「大正いごの日本人の中国人をみるめがちがって」きてからである、ということになる。しかし、その「問題にされなかった」ころの「支那」が、じつはすべてを用意していたとすればどうであろうか。「革命的意義をもっていた」「支那」と「西洋人のくちまね」だった「支那」。実藤がふと行ったこれらの指摘は、じつは一つに結びあわせることができるのであり、そこにこそ問題の核心がある。

しかし先を急ぐ前に、国号としての「支那」問題の論客のもうひとり、竹内好の議論についても触れておこう。竹内好の評論活動はきわめて多岐にわたる。数々の中国論は、時代とともにあり、時代に大きな影響を与えた。国民文学論などはもっとも突出したもののうちのひとつであろうが、中国の国号呼称問題も、彼の中国に対する認識を示すものとして重要である。竹内はこの問題についてかなり熱心であったし、「いくらか得意の土俵」（「中国を知るために　九　支那と中国」『竹内好全集』十、筑摩書房、一九八一）でもあった。

竹内も実藤と同じように、戦前から「支那」という呼称について論じていた。だが、そのときの態度は実藤とはいささか異なっている。一九四〇年に雑誌『中国文学』第六十四号において彼はこう語った。

過去に支那と称したことによって、たしかに支那を軽蔑したか、いま中国と称することによって、必ずこれを軽蔑せぬか、何人も己の胸に問うことなくして言葉の問題を提出するとするならば、文学の背信これより甚だしきはないであろう。［…］支那という言葉を確実に使いきれば、支那を中国に代えるのは一投足の労である。いまは支那を使う練習を積みたい。その日が来るまで。

（「支那と中国」）

この時期の『中国文学』を中心とした竹内の評論活動には、かなり切羽詰まった中国認識が示されていると言ってよいだろう。自己の存在と深く関わるものとしてすでに「支那」はあったがゆえに、呼称云々の問題ではすまされなかった。いまその詳細について論じる余裕はないが、「支那」という呼称のもつ問題の深さを示した発言として、これは記憶しておいてよい。

さて戦後二十年たって竹内は雑誌『中国』に連載中の「中国を知るために」第九回で再び「支那と中国」という表題で国号呼称問題をとりあげ、以降断続的にこのテーマで連載を続けた。敗戦後「支那」という呼称は使われなくなったものの、その呼称の転換をめぐってはさまざまに論議があった。竹内はそれを踏まえ、また、「この問題には、日本と中国との近代史の全部の重みがかかっている。「中国を知る」ことの意味、イメージを変革することの意味、その全部がかかっている」と認識するがゆえに、再度この問題のために紙幅を費やした。

竹内の結論は、はっきりしている。「中国」と呼ぶべきだ、というのである。この態度は、先に引用した戦前の姿勢とはいささか異なる。「時局的」と言えば言えるだろう。しかし「中国」と呼べばそれで問題が解決すると考えていないことは、戦前の姿勢から一貫している。「「支那」を「中国」に変えたのは、それ自体として悪いことではない。[…]誤れるを誤れりとし、反省すべきを反省して変えたのでないことが禍根を残した」(「中国を知るために　十二　支那から中共へ」)と言うとおり、敗戦後まもなく出された通達には、「今後は理屈をぬきにしてだとか「要するに支那の文字を使はなければよい」などの文言が見え、いかにも事勿れである。もちろんそれで問題はすまない。竹内は、一九五二年に青木正児が「支那という名称について」なる一文を『朝日新聞』に寄せ、劉勝光が同紙上にて猛然と反論したのを十三年ののちにとりあげて、こう言った。

語源は美称であり、中国の仏教者にとっては自称であり、ヨーロッパ語では反感を持たれない、ということは事実だ。その事実を指摘するのはよい。しかし、だから日本人のシナだって、という論法は成立しない。「にもかかわらず」日本人のシナは、という論理展開があってはじめて問題の出発点に立つわけだ。（「中国を知るために　十八　名を正さんかな」）

その基本的な姿勢はここに尽くされているであろう。なぜ日本人の「支那」だけがこれほど嫌悪されるのか、そこを考えない限り、この問題は解決しないと彼は言う。

竹内が取りあげた青木と劉の論争においては、劉の反論があまりに感情的でそのために事実誤認がはなはだ多い。青木が「支那」という語の由来を説いたところは実藤のそれよりも精密で、古典文学研究者の面目躍如たるものではあるのだが、竹内はそれを認めながらも、「そもそも中国人が「支那」をきらうようになったのが、日清戦争の結果であるように青木さんが勘ちがいしていることに問題があるだろう。日清戦争から太平洋戦争までを連続してとらえている青木さんの史観が問題である」と言う。むしろ「「支那」が中国で公民権をもつようになったのが、日清戦争の後」なのである。ではどのようにしてこの問題が生じたのか、その原因を竹内は以下のように捉える。

中国人が「シナ」に嫌悪感をもつようになったのは、一九一〇年代からであって、それが普及したのは、一九二〇年代である。つまり、中国のナショナリズムの勃興と、日本帝国主義の進出との切点でこの問題はおこっているのだ。中華人民共和国なり中国共産党なりは、この問題とはまったく何の関係もない。むしろ国民党時代のほうが、ずっと敏感だった。日本の政府も、新聞も、国民も、この中国ナショナリズムの要求を無視した。「シナ」を押し通そうとした。つまり日本が「干渉癖」を発揮したのだ。［…］禍根は、中国ナショナリズム軽視という歴史の遺産にあるのだ。ナショナリズムを消そうとして無理をするから、「影なき影」も出てくるし、「シナ」は侵略のシンボルだという、倒錯した議論も出てくる。したがってまた、ナニクソ、という反撥もひきおこすことになる。

（「中国を知るために　十一　幽霊の説」）

この竹内の認識は、今日でもまったく有効な議論であろうが、その一方で、竹内ならではの「ナショナリズム」

論は、同時にある弱点をも示している。極端に言ってしまうと、竹内にとって「ナショナリズム」を主張する主体は中国であり、日本は、自身の「ナショナリズム」によってそれに対抗したのではなく、ただそれを消そうとしただけだ、ということになる。この論理は、竹内の近代認識に根ざすものと言ってよい。「中国」という名称が「一つの文明圏または民族共同体に名づけられた総称」であること、「こういう用法で中国という語が使われるようになったのは、二〇世紀になってから」で、「近代ナショナリズムの勃興にともなって、自称を定める要求がおこり、中国のほかに中華、またときには支那などが使われたが、しだいに中国に固定した」とも彼は言い、そしてそれは正しい。しかし、日本はなぜ中国をわざわざ「支那」と呼びはじめたのか、それについて竹内は述べない。逆にそこにこそ、中国蔑視という枠組みでは括りきれない、日本自身の国民国家意識＝ナショナリズムがあったのではないか。

明治期における「支那」の呼称は、中国人もさかんに使っていたのであって、何ら差別的な言葉などではなかった、と断じる竹内は、その呼称をなぜ明治期に至って日本人がさかんに使いだしたのか、という点についても、「支那」擁護論者と同様、時勢とか便宜とか以上の理由を探そうとはしない。実藤も、同様であった。だが、実際は、中国を「支那」と呼ぶ行為それ自体が、幕末明治期における日本のナショナリゼーションの一環であって、おそらくそれを抜いては、日本がネイションとして立つことは難しかったのである。

二　〈和漢〉の解体と〈支那〉

ナショナリズムというのは政治的なものでもあるが、またすぐれて文化的なものである。もちろん両者はつねに緊密な関係にあり、ときとして不可分だが、ここでは近代日本のナショナリズムとかかわりの深い文化的テクストとして、一八七六年に文部省によって作成された『日本教育史略』をまずとりあげ、「支那」という語がこの書物のなかにどのようにあらわれてくるのかを見てみよう。以下、第1章と議論および引用の重複するところがあるが、呼称問題としての「支那」という観点から、もう一度振り返っておきたい。

フィラデルフィアで開かれた独立記念博覧会に展示された『日本教育史略』は、日本が欧米に比肩すべき文化を有する国家であることを示すために書かれたテクストであった。前章で述べたように、この書物は「概言」（ディヴィッド・モーレー著、小林儀秀訳）、「教育志略」（大槻如電草、那珂通高校）、「文藝概略」（榊原芳野）の三部立てに「文部省沿革略記」を付したものである。例えば「概言」では、日本の教育の始まりについて、次のように述べる。

学事ノ由来〇此国教育ノ濫觴ハ将軍ノ職ヲ置ケル以前ニアリ而シテ学問ノ淵源スル所ハ他ノ諸科ト同シク支那及高麗ヨリ伝フル者最多シトス紀元三百年ノ頃高麗及支那ノ学士日本ニ来テ支那ノ文字及書籍ヲ伝ヘシト云フ而シテ支那文字ノ伝ラサリシ昔ハ日本ニ文字アラサリシコト方今挙テ信スル所ナリ目今簡易ノ書法ニ於テ用ヰルイロハト称スル四十八文字ハ通常ノ支那文字ノ体ヲ略セシモノ、如シ初メ支那文字ノ伝来スル時ニ当テハ之ヲ呼フニ支那北地ニ於テ用ヰケル純粋ノ音ヲ以テセシカ爾来ハ国音之ニ感染シテ其字韻漸ク紊乱シ遂ニ見テ以テ之ヲ読了スルノミニシテ聞テ以テ之を解スル能ハサルニ至レリ

今日では漢字と記すべきところがすべて「支那文字」と称されているのが分かるであろう。あるいは別の条に「毎日開校ノ時凡ソ三百名ノ生徒悉ク一大講堂ニ聚会ス此時学校ノ教授支那経典中ヨリ二三ノ文章ヲ抄シテ之ヲ生徒ニ講授ス」とあるように四書五経が「支那経典」と称されるなど、中国由来のものについては、いささかくどく

感じられるほどに「支那」の語が冠されている。モーレーの英文を訳すさいに、China ないし Chinese をそのまますべて「支那」に置き換えてしまったことからこのくどさは生じているのであるが、「支那」の語が加わることで、それが明らかに〈外〉からやってきたものであることが、強く意識されてしまうのは間違いない。幕末から地域呼称として用いられてきた「支那」を文化の本籍を示すレッテルとして用いたことで、近世以来の「支那」の用法とは異なった力をこの言葉は発揮する。「支那文字」と称したとき、それは「支那」という〈国〉に固有のものとして改めて意識され、「支那」は「日本」ではないものの標徴として機能しはじめる。

翻訳ではない大槻の「教育志略」においてはむしろ逆で、起源において中国に属するということにさして意は払われず、避けて通れないはずの文字の伝来も、日本への「朝貢」という関係において語られる。

> 吾邦上世文字無シ其前言往行存シテ亡ビザル者ハ世人口々ニ相伝ヘタルヲ以テナリ既ニシテ漸《ようやく》文字アルハ蓋コレヲ海外ノ邦ヨリ伝ヘ得タル所ニシテ開化帝ノ時ニ大加羅ノ人来リ始メテ文字ヲ伝フト云フ其後崇神帝ノ時ニモ同国ノ人帰化ス是ヨリ文字ヲ用ヰタリト云ヘリ当時同帝ノ六十五年其国王始メテ使ヲシテ入貢セシム六十八年王子来朝ス会《たまたま》帝崩シタルヲ以テ留マリテ垂仁帝ニ仕フ因リテ特ニ国号ヲ任那ト賜フ是《これ》外国朝貢ノ始ニシテ是ヲ文字ノ伝来セル起因トス
>
> （ルビ引用者）

「概言」と対比すれば、その違いはきわだつ。モーレーには文明の伝播から世界史を論じようとする姿勢が濃厚である。文明の中心は「支那」であり、「日本」はその周縁国家と見なされている。そのために「文字」の起源が「支那」にあることがなおさら意識させられることになる。大槻の捉え方は違う。文字は「海外」から来たとは述べられるが、その「文字」に「支那」が冠されることはない。すべては〈ここ〉に来るべくして来たかのようですらあり、「文字」はほとんど献上された朝貢品のようですらある。けれども、国学者の先鋭な部分を別にすれば、むしろこの大槻の認識こそが、伝統的でもあり一般的でもあったと言えるだろう。〈和〉と〈漢〉はことさら分ける必要などなく、「和漢」はひとくくりにされて列島の文化を構成している。そうした文脈において見れば、「概言」が Chinese character を「支那文字」に置き換えたのは、ただの置き換え以上の意味をもつことが理解されるであろう。実藤が言ったようにそれは「西洋人のくちまね」なのだが、しかしその「くちまね」は近代におけるナショナリズムの加速装置となった。「支那」という語によって、中国は対象化される。その外在化によって初めて日本は日本たりうるのである。

「和漢」のうちに内在化されていた中国が、米国人モーレーの視線を経由して、「支那」として外在化されたこと。たしかに「WA-KAN、ワカン、和漢、n. Japan and China」（『和英語林集成』）と辞書には定義されていても、その見出し語「和漢」と訳語「Japan and China」との間には、ドラスティックな視点の転換が必要であった。すでにネイションの視線を獲得した西洋人からすれば、「和漢」は正しく「Japan and China」ということになる。けれども「和漢」とはむしろ総合する名辞であって、〈和〉と〈漢〉を分割する名辞ではない。〈和〉と〈漢〉の境目は、しばしば曖昧であるし、〈漢〉は〈和〉に深く入り込んでいる。だが「Japan and China」はちがう。ジャパンはジャパン、チャイナはチャイナ。「支那」という洋学者ふうの言い回しを翻訳としてむしろ積極的に用いることで、「概言」の訳者はその視点の転換を大急ぎでなしとげようとしているとも読める。

第1章で述べたように、「支那」を対象として捉えることで行われたのは、結局その実像を求めることではなくて、むしろ「支那」を除いたあとの「日本」の純粋性に価値を見出す試みであった。「概言」から十年足らずの一八八四年三月、『史学協会雑誌』第九号に掲載された栗田寛「文学史贅言」にこう記してあったことを思い起こしていただきたい。

所謂文ハ漢学アリテ後之アルニ非ズ、天地ノ始ヨリシテ我皇国ニ伝ルノ文章ナリ、日月星辰ノ天ニ麗テ光明ナルハ、天ノ文ニ非ズヤ、草木山川ノ地ニ在テ明媚ナルハ地ノ文ニ非ズヤ、人ノ喜怒哀楽ノ情、中ニ鬱シテ辞ニ発スルモノハ、人ノ文ナリ、故ニ伊弉諾命ノ天柱ヲ廻ルヤ、妍哉《アナニエヤ》ノ辞アリ、

もちろん江戸の国学からの連続をここに見出すことは簡単である。宣長以来、文字すなわち漢字を二次的なものと見なすことで〈漢《から》〉に対する〈和《やまと》〉の優位を見出そうとするのはすでに陳腐と言ってよいかもしれない。けれども、幕末から明治にかけて、欧米から大量の史書や地誌が流入したことで、こうした思考法はただ国学の中に閉じてはいられなくなる。日本について語ることは、それを世界史ないし文明史の中にいかに位置づけていくかという試みとなる。ここに述べられているのも、アジアにおける文明の起源として「支那」の存在が浮かび上がってきたことで対抗的に「日本」が強調されたもので（第1章で述べたように、これは小杉榲邨の「文学史」への批判であった）、いわば国学的言説が新たな活路を見出したものだとも言える。

モーレーが「支那」を連発したように「西洋人のくちまね」をすることで、中国に由来するものや中国的なものを「支那」と括ってしまうことが可能になると同時に、そこから反転して「日本」のありかを求める流れが生じる。国学的言説はそこにうまく嵌まるのだが、同時にそれはすでに国学の枠を越えて応用されているとも言える。そして、田口卯吉が『日本開化小史』を終結させた翌年に『支那開化小史』（一八八三）を出版したことが象徴するように、日本にかかわる言説の増大と踵を接して、中国にかかわる言説も増大していく。「漢」や「もろこし」などでなく、より高次の（と信じた）文明の視線から「支那」と呼びなしたそれがいかなるものであるか、こちらから規定することで、彼我の境界線は明らかになる。近代における国民国家意識＝ナショナリズムは、ただ外部を〈夷〉として排除することで成り立つようなものではない。合わせ鏡のように相互に姿を映し出すことで形成され

ていく。そして日本人が中国について語るとき、他の外国についてとは異なって、そこに格別の意味づけを加えようとすることについては、やはり古城貞吉『支那文学史』（一八九七）に掲げられた井上哲次郎の序を参照しておきたい。そこには「我邦の文化は本と支那に得る所少しとせざるも」と書き始められ、今は「支那に駕して上ぼるに至れり」と言い、それでも「支那文学を研究するにあれざれば、我邦古来の典故は如何にして討尋するを得ん」と言う。そしてもう一つ、井上には強調しておきたいことがあった。再度引いておこう。

> 然れども支那人自らは元来概括力に乏しく、且つ今の学術界の状態如何を辨ぜざるが故に、支那文学史を著はすの必要を知らず、仮令之を知るも、之れに応ずるの資格なきものなり、果して然らば支那文学史を著はすが如きは、我邦人自ら進んで此任に当らざるべからざるなり、

「支那」という名を採用したことそのものが、このような認識を編制する前提になっているのではないか。相手を「清国」と呼ぶだけでは不十分である。数千年来の歴史をひっくり返さんとするのだから。「中国」や「中華」では具合が悪い。それは「和漢」の時代の呼び名であり、中国の文化的優位を示しかねないから。「支那」という語は、まさに「西洋人のくちまね」（実藤）であるがゆえに、西洋と同じように外部から中国を指し、日本がいつでも優位に立ち得る対象として示すことができる。そして日本における文化的ナショナリズムは、漢字漢文に代表される中国由来の文化を外部に排出することでようやく成立するものであるほどに脆弱で、だからこそあくまで「支那」という呼び名に固執せねばならなかったのではないか。

おそらく事情は朝鮮半島でも同じであったのだろう。例えば一八九五年に学部[5]編輯局によって刊行された『国民小学読本』に「支那国」の一課があるが、そこに示された中国認識は、開明派の手になるのであろう、きわめて低い評価である。それが大国ではあるけれども近年は「漸漸衰残」しアヘン戦争に負けて列強のなすがままにされ

て、世界の物笑いになっており、憐れむべし笑うべしだと言い切るとき、その対中観の近代になっての変化は、国名を西洋そして日本に倣って「支那国」だと呼びなしていることと、無縁ではあるまい。

実藤や竹内たちが問題にしていなかった時期に、すでに「支那」はそのようなものとしてあった。であるなら、この時期、中国人たちも多く「支那」の呼称をもちい、そこに「革命的意義」(実藤)を持たせていたことをどのようにとらえたらよいのか。戊戌政変ののち日本に亡命した梁啓超をとりあげ、その消息を明らかにしよう。

三　梁啓超の〈支那〉

日本に亡命した梁啓超は、一八九八年十二月二十三日、横浜で『清議報』を創刊した。「嗚呼、我支那国勢之危険、至今日而極矣」で始まる創刊の「叙例」の「宗旨」には、つぎのようにあった。

一　維持支那之清議、激発国民之正気
二　増長支那人之学識
三　交通支那日本両国之声気、聯其情誼
四　発明東亜学術、以保存亜粋

一見してわかるように、「支那」のオンパレードである。「叙例」全体を見わたしても「清国」はむろん「中国」もない。そして「支那」は自称である。では、来日以前はどうであったか。

梁啓超が主筆をつとめ、変法運動の機関誌的役割を担った『時務報』を閲すると、自称として圧倒的なのは、

「中国」である。たとえば日清通商条約を外電で伝えるさいも、「中日通商条約」と翻訳しまた「日本人民之在中国者」と訳して「清国」と言わない[6]。また『時務報』には古城貞吉による「東文報訳」の専欄が設けられているのだけれども、そこでも、もとは「清国」もしくは「支那」であっただろうと思われる箇所がすべて「中国」になっており、「支那」の語はまず見られない。もちろん来日以前から梁啓超は「支那」の呼称が日本で通行しているのを知っていたはずである。康有為の『日本書目志』には多くの「支那」の文字を含んだ書名が記録されているし、『時務報』に連載されていた「変法通議」にも、「吾所見日本人之清国百年史・支那通覧・清国工商指掌」などとある。『時務報』を見る限り、自称としての「中国」はすでに確固たるものであり、英語のChinaや日本語の「支那」の訳語としても定着しているのである。「中国」の呼称を用いることは、『時務報』の統一方針だったといってよいだろう。

しかし戊戌維新に失敗して日本に亡命するや、前述のように、梁啓超は「中国」に代えて「支那」を用いるようになる。なぜか。日本で造語された大量の「新名詞」を中国語に取り入れたのと同じように、来日した梁啓超の目に「支那」なる呼称が新奇に映り、もとより仏学にも通じた彼のこと、その由来も知ってさっそくこの語を用いたのか。日本との連携を摸索していた成りゆきで、日本が呼ぶように「支那」としておいたほうが得策だと判断したか。あるいは「支那」という呼称に、「中国」ではあらわせない新しい概念を感じ取ったのか。残念ながらその答えを教えてくれる史料をいま見出すことはできない。しかしこの「中国」から「支那」への転換が一気に行われたことは、誰の目にも明らかだ。

『清議報』第一冊には、『時務報』に連載されていた「変法通議」を受けて、「続変法通議」と題して「論変法必自平満漢之界始」なる論説が掲載されているが、それまでなら「中国」が用いられていたところがすべて「支那」になっている。じつのところ、『時務報』掲載時には、さきに引いた書名以外には「支那」の語はまったく見られない。すべて「中国」である。それが『清議報』に場所を変えるや、すべて「支那」となる。ただ、『清議報』は、『時務報』が「中国」に統一していたように、「支那」に統一したのではない。「支那」が多数を占めてはいたが、ほかの記事には「清国」も「中国」も混在しており、梁啓超自身の手になる論説においても、泛称としての「中国」は忌避されていない。

とはいえ、その創刊の「宗旨」に「支那」とあり、また「支那近事」「支那哲学」の専欄が設けられていたように、公式には「支那」が中国の呼称であったとしてよい。しかし一年余りのち、『清議報』第三十六冊は、それまでの「支那近事」を改め、欄名を「中国近事」とする。「支那」の呼称があらゆる記事から排除されることはなかったが、しかしこの号の前後から、明らかに「支那」よりも「中国」が好んで用いられるようになった。そしてそれは梁啓超の記事においてとくにそうである。なぜまた「支那」を「中国」に変えたのか、その説明は、「支那」を用いたときと同様、なされない。だが、それを象徴するとおもわれる論説が、一号前の『清議報』第三十五冊に掲載されている。「少年中国説」である。梁啓超は言う。

そもそもわが中国の昔に、果たして国家はあっただろうか。朝廷があっただけだ。わが黄帝の子孫が、一族集まって生活し、この地球上にあって数千年が経つが、その国は何という名だと問うても、何も無いのだ。いわゆる唐虞・夏・商・周・秦・漢・魏・晋・宋・斉・梁・陳・隋・唐・宋・元・明・清というのは、朝の名である。朝というのはある家の私有財産であり、国というのは人民の共有財産である。[…] およそこういったものを、朝廷が老いたのだと言うのはいいが、国が老いたのだと言うのはいけない。朝廷が老いて死に瀕しているのは、人が老いて死に瀕しているようなものだ。私の言う中国と何の関わりがあろう。つまり私の中国は、これまで世界に出現したことがなく、今やっと芽を出したばかりのものなのだ。天地は広大、前途は遼遠。す

ばらしきかなわが若き中国。(7)

マッツィーニの青年イタリア運動に啓示を受けて唱えられたこの「少年中国」は、中国を老大国呼ばわりする日本そして西洋に対する反駁であったが、注目されるのは、中国には国家はなく朝廷のみしかなかったという当時日本でふつうに行われていた説をそのまま用いながら、であればこそ今日よりわれわれの「中国」は始まるのだと宣言していることである。朝廷の名はあったが、国家の名はなかった、国家はこれから作るのだ、その名は「中国」。この論理は、ちょうど朝廷の名はあるが総称はないので「支那」と呼ぶのだと日本人がしばしば主張するのを逆手にとっての、近代国家宣言である。その意味では、この「中国」は、『時務報』時期の「中国」よりもずっと明確なナショナリズムに支えられている。中華意識にもとづいた「中国」でなく、国民国家意識にもとづいた「中国」だと言ってよい。そしてそれが、「支那」という呼称をいったん経由して獲得されたものであったことには、やはり注意しなければならない。あるいは梁啓超は「支那」という呼称をもちいることで、いったん中国を外部から捉える作業を行っていたとも言えるだろう。身を国外においているという状況のもとで、いちど外からの視点で中国を見ることが、自国を「支那」と呼ぶことと結びついていた。そしてはっきりとナショナリズムをわがものにしたとき、もはや「支那」の語は必要なくなった。ふたたび「中国」をもって、しかもそこに新生の息吹をこめて、自国を呼ばんとした。梁啓超は、日本によって規定された「支那」を通過することで、新たな「中国」を獲得した。つまり、日本のナショナリズムを通過することで、中国のナショナリズムを獲得したのである。

「支那」という呼称が明治以降さかんに用いられたのは、日本人が何とかして自国の文化から外来のもの——中国に由来するもの——を排除し、新たに日本固有の〈伝統〉を作り上げんとしたためであった。日本という国家のなかに、外部の国家の要素があってはならない。日本は日本、支那は支那でなければならない。漢字と言うかわりに目新しく支那文字と言ったのは、まさしくそれが外来のものであることを強調するためであった。そしてまた、排出した文化を総体として規定する呼称としても、「支那」は必要であった。文化的統一体としての「支那」という観念の成立が、文化的統一体としての「日本」という観念の成立と裏表の関係にあることは、何度強調しても強調しすぎることはないだろう。「支那」は歴史的通称として適当であるから用いるのだという議論が、往々にしてまったく無反省に歴史的通称としての「日本」を前提としているのは、そのことの裏側からの証となろう。そして「支那」を「中国」に置き換えただけでは、相変わらずこの関係は維持され続けるのである。「相手がいやがる言葉は使わない」というのは、世間知としては有効だが、しかし世間知に過ぎない。一方で、世間知に反発して「支那」を使ったところで、これまで述べてきたようなメカニズムを自覚し、それを超えようとしているのでなければ、たんなる居直りでしかない。重要なことは、文化的アイデンティティの罠を自覚し、絶えず作り出されるその罠を壊していく作業を進めることであり、実藤や竹内の議論を超えるのも、その作業によってでしかない。呼称としての「支那」を論じる価値はそこにあるし、そしてその意味でわれわれは、「支那」という言葉になお注意を払わないわけにはいかないのである。

第II部　梁啓超と近代文学

第3章　新国民の新小説
――近代文学観念形成期の梁啓超――

梁啓超が唱導し展開した「小説界革命」をはじめとする一連の文学革新運動は、中国における écriture の伝統世界に、大きな変動をもたらすことになった。もとより功を梁啓超ひとりに帰すことはできないが、この変動のほとんどあらゆる局面に主導者としてまた媒介者としてかかわった梁啓超の存在はあまりに大きい。

周知のごとく、彼が具体的に文学革新運動を起こす契機となったのは、戊戌政変後の日本への亡命であり、彼に強く影響したのは、明治日本の文学状況であった。従来、その影響関係については、『佳人之奇遇』や『経国美談』などの政治小説の翻訳、そして『新中国未来記』などの創作という面を中心に論じられることが多かった。同時に、梁啓超が亡命した時期の政治小説は日本ではすでに過去のものであり、梁はただ明治文学の唾余を受けたにすぎない、もしくは、より「遅れた」段階の中国にそれらを適用したにすぎない、とする論調が拭い難くあったのも事実である。梁啓超を透過的な媒介者として措定し、その摂取から適用への一方向の流れにのみ目を向けるのならば、確かにそう見える。しかしながら、梁啓超という媒介装置においては、摂取と適用はつねに相互作用をなし、しかもそれが装置そのものの変容の契機となっている。パースペクティブはもう少し広くとる必要があるだろう。(1)

「文学」なる概念の組み替えという点に着目してみると、梁の革新運動は、日本の文学状況の後追いなのでなく、むしろ同時代的相互反応をなしていることが、認められる。近代日本文学史を一本の直線的な「文学史」として語るのを前提にしてしまえば、そしてそれぞれの文学の近代化はある一つの道筋をたどるのだとするのなら、たしかに梁の文学運動は後追いである。しかしécritureの世界に単線的発展のみを見る視線こそが虚妄なのであり、まして、さまざまな潮流が合流し衝突しあっていた明治文学にあって、梁の革新運動と結びつく要素は、その中でつねに反復されるうねりのようなかたちで存在していたのだ。そして重要なことは、梁の運動は、中国文学と日本文学とがそれぞれ一国文学史への欲望を露わにしつつあったその流れを加速させながら、しかし同時に文学が一国では成り立ち得ない地点に立脚していたということである。

本章は、梁啓超が、それまでの伝統的文学観を出発点として、いかにして新時代のための文学観を形成していったか、「国民」「メディア」「進化」の三つの鍵概念を軸に分析し、それらが日本における近代的文学観念の成立といかにかかわっているかを、明らかにしたいとおもう。

一　通俗のための小説

今われわれは、詩文も小説も、洋の東西を問わず、すべてひっくるめて「文学」と称しているが、近代以前の中国にあっては小説が詩文とひとつの範疇を形成することなど、ありえぬことであった。むろん明末にいたると、『水滸伝』や『西廂記』などの注釈を書いて俗文学に高い評価を与えた李贄や、『水滸伝』を『史記』や杜詩にも比肩すべきものだとした金聖嘆のような士大夫が登場しはするのだが、彼らがあくまで異端としてその生を終えてしまったことを忘れてはならない。小説と詩文がともに「文学」なる名のもとにすんなり同居することができるようになったのは、近代になってからの話である。

だが近代になって生じたこの変容を、小説の地位が向上して文学の仲間入りをしたのだと概括してしまうのは、いささか不正確である。そこでは文学という概念そのものも大きく変容しているのであって、パラダイムの変動は、écriture の布置全体にかかわっている。いまわれわれが「小説」と称しているジャンル自体、この布置の再編によってようやく成立したものであり、それ以前に小説なる確固としたジャンルが――地位は低いけれども――存在して、その地位が上昇して文学の一部分になったというわけではない。それまでは、文言の筆記小説と白話の章回小説をその他大勢としてともに扱うことはあっても、他よりきわだった特質をもつひとつのジャンルとして考えようなどとは、だれもしなかったのだ。したがって、問題は、近代になって改めて「小説」と名づけられたジャンルを中心に「文学」が再編されたことの経緯と意味を問うことであらねばならない。

梁啓超の小説論は、その意味で、まさしく文学再編の突破口を開いたのだが、その歴史的意味を確認するためにも、近代以前における小説への価値づけがどのようなかたちで行われていたかを一瞥しておく必要があろう。それにはおおむね二つの流れがあった。

ひとつは、小説は正史には載らないような些事逸聞を記しており、史料として正史を補うことができる、というもの。小説を稗史野乗と呼びなすように、こういった考えは『漢書』藝文志以来のもので、ごく一般的な通念とすら言えるのだが、これは筆記や随筆などおもに文言の短篇を念頭において形成された見方である。

もうひとつは、小説は一時の娯楽を提供するもので、読者に想像の翼を与えて別天地へと誘う効果があるというもの。これは比較的新しい観念であり、白話章回小説がさかんになるにつれて登場した見方である。章回小説の出自が説書などの娯楽文藝にあることを考えれば、こういった観念があらわれたのも不思議ではない。ここで重要なことは、それ以前にあっては言わば「史」の付属物としての地位しか与えられていなかった小説に、あらたに娯楽性という独立した価値が見出されることになったことだ。「史」からの独立というこの契機は、以降の小説論の関鍵をなすことになる。

たとえばつぎのような議論[2]は、小説の地位を一見貶めているかのようだが、じつはそこに独立した価値を認めている点では――とくにそれが『三国志演義』というもっとも歴史に密着した小説の続作に付された序であることも勘案すれば――意義は小さくない。

夫小説者、乃坊間通俗之説、固非国史正綱、無過消遣于長夜永昼、或解悶于煩劇憂愁、以豁一時之情懐耳。
（小説というものは、やはり民間通俗の説なのであって、正統なる国史とはむろん異なるもの、時の長きをもてあましての暇つぶしか、胸ふたぐときの憂さ晴らしに、一時の思いを遣るに過ぎないものだ。）

「史」からのこうした解放はジャンルとしての「小説」の成立を予感させはするが、しかし娯楽性のみをレゾンデートルとするには、伝統の力はあまりに大きかった。娯楽性を強調すると同時に、それが教化にも役立つのだという主張が、すぐに現れる。一見小説の価値を高めようとするかに見えて、その実は小説というジャンルの従属性を再確認するだけの主張。おもしろくてためになる、「通俗」のための小説。善悪をわきまえない婦女童蒙を教化するためには、経書や史書を棒読みさせるよりは、小説という娯楽性の高いテクストによって知らず知らずのうちに導いてしまうのがよいというわけだ[3]。海波を越えてわが曲亭馬琴の勧善懲悪小説論に至るまで、この観念は時代を下るにつれてより普遍的な見方となっていった。こうした小説観からすれば、ためにならない小説は、いくらおもしろくても、誨淫誨盗の書でしかない。

かく娯楽と教化を貼り合わせにした小説観は、清末になってヨーロッパの小説が伝わってきたとき、受容のためにすこぶる有効なものとなった。同治十一年（一八七二）に翻訳出版された小説『昕夕閑談』には訳者の蠡勺居士（蔣子襄？）による「小叙」が付されているのだが、そこにあらわれた小説観は、西洋小説を眼にしてあらたに獲得されたものではなく、伝統的な小説観の延長線上にあるものであった。

> 且夫聖経賢伝、諸子百家之書、国史古鑑之紀載、其為訓於后世、固深切著名矣、而中材則聞之而輒思臥、或併不欲聞。［…］若夫小説［…］使人注目視之、傾耳聴之、而不覚其津津有味、孳孳然而不厭也、則其感人也必易、而其入人也必深矣。（そもそも聖人の経典や賢人の伝記、諸子百家の書や国史古伝の紀事は、後世への教えということでは、まことに深く明らかではあるものの、並の人間では、聞くと眠たくなってしまうか、まったく聞く気にもならない。［…］小説なら［…］人も目を注ぎ耳を傾け、興味津々、厭くこともないのは、人を感化すること必ず容易、人に入りこむこと必ず深いのである。）

経書や史書の教えはもとより素晴らしいが、並の人では眠たくもなろうもの、小説であれば、知らず知らず引き寄せられて、教えも染みわたる。であればこそ、蠡勺居士は「誰か小説を小道為ると謂わん」と右に続けていい、さらに、その書『昕夕閑談』に訳した小説は「西国名士」の手に成るもので、「尋常の平話、無益の小説」と同日の談ではないと主張するのである。小説への価値づけの手法そのものは、中国という文化圏のなかであらかじめ形成されていたものであった。

ただ、いささかの注意を要するのは、従来であれば、教訓性が娯楽性のいわば免罪符としての役割を果たしていた——教訓性があればこそ娯楽性も許される——のに対し、ここでは、「通俗」であるからこそ「小道」ではない、つまり娯楽性をともなうということの積極性が謳われていることである。この「通俗」性の強調こそ、のちの梁啓超の小説論を導くものであった。

さて、その梁啓超の小説観をさぐる上で、時期的にもっとも早い史料となるのが、一八九七年一月二十一日（陰暦）の『時務報』第十八冊に掲載された「変法通議」論学校五「幼学」である。その「五曰説部書」で梁啓超はこう言う。

古人文字与語言合、今人文字与語言離、其利病既婁言之矣。今人出話、皆用今語、而下筆必効古言。故婦孺農氓、靡不以読書為難事、而水滸三国紅楼之類、読者反多於六経。［…］今宜専用俚語、広著群書、上之可以借闡聖教、下之可以雑述史事、近之可以激発国恥、遠之可以旁及彝情、乃至宦途丑態、試場悪趣、鴉片頑癖、纏足虐刑、皆可窮極異形、振厲末俗、其為補益豈有量邪。（古えの人は文字《かきことば》と語言《はなしことば》が一致していたのに、今の人は文字と語言が分離している。その得失はすでに何度も言われている。今の人が話をするときは、みな今の言葉を用いるのに、筆を下すとなると、必ず昔の古えの言葉を真似する。だから婦女童蒙農民商人は、みな読書を難事とするのだ。けれども『水滸伝』『三国志』『紅楼夢』の類は、六経よりも読者はかえって多い。［…］今もっぱら俚語を用いて、種々の書を広く著せば、上は聖教を明らかにすることができ、下は史事をあれこれ記すことができ、近きは国恥の意識を呼び起こすことができ、遠きは外国の事情にも通じることができる。ひいては、官途の醜態や科挙の腐敗、阿片の悪癖や纏足の残虐も、みなつぶさに描き尽くし、民衆を励ますことができるのであり、教化に益すること量り知れない。）

「説部書」を語るのに、その内容ではなくまず「語言」を述べるのは、留意すべきである。そもそも「説部」という術語自体、それほど古いものではなく、いまのところ明代までしか遡れないのだが、むろん経・史・子・集の四部に対して「説部」と称するのであって、それは『漢書』藝文志以来の子部小説家の肥大にともなっての独立と見なしてよいだろう。宋・元・明と飛躍的に数量の増大を遂げた「小説」をいかに分類するか、教えを説く「経」でも、事実を述べる「史」でも、あるいは思想を述べる「子」でも、文藝の林たる「集」でもない、つまり旧来の四部分類ではいささか扱いに困る書物を、とりあえず「説」として別においたのである。したがって、その別立ては消去法的ではあってもやはり内容によるのであって、一般に「説部」といえば今でも文言の筆記小説をも含むように、必ずしも「俚語」をその第一の属性とするのではない。

こうしてみると、梁啓超が「説部」をまずその「語言」で特徴づけたことは、その関心が那辺にあったかを如実に示すものと言えるだろう。ここでは、小説が「俚語」で書かれていて民衆にも理解しやすいことに重点が置かれ、それを教育に利用することの効果の大きさが主張されている。さらに、ここに中略した箇所には、日本には仮名交りの文章があるおかげで「字を識り書を読み報《しんぶん》を閲《よ》む人は日に日に多い」という有名な一節があるのだが、[4] これも「説部」の本質を「語言」にあると見た梁啓超ならではの認識であった。『昕夕閑談』序が謳った「通俗」に、原理的かつ歴史的必然が重ね合わされようとしている。そして「通俗」の目的も、たんに婦女童蒙を正道に導くというものから、「激発国恥」「旁及彝情」なる、時代に即応した具体的なものに、変わっている。

「小説の価値をはじめて闡明した文章[5]」と言われる「本館附印説部縁起」(厳復・夏曾佑)は、これより約九箇月のちに『国聞報』に掲載されたものだが、より詳細かつ具体的な小説論が展開され、「欧美東瀛、其開化之時、往往得小説之助(ヨーロッパやアメリカ、そして日本は、開化の時にしばしば小説の助けを借りた)」と語られる。夏曾佑は、梁啓超が「亡友夏穂卿先生」(一九二四)に記すように、梁が十九歳の時に出会った「我少年做学問最有力的一位導師(私の青年時代の学問形成にあたって最も影響をうけた先生)」であり「三十年来的良友(三十年来の親友)」なのであるが、小説に対する考えも共有し合うところがあったにちがいない。もちろん康有為につぎのような言葉があるのも忘れてはいけない。

> 今日急務、其小説乎。儘識字之人、有不読経、無有不読小説者。故六経不能教、当以小説教之。正史不能入、当以小説入之。語録不能諭、当以小説諭之。律例不能治、当以小説治之。天下通人少、而愚人多。深於文学之

人少、而粗識之無之人多。六経雖美、不通其義、不識其字、則如明珠夜投、按剣而怒矣。［…］物各有群、人各有等。［…］今中国識字人寡、深通文学之人尤寡。経義史故、亟宜訳小説而講通之。（今日の急務は、小説なのだ。ようやく字が分かる程度の人で、経典は読まない者はあっても、小説を読まない者はいない。ゆえに、六経で教えることができなければ、小説で教えるがよい。正史で導くことができなければ、小説で導くがよい。語録で諭すことができなければ、小説で諭すがよい。律例で治めることができなければ、小説で治めるがよい。この世には優れた人は少なく、愚かな人が多い。学問に通じた人は少なく、ざっとしか知らないかまったく知らないかという人が多い。六経はすばらしいけれども、その道理が分からず、その字が読めなければ、宝の持ち腐れ、むしろ誤解もまねきかねない。［…］物にはそれぞれ同類があり、人にはそれぞれ等品がある。［…］今中国では字を識る人は少なく、深く学問に通じた人はさらに少ない。経典の道理、史書の記事は、速やかに小説に訳して説き広めねばならない。）(6)

「経義史故、亟宜訳小説而講通之」、すなわち、その内容は「経」であり「史」であるものを、「小説」という形式で広めるというのは、梁啓超の小説観の出発点でもあり、「小説界革命」の導入ともなった「訳印政治小説序」（一八九八）においても、「南海先生のことば」として、この『日本書目志』の識語が引かれる。だが、実はその「訳印政治小説序」がなぜ梁啓超の「小説界革命」を導くものであったかと言えば、それは、これまで述べてきたような「通俗」の効用性のみを強調した小説論に留まっていない部分があるからなのである。そこには、ある飛躍が、確かにある。

周知のごとく、「訳印政治小説序」は、梁啓超が日本へ亡命したのち横浜で発刊した『清議報』の創刊号に、東海散士柴四朗『佳人之奇遇』の翻訳「佳人奇遇」とともに掲載されたものである。「政治小説之体、自泰西人始也（政治小説の様式は、ヨーロッパ人から始まった）」で始まるその文章は、「変法通議」と同様、小説が啓蒙の道具としていかに有効であるかが強調される。そして康有為の言葉を引いた後で、政治小説についてこう言う。

在昔欧洲各国変革之始、其魁儒碩学、仁人志士、往往以其身之経歴、及胸中所懐政治之議論、一寄之於小説。於是彼中綴学之子、黌塾之暇、手之口之、下而兵丁、而市儈、而農氓、而工匠、而車夫馬卒、而婦女、而童孺、靡不手之口之、往往毎一書出、而全国之議論為之一変。彼美、英、徳、法、奥、意、日本各国政界之日進、則政治小説為功最高焉。英名士某君曰、小説為国民之魂。豈不然哉。豈不然哉。今特採外国名儒所撰述、而有関切於今日中国時局者、次第訳之、附於報末、愛国之士、或庶覧焉。（昔欧州各国の変革が始まるや、立派な学者、すぐれた人物が、往々にして自身の経歴や胸中に蓄えた政治の議論を、もっぱら小説にあらわした。すると学問に励む子弟が、学業の合間に、それを手にし口にし、下は兵士、商人、農民、職人、車夫馬卒、婦女童蒙に至るまで、手にし口にしないものはなく、往々にして一書出づるたびに、全国の議論はそのために一変した。かの米・英・独・仏・奥・伊・日本の政界が日に進歩しているのは、政治小説の功績がもっとも大きい。英国の名士某君は言う、小説は国民の魂である、と。その通り、その通り。今外国の有名な学者の著述にかかり、現今の中国の時局に関わりのあるものを専ら択び、順に訳し、雑誌の最後に付す。愛国の士よ、願わくは読まれんことを。）

康有為『日本書目志』は多くの政治小説を記載し、中には末広鉄腸『南海之激浪』などのように「政治小説」と標されたものもあるとはいえ、政治小説論を立てたのは、この「訳印政治小説序」が初めてである。もちろんこれは梁啓超自身が『佳人之奇遇』という具体的な作品を手にしたからこそ生まれた論であった。しかもこの段の議論は、「経」「史」の内容を「小説」の形式で著すというそれまでの論点からは、ある飛躍が生じている。「其身之経歴」や「胸中所懐政治之議論」（共に傍点引用者）をもっぱら「小説」にして示す、と言うからには、その内容はすでに「経」や「史」のように公《おおやけ》のフィルターをいったんは経たものであるよりは、より個人の側から直接に発信されたものであり、四部分類ならむしろ「集」に分類されるべき言志の文学に、近いのである。小説が「文学」の一ジャンルと見なされていく過程を考える上で、この認識は重要であろう。

しかもここでは、「小説為国民之魂」とまで言う。この言葉は、小説の第一の特徴を「俚語」においた認識とは、確実に一線を画していよう。読者の対象も「愛国之士」なのであり、掲載された翻訳「佳人奇遇」の文章からして典故を多用した完全な文言であり、童蒙を教えるにふさわしいものとはとても言えない。そうなったのはもちろん原作『佳人之奇遇』の文体に由来してはいるが、[7]『佳人之奇遇』を翻訳紹介しようとすること自体、梁啓超にとって一つの選択だったのであることを考えれば、梁啓超の小説観に一つの転機があったと見なさねばならない。そしてこの転機は、一九〇二年に創刊された『新小説』のその第一号開巻劈頭、「欲新一国之民、不可不先新一国之小説（一国の民を新たにするには、先ず一国の小説を新たにしなければならない）」の句で始められた「論小説与群治之関係（小説と社会の関係を論ず）」に至ってひとつの集成を見せる。中国における近代的文学観念の形成にとって大きな意味をもつ梁啓超のこの転機が、同時期の明治日本における文学思潮とどのようにかかわるのか、ひとまず、梁啓超に大きな影響を与えたとされる徳富蘇峰とその政治小説論との関係を軸に見てみることにする。

二　国民のための小説

梁啓超と徳富蘇峰の関係に着目して梁の「新文体」を論じて詳細なのは、夏暁虹『覚世与伝世』（上海人民出版社、一九九一）である。夏氏はもっぱら文体面での影響に重きを置いて論じるが、実は、小説観念の面でも、徳富蘇峰および彼の結成した民友社と梁啓超の関係は浅いものではない。さらにいえば、明治三十年代の日本の文学界の動向と梁の文学革新運動の間にも、同時代的な連鎖を認めることができる。

一八六三年、すなわち明治維新の五年前に九州熊本で生まれた蘇峰の文学的教養は、同時代の知識人と同じく、やはり中国の古典を読むことから始まった。十歳前後の三年余りにわたって漢学塾へと通った彼は、四書五経の素読から『左伝』『史記』『唐宋八家文』『資治通鑑』などを読むに至ったというが、そもそも、彼の父、徳富淇水は、「堯舜孔子の道を明かにし、西洋器械の術を尽くす」（「左大二姪の洋行を送る」）と実学を唱え開国を論じた漢学者横井小楠（一八〇九～六九）の高弟であり、当然、家に漢籍の蔵書も少なくはなく、また『漢楚軍談』や『絵本三国志』などの通俗歴史小説などにも自然親しんでいた。

一八八〇年、同志社を退学し、東京に出たのち熊本に帰ることになった十八歳の蘇峰は、彼に決定的な影響を与えた一冊の書物に出会う。マコーレイ（Thomas Babington Macaulay）のエッセイである。

予は開巻第一のミルトン論を読んで、新たなる世界が予の前に開けたような心地がした。昔、頼山陽が少年時代に東坡の論策を読んで感じたという、おそらくは同様の感じを予もまたしたものと察せられる。マコーレの文は予にはあらゆる方面において深甚の影響を与え、豈ただ文字章句のみといわんやだ。思想の上においても、また着眼の上においても、いわば予が人生観、世界観にも大いなる影響を与えた。(8)

頼山陽と蘇東坡との関係に自らとマコーレイをなぞらえるところに、蘇峰がどのような位置に自らを置こうとしているのかがほの見えるのだが、それはともかく、マコーレイのミルトン論とはどのようなものであったのか。簡単に言えば、それまで詩人・文人としてのみ遇されてきたミルトンを、クロムウェルの共和政に参加した革命家として評価しなおそうというものである。このミルトン論は当時の日本に大いに歓迎され、東京大学の英語の教科書にも採用されて坪内逍遥などもこれで学んだのだが、蘇峰の場合、のちに『杜甫と弥耳敦』（民友社、一九一七）なる大著を書かせるにまで至った。そこでは、杜甫とミルトンとを評してこう言う。

杜甫は忠義を以て、君主の祭壇に献じ、弥耳敦は自由を以て、国家の祭壇に供す。彼等の趨向同じからざるも、其の徹頭徹尾政治的なるに於て、其揆を一にし、其の一身を挺して、其の目的に向て、犠牲的なるに於て、其趣を同うせずんばあらず。［…］詩の版図は広大也、必ずしも政治に接触せざれば、詩人たる能はざるの理由なき也。されど又た政治に接触するは、人生の重なる部分、大なる部分に接触する所以、即ち人生の要所、極所に接触する所以たるを知らば、政治的詩人のインスピレーションの、特に非政治的詩人に比して、濃厚なるものあるも、亦た実に争う可らざるものある也。

つまり、彼らの価値は、彼らが「政治的詩人」であるところにあるとし、それがゆえに他の「非政治的詩人」に優るとするのだが、これも、マコーレイの言うところと重なり、かつ、蘇峰自身の文学観の根本を示すものである。彼が、ディズレーリやユゴーを愛読し、ユゴーについては英訳のあるものはすべてを読んだというのも怪しむに足りない。ついでに言えば、蘇峰がユゴーを読むようになったのは、自由党の創設者板垣退助に教えられてからと言われるが、その板垣こそ、ユゴーを直接訪問して以下のような言を得た者だったのである。

先生又曰く、余を以て日本の現勢を察するに、蓋し人民を観感興起せしむべき欧米自由主義の政論稗史の類を其国の新聞紙上に続々掲載するを急務と思はるる也と。(9)

板垣は政治小説の類を大量に日本に持ち帰り、それを『自由新聞』紙上などに翻訳掲載させ、政治小説流行の一因を為したのだが、当然ながら、徳富蘇峰もまたその流れの中にあった。

さて、蘇峰は熊本に帰郷したのち、一八八二年にいわゆる民権私塾である大江義塾を開設する。蘇峰はそこで米国革命史や英国憲法史などを講義するかたわら、一八八五年から刊行された『佳人之奇遇』などの政治小説も教科書として用いた。『佳人之奇遇』と並称される政治小説『経国美談』は、その前編が一八八三年に刊行されていたが、これについても蘇峰は「予が少年時代に最も予を動かしたる小説は矢野文雄の『経国美談』であった」（『読書九十年』）と語っている。従って、こういった経歴の上に書かれた「近来流行の政治小説を評す」（『国民之友』六号、一八八七・七・十五）もまた、単なる政治小説批判ではありえず、むしろ政治小説への期待を表明した文章と見るのが正しいだろう。彼は言う、

蓋し彼の文学者は、社会の明鏡たるのみならず、復た其の灯台たらざる可らず。知識世界の代表者たるのみならず、復た其の予言者たらざる可らず。然り而して今日、我邦の人民は、実に野に呼べる予言者の声を、聴かんと跂望するものなり。

小説が社会の実情を写すものだという坪内逍遥『小説神髄』（一八八五〜八六）以来の写実論がいちおうは踏まえられているとはいえ、蘇峰の強調するのはやはり文学者の社会的政治的役割である。「文学者の目的は人を楽しましむるにある乎」（『国民之友』第三十九号、一八八九・十・二十二）においても文学者の使命を語って「彼等は自ら世の予言者、説教者、教師たることを忘るべからず」と言う。つまり、教育家啓蒙家としての小説家こそ彼の理想とするものなのであった。蘇峰が現今流行の政治小説を非難するのは、「体裁の不体裁」「脚色は有れどもなきが如し」「意匠の変化少なし」「画いて穿たず」のように、その文学的技巧が拙劣なために読者の感興を呼ばないからであり、政治小説そのものを非難しているのではない。つまり、技巧にすぐれ、よく読者を感化しうる政治小説こそ、蘇峰の理想なのだ。一八九〇年、矢野龍渓によって『報知異聞浮城物語』が発表されるや、彼が「第十九世紀の水滸伝」なる賛辞を送ってこれを称揚したのも、当然なのであった。

そして蘇峰のこの文学観を支えたのが、「知識世界ノ第二ノ革命」論である。『将来之日本』（経済雑誌社、一八八六）、『新日本之青年』（集成社、一八八七）によって提示されたこの主張は、明治維新を政治上、社会上の第一革命とし、いまだ成就していない精神上の革命を、青年を主体として成し遂げねばならないとするものである。蘇峰は言う、「吾人ハ諸君ト共ニ此ノ第十九世紀宇内文明ノ大気運ニ頼テ我国ノ時勢ヲ一変シ。以テ智識世界第二革命ヲ成就セント欲ス」と。その目的を達せんがために創刊された雑誌こそ『国民之友』であり、その表紙には「政治経済社会及文学之評論」と題し、その合本には「新日本文学之一大現象」と書き加えられているごとく、文学もこの「知識世界の革命」に参与するものであることは明らかであった。言文一致体小説のはじめと言われる『浮雲』を世に送ったばかりの二葉亭四迷も、蘇峰の『新日本之青年』に感動した一人である。

先頃貴著新日本之青年と題せる小冊子を卒読致候処、凡そ小生の心に感じて理会する能はざる所のもの悉く紙上に踊る、小生の感情は悉く言語となり議論となり知識となって紙上に踊る、人若し唖子の一朝口舌の作用を得て満足の人間となりたる喜びを想像せば小生の歓喜の度を推測し得べしと存候[10]

梁啓超が民友社系の出版物の影響を多大に受けたことは、すでに論じられているので贅言はしないが、おそらく梁啓超が蘇峰の文章を「余甚愛之」（『汗漫録』一八九九、のち『夏威夷遊記』）と語った背後に、この二葉亭の感動と同質のものがあったのは間違いない。われわれは、梁啓超が日本から得たものを語るとき、それがしばしば便宜的なものであったことを強調しがちであるが、しかし少なくとも蘇峰との関係においては、それはある種の感動を伴っていたようにおもわれる。

さて、梁啓超が創刊した雑誌と同名の日本の小説雑誌『新小説』は一八八九年に春陽堂から創刊されていたが、掲載された作品の内容はともかく、少なくともその発刊の趣旨は、蘇峰の「新国民論」に呼応し、梁啓超の「新小説」に続くものであった。

然らば則ち新小説とは何ぞ、新小説家とは何人か。新小説は婦女子の玩弄物に非ず、世人に媚ひて自ら售るの具に非ず、哲学家の理論、政治家の事業、宗教家の説法、慈善家の施与、憂世家の慷慨等の横合より突進し、自家の胸臆を外界の想像に寓し、宇宙に漫布散在せる、無量無限の資料を収拾して、空中に、楼閣を架し、人物を現し、逢遇を作り、死活を擬し、以て興起せしめ、以て娯楽せしめ、以て戒慎せしめ、以て感悟せしめ、以て彼社会の諸派伝道師と共に、其経綸の大業を黼黻するものなり。之を実例に求むれば、ストーエ女史アンクル、トムス、カビンを著して、奴隷の状態を述べしより、大に米国の人心の動かして、廃奴隷説の実行に至りたるが如き、[…][11]。

こうした議論は、一方で硯友社系の作家達による細やかな描写を特徴とする恋愛小説ないし人情小説が世に歓迎されていたからこそ、何度も繰り返し現れることになる。

蓋し文学なるものは一国の精神となり、社会の先導者となるべきものなるが故に、高潔純白なる時は国民の性情風俗をして高潔純白ならしめ、猥俗汚濁なる時は亦人心をして腐敗せしむ[12]。

明治二十年代から三十年代にかけて、日本の文学界は常に論争の中にあった。「文学極衰」論争や『浮城物語』論争は、いわば人情を事とし細かい描写を貴ぶ「軟文学」と雄大な構想と経世の志を誇る「硬文学」との間の戦いであった。民友社に属した山路愛山もこう主張する。

文章即ち事業なり。文士筆を揮ふ猶英雄剣を揮ふが如し、共に空を撃つが為に非ず為す所あるが為也。万の弾丸、千の剣芒、若し世を益せずんば空の空なるのみ、華麗の辞、美妙の文、幾百巻を遺して天地間に止るも、人生に相渉ずんば是も亦空の空なるのみ。(13)

こういった人々にとって、政治小説はその本質においては少しも時代遅れなものではなかったのである。『佳人之奇遇』は一八八五年に初篇を発刊して以来、十二年の歳月をかけて八篇まで刊行し、ついに未完のまま終っているが、一八九一年にその第五篇が出版されたときもなお「真に是れ之を今日の真小説と謂はずんば、将た何をか小説と謂はむ(14)」なる賛辞があった。

そして梁啓超が日本に亡命した一八九八年こそ、政治小説待望論が吹き出した年だった。無署名の「政治小説の気運」が八月に『帝国文学』に掲載され、内田魯庵「政治小説を作れよ」が九月に『大日本』に発表され、そしてこれらに先だって高山樗牛は、「小説革新の時機」(一八九八・四)と題して「国民文学」の提唱を『太陽』誌上で展開した。彼は矢野龍渓『経国美談』や末広鉄腸『雪中梅』などの政治小説を「国民文学」として顕彰し、「写実主義」の小説を「非国民的小説」だと攻撃する。もちろんこれらの議論には反論も多くなされたが、支持するものもまた少なくはなかった。徳富蘇峰もこの年に受けたインタビューで、「今の小説の欠点」の第一に「ポリチックの要素」のないことを挙げている(15)。梁啓超がこの年に国民小説としての政治小説論を高々と掲げたのは、むしろ時流に乗ったものと見ることさえできるのである。

したがって、梁啓超が「論小説与群治之関係(小説と社会の関係を論ず)」において、「欲新一国之民、不可不先新一国之小説」とまず記し、「小説」と「国民」との関係を強調したことは、蘇峰を始めとする民友社系の文学論を踏まえて、「訳印政治小説序」における新たな文学意識をさらに展開させたものだとしてよい。蘇峰の文学観は、もちろん伝統詩文における「文以載道」論の流れを引いたものであること、先に一瞥したその漢学的素養の側面からも明らかであるし、梁啓超の小説論がもともとそれと親和性の高いものであったことは、言うまでもない。当時すでに政治小説の季節は過ぎていたと指摘するよりは、そうした文壇史的文学史の視点を離れ、東アジアというより広い枠組みの文学論の系譜の中に政治小説論を位置づけて考えるほうが、意味があろう。

さて、日本における国民文学論は、まがりなりにも日本文学とは何かというアイデンティティの問題を内包した日本文学史の成立のうえに為されていた。近代日本において「小説」を中心に文学が再編成されたことと、漢文を排除して、仮名文字を中心に文学史が構想されはじめたこととは互いに連動している。本書第1章で述べたように、「国民文学」には、「文学史」が裏付けとして必要であった。だが、「論小説与群治之関係」は、「中国群治腐敗之総根原」を旧小説にあると断じはしても、自国の「文学史」を構築しようとする姿勢は見られない。伝統の再発見/再構成は、後述するように、梁自身によって別に為されることになるのだが、「今日欲改良群治、必自小説界革命始、欲新民、必自新小説始（今日社会を改良するには、必ず小説界革命より始めねばならず、民を新たにするには、必ず小説を新たにするより始めねばならない）」と結ぶ「論小説与群治之関係」は、あくまで旧弊を打破せんとするものである。ここではすべてが新しく生まれ変わるべきだと宣言されている。一八八七年、蘇峰が『国民之友』の創刊に際して、巻頭に「旧日本ノ老人漸ク去リテ新日本ノ少年将ニ来リ」と宣言したことを受けつつも、より激しいものだとしてよいだろう。

ちょうど蘇峰の「新日本ノ少年」に相当する自意識がよく現れているのが、第2章でも引いた、『清議報』第三十五冊（一九〇〇・二）に掲載された「少年中国説」である。梁啓超は言う、

且我中国疇昔、豈嘗有国家哉。不過有朝廷耳。我黄帝子孫、聚族而居、立於此地球之上者既数千年、而問其国之為何名、則無有也。夫所謂唐虞夏商周秦漢魏晋宋斉梁陳隋唐宋元明清者、則皆朝名耳。朝也者一家之私産

也、国也者人民之公産也。［…］凡此者謂為一朝廷之老也則可、謂為一国之老也則不可。一朝廷之老且死、猶一人之老且死也。於吾所謂中国何与焉。然則吾中国者、前此尚未出現於世界而今乃始萌芽云爾。天地大矣。前途遼矣。美哉我少年中国乎。（そもそもわが中国の昔に、果たして国家はあっただろうか。朝廷があっただけだ。わが黄帝の子孫が、一族集まって生活し、この地球上にあって数千年が経つが、その国は何という名だと問うても、何も無いのだ。いわゆる唐虞・夏・商・周・秦・漢・魏・晋・宋・斉・梁・陳・隋・唐・宋・元・明・清というのは、朝の名である。朝というのはある家の私有財産であり、国というのは人民の共有財産である。［…］およそこういったものを、朝廷が老いたのだと言うのはいいが、国が老いたのだと言うのはいけない。朝廷が老いて死に瀕しているのは、人が老いて死に瀕しているようなものだ。私の言う中国と何の関わりがあろう。つまり私の中国は、これまで世界に出現したことがなく、今やっと芽を出したばかりのものなのだ。天地は広大、前途は遼遠。すばらしきかなわが若き中国。）

民友社によっても喧伝されたマッツィーニの青年イタリア運動に啓示を受けて唱えられたこの「若き中国（少年中国）」は、中国を老大国呼ばわりする日本そして西洋に対する反駁であった。すでに第2章で論じたように、梁啓超は亡命以降、それまで使わなかった「支那」という呼称を『清議報』誌上で積極的に用いるようになるのだが、この「少年中国説」を機に、次の第三十六冊以降の『清議報』では「中国」を公称として用いるようになるのである。いま梁啓超にとっての核心だけ繰り返しておけば、中華意識の根強い「中国」という呼称から、外側から見た「支那」という呼称を経由して、もう一度、これから建設すべき国家としての「中国」という概念へとたどり着いたということになるだろう。梁啓超の国民小説論の背後にあるのは、このようにして獲得された自国意識であり、それはやはり梁啓超亡命当時の日本文学における自国意識とは性質を異にするものであった。「政治小説」称揚という点では共通していても、「国民」という点ではむしろ一致はしていなかったのであり、それはむろんたんに近代化の遅速のずれなどではない。互いの小説論が同じ系譜をたどりながらも分岐していく点は、そこにあったのではないか。

　したがって、「論小説与群治之関係」を、国民小説論として読もうとすると、スローガンばかりが先行して、具体的にどのような小説をどのような国民に向けて発信するかについては、むしろ「訳印政治小説序」よりも内実が後退しているかのように見える。反面、小説の効用については、初期の「俚語」にのみ着目する態度からは遠く離れ、なぜ小説が人を夢中にさせるのかについて、その内容と技法に踏みこんで考察を加えている。「浅而易解」もしくは「楽而多趣」に理由づけを求めた旧来の立場を否定し、より積極的に、小説のもつ「不可思議之力」を解明しようとする。

　読者に想像の羽を伸ばさせ、現在とは異なる境遇に身を置かせること。現在の境遇において読者が言い表せないことを、代わって表現すること。梁啓超はこの二つこそ「文章之真諦」「筆舌之能事」だとし、小説こそがもっともよくこれをなしうるとする。ゆえに、「小説為文学之最上乗也（小説こそ文章表現の最高峰だ）」というのである。むろんこれは単なる通俗小説論を超えている。すでに四部の書との関係で論じるのでなく、「文章」の本質としてどうなのかというところに議論は進んでいるのである。そしてこれにもとづいて小説のジャンルを大きく「理想派小説」と「写実派小説」とに分かつのは、ちょうど坪内逍遥のいう「ローマンス」と「ノベル」に対応し、おそらく何らかの経路で日本の文学評論を借りたものとも思われるのだが、その特徴を徹頭徹尾読者への効果に即して論じるのは、「抑小説之支配人道也、復有四種力（小説が人間世界を支配するのには、四つの力がある）」として仏教的概念を駆使して「熏」「浸」「刺」「提」の四つを挙げて詳細に論じるのとあわせて、やはり独創としてよいだろう。

文章が社会を支配すること。小説論としてよりもむしろメディア論として「論小説与群治之関係」を把握するならば、梁の眼光はかなり先まで見通しているのである。そしてこの論がなによりも「中国唯一之文学報」である雑誌『新小説』の巻頭に掲載されたことが象徴しているように、梁にとって小説と雑誌――メディア――は不可分のものであった。では『新小説』とはいかなる雑誌であったのか。

三　文学雑誌の誕生

梁啓超は一九〇二年十一月十四日に雑誌『新小説』を創刊したが、それに先立ち『新民叢報』第十四号上に、新小説報社の名で「中国唯一之文学報〈新小説〉」なる長文の折りこみ広告を掲載していた。この広告はたんに宣伝というよりは一篇の小説論として、梁およびその周辺が小説をどうとらえ、どうしようとしていたかを知るのに恰好の材料となる。広告文がまず「小説之道感人深矣（小説というものは人を深く感化する）」で始められるのは、「小説」のメディアとしての力を強調してのことだが、さらに『新小説』の趣旨として、こう述べる。

一　本報宗旨、専在借小説家言、以発起国民政治思想、激厲其愛国精神。一切淫猥鄙野之言、有傷徳育者、在所必擯。（本報の宗旨は、もっぱら、小説家のことばを借りて、国民の政治思想を呼び起こし、その愛国精神を励ますことにある。一切の淫猥鄙野のことば、徳育に害のあるものは、必ず斥ける。）

「国民政治思想」を起こし「愛国精神」を励ますために小説を用いるというのは、まさしく「訳印政治小説序」で提唱された国民小説論である。また、掲載する作品については、次のように言う。

一　本報所登載各篇、著訳各半、但一切精心結撰、務求不損中国文学之名誉。（本報に登載する各篇は、著と訳それぞれ半ばするが、すべて苦心の作、中国文学の名誉を損なわざるを願う。）

目を引くのは、「中国文学」という語である。『新民叢報』第二十号に掲載された記事「『新小説』第一号」には、「其広告有云、務求不損祖国文学之名誉」といい、「中国文学」が「祖国文学」に置き換えられているが、これは「中国文学」なる語がまだ熟したことばでなかったことを示す一方で、その語の内包するナショナリズムを示してもいよう。質の高い作品を載せなければ、「中国文学之名誉」が損なわれてしまうというのは、すなわち総体としての「中国文学」なるものが存在し、個々の作品がそれに属するものであることが前提とされているからだ。ちょうど、国家の成員たる国民の行動が国家の名誉を支えるように、すぐれた作品がその国の文学の名誉を高めるのである。総体としての「国文学」という観念は、総体としての「国家」という観念と同時に構想されている。国家と国民の関係は、そのまま文学と作品の関係なのである。

「中国文学」という観念がここで登場するのは、これまで見てきた彼の小説論の展開からいってもありうべき帰結だが、同時に明治三十年前後からさかんに唱えられはじめた「日本文学」なる観念に反応したものであることも疑い得ない。そして「日本文学」なるものがやはり「日本文学史」と同時に構想されたように、「中国文学」にもやはり「中国文学史」が用意されていた。第1章でも述べたように、『時務報』にもかかわった古城貞吉によって『支那文学史』が上梓されたのが一八九七年、翌年には笹川種郎『支那文学史』も刊行され、笹川『支那文学史』の華訳が上海中西書局から出たのが一九〇三年、「将倣日本笹川種郎中国文学史之意以成書焉」と巻首に記す林伝甲『中国文学史』が最初に印行されたのが一九〇四年であった。すなわち『新小説』発刊の一九〇二年当時、日本では「支那文学史」の呼称はすでに定着していたし、中国人の手による「中国文学史」も胎動の期にあった。しかしながら、日本における「支那文学史」が直ちに梁啓超の「中国文学」の裏付けになったのではないことは、ここで確認しておかねばならない。日本人の手による「支那文学史」は、基本的に文言を主とした歴朝文学史であり、梁啓超が企図した「新小説」の支えとなるべき「中国文学史」ではなかった。まして古城の文学史は、その「序論」に「支那国民」を「其の一国民としては頗る其の統一を欠きしことこれなきにあらさりしも個人としては其の利を逐ひ富を計るに活潑慧敏なる」、「其の先天的営利の人民たるは後世の天国視したる尭舜時代の人民に淵源する」と規定することから「文学史」を記すのであり、「吾中国者、前此尚未出現於世界而今乃始萌芽云爾」（「少年中国説」）と揚言する梁啓超の立場とまったく齟齬することは明らかである。「支那文学史」はあくまで陳《ふる》き「支那」によって中国を理解しようとするものであった。したがって、梁啓超の新しき「中国」のための「文学史」は別に書かれねばならなかったのであるが、これについては次節で述べることとしよう。

さて、『新小説』の趣旨には以下のような条もある。

一　本報文言俗語参用。其俗語之中、官話与粤語参用。但其書既用某体者、則全部一律。（本報は文言と俗語を互いに用いる。俗語の中では、官話と粤語を用いる。しかし一つの文章の中では混用しない。）

先に引いた『新民叢報』第二十号の記事には、「惟中有文言俗語互雑処、是其所短。然中国各省語言不能一致、而著者又非出自一省之人、此亦無可如何耳（ただ文言と俗語が混じっている所があるのは欠点だ。とはいえ中国各省のことばはばらばらで、著者の出身地もさまざまだから、どうしようもない）」と評され、「俗語」における「官話」の存在が薄れてしまっているが、「俗語」のなかに「官話」と「粤語」とを挙げていることは、やはり注意に値しよう。むろんいかに『新小説』同人の多くが広東出身者であったとはいえ、読者を広く全国に求めている以上、実際に広東語で書かれたものはそう多くはなく、ほぼ戯本や俗曲に限られていたのだが、中国ではじめて刊行された小説雑誌において方言で書かれた作品が少数であれ掲載されていたことは記憶されてよい。俗語で文章を綴ろうとすれば、とりわけ中国では方言の存在を強く意識しないわけにいかず、なにより梁啓超自身、その母語は広東語であった。また、旧来の俗文学をただ小説のみの枠で捉えるのでなく、俗曲や演劇も広く含んで考えるならば、広東人の梁にとって粤語の歌謡や戯劇の存在は無視できないものであったはずだ。そしてまた、「小説」のための言語が話し言葉と不可分であらねばならないという意識と、「中国文学」の一環であるからには「国民」すべてが等しく理解できねばならないはずだという暗黙の要請との間で、「無可如何耳」という状況にこの雑誌が置かれていたことは、のちの白話文学と「普通話」の関わりを考える上でも、見逃せない事実である。

以上のように広告「中国唯一之文学報〈新小説〉」は雑誌の趣旨を箇条書にし、その後で内容一覧を掲げる。その項目は、「図画・論説・歴史小説・政治小説・哲理科学小説・軍事小説・冒険小説・探偵小説・写情小説・語怪小説・劄記体小説・伝奇体小説・世界名人逸事・新楽府・粤謳及広東戯本」という具合に、それがすでに存在するかどうかはさておき、とりあえず「小説」と名づけうるものはすべて覆ってしまおうという意図があらわである。もちろん梁啓超にしてみれば、世のすべてのことは「小説」を借りて言えるのであり、かくのごとき羅列も何の不思議もないことではある。そして、「○○小説」と称するのは明治期に流行した角書をそのまま真似たものだが、しかしその内実は、明治小説の角書が宣伝惹句の類であったのに比して、より観念的なものであり、小説に何が書かれるべきなのか、何を書きうるのかを提示したものとして捉えるべきだろう。挙げられた小説類目のはじめに置かれた「歴史小説」「政治小説」「哲理科学小説」の三つは、それぞれ掲載予定の小説の題まで掲げられており、重点が那辺にあったかよくわかるのである。

実際の雑誌の構成から言えば、「図画・論説・連載小説・伝奇・戯本・雑記・雑歌謡・小説論」が『新小説』の毎号の大概であり、それより十箇月まえに発刊された『新民叢報』ともども、お手本になったのは『太陽』など当時の日本の総合雑誌の誌面構成だとおもわれる。また、小説を中心に、伝奇や戯本など、小説以外の俗文学にも紙幅を与えていること、また韻文も雑歌謡として毎号巻末に掲載されていることも、着目すべき点であろう。

だが全体の特徴を言えば、雑誌『新小説』の中心をなしているのは、やはり章回小説体の連載小説である。梁啓超『新中国未来記』〔一～三、七〕（〔　〕内は通巻号数）、周逵『洪水禍』〔一、七〕、羅普『東欧女豪傑』〔一～五〕、呉趼人『痛史』〔八～十三、十七～二十四〕・『二十年目睹之怪現状』〔八～十五、十七～二十四〕・『九命奇冤』〔十二～二十四〕、湯宝栄瑣『黄繍球』〔十五～二十四〕等々、おもだった連載小説は程度の差こそあれ基本的な枠組みとして回目をそなえた章回小説体を採用する。歴史小説や社会小説と銘打った外観は新しく、題材も当世に取って時事に即してはいるものの、その語り口は、旧来の説書人のそれに由来するものであった。

一方で、章回小説体による連載は、雑誌というメディアにはよく適合していた。物語が山場を迎えたところで「要知後事如何、且聴下回分解（さてこの後はどうなりますか、次回をお待ちあれ）」といって回を結べば、読み手は次号も買いたくなるというもの、書き手にとっても回ごとに話を纏められて都合がよい。そしてまた、題材が新奇であればこそ、枠組みが旧套を維持していることは、書き手にとっても読み手にとっても一種の安定感を保証する上で大事なことであった。たとえば『新中国未来記』などは、演説や議論が延々とうち続いて、ややもすると冗長になり、これに章回体の枠組みが与えられていなければ、テクストとしての統一感がおそらく保てないにちがいない。梁啓超自らもその「緒言」で、「似説部非説部、似稗史非稗史、似論著非論著、不知成何種文体（小説とも野史とも論説ともつかず、果たしていかなる文体か）」と吐露しているのであるが、逆に言えば、章回という枠組みがあればこそ、その中に何でもほうりこむことができたのである。

翻訳小説についても、とくに長篇になると、章回小説として訳す傾向が顕著である。『新小説』に掲載された翻訳小説は日本語から訳されたものが多く、たとえば、盧藉東・紅渓生『海底旅行』（ヴェルヌ著、大平三次訳『五大洲中海底旅行』）〔一～六〕（（ ）内は原書、〔 〕内は通巻号数）、羅普『離魂病』（黒岩涙香『探偵』）〔一～四、六〕、南野浣白子『二勇少年』（桜井鷗村『二勇少年』）〔一～七〕、梁啓超『俄皇宮中之人鬼』（アップウォード著、徳富蘆花訳『冬宮の怪談』）〔一二〕、玉瑟斎主人『回天綺談』（加藤政之助『英国名士回天綺談』）〔四～六〕、方慶周・呉趼人『電術奇談』（菊池幽芳『新聞売子』）〔八～十八〕のごとくだが[16]、このうち章回小説体をとるのは、『海底旅行』『回天綺談』『電術奇談』である。むろんこれらの原作が章回仕立てであるはずもない。しかしひとたび翻訳されるや「正是　請看挙翮凌雲士　河似銀屏夢裏人」（『海底旅行』第一回）といったように結びの対句まで挿入されてしまうのである。だがふつうの読み手にとってそれはまったく気にも留められないことであった。枠組みが旧套のぶんだけ内容に集中できるというものだ。ある日記[17]にはこう記されている。

哺、臥窗間観『海底旅行』。読書之楽使人于脳中多開無数世界。余是居然随欧魯士、李蘭操等游海底矣。海底各種動物、植物奇形異状、皆為陸地所未見。（申の刻。窓辺に寝そべって『海底旅行』を読む。読書の楽しみは、人の頭の中に無数の世界を開くことだ。私は何と欧魯士《アロナックス》や李蘭《ネッド・ランド》操らに随って海底をめぐるのだ。海底にはさまざまな動物植物の奇怪な姿があり、どれも陸地では見たこともないものだ。）

日記の書き手である孫宝瑄は梁啓超らとも交わりがあり『時務報』の執筆者でもあったが、つまり梁の周辺では小説はこんなふうに読まれていたのだ。別の日の日記[18]のなかにはこんなことばも出てくる。

観西人政治小説、可以悟政治原理。観西人科学小説、可以通種種格物原理。観西人包探小説、可以覘西国人情土俗及其居心之険詐詭変、有非我国所能及者。故観我国小説、不過排遣而已。観西人小説、大有助于学問也。（西洋人の政治小説を読めば、政治原理を理解することができる。西洋人の科学小説を読めば、さまざまな物理の原理に通じることができる。西洋人の探偵小説を読めば、西洋の人情風俗とその了見の剣呑なこと、とても我が国の及ぶところでないのがわかる。だから我が国の小説を読むのはひまつぶしにすぎないが、西洋の小説を読むのは、大いに学問の助けとなるのだ。）

要するにこれは典型的な新学人士の読者なのである。そして、梁啓超が小説界革命を唱えたのも、中国の小説の主題を変えねばならないと言ったのであって、その形式も新たにせよと言ったのではなかった。むしろ目慣れた形式のほうが、主題の変革には好都合であろう。しかし、ひとたび門を開けば、ことはそう簡単には運ばなくなる。周桂笙『毒蛇圏』〔八、九、十一〜十九、二十一〜二十四〕は「法国鮑福原注」とする翻訳小説[19]だが、そのはじめにはこう記されている。

訳者曰。我国小説体裁、往往先将書中主人翁之姓氏来歴、叙述一番、然後詳其事蹟於後。或亦有用楔子・引子・詞章・言論之属、以為之冠者。蓋非如是則無下手処矣。陳陳相因、幾於千篇一律、当為読者所共知。此篇為法国小説巨子鮑福所著、其起比処即就父母問答之詞、憑空落墨、恍如奇峰突兀、従天外飛来、又如燃放花炮、火星乱起、然細察之、皆有条理、自非能手、不敢出此。雖然、此亦欧西小説家之常態耳。爰照訳之、以介紹於我国小説界中、幸弗以不健全譏之。（訳者曰く、わが国の小説の体裁は、しばしばまず書中の主人公の姓名来歴をひとくさり述べて、それからその事跡を詳しく記します。はたまた楔子・引子・詞章・講釈などを用いて、頭に載せます。そうでないとどこから手を着けてよいかわからないからです。踏襲されるがまま、ほとんど千篇一律であるのは、読者もご承知のことでしょう。この篇はフランスの小説大家鮑福の著すところ、書き起こしは父母の問答のことば、いきなり文章が始まり、そびえ立つ奇峯が、天外から飛来したかのように、爆竹に火がついて、火花が散ったかのように、目がくらみます。けれども仔細に見ると、みな道理があり、達人でなければ、こうはできますまい。しかしながら、これもまた西洋の小説家にとっては珍しいことではありません。ここにそのまま訳して、わが国の小説界に紹介いたします。形になってないと言って非難されませぬよう。）

それでもなお、この小説は章回体をむりにでもとろうとし、回目を掲げ、「且待下文分説（次回をお楽しみに）」で回を結ぶのだが、彼我の差はいやおうなく意識されてしまう。「新小説之意境与旧小説之体裁、往々不相容（新小説の情趣と旧小説の体裁は、そぐわないことが多い）」（前掲記事「『新小説』第一号」）という悩みは、いかんともしがたい。雑誌としての『新小説』が重要なのは、まさにこうした文学的実験がその誌面の此処彼処で行われていたということだ。掲げた目的は通俗と啓蒙にあったにせよ、いったん新しい écriture へと提供された場は、その場独自の力を持つようになる。創刊の広告には予告されていなかった小説論の専欄が「小説叢話」として第七号より連載されるのも、言ってみれば、この場の力によるものであった。幼い頃からの教育の賜である詩文の創作であれば難なくこなせるはずが、創作であれ翻訳であれ、小説を書くという作業は実に厄介であり、とくに実際に西洋小説の翻訳に従事すれば、内容だけでなく叙述形式の彼我の違いも深く思い知らされることになる。雑誌『新小説』を発行し続けるということは、「小説」とは何かを常に認識し直す作業でもあったと言えよう。その一つの現れが、「小説叢話」なのである。

「小説叢話」を連載するにあたって梁啓超は簡単な識語を付している。

談話体之文学尚矣。此体近二三百年来益発達、即最乾燥之考拠学金石学、往往用此体出之、趣味転増焉。至如詩話文話詞話等、更汗牛充棟矣。［…］惟小説尚闕如、雖由学士大夫鄙棄不道、抑亦此学幼稺之徴証也。余今春航海時、篋中挟桃花扇一部、藉以消遣、偶有所触、綴筆記十余条。一昨平子・蛻庵・困斎・彗广・均歴・曼殊集余所、出示之、僉曰、此小説叢話也、亦中国前此未有之作、盍多為数十条、成一帙焉。談次、因相与縱論

小説、各述其所心得之微言大義、無一不足解頤者。余曰、各筆之、便一帙。衆曰、善。（談話形式の文章は由来が古いが、この形式はここ二、三百年で大いに発達した。最も無味乾燥な考証学や金石学も、しばしばこの形式で語られ、おもしろみが増すのである。詩話や文話それに詞話などは、数え切れないほどある。［…］小説だけがまだないのは、まともな人士が蔑視しているせいでもあるが、そもそもこの学問がまだ幼稚なせいでもある。私は今春航海したとき、荷物の中に『桃花扇』一篇を入れて暇つぶしにした。思いつくままに、箚記をしたためたのが十餘条になった。先日、平子［狄葆賢］・蜕庵［麦孟華］・璱斎［麦仲華］・彗广［未詳］・均歴［未詳］・曼殊［梁啓勲］が来集したおりに、取り出して見せてみたら、みなが言うには、これは小説叢話である、中国にこれまでなかったものであり、数十条にふくらませて、一帙とするべきだ、と。語るうちに、互いに小説を論じあい、会得した道理をおのおの述べあったが、どれもなるほどと思われるものばかりだった。私が、それぞれ書き留めれば一帙になる、と言うと、みな賛同した。[20]）

ここに「航海」というのは、一九〇三年のアメリカ渡航のことだが、そのとき携えていたのが『桃花扇』だというのは、日本への亡命時に艦中で読んだのが『佳人之奇遇』だというのとまさに対照的と言えよう。旧来の小説を全否定していたはずの梁啓超だが、『新小説』の発行人としては、旧小説への関心はむしろ強まりこそすれ弱まることはなかったのである。

そして留意すべきは、まず第一に、「小説叢話」が梁啓超ひとりの手になるのではなく、その周囲でともに小説に関心のあった人々がたがいに語りあい筆をとって書かれているということだ。梁啓超の文学思想を論じようとするなら、つねにこうした場の存在は無視できない。とりわけ、沈思黙考というよりは談論風発のうちに自身の思考をすすめていく梁にとっては、こうした場のもつ意味は大きいだろう。梁啓超の名で書かれた大論よりも、こうしたこまごまとした箚記のうちにこそ、その文学観がよく窺えることが多い。

第二に、そもそも『桃花扇』に対する批評からはじまったように、この「小説叢話」においては中国旧小説の再評価が顕著だということである。「吾中国群治腐敗之総根原」といったんは切り棄てざるを得なかったものの、真に「国民」と「小説」とを、また「文学」とを結びつけて考えようとするなら、過去のうちになんらかの「伝統」を見いだすのでなければ、自身の拠り処さえあやふやになってしまう。もちろんその再評価の仕方は、新しい価値基準でなされねばならない。

吾国之小説、莫奇於紅楼夢、可謂之政治小説、可謂之倫理小説、可謂之社会小説、可謂之哲学小説、道徳小説。（わが国の小説は、紅楼夢ほどすばらしいものはない。政治小説とも言えるし、倫理小説とも言えるし、社会小説とも言えるし、哲学小説・道徳小説とも言える。）

侠人の名で第十二号に掲載された叢話中のこの一節は、その再評価がどのように為されたかをよく示しているだろう。この文章は『紅楼夢』を全面的に再評価したうえで、淫書と決めつける世俗を激しく論難している。そして同じ一九〇四年、王国維の『紅楼夢評論』も世にあらわれた。むろんショーペンハウエルの哲学を自在にあやつった王国維の論と僅々数葉のこの文章を同日に語ることはできないが、要点は、旧小説を全否定して新小説のみを宣揚する段階をともに脱しつつあったということにある。西洋小説の大量の移入翻訳を経ることによって、中国生まれの小説に対する見方も確実に変化していたのである。

四　進化する文学

胡適は『五十年来中国之文学』（申報館、一九二四）のなかで、「一九〇四年以後、科挙は廃止されたが、はっきりと白話文学を主張する者はあらわれなかった」「一九一六年以後の文学革命運動にいたって、はじめて意識的に白話文学が主張されたのだ」と言う。周作人は『中国新文学之源流』（北平人文書店、一九三二）において清末の白話文を論じ、そのおもな目的はあまり教養のない大衆を啓蒙するためであって、「要するに、その時期の白話というのは、政治方面の必要に由来するもので、戊戌政変の余波のうちの一つにすぎず、のちの白話文とはあまり関係ないものだと言ってよいだろう」と言う。むろん全面的な白話運動は文学革命に至ってあらわれることに間違いはないが、胡適らのように過去を断じてしまうのも、いささか不公平である。実際には、先行する小説界革命の過程のうちに、のちの白話運動の核心をなす主張はすでにあらわれていたのだから。

前節でのべたように、雑誌『新小説』は第七号（一九〇三）から、「小説叢話」を連載し、梁啓超をはじめ、狄葆賢、麦孟華、呉趼人ら、その周辺が詩話などの形式をまねて一種の集団創作の「小説話」を書き連ねていた。そこで展開される議論は、すでに初期の政治的功利主義を脱し、より文学史的視点に立ちつつあった。識語についで「小説叢話」の最初に置かれた梁啓超の文は、中国における文学進化論の観念がはじめて表出されたものであり、きわめて意義ぶかいものである。

文学之進化有一大関鍵、即由古語之文学変為俗語之文学是也。各国文学史之開展、靡不循此軌道。（文学の進化には、大きなかなめがある。すなわち古語の文学から俗語の文学へと変化するということだ。各国の文学史の発展は、すべてこの道筋をたどる。)

近代中国における文学進化論の要点はすべてここに尽くされていると言ってよいだろう。すべてのものが進化するのであり、文学もまた例外ではない。進化の軌道は古語から俗語へと定まっている。「説部」の第一の属性を「俚語」に定めたときには片鱗すら見いだし難かった進化の概念が、ここではすでに前提とされているのである。そしてやはり注目したいのが、それぞれの国家にそれぞれの文学史が存在し、しかもそれが同じ進化の道筋をたどるのだとの言明である。国民国家を構想するにふさわしい文学史のスローガンを、梁啓超は手にしたのである。

ここで用いられている「文学」なる語は、「文章博学」でなく、すでに literature の翻訳語としての「文学」にきわめて接近している。言うまでもなく、「文学」のこの用法は明治日本において一般化したものであった。「進化」の語についても同断であり、別の一則で「斯賓塞《スペンサー》が言うには、宇宙の万事は、皆進化の理に随うものだが、文学のみがそうではなく、時に進化と反比例する、と」とスペンサーを引いて、論駁を加えているのを見ても、「進化」の発想がどこからもたらされたかが分かる。そして「各国文学史之開展、靡不循此軌道」と主張する背後には、俗語革命を叙述するヨーロッパ文学史を何らかの形で下敷きにしているのであり、それはちょうど胡適が「文学改良芻議」(『新青年』第二巻第一号、一九一七・一)においてダンテやルターを例に挙げたのと同様である。

興味深いことに、この『新小説』第七号には、楚卿すなわち狄葆賢による「論文学上小説之位置」なる論説が巻頭に掲げられており、小説論の気運が大いに盛んになりつつあることが察知されるのだが、そこには、「飲冰室主人常語余、俗語文体之流行、実文学進歩之最大関鍵、各国皆爾、吾中国亦応有然。近今欧美各国学校、倡議廃希臘羅馬文者日盛、即如日本、近今著述、亦以言文一致体為能事(飲冰室主人がいつも私に言うには、俗語文体の流行こそ文学の進歩の最大の要点、各国みなそうであり、中国もそうであるべきだ、と。ちかごろ欧米各国の学校ではギリシア・

ローマの文章を廃そうとの議がますます盛ん、日本においては、最近の著述はやはり言文一致体をもって腕前を競う）」とのことばがある。梁啓超が「俗語」を称揚する背景に、日本の言文一致があることは、間違いない。明治十九年すなわち一八八六年に出版された物集高見『言文一致』に品川弥二郎が序を寄せて、「文学の、進歩を徴するには、種々、あるべしといへども、我が国に於ては、先づ、言文の、一途に帰するを以て、其第一徴と、称すべし」とのことばがあったことも、想起されるだろう。

かく「俗語」を主軸にして文学史を構築するとき、その原点はやはり先秦に置かれる。

中国先秦之文、殆皆用俗語、観公羊伝楚辞墨子荘子、其間各国方言錯出者不少、可為左証。故先秦文界之光明、数千年称最焉。（中国先秦の文は、ほとんど皆俗語を用いた。『公羊伝』『楚辞』『墨子』『荘子』を読むと、各国の方言が混じり出ていることが少なくないのは、その証左である。だから先秦文章界の光り輝くこと、数千年にわたって最高とされるのだ。）

先秦の文章が口語に近いと主張するのは何も梁啓超の特許でなく、例えば南宋の大儒朱熹が『詩経』の再注釈を行った動機にもすでに同様の文学観が存在しているのだが、しかし、口語に近いからこそ価値があると見なし、進化の起点をそこに置くのは、やはり梁啓超ならではである。そして、先秦以来の俗語文学を受け継ぐのは、宋・元以降の俗語文学だとする。

尋常論者、多謂宋元以降、為中国文学退化時代。余曰、不然。夫六朝之文、靡靡不足道矣。即如唐代韓柳諸賢、自謂起八代之衰、要其文能在文学史上有価値者幾何。昌黎謂非三代、両漢之書不敢観、余以為此即其受病之源也。自宋以後、実為祖国文学之大進化。何以故。俗語文学大発達故。（一般には、宋・元以降は中国文学の

退化の時代だと言われることが多いが、私はそうは思わない。六朝の文章は退廃的で言うに及ばず、唐代の韓愈・柳宗元ら諸賢も、自ら八代の衰を興したとは言うものの、その文章の文学史上における価値となると、どれほどだろう。韓愈は三代・両漢の書でなければ読まないと言ったが、私の考えではこれが弊害のおおもとなのだ。宋以降は、実は祖国文学の大進化だ。なぜか。俗語文学が大発達したからだ。）

韓柳の古文を評価するのに「文学史上における価値」、俗語へと進化する文学史における価値を持ち出すのは、おそらく梁啓超が初めてであった。「支那文学史」は書かれていたが、前述のようにそれは文言を主とするもので、韓柳の古文はむしろ高く評価されている。胡適が「今の世から見れば、中国文学は元代が最も盛んだったとすべきだ」（「文学改良芻議」）という十五年も前に、梁啓超がこのような言明をなしていたことは、もっと強調されてもいいだろう。まして胡適の論は、『宋元戯曲史』（商務印書館、一九一五）を代表とする王国維の元曲研究のさらに後に位置するのである。

そして、梁啓超は、宋以降の俗語文学の発展についても見取り図を示す。

宋後俗語文学有両大派、其一則儒家、禅家之語録、其二則小説也。小説者、決非以古文之文体而能工者也。本朝以来、考拠学盛、俗語文体、生一頓挫、第一派又中絶矣。苟欲思想之普及、則此体非徒小説家当採用而已、凡百文章、莫不有然。（宋以降の俗語文学には二大流派があり、第一は儒家・禅家の語録、第二は小説である。小説は古文の文体ではうまく仕上がりはしないのだ。本朝以来、考証学が盛んになり、俗語文体は一頓挫を来たし、第一派もまた途絶してしまった。思想の普及を考えるなら、この体《スタイル》は小説家だけが採用すべきものではない。すべての文章が、そうなるべきなのだ。）

俗語文体が小説家の専売特許ではないことを歴史的に説明することで、今日、すべての文章が俗語体で書かれるべきだとの主張の支えとしている。語録の存在に着目すること自体、先見の明があると称してよいだろう。だが、言うは易く行うは難し、その困難さもまた梁啓超は承知していた。

雖然、自語言文字相去愈遠、今欲為此、誠非易易、吾曾試験、吾最知之。（しかしながら、語言《はなしことば》と文字《かきことば》とは隔たることいよいよ遠く、いまそれを為そうとしても、まったく困難なことは、自らの体験からも、よく承知している。）

狄葆賢「論文学上小説之位置」（『新小説』第七号）は、「中国文字衍形不衍声、故言文分離、此俗語文体進歩之一障碍、而即社会進歩之一障碍也。為今之計、能造出最適之新字、使言文一致者上也。即未能、亦必言文参半焉。此類之文、舎小説外無有也（中国の文字は形に沿って声に沿わず、ゆえに言と文が分離している。これぞ俗語文体進歩の一障碍であり、すなわち社会進歩の一障碍である。図るに、最適の新字を編み出して、言と文とを一致させることができれば、上々。できなければ、言と文とを交じえて書くようにしなくてはいけない。こうした文章は、小説以外にはない）」のように、その方策を立てているが、『新小説』に集った人々にとっては、この言文不一致は、共有の難問であった。同様の発言は、たとえばヴェルヌの『二年間の休暇』を森田思軒の日本語訳から重訳し『十五小豪傑』として発表したときの後語[21]にも見られる。

本書原擬依水滸紅楼等書体裁、純用俗話、但翻訳之時、甚為困難。参用文言、労半功倍。[…] 但因此亦可見語言、文字分離、為中国文学最不便之一端、而文界革命非易言也。（この書は元来『水滸伝』や『紅楼夢』の体裁に倣い、すべて俗語を用いようと考えたのだが、翻訳の段になると、たいへん困難に感じた。文言を交じえることで、労を減らし功をかせぐことができたのである。[…] ただ語言と文字の分離が、中国文学の最も不便なところであり、文界革命がそう簡単には行かないことが、これによってもわかる。）

のちに周作人に至ってもなお「古文を書くのは白話を書くのよりずいぶん楽だ。白話で書くのにはしばしば難渋させられる」（『中国新文学之源流』）と記すほどである。梁啓超の困難は推して知るべしであろう。

したがって実作という面から見ると、梁啓超はあまり成功したとは言えない。白話を書くことを主張しはしても、その文章自体は依然として文言で書かれている。『新小説』に掲載された作品のうちで白話で書かれたのは、結局小説や戯劇、歌謡など、俗文学に由来するものに限られていたし、その形式も、前述のごとく基本的には旧来の章回小説や戯劇のスタイルを襲ったものであった。けれども『新小説』の誌面には確実に新たな時代への胎動が感じられ、たとえば梁啓超と並んで外国小説のもっとも早い翻訳者である林紓が終始文言による翻訳方法を変えず、ついに白話運動にも反対したことを考えあわせるなら、梁啓超が近代中国における言語の問題に寄せた意識は、やはり深かったと言うべきであろう。

さて、『新小説』第七号の別の一則では、小説に限らず、韻文の観点から文学の進化を論じてもいる。

凡一切之事物、其程度愈低級者則愈簡単、愈高等者則愈復雑、此公例也。故我之詩界、濫觴於三百篇、限以四言、其体裁為最簡単。漸進為五言、漸進為七言、稍復雑矣。漸進為長短句、愈復雑矣。長短句而有一定之腔、一定之譜、若宋人之詞者、則癒復雑矣。由宋詞而更進為元曲、其復雑乃達於極点。（およそすべての事物は程度の低いものほど単純で、程度の高いものほど複雑であるのは、公理だ。だからわが詩界が、『詩経』三百篇に始まったときは、四言のみで、体裁もごく単純であったのが、進歩して五言、また七言へと進歩し、いささか複雑となった。さらに長短句へと進歩し、ますます複雑となった。長短句には決まった腔、決まった譜があり、宋人の詞になると、ますます複雑となり、宋詞からさらに進んで元曲となると、その複雑さは頂点に達した。）

単純なものから複雑なものへという進化の論理をここでは用いて、『詩経』から元曲までを、ひとつの流れに位置づける。梁啓超がこのように言うのは、実は戯曲が中国における詩のもっとも進化したものでもあることを言わんとしてなのである。以前黄遵憲と東西の詩を論じたさいに、古代のホメロスやダンテ、近代のバイロンやミルトンのような長篇詩が中国にないのは、中国の文人の才能が劣っているからだと彼は言ったことがあった。しかし考えてみると、それは中国の詩を狭義に捉えているからであって、西洋の詩は元来中国の騒・楽府・詞・曲すべてに対応しているのであり、そうしてみると、屈原・宋玉がホメロス・ダンテに及ばないはずもなく、湯顕祖・孔尚任らがバイロン・ミルトンより劣るはずもないと、そのように言うために、この進化論を持ち出したのである。

前節に記したように、「小説叢話」の執筆は、なにより『桃花扇』の再評価を契機としていた。戯曲は、俗語という点でも手本となるし、文学的価値という点でも、西洋の傑作に対抗すべき質を備えている。『桃花扇』はその代表として再発見されたのである。『新小説』第七号の「小説叢話」末尾に置かれている、梁啓超が太平洋上で記したという七則では、『桃花扇』の構成の巧妙が称賛され、文辞の哀切が感嘆され、「読此而不湧起民族主義思想、乃無心者也（これを読んで民族主義の思想が湧き起こらないものは、心なき者だ）」とまで断言される。もちろん「民族主義思想」を呼び起こすからこそ中国文学としてふさわしいのであり、文学として価値があるのであって、今日的見地から、それを政治主義的だなどというのは見当はずれであろう。梁啓超の『桃花扇』への愛着は深く、二十年以上も隔てた一九二五年、彼は自らその注釈を作成するに至る。[22] たんなる効用主義的な称揚ではなかったのである。

『新小説』において梁啓超が提起した中国文学進化論は、初期の小説効用論に比して、より遠いパースペクティブを獲得するための基盤となった。五四以降の白話文学運動は、まさしくこの延長線上にある。「俗語」という軸によって「進化」の道筋を見出し、そのうえで「中国文学」なる、『詩経』から「新小説」まで、の古今雅俗のテクストをそのうちに含む概念を生みだしたこと。梁啓超の来日以前においては、その構想さえあやふやなこの概念は、日本への亡命を契機として、日本の文学状況に梁啓超が反応していく中で、次第に確固たるものになっていった。『新小説』という文学メディアの確立と、「中国文学」なる観念の成立は密接に関わっており、さらにそれは、明治日本における「日本文学」の宣揚とも、同時代的連鎖をなしている。

梁啓超は、まさしく中国と日本の文学における媒介の役割を果たしながら、それによって今度は、中国文学なるものを凝固させる役割を果たした。比喩すれば、『佳人之奇遇』を翻訳することによって、『桃花扇』は発見されたのである。この、翻訳から発見への道を開くことこそ、近代文学観念形成期における梁啓超の役割であった。凝固した一国文学史が再び開かれるか否かは、すでに彼の知るところではない。

第4章 「小説叢話」の伝統と近代

小説界革命を唱導した梁啓超が、一九〇二年十一月十四日に創刊した雑誌『新小説』は、中国における初めての小説専門雑誌であった。あるいは、創刊に先立って『新民叢報』第十四号に折りこまれた広告に揚言されるように、「中国唯一之文学報」、すなわち中国唯一の文学雑誌であった。そして、この雑誌『新小説』には、「小説叢話」と題して、梁啓超を中心とする人々がそれぞれ箚記を寄せた小説論が連載された。

「小説叢話」において梁啓超がどのような議論を展開したか、その射程と限界については第3章ですでに述べたので繰り返さない。ここではそれを踏まえ、梁啓超以外の手になるものにも視野を拡げ、「小説叢話」において何が語られたのか、もう少しくわしく見ておきたい。

一　中外の比較

『桃花扇』に対する評価を発端とするように、「小説叢話」の中心となるのは、旧小説の再評価であった。梁啓超は『新小説』第一号に載せた論文「論小説与群治之関係」において、旧小説を「吾中国群治腐敗之総根原」、つまり社会が腐敗しているのは小説のせいなのだ、とばっさり切り捨てたのだが、「小説叢話」においては、むしろ旧小説に積極的な価値を見いだそうとしている。黄霖『近代文学批評史』は、「小説叢話」の作者たちが梁啓超の旧小説蔑視に反論したのだと述べているが[1]、一面的な評価ではないか。梁啓超は小説と社会との関係において旧小説を否定したのであって、前章に述べたように、「文学史」の構想がひとたび生じれば、伝統の再構築は必須となる。

では「小説叢話」における旧小説の再評価は、どのように為されたのか。いまその幾つかを例示しよう。

英国大文豪佐治賓哈威云、小説之程度愈高、則写内面之事情愈多、写外面之生活愈少、故観其書中両者分量之比例、而書之価値、可得而定矣。可謂知言。持此以料揀中国小説、則惟紅楼夢得其一二耳。余皆不足語於是也。（英国の大文豪佐治賓哈威［未詳］が言うには、小説の程度が高くなればなるほど、内面のことがらを描くことが多くなり、外面の生活を描くことが少なくなる、したがってある本の中に占める両者の分量を比べれば、その本の価値が分かる、と。知言と謂うべし。これによって中国小説の品定めをすれば、『紅楼夢』がいくらか見所があるのみ、他はみな語るに足りない。）（璱斎）

（『新小説』第七号）

金瓶梅一書、作者抱無窮冤抑、無限深痛、而又処黒暗之時代、無可与言、無従発泄、不得已藉小説以鳴之。其描写当時之社会情状、略見一班［斑］。［…］真正一社会小説、不得以淫書目之。（『金瓶梅』という書物は、作者が尽きない怨みと限りない痛みを抱き、その上、暗黒の時代に生きて、語るべき相手も無く、思いを述べるすべもなく、已むを得ず小説を借りて不平を鳴らしたのである。当時の社会状況の描写からは、その一端を窺うことができる。［…］真の社会小説であり、淫書と見なしてはならない。）（平子）

（『新小説』第八号）

聖嘆乃一熱心憤世流血奇男子也。然余于聖嘆有三恨焉。一恨聖嘆不生于今日、俾得読西哲諸書、得見近時世界

之現状、則不知聖嘆又作何等感情。［…］三恨紅楼夢茶花女二書、出現太遅、未能得聖嘆之批評。（金聖嘆は世を憤って血を流した熱血漢なのだ。けれども私は聖嘆に三つの恨みがある。一つは聖嘆が今日に生まれなかったことだ。西洋の思想家の書物を読ませ、最近の世界の現状を見せたなら、聖嘆はどう思うだろうか。［…］三つめは、『紅楼夢』と『茶花女』の二書が現れるのが遅すぎて、聖嘆の批評を得られなかったことだ。）（平子）（『新小説』第八号）

金瓶梅之声価、当不下於水滸紅楼。此論小説者所評為淫書之祖宗者也。余昔読之、尽数巻猶覚毫無趣味、心窃惑之。後乃改其法、認為一種社会之書以読之、始知盛名之下、必無虚也。（『金瓶梅』の声価が、『水滸伝』や『紅楼夢』を下回りはしないのは、小説を論じる者が評するところの淫書の元祖としてである。私は昔これを読んで、数巻読んでもまったく面白くないことに、内心戸惑ったものだ。のちに読み方を変えて、一種の社会の書物として読み、ようやく名声には必ず根拠があるものだと分かった。）（曼殊）（『新小説』第八号）

「瑶斎」（麦仲華）・「平子」（狄葆賢）・「曼殊」（梁啓勲）によるこの箚記は、中国の小説と西洋の小説を同じ土俵の上で考えようとする点で共通している。イギリスの文豪「佐治賓哈威」の言葉で『紅楼夢』の価値を判断したり、或いは金聖嘆に『紅楼夢』と並べて『茶花女』（『椿姫』）にも批評を加えさせたがったりなどは、その好例だろう。(2) 旧小説のなかでも「淫書」の代表格である『金瓶梅』を「社会小説」というラベルでその価値を再認しようとするのは、やはり西洋文学に触れて以降の見方である。誤解してはならないのは、これらは西洋文学の単純な受容もしくは輸入ではないということである。むしろ小説に対する思考の領域を拡大したのだと見なす方が適当だ。例えば『紅楼夢』一つをとっても、「紅楼夢一書係憤満人之作。［…］而専以情書目之、不亦誤乎。（『紅楼夢』は憤満の人の作だ。［…］それなのに情愛の書だとばかり見なすのは、まったくの誤りだ）（平子）」（第九号）、「紅楼夢之佳処、在処処描摹、恰肖其人。（『紅楼夢』の長所は、あらゆる描写が、その人物らしくしっくりくることだ）（平子）」（第九号）、「吾国之小説、莫奇於紅楼夢。可謂之政治小説、可謂之倫理小説、可謂之社会小説、可謂之哲学小説、道徳小説。（わが国の小説は、『紅楼夢』ほどすばらしいものはない。政治小説とも言えるし、倫理小説とも言えるし、社会小説とも言えるし、哲学小説・道徳小説とも言える）（俠人）」（第十二号）のように、反清の立場から評したり、描写の巧みさを讃えたり、或いは『新小説』の広告のごときラベルを貼ってみたり、価値判断の基準はさまざまであり、西洋の小説論をひたすら輸入し、それによってのみ小説の分析を行っているわけではない。

そうした状況の中で問題となったのは、やはり中外小説の比較であった。『新小説』第十三号で俠人は、中国小説と西洋小説を、小説の分類の細かさ、登場人物と物語の複雑さ、分量の長さ、構成の妙の四点から比較し、前一者は西洋がすぐれるものの、後三者はいずれも中国がまさるとした。さらに、中国が劣っているところは、まさっているところのために生じたのであるから、必ずしも欠点とは言えないとして、「吾祖国之文学、在五洲万国中、真可以自豪也（吾が祖国の文学は、世界中でも誇るに足るものだ）」と主張する。幼稚な民族主義と嗤うことはたやすいかもしれないが、むしろ留意すべきは、「祖国之文学」が「五洲万国」の中で存在を主張せねばならなくなったということだろう。国民国家の時代にあっては、それぞれの国家とその構成要素は、常に互いの比較対照を餘儀なくされる。比較の基準は普遍と固有とが絡み合い、往々にして結論の出ないものとなるのだが、重要なのは結論ではなく、比較対照するという行為である。『新小説』第二十号の「小説叢話」では、先の例とは反対に、「身分」「辱罵」「誨淫」「公徳」「図画」の面で中国小説は外国小説に及ばないという議論が「知新主人」（周桂笙）によって主張される。結論は反対だが、いずれにせよ、比較という行為が可能となっているのは、「小説」という枠組みが中西普遍のものとして前提となっているからであり、「小説叢話」という場において必要だったのは、まずはその前提の構築であり、さらに、それがもたらす彼我の差異の認識による自国文学意識の形成だった。これらの比較論は、議論としては確かに一面的で粗雑かも知れないが、議論の枠組みの成立こそがまず注目されるべきであろう。

そして、小説の比較は、社会の比較、民族の比較、国家の比較に容易に転化する。

蓋小説者乃民族最精確最公平之調査録也。吾嘗読吾国之小説、吾毎見其写婦人眼裡之美男児、必曰「面如冠玉、唇若塗脂。」此殆小説家之万口同声者也。吾国民之以文弱聞、於此可見矣。吾嘗読徳国之小説、吾毎見其写婦人眼裡之美男児、輒曰「鬚髪蒙茸、金鈕閃爍。」蓋金鈕云者、乃軍人之服式也。観於此、則其国民之尚武精神可見矣。（いったい小説というのは民族の最も精確で最も公平な調査録である。わが国の小説を読んでいると、女性の目に映る美男子を描く段では、必ず「面は冠の玉の如く、唇は脂を塗るが若し」であって、これはほとんど小説家の異口同音である。わが国民が文弱を以て聞こえるのは、ここから知られよう。ドイツの小説を読んでいると、女性の目に映る美男子を描く段では、毎度「鬚髪蒙茸たり、金鈕は閃爍たり。」である。金鈕というのは、軍人の服装である。これによって、その国民の尚武の精神が窺えよう。）（曼殊）

（『新小説』第十三号）

ここでは小説のクリシェがそのまま国民性の標徴とされる。小説は、国民へと接続し世界へと接続する。小説の空間は、一気に拡大したのである。言い換えれば、小説を論じることで、あらゆる事を論じることが可能となる。あらゆる事を論じられるからこそ、小説が文学の最上乗となったのである。そして、このようにして拡大された小説の空間の中で、「進化」を普遍の準則とした「中国文学」の伝統が練り直されることになる。

二　進化の中核

小説が文学進化の中核であるという認識は、例えば次のような伝統の組み替えをもたらした。

故孔子当日之刪詩、即是改良小説、即是改良歌曲、即是改良社会。然則以詩為小説之祖可也、以孔子為小説家之祖可也。（したがって孔子が当時において『詩経』を編定したのは、つまり小説の改良であり、歌曲の改良であり、社会の改良であった。となれば、『詩経』を小説の祖としてもよいのであり、孔子を小説家の祖としてもよいのである。）（平子）　（『新小説』第九号）

孔子曰、我欲托之于空言、不如見之于行事之深切著明也。吾謂此言実為小説道破其特別優勝之処者也。［…］若是乎由古経以至春秋、不可不謂之文体一進化、由春秋以至小説、又不可謂之非文体一進化。使孔子生於今日、吾知其必不作春秋、必作一最良之小説、以鞭辟人類也。（孔子曰く、我は之を空言に托せんと欲するも、之を行事に見《あらわ》すことの深切著明なるに如かざる也、と。[3] 私は思うに、このことばは実は小説の特にすぐれたところを喝破したものである。［…］このようであれば、古経から『春秋』に至ったのは、文体の進化と言わないわけにはいかず、『春秋』から小説に至るのも、また文体の進化と言わないわけにはいかない。孔子が今日生きていたなら、きっと、『春秋』を作るのでなく、一篇の最良の小説を作って、人類を鞭撻したに違いないのである。）（俠人）（『新小説』第十三号）

中国において文明の伝統を語ろうとするとき、孔子の名を外すわけにはいかない。まして梁啓超らは康有為門下である。孔子を伝統の出発点として語ることで、この伝統は正統のものとなりうる。従来の詩文中心の文学観の組み替えのためには、孔子の登場は不可欠であった。詩三百篇を定めたのは、小説改良と同じである、古経から『春秋』に到るのは進化であり、『春秋』から小説に到るのも進化である。こうした議論は、新たな伝統の構築を容易にする。そして梁啓超は、より周到に、伝統の再構築を行っていた。第3章で引いた、太平洋上の船中でしたためた箚記だという七条のうちの一つを、もう一度見てみよう。

凡一切之事物、其程度愈低級者則愈簡単、愈高等者則愈複雑、此公例也。故我之詩界、濫觴於三百篇、限以四言、其体裁為最簡単。漸進為五言、漸進為七言、稍複雑矣。漸進為長短句、愈複雑矣。長短句而有一定之腔、一定之譜、若宋人之詞者、則愈複雑矣。由宋詞而更進為元曲、其複雑乃達於極点。（『新小説』第七号）

小説ではなく韻文の進化を、単純から複雑へという「公例」（公理）に沿って理解する。『詩経』から元曲までをそのような道程に位置づけることで、韻文の進化から言えば、戯曲がもっとも進化したジャンルだということになる。「小説叢話」の中でなぜ小説ではなく韻文の進化を語るかと言えば、つまりは、俗語によって書かれた戯曲が、韻文の進化の上でも、もっとも発達したジャンルだと言いたいがためなのである。この文に続けて、梁啓超は、「曲本」が他の詩体にまさっている点を四条に分けて説く。一つは、歌と科白とが相補い、描写の委細を尽くせること。ついで、一般の詩は一人の情を写し得るのみだが、曲本は登場人物それぞれの情を表し得ること。そして、長短が変幻自在で、一曲数折から数十折まで、一折数調から数十調までと、すべて作者の意のままであること。さらに、詩や詞に比べて格律が自由で、いささか音律を解しさえすれば、新調を作るも可、旧調に依るにしても、一句の字数を厳格に制限する必要はないこと。梁はこの四条を挙げて、中国の韻文において、将来の進化は知らず、今日までを見るならば、戯曲こそが最大最高であり、三代両漢の文章に非ざれば敢えて観ずと言う韓愈に倣って古を貴んで今を軽んじるような旧弊には、到底与することはできないのだ、と言う。こうした主張は、直接的な影響の有無は別としても、王国維の『宋元戯曲考』[4]（商務印書館、一九一五）を確かに準備している。

さて、戯曲を韻文の極点とする発想がもたらされたのは、西洋文学との比較からであった。同じ洋上の箚記に、以下のようにある。

泰西詩家之詩、一詩動輒数万言、若前代之荷馬但丁、近世之擺倫弥児頓、其最著名之作、率皆累数百葉、始成一章者也。中国之詩、最長者如「孔雀東南飛」「北征」「南山」之類、罕過二三千言外者。吾昔与黄公度論詩、謂即此可見吾東方文家才力薄弱、視西哲有慚色矣。既而思之、吾中国亦非無此等雄著、可与彼頡頏者、吾輩僅求之於狭義之詩、而謂我詩僅如是、其謗点祖国文学、罪不浅矣。詩何以有狭義有広義、彼西人之詩不一体、吾儕訳其名詞、則皆曰詩而已。若吾中国之騒之楽府之詞之曲、皆詩属也、而尋常不名曰詩。於是乎詩之技、乃有所限。吾以為若取最狭義、則惟三百篇可謂之詩。若取其広義、則凡詞曲之類、皆応謂之詩。数詩才而至詞曲、則古代之屈宋、豈譲荷馬但丁、而近世大名鼎鼎之数家、若湯臨川孔東塘蔣蔵園其人者、何嘗不一詩累数万言耶、其才力又豈在擺倫弥児頓下耶。（ヨーロッパの詩人の詩は、一篇の詩がややもすれば数万言となる。古代のホメロスやダンテ、近世のバイロンやミルトンなどは、その最も著名な作品は、おおむね皆数百葉を累ねて、ようやく一章を成すのである。中国の詩は、最も長い「孔雀東南飛」や「北征」や「南山」の類でも、数千言を超えることは稀だ。私は以前黄公度と詩を論じて、わが東方の文人の才力が薄弱であることがここからも知られ、西洋の大家に恥じいると言った。後でよく考えてみると、わが中国にも、かれらに対抗しうる雄篇がないわけではないのだ。われわれはただ狭義の詩にそれを求めて、わが詩はこんなものばかりだと考えたのだ。祖国の文学を中傷したもので、罪は浅くない。詩にどうして狭義と広義があるのか。つまり、かの西洋人の詩は形式がさまざまなのに、こちらでその名称を翻訳するさい、どれも詩と呼んでしまっている。わが中国の騒や楽府や詞や曲は、みな詩に属するけれども、普通は詩とは呼ばず、そのために詩の範囲が狭くなってしまっている。私が思うに、最も狭義であれば、三百篇だけが詩であり、広義に取れば、詞曲の類はみな詩と言うべきだ。詩人の範囲を詞曲にまで拡げれば、古えには屈原や宋玉がおり、ホメロスやダンテに劣るはずもない。湯臨川や孔東塘や蔣蔵園などの近世の大家が、一篇の詩で数万言を累ねないことがあるだろうか。その才力がバイロンやミルトンに劣ることがあろうか。）

かつて黄遵憲と詩を論じて、古代のホメロスやダンテ、近代のバイロンやミルトンのような長篇の詩が中国にないことをもって、中国の文人の才能はかくも劣り、西洋の大家に恥じるところなしとしないと言った。しかし考えてみると、それは詩を狭義に捉えているからであって、そもそも西洋の詩に対応するのは、中国では騒・楽府・詞・曲すべてなのである。このように広義の詩で考えるなら、屈原・宋玉はホメロス・ダンテと拮抗しようし、近くは湯顕祖・孔尚任・蔣士銓らの戯曲作家も、バイロン・ミルトンに席を譲ることはない。梁啓超はこう認識することで、中国文学の中に確乎たる伝統を見いだすことができた。伝統というものは、一つの伝統のみ単独で存在しうるものではない。他者の伝統と相互に対比することによって初めて成立するものなのであり、「祖国文学」という言葉も、こうした対比のうちから生まれる。

かくして、新文学に接続しうる伝統は構築された。詩文も小説も戯曲も、中国文学という一つの伝統のうちに語り得るに到ったのである。そして梁啓超がこの伝統における最高傑作だと考えたのが、『桃花扇』であった。最初に述べたように、梁啓超の洋上笥記はもっぱら『桃花扇』のために書かれたものである。例えば、次の条。

論曲本当首音律、余不嫻音律、但以結構之精厳、文藻之壮麗、寄託之遥深、論之、窃謂孔云亭之桃花扇、冠絶前古矣。（曲本を論じるには音律を第一とすべきなのだが、私は音律には不案内で、構成の緻密さや修辞のすばらしさや託意の深遠さから論じるしかない。となれば、孔云亭の『桃花扇』が、前代に冠絶すると考える。）

他の条では、巻首に先声の一齣を置き巻末に餘韻の一齣を置くのが孔尚任の創案で、餘人には模倣しがたいこと、登場人物の一人である老賛礼が作者の分身で、戯曲全体の構成と調子に関わっていること、さらには、『桃花扇』には清朝による征服への怨みが隠されていて、その段に到れば、心ある者なら「民族主義之思想」が自然に沸き上がること、などが論じられる。上に引いた条で「結搆之精厳、文藻之壮麗、寄託之遙深（構成の緻密さや修辞のすばらしさや託意の深遠さ）」と概括的に述べられていたことが、具体的な例を挙げて述べられるのである。なかでも特に梁啓超の琴線に触れたのは、「哭主」「沈江」両齣の亡国の歎であったようで、『佳人之奇遇』にも亡国の歎が溢れていたことを思い起こせば、梁啓超がどのような文学を求めたか、一定の了解は得られよう。国事に奔走し、亡命の身となった梁啓超にとって『佳人之奇遇』も『桃花扇』も共に感情を共有しうる文学だったのであり、そうしたメンタリティのもとに、一連の小説論が掲げられたことを、われわれは忘れてはならない。ナショナルな情動を形成するものとして小説があり得ること、あるいは、情動をナショナライズする装置として文学が発動し得ることを、梁啓超はまず身をもって示したのであり、その意味でも、中国近代文学批評のまさしく嚆矢であった。

「小説叢話」は、良きにつけ悪しきにつけ全体のまとまりに意を払うことがなく、議論はさまざまになされるものの、欄内で論争になるかと言えばそうではない。『桃花扇』を極点とする伝統の枠組みについても、さらに肉付けをして一篇の文学史を編むということには至らない。しかし、そうした雑多さのうちに、次代へ継承発展される議論が始まっていること、これまで述べてきたごとくであり、読者の側から言えば、小説をいかに語りうるのか、雛型をさまざまに提供してくれる楽しみすら見いだせるのである。また、こうした「叢話」の枠組みは、伝統文学に慣れた眼には親しいものでもあった。最初にも述べたように、「小説叢話」の第一の役目が小説を語る場の創設であってみれば、ここに必要なのは、茶館で交わされる自由な小説談義であって、新しき聖堂のごとき荘論は別の場所に立てればよいのであった。

『新小説』誌上の創作や翻訳と「小説叢話」との関わりについては、今のところ明確な像を結ぶことはできない。呉趼人や周桂笙らも「小説叢話」に稿を寄せているが、ここでは詳しく吟味するに至らなかった。『桃花扇』や『紅楼夢』が再評価され、近代文学を始めるための基礎が作られたことは、以上述べ来たった通りだが、そうした〈伝統〉が、近代文学としての新小説にいかに活用されたかも含め、この時期の文学批評について、さらに検討を要することは少なくない。

第5章　官話と和文
——梁啓超の言語意識——

梁啓超は、小説界革命・詩界革命・文界革命などの一連の言論・出版活動によって、中国における伝統écritureの世界から近代écritureの世界への変容の契機としての役割を果たした。本書第3章では、文学観念の領域におけるその役割を、「国民」「メディア」「進化」の三つの側面から考え、梁啓超が、小さなコミュニティごとに形成された詩文の結社に替わる、中国全土を——少なくともその志においては——覆うような仮想的な場である雑誌というメディアの形成（共時的制度）と、過去から未来へとひとつながりの生命系として「中国文学」をとらえる「文学の進化」という概念の確立（通時的制度）を通じて、「国民の文学」という観念を確立したこと、そしてそれら一連の動きが、梁が亡命していた当時の日本の情況と深く関わっていることを示した。

もちろん、écritureの変容における梁啓超の役割はそこに尽きるものではない。たとえば、大量の新語の導入や、近代言語としての白話の採用、さらに新文体の仕掛けなど、より実際の言語運用に即してみても、その役割はきわめて大きいし、また、これまでもさまざまな角度からそのことは論じられてきている。だが、なぜ彼がそのような言語活動をなしえたかということになると、比較的簡単に、梁啓超特有の効用主義（口が悪ければ便宜主義）に原因を帰せられてしまうことが多い。それは、考察の代わりにレッテル貼りを行ってしまう危険を常に伴っている。これは効用主義であり、これこそ梁啓超の特質である、というふうに。しかし、梁啓超の言語活動が確かに効用主義的であるとしても、その効用主義というタームは、レッテルを貼るためのものではなく、その意味を梁啓超に即して問うためのものでなければなるまい。
こうした問題意識を前提として、ここでは、梁啓超にとって、言語とは何であったのか、またあり得たのかを探り、それが彼の言語活動とどう関わっているのか、考えてみたい。

一　母　語

広東省新会に生まれた梁啓超の母語は粤語（広東語）である。北京を中心に話される官話との言語的距離の甚だしいこと、単に「なまり」のレベルでないことは、誰もが知るところであろう。そして後天的に取得すべき官話について、梁啓超はどうやら不得手であったらしい。たとえば梁啓超が初めて光緒帝の謁見を受けたときのエピソードを王照は次のように伝えている。

清朝のしきたりでは、挙人が皇帝にお目通りを得たなら、翰林院に入ることを許されるか、少なくとも内閣中書には至れるのであった。このとき梁氏の名は人々の耳目に鮮やかであったから、きっと異例の抜擢があるだろうと噂していたのだが、お目通りの後、わずかに六品官を授かっただけで、依然として新聞の主筆の地位にとどまり、朝廷の官に就くことはできなかった。聞くところでは、梁氏は京語が得意でなく、お目通りの時にうまく発音できずに、互いに意が通じず、光緒帝は不快に思われたとのことだ（この当時の梁氏の発音は「孝」を「好」、「高」を「古」のように読むなどの類が多かったが、これは私がじかに聞いたものだ）[1]。

梁啓超の発音自体については王照もじかに聞いているわけだが、このエピソードについては、梁啓超自身は『戊戌政変記』などでも触れておらず、またここにも「伝聞（聞くところでは）」と言っているように、真偽は明らかでないが、あり得べきこととして広く流布していたであろうことは推測に難くない。唯唐「梁啓超与普通話（梁啓超と普通話《プートンホワ》）」は次のように敷衍する。

> もともと梁啓超は広東生まれで、方言がきつかった。彼はいつも「孝」を「好」、「高」を「古」のように発音していた。その結果、皇帝に謁見したときに彼の広東なまりが多くの誤解をしばしば引き起こし、君臣ともに維新の志を抱いていたというのに、ことばの壁のために打ち解けて話し合うことができなかった。光緒帝は心中愉快でなく、そのため梁啓超を重用しなかった。梁啓超はすぐれた見識と才能がありながら、百日維新の時期に力を充分発揮できなかったのは、普通話《プートンホワ》の学習が政治闘争と深く関わっているということではないか！梁啓超も後に認めているように、彼は妻の李蕙仙に普通話を学んで、ようやく国内で維新思想をより有効に宣伝できるようになったということだ。[2]

「孝」は粤音では［*hau*^{3}］であり、京音の「好」と音が近似していることから混同が生じたものであろうし、「高」は粤音では［*gou*^{1}］だが、「布」と「報」が粤音では同音［*bou*^{3}］であるように、京音に直すときに混同の生じやすい韻母である。また、王照が「京語」と言っていたのをここに「普通話」と言いかえるのは、この文章が普通話の重要性を強調するがために書かれているからであって、もちろん「普通話」という語ないし概念が、このとき既に確立していたわけではない。ただ普通話のベースは基本的に官話であり、広東出身の梁啓超にしてみれば、往時の「京語」であれ、現今の「普通話」であれ、実質としてはほとんど変わりはないだろう。なお、梁啓超の妻の李氏は、貴州出身の京兆公李朝儀の季女であり、「生於永定河署、幼而随任京畿山左」（「悼啓」[3]）、永定河署、つまり河北省で生まれ、父の任地に従って、北京近辺や山東に住んだと記されるように、父の職からしても、生活した地域からしても、北京官話への馴染みは梁啓超とは雲泥の差であった。

官話は、単に実際の共通語として広く用いられていたというだけでなく、清朝では公《おおやけ》の場で用いるべき口頭語として、他の言語に対して規範的な地位にあった。例えば兪正燮『癸巳存稿』巻九「官話」の条に言う、

雍正六年、福建・広東人には官話を話せない者が多いので、地方官はよろしく訓導するようにとの勅令があった。廷臣が協議し、八年を期限として、挙人・生員・貢生・監生・童生で官話を話せない者は、受験させないこととなった。

「正音書院」という形で具現したこの制度はやがて有名無実のものとなるし、その効果がどれほどであったか定かではないが、梁啓超のみならず、閩語や粤語を母語とする者がしばしば官話を不得手としていたこと、かつ官話を話すことが中央官僚たることの資格として考えられていたことは分かる。官吏登用試験である科挙そのものは文言による筆記試験であり、口頭言語として粤語をしゃべろうが官話をしゃべろうが、差はない。むしろ古い韻をしばしば保存する粤語などの方が、官話よりも詩作には便であった場合すらあろう。つまり粤語しか話せない者でも科挙に合格することは充分可能であった。しかし官話が話せなければ官僚同士ひいては皇帝との意志疎通も欠き、各地へ赴任しての実務にも支障を来す。官話が強制される所以である。

さて、梁啓超自身は、自らの「広東腔（広東なまり）」について「亡友夏穂卿先生」(4)でこう述べる。

我十九歳始認得穂卿。［…］我当時説的純是「広東官話」、他的杭州腔又是終身不肯改的、我們交換談話很困難、但不久都互相了解了。（私は十九歳の時に初めて穂卿と知り合った。［…］私が当時話していたのはまったくの

「広東官話」だったし、彼も終生改めることのなかった杭州なまりだったので、私たちが会話を交わすのは困難だったが、ほどなく互いに分かりあえるようになった。）

「広東官話」というのは、粤語なまりの官話のことを言うのであって、粤語そのものではない。粤語の話者が、官話を官話らしくしゃべろうとして、なお不徹底なために、文法・語彙・発音などのさまざまな面で粤語の特徴があらわれてしまうといった体のものである。いわゆる「藍青官話」の一種だとしてよいが、官話と粤語の距離はことに大きく、必然的にその「なまり」は相当強いものにならざるを得なかったであろう。俗に「天不怕、地不怕、只怕広東人説官話」と言われたように、広東出身者の話す官話は、実に分かりにくいものであるとされるが、梁啓超が自ら「広東官話」と称しているのは、そのことを自覚していたとしてよい。(5) そして呉語を母語とする夏曾佑との間で交わされた言葉も、おそらく「南腔北調」の「藍青官話」であったに違いない。

二　粤語と広東

梁啓超にとっての官話の困難はどこにあったか。言うまでもなく母語たる粤語と官話があまりに異なることであった。ダイア・ボール（J. Dyer Ball）は、こう記す。

官話（Mandarin）が中国語（the language of China）であり、広東語や中国における他の口頭語はその方言にすぎないとする考えが広まっているように見えるが、この考えは正しくない。［…］官話が中国全土のすべての朝廷や役所における共通語（a lingua franca）として用いられていることは確かである。けれども、五百年以上も前、イギリスの歴史における相当長い期間、フランス語はイギリスの宮廷言語（the Court language）であったが、イギリス語（a English language）は、フランス語しか知らない人々には見下された言語であったにせよ、たしかに存在していたのである。(6)

官話と粤語を、往時の英国におけるフランス語と英語の関係に喩えるのはいささか極端であるにしても、粤語（Cantonese）が官話（Mandarin）の方言（dialect）なのではなく、別の言語なのだという認識は正当なものと言えよう。粤語は官話がなまったもの（patois）などではないのである。またボールはダグラス（Carstairs Douglas）の *Dictionnary of the Amoy language* の序文の一節(7)を以下のように引く。

官話、客家語、広東および厦門の口語等々、中国の数多くの口頭語が多かれ少なかれ在住欧米人にすでに学ばれている。これらは一つの言語の方言ではない。これらは同系の言語（cognate languages）で、アラビア語、ヘブライ語、シリア語、エチオピア語、さらにセム語族の他の言語相互の間に見られる関係と同様、あるいは英語、ドイツ語、オランダ語、デンマーク語、スウェーデン語などの間に見られるそれと同様である。

官話、客家語、広東白話、廈門白話などは、一つの言語の方言なのでなく、同族の諸言語なのだという規定は、いささかナイーヴながらも、(8)一面の真実は言い得ている。今それらを「方言」と言いなしていることの背景には、一つの民族は一つの言語という意識と、中国という統一体への強い指向が働いている。(9)だがここは社会言語学的に中国における「方言」とは何かを論じる場ではない。粤語が北京官話とはまったく異なる言語であり、独自の書記法を有しており、一つの文化圏を確立しているということが確認されれば、それでよい。この粤語入門書には、いわゆる広東方言字を代名詞や疑問詞など言語の基層の部分で用いた書記法が用いられており、それはいま香港の街で見かけるものとほとんど変わらない。書記法が確立していることは、空間的にも時間的にも、対面での伝達を越えた範囲で共通の言語が用いられていることに他ならない。粤謳や木魚書などの説唱文学の存在もまたそれを支えるものであるが、例えば現在、香港はさておくとしても広東省でも広東語放送の広州電視台がこの地域における中心的なメディアの一つになっていることなどは、中国における他の地域と比しても、この地域が強い言語的独自性を維持し続けていることの証であろう。もちろん、この独自性が維持されていることには、香港の割譲を典型とするような、近代における粤語圏地域の地政学的特性も大きく影響していることを忘れてはならない。

梁啓超の言語意識を探る上で、彼の母語が粤語であったこと、つまり彼が広東という地域の出身であったことは、きわめて重要である。では、梁啓超は広東という地域をいかに認識していたのだろうか。

「南海康先生伝[10]」に「吾粤の中国に在るや、辺徼の地為り、五嶺之を障て、文化常に中原に後る」とあるように、梁啓超にとって粤の地は、文化的に遅れた辺疆としてまず認識されていた。中華意識に基づいた伝統教育を受けた知識人がこのような認識をもつのは、もちろん当然である。しかし一方で、粤という地が辺疆であるがゆえの独自性を持つことを、彼は認めていた。「中国地理大勢論[11]」に言う、

中国為天然一統之地、固也。然以政治地理細校之、其稍具独立之資格者有二地、一曰蜀、一曰粤。〔…〕粤、西江流域也。黄河揚子江開化既久、華実燦爛、而吾粤乃今始萌芽、故数千年来未有大関係於中原。雖然、粤人者、中国民族中最有特性者也。其言語異、其習尚異。其握大江之下流而吸其菁華也、与北部之燕京、中部之金陵、同一形勝、而支流之紛錯過之。其両面環海、海岸線与幅員比較、其長率為各省之冠。其与海外各国交通、為欧羅巴、阿美利加、澳斯大利亜、三洲之孔道。五嶺亙其北、一界於中原、故広東包広西為自捍、亦政治上一独立区域也。（もとより中国は天然一統の地である。けれども政治地理の面から細かく見れば、いささか独立の資格を

具える地が二つある。蜀と粤である。［…］粤は、西江の流域である。黄河と揚子江は古くから開けていて、華実燦爛たるものだが、吾が粤は芽が出たばかり、それゆえ数千年来中原と関わることが少なかった。けれども、粤人は、中国民族の中で最も独自性を有していよう。言語が異なるし、習俗も異なる。大江の下流にあってその恵みを享受する地であるのは、北の燕京や、中部の金陵と、地勢は同じであり、かつ支流が入り乱れているさまは、それにまさっている。両面は海に囲まれ、海岸線の陸地面積に対する比率は、どの省をも上回っている。海外各国との交通は、ヨーロッパ、アメリカ、オーストラリアの三大陸と通じている。五嶺が北に連なり、中原と境界を為していて、そのために広東は広西も含めて一領域を為し、やはり政治上の一独立区域なのである。）

地理的に大河の下流域にあって北京や南京と同様の地勢を持つことによって、それら大都市との同格を言い、海外との交通が開けていることによって、それに優ることを言う。これらの積極的な価値づけによって、中央とは地理的に遮断されていることすら、利点として認識される。言語や習俗が他と異なることも、後進を示すのでなく独立を示すのである。そして蜀と粤の地について梁啓超は、「他日中国如有聯邦分治之事乎、吾知為天下倡者、必此両隅也（将来中国が連邦制を採ることがあるとしたら、この二つの地こそが主唱者になるであろう）」とすら言う。辺疆意識とともに、独立の自負も確かにあったのである。

そういった自負のもとに書かれたのが、「世界史上広東之位置」[12]であった。表題が示すように、それは広東が海外交通の面で他に優っていることを特に論じたものであった。そしてその書き出しは、辺疆でありかつ独自であることが、ことさら対比的に語られている点で興味深い。

広東一地、在中国史上可謂無糸毫之価値者也。自百年以前未嘗出一非常人物、可以為一国之軽重、未嘗有人焉以其地為主動、使全国生出絶大之影響。崎嶇嶺表、朝廷以羈縻視之、而広東亦若自外於国中、故就国史上観察

広東、則鶏肋而已。雖然、還観世界史之方面、考各民族競争交通之大勢、則全地球最重要之地点僅十数、而広東与居一焉、斯亦奇也。（広東の地は、中国史においてまったく価値を持たなかったといってもよい。この百年来、国運を左右するような傑出した人物は出なかったし、この地を震源として全国に大きな影響を与える活動をするような者もいなかった。険しき嶺南の地は、朝廷からすれば域外に等しかったし、広東もまた自ら国の外にあるかのごとくであった。それゆえ中国史から見れば、広東は鶏肋に過ぎなかったのである。けれども、視野を世界史に拡げて、各民族の競争と交流という観点からしてみると、地球全体において最も重要な地はわずか十ばかり、広東はそのうちの一つなのだ。興味深いことではないか。）

梁啓超一流の極論ではあるけれども、中国から見たら辺疆だが世界から見たら要所だという議論は、それなりに説得力がある。この篇の参考文献には、Friedrich Hirth, *Chinesische Studien*（1890）、坪井九馬三『史学研究法』（一九〇三）、齋藤阿具『西力東侵史』（一九〇二）、高楠順次郎『仏領印度支那』（一九〇三）、さらに『史学雑誌』に掲載された白鳥庫吉・中村久四郎・石橋五郎らの論文が挙げられているが、しかし広東に対するこの意識は彼独自のものと見なしてよいだろう。そして、この辺疆であるが独自であり、海外に開けていて将来のある地域だ、というのは、幕末から明治にかけての日本の自意識とも暗合する。中原を中心とする中華体制に動揺が生じたことで芽生えた辺疆の自意識という点で、広東と日本とは、なにがしかの共通項をもつのではないだろうか。

いずれにせよ、広東の優位性は、やはり海外との交通に——それが香港割譲という結果を招いていたとしても——あった。言語交流の面から言っても、例えば、六巻本の *A Dictionary of the Chinese Language*（Macao, 1815–23）を完成させたモリソン（Robert Morison）が、一八二八年には三巻本の粤語の辞書 *A Vocabulary of the Canton Dialect* を澳門で出版し、ウィリアムズ（Samuel Wells Williams）も *A Tonic Dictionary of Chinese Languages in the Canton Dialect*（『英語分韻撮要』）を一八五六年に広東で刊行しているように、英粤辞典は、英漢辞典とほぼ同時に登場している。また、福沢諭吉がサンフランシスコ土産に買ってきた『華英通語』に和訳を施して刊行したのは一八六〇年だったが、原本が咸豊年間に出版されたこの本は本来英語と粤語の対訳本であり、漢字による音注も粤音を用いている。日本では井上哲次郎の改編本で知られるロプシャイド（William Lobsheid）の『英華字典』（1866-69）も、官話音と粤語音を併記する。梁啓超は「世界史上広東之位置」においてこうも言う、

米侖氏Milne之英華字典、成於道光三年（一八二三年）、実欧亜字書嚆矢。米氏旅粤凡二十五年、所訳皆粤音也。近三十年前粤人所続編之字典、至今猶見重於学界。日人之研究英語、其始亦藉此等著述之力不尠。（米侖（Milne）氏の英華字典は、道光三年（一八二三）に成ったが、これはヨーロッパ-アジア辞書の最初である。米氏は粤に客たること二十五年、訳はみな粤音である。三十年近く前に粤人が続編した辞書は、今でも学界で重んじられている。日本人が英語を研究するのも、その始めはこれらの著述の力を借りることが少なくなかった。）

ミルン（William Milne）はモリソンの弟子だが、中国に来てから九年でマラッカに客死しているし、辞書編纂の記録もないので、おそらくこれはモリソンの間違いであろう。他の記述も不正確で、おそらく又聞きで書いたようなものであろうが、しかし十九世紀後半に数多くの粤語辞書や学習書が西洋人の手によって編まれたという事実はゆるがない。粤語の国際的な地位は、ここに記されてはいない華僑のことを考えても、官話に優るとも劣らなかった。

梁啓超が粤語のことをどのように捉えていたか、具体的に言及したものは数少ない。しかし少なくとも、これまで見てきたようなさまざまな側面から言っても、粤語を、官話に比べて劣った言語であるとか、改良すべき言語であるとか考えていたわけでないことは確かである。粤語が中原の古音を保存していることは、すでに陳澧や屈大均

らの考証によって知られており、広東と同様、中原からすれば辺疆の言語であるけれども、独自の価値を持つ一言語であると認識されていたことは間違いない。粤語の話し手であることは官話の習得には障碍になることを梁啓超は身をもって知っていたけれども、しかし広東において粤語を廃して官話を用いることを主張したりなどはしなかった。梁啓超が創刊した雑誌『新小説』に、特に粤謳および広東戯本の欄が設けられたのは、もちろん読者に広東出身者が多かったということもあるだろうが、一方で、粤語自体が雑誌に載りうる言語であるとの前提が必要であったはずである。その意味では、他の小説が用いる白話とまったく同格である。

『新小説』に掲載された粤謳や広東戯本は、場面設定はやはり広東を中心としてはいるのだが、しかし閉じた郷土意識に向かおうとしているのではない。例えば、広東戯本「黄蕭養回頭」は救国をテーマにした芝居であるが、その冒頭には何と黄帝が舞台に登る。黄帝は中国の現状を憂え、「天時、地利、人和」を備えた広東を「各省之倡」とし、明代に叛乱を起こした広東の黄蕭養を生き返らせてその先導としようとする。題名の「黄蕭養回頭」はこの設定に由来する。ここには、清末における広東人の郷土意識と中国意識との相互連関構造が非常にわかりやすくあらわれていよう。粤謳にも「平日我四万万同胞、佢都党係牛馬看待」[13]などの句が頻出するが、つまりごく単純にいえば、今や中原に代わって広東のわれわれこそ四億の中国同胞を導いていくのだという意識である。そしてその同胞意識の中心にあるのが黄帝であること、既に言うを俟たないであろう[14]。

三　漢民族意識と文言そして官話

「三十自述」[15]は、序に当たる一段の後、「余郷人也」の句で始められる。「郷人」すなわち田舎者というのが、まず彼の自意識であった。広東が僻遠の地であり、かつ生まれ育ったのが広州府でなく新会であったことに、それは由来しよう。そして自らの故郷と出自について、彼はこう語る。

有当宋元之交、我黄帝子孫与北狄異種血戦不勝、君臣殉国、自沈崖山、留悲憤之記念於歴史上之一県、是即余之故郷也。郷名熊子、距崖山七里強、当西江入南海交匯之衝、其江口列島七、而熊子宅其中央。余実中国極南之一島民也。先世自宋末由福州徙南雄、明末由南雄徙新会、定居焉。（宋の末年、わが黄帝の子孫は北方異民族との血みどろの戦いに敗れ、君臣は国に殉じ、崖山にて身を投げた。悲憤を歴史に留めるその地こそ、わが故郷なのだ。郷名を熊子といい、崖山から七里強、西江が南海に河口を拡げるところ、河口に列島が七あるが、熊子はその中央に位置する。私はじつに中国極南の一島民なのだ。先祖は宋末に福州から南雄に移り、明末に南雄から新会に移り、ここに定住した。）[16]

辺疆には住んでいるが、その出自は黄帝の子孫即ち漢民族であるとの自負は、広東人にとって普遍的な認識である。とりわけ南宋の末に江西に境を接する南雄――その珠璣巷に限定されることが多い――に移住したとの記述は、広東人の族譜にしばしば見られるものであって、例えば屈大均もその始祖が南雄珠璣巷に由来すると『広東新語』のなかで述べている。[17] この伝承の意味が自らが「蛮族」でなく、中原へと溯りうる出自を有すること示すことにあることは、言うまでもないだろう。

だが一方で梁啓超は、こうした伝承の伝承たる所以を鋭く見抜いていた。「中国歴史上民族之研究[18]」には、こうある。

今粤人亦無自承為土著者、各家族譜、什九皆言来自宋時、而其始遷祖皆居南雄珠璣巷、究含有何種神話、舉粤

人竟無知者。要之、広東之中華民族、為諸夏与擺夷混血、殆無疑義。（いまの粤人も、もともと土着だと自認する者はおらず、各家の族譜は、十中八九、宋の時にやってきたと言い、また移住した祖先はどれもが南雄珠璣巷に住んだと言うが、これがいかなる神話のゆえなのかは、粤人でも知る者はいない。要するに、広東の中華民族は、諸夏と擺夷との混血であるのは、疑いない。）

純血の漢民族であることを裏付けるための伝承の疑わしさを指摘し、広東の「中華民族」は漢民族（諸夏）と南方諸族（擺夷）との混血であるとする認識は正しい。ただ、この文章が「三十自述」より二十年後の一九二二年に書かれたものであり、辛亥革命を経て「中華民族」なる超越的な概念がすでに定立されてしまっていることは、やはり留意せねばならない。「凡遇一他族而立刻有「我中国人」之一観念浮於其脳際者、此人即中華民族之一員也（他の民族に出会って、すぐさま「自分は中国人だ」という考えが頭に浮かべば、その者は中華民族の一員なのだ）」と言い、広東人についても、「南越王佗自称「蛮夷大長」、此即漢文帝時、広東人尚未加入中華民族之表示、及魏晋以後、粤人皆中華民族之一員也（南越王の趙佗は自ら「蛮夷の大長」と称したが、これは漢の文帝の時には広東人はまだ中華民族に入っていなかったことを表している。魏晋以後になれば、粤人は皆中華民族の一員となった）」とし、さらに「満洲人初建清社、字我輩曰漢人、自称旗人、至今日則不復有此称謂有此観念、故凡満洲人今為中華民族之一員（満洲人が清朝を建てた最初は、我々を漢人と呼び、自らを旗人と称したが、今ではもうこの呼称もこの観念もなく、ゆえに満洲人は中華民族の一員なのだ）」とまで言うほどに、この「中華民族」なる概念は超越的である。したがって粤人の混血性を言うのも、こうした超越的観念があればこそである。もちろんこういった観念は古来よりの「中華」の概念に通じるものであり、辛亥革命以前から梁啓超のなかにもそれへの指向は存在していなかったわけではない。しかしそもそもの自意識としては、むしろ族譜に記される伝承に近く、たとえ混血だとしても、血統の中心はやはり漢族に置かれねばならなかった。一九〇一年の「中国史叙論[19]」に「対於苗図伯特蒙古匈奴満洲諸種、吾輩龐然漢種也。号称四万万同胞、誰曰不宜（苗族やチベット族、蒙古族、匈奴族、満洲族などの諸民族に対しては、我々は大いなる漢民族である。四億の同胞と称するに、誰が反対しようか）」と揚言される自民族意識こそが、梁啓超の根柢にあった。

その意識を支えるものこそ、教育である。しかしそれは、お前は漢民族だと教えこむ教育ではない。万古不易の経典を諳んじ、文章を綴ることが、自らが中華文明の一員であるとの意識を醸成し、「中華文明」の枠組みが「漢民族」に容易に転化する局面に当たって、民族意識として顕現するのである。四、五歳で祖父および母に就いて「四子書詩経」を習い、六歳になって父に「中国略史」を習い「五経」を終え、八歳で作文を習い始め、九歳で千言の文章を綴ることができ、十二歳で学院の試験を受けて博士弟子員となった[20]梁啓超は、まさしく伝統的知識人になるための教育を幼い頃より受けていたのであり、中華伝統世界の一員たる自己認識も、当然のことながら、この過程で形成されていったのである。

幼い頃から経書を諳んじ作文も上手であった、という記述が中国知識人の伝記に必ずと言っていいほど見えるのは、経書の言語即ち文言を習得することこそ、その世界に参入することであったからに他ならない。科挙も、要するに作文の試験なのである。言語的に言えば、文言という枠組みが、漢民族の枠組みなのである。そして粤語との関係で言うなら、それは、同じ言語のなかでの、話し言葉に対する書き言葉、ではない。中国語の中に文言と白話とがある、と通常は考えるけれども、それでは当を失することが多い。そもそもその「中国語」なる概念もまた近代の後智慧なのであってみれば、文言と白話もいったん切り離して考えるべきである。少なくとも、粤語と文言は、別の言語であり、文言を学ぶことは、母語の他にもう一つの言語を学ぶことである。

同時に、中国知識人の意識の上では、文言は今話している言語——梁啓超であれば粤語——の起源であり、漢民族としての自らの起源であった。各地域でそれぞれ異なった言語を用いてはいるが、起源としての言語は共有しているというのが、中華世界の言語構造であった。梁啓超の場合、郷土とは粤語によって結びつき、中国とは文言によって結びつくのである。従って、文言さえきちんと読み書きができれば、官話が多少下手でも、それが漢民族としての誇りを傷つけることにはならない。官話をしゃべらねばならないのは、通行しているからであって、正しいからというわけではない。例えば「変法通議」論訳書は、人名や地名の訳について高鳳謙が「外国用英語為主、以前此訳書多用英文也。中国以京語為主、以天下所通行也」と言うのに原則的には賛成しながら、これまでの訳には閩粤の訳者の手になるものが多く、「方音」が多いけれども、通行しているものについてはそのまま用いた方がよいと提言する。通行してさえいれば、閩音でも粤音でも構わない。梁啓超にとっての官話は、言ってみれば、乗り物言語（les langues véhiculaires）[21]である。そして白話文を提唱するのも、文言と粤語との統合を図るなどということではなく、この乗り物言語たる官話を、口頭のみならず書記においても通行させようということなのである。その場合、伝統文言も、粤語も、そのままに保存される。それは、例えば、一八九六年、沈学の『盛世元音』が『申報』及び『時務報』に掲載されたときに梁啓超が書いた「沈氏音書序」[22]の以下のような議論とも通じる。

天下之事理二、一曰質、一曰文。文者、美観而不適用、質者、適用而不美観。中国文字畸於形、宜於通人博士、箋注詞章、文家言也。外国文字畸於声、宜於婦人孺子、日用飲食、質家言也。［…］西人既有希臘拉丁之字、可以稽古、以待上才、復有英法　各国方音、可以通今、以逮下学。［…］此後中土文字、於文質両統、可不偏廃、文与言合、而読書識字之智民、可以日多矣。（天下の道理には二つある。質と文だ。文は、美しいが役に立たず、質は、役に立つが美しくない。中国の文字は形に重点があり、文人や学者が経書の注を記したり詩文を綴るのに適している。つまり文のことばである。外国の文字は音声に重点があり、女性や子供が日常のことがらに用いるのに適している。つまり質のことばである。［…］西洋人には、ギリシア・ラテン以来の文字があり、古えに溯って学問を極めることもできれば、英仏独各国の土地の音で読み書きして、初学の者が今の世に用いることもできる。［…］これからの中土の文字は、文も質もどちらも具え、文と言とを合するようにすれば、読み書きができ書物に親しむ智民は日に日に多くなるであろう。）

『盛世元音』は、速記符号をもとに作られた切音字を漢字に代えて用いることを提唱するもので、また横書きを主張もする。清末の切音字運動を語る上でも重要な著作である。梁啓超の序文は、漢字廃止を主張する沈書の過激さを、伝統的な文／質の議論を持ち出して、漢字と切音字の併存へと丸めこもうとしているのだが、ちょうど文言と白話文との関係も、この漢字と切音字との関係、すなわち文／質の関係だったのである。質は、実用を旨とする。文があるからこそ、質という実用に徹することが可能になる。梁啓超の効用主義とは、このようなものであった。そしてまた、日本語も、彼にとっては「質」なる言語であった。

四　日本語

梁啓超はしばしば日本語について論じた。それがどのようなものであったか、多くの書物がすでにさまざまな文脈で言及してはいるが、今一度梁自身の議論を整理して考えると、梁啓超の論は大きく二つに分かれる。一つは、日本人にとっての日本語、もう一つは、中国人にとっての日本語、である。

周知のように、亡命以前の日本語に対する梁啓超の知識は黄遵憲に由来する。例えば、しばしば引かれる「変法通議」論幼学の「説部書」の条の論[23]も、その一つである。

日本創伊呂波等文字四十六字母、別以平仮名片仮名、操其土語以輔漢文、故識字読書閲報之人日多焉。今即未能如是、但使専用今之俗語、有音有字者以著一書、則解者必多、而読者当亦愈夥。（日本はいろはなどの文字四十六字母を作り、平仮名と片仮名に分け、土語を用いて漢文の補助とした。そのため読み書きができ書物を手にし新聞を読む人が増えたのである。中国でそのままそうすることはできないにせよ、もっぱら今の俗語で音と字が一致するものを用いて書物を著せば、理解する者はきっと多いはずで、読者もますます増えるであろう。）

ここで言われているのは、日本では「土語」を表す字母があるがゆえに、識字率が高いということ、中国でも、字母を作るのはすぐには無理にしても、口話と書記とが合致する俗語によって書物を著すべきだ、ということである。先に挙げた「沈氏音書序」にも、語言（口話）と文字（書記）の乖離を言う黄遵憲の議論が引かれているが、その黄の議論も『日本国志』のなかで日本の仮名文字を論じて記されたものである。仮名文字をもつ日本語が日本人の識字率の向上に有用であることは、白話文の提唱へと梁を導いた。日本文が白話文にそのままスライドするのである。

中国人にとっての日本語についての梁啓超の議論も、他の変法派人士と共通するが、例えば「変法通議」論訳書の末尾に付された一段は、同時期のもののなかでも最もよくまとまっており、梁啓超の関心の深さを示していよう。

日本与我為同文之国、自昔行用漢文、自和文肇興、而平仮名片仮名等、始与漢文相雑厠。然漢文猶居十六七。日本維新以後、鋭意西学、所繙彼中之書、要者略備、其本国新著之書、亦多可観。今誠能習日文以訳日書、用

力甚尠、而獲益甚鉅。計日文之易成、約有数端。音少一也。音皆中之所有、無棘刺扞格之音、二也。文法疏闊、三也。名物象事、多与中土相同、四也。漢文居十六七、五也。故黄君公度、謂可不学而能、苟能強記、半歳無不尽通者、以此視西文、抑又事半功倍也。（日本はわが国と同文の国であり、古えより漢文を用い、和文が盛んになってから、平仮名や片仮名を漢文に交じえるようになったのである。それでも漢文は十のうち六、七を占めている。日本は維新の後、ヨーロッパの学問を積極的に学び、その主だったものは翻訳が備わっているし、新たに著された書物も、なかなかすばらしい。もし日本語を学んで日本の書物を翻訳すれば、労力が少ないわりに、益はたいへん大きい。日本語が学びやすい理由は、いくつかある。一、まず音の種類が少ないこと。二、その音は中国にすべてあるもので、難しい発音のものはないこと。三、文法が簡単なこと。四、事物の称が中土と同じであることが多いこと。五、漢文が十のうち六、七を占めていること。だから黄公度（遵憲）は言ったのだ、学ばなくても出来るようになるし、頑張りさえすれば、半年ですべて通じるようになり、西洋の言語を学ぶのに比べたら、力は半分で効果は倍だ、と。）

音節数が少ないこと。中国にない音はないこと。文法がおおまかであること。名称や概念が中国と同じであること。漢文が六、七割を占めること。これらの認識は基本的には黄遵憲に依拠したものだが、やはり最も強調されているのは、「同文」即ち漢字を使っているということである。「読日本書目志書後[24]」には、よりはっきりと、「日本文字、猶吾文字也。但稍雑空海之伊呂波文、十之三耳。泰西諸学之書、其精者日人已略訳之矣。吾因其成功而用之、是吾以泰西為牛、日本為農夫、而吾坐而食之（日本文は我々の文とほぼ同様で、空海のいろは文字が十分の三ほど交じるだけだ。ヨーロッパの学術書のすぐれたものは、日本人がすでにほとんど訳しているから、我々はその成果を利用すればよい。つまりヨーロッパを牛とし、日本を農夫とし、我々は坐して食らうというわけだ）」と述べ、またその習得についても、「使明敏士人、習其文字、数月而通（聡明な人にその文を学ばせれば、数箇月で出来るようになる）」と言う。西洋の学術の精華を得るために用いるための言語、それが日本語であった。この基調は、亡命以降、実際に日本語に囲まれた生活をするようになってからも、変わらない。「論学日本文之益」[25]は、英文と日文を比較して、英文は五、六年学んでやっとものになること、それでもなお学術書を読めるとは限らないこと、それに比して日文は「数日而小成、数月而大成（数日でやや通じ、数箇月でものになる）」であるのだから、まず日本文を学ぶのが悧巧だと言う。さらに、日本語は難しいのではないかとの設問には、以下のように答える。

有学日本語之法、有作日本文之法、有学日本文之法、三者当分別言之。学日本語者一年可成、作日本文者半年可成、学日本文者数日小成、数月大成。余之所言者、学日本文以読日本書也。日本文漢字居十之七八、其専用仮名、不用漢字者、為脈絡詞及語助詞等耳。其文法常以実字在句首、虚字在句末。通其例而顚倒読之、将其脈絡詞語助詞之通行者、標而出之。習視之而熟記之、則以可読書而無窒矣。余輯有和文漢読法一書、学者読之、直不費俄頃之脳力、而所得已無量矣。（日本語を学ぶやり方があり、日本文を作るやり方があり、日本文を学ぶやり方がある。この三つは分ける必要がある。日本語を学ぶのは一年かかり、日本文を作るのは半年かかり、日本文を学ぶのは数日で形になり、数箇月でものになる。私が言っているのは、日本文を学んで日本の書を読むということだ。日本文は漢字が七、八割で、仮名を用いて漢字を用いないのは、脈絡詞か語助詞などだけだ[26]。その文法は、常に実字を句の初めに置き、虚字を句末に置く。そこを見抜いてひっくり返して読めば、脈絡詞と語助詞のよく使うものが分かってくるので、それをよくよく習い憶えれば、すらすら書物が読めるようになるだろう。私は『和文漢読法』という書物を編纂したが、日本文を学ぶ者がこれを読めば、頭を使わなくて済むだけでなく、効果も測り知れない。）

目的は、日本語を話せるようになることではなく、日本書を通じて西洋の学術を得ることにあるのだから、まず日本文を読む方法を学ぶのだ、として、具体的にその読解法を伝授する。この方法は、『佳人之奇遇』の翻訳において協力者となった羅普ら留学生の間でもおそらく用いられていた方法に違いない。考えるまでもなく、日本の訓読は漢文を顚倒して読むものであり、中国人が、逆に訓読体の文章を顚倒して漢文に直すことに気づくのに時間はかからなかったであろう。そもそも、日本の漢文学習においては、訓読を漢文に直す「復文」という課程があった。日本人の誰かがその方法を示唆した可能性もあるだろう。この顚倒読法の実際の運用については、この文章にも示されている通り、『和文漢読法』に詳しい。

『和文漢読法』は全四十二節を費やして、日本文をいかに読むかを説くものだが、まず第一節に「凡学日本文之法、其最浅而最要之第一者[27]、当知其文法与中国相顚倒、実字必在上、虚字必在下（日本文を学ぶ方法の最も簡単で重要な第一は、その文法が中国とは逆さまで、実字が必ず上、虚字が必ず下というのを心得ることだ）」とあり、以下、細かな運用について述べられていく。顚倒読法と言ってもただ引っくり返せばそれで済むというわけではなく、日本語の文法に即して説明を加えていくことになる。そういう意味では例えば第三節の以下のような記述は、中国語に対する文法意識も示して興味深い。

> 亦有虚字而在句首者、則其虚字乃副詞也。中国人向来但分字為実字活字虚字三種、実字即名詞也。惟虚字之界、頗不分明、実包括助動詞副詞脈絡詞語助詞皆在其内。今学日本文、不可不将此諸類辨別之。（また虚字で句の初めにあるのは、副詞である。中国人の従来の分類は実字・活字・虚字の三種である。実字というのは名詞である。虚字の範囲ははっきりせず、助動詞・副詞・脈絡詞・語助詞がその中に含まれる。日本文を学ぶには、これらを辨別しなければならない。）

『馬氏文通』が上海商務印書館から出版されたのは一八九八年、そこには中国語の品詞が「名字」「代字」「静字」「動字」「状字」「介字」「連字」「歎字」「助字」に分けられているが、梁啓超が『和文漢読法』を書いたときには、まだその書を見ていなかったらしい。『和文漢読法』に言及した「論学日本文之益」は一八九九年に発表されているが、あるいは『和文漢読法』自体が『馬氏文通』とほぼ同時に書かれたものであった可能性もある。いずれにせよ、かなり早い時期に中国語の品詞区分に目を向けたものとして、しかもその分類が日本語との対照の中で行われている点で、興味深い。例えば、第六節では、「可」「不」「非」「能」を助動詞とし、第七節では、「既」「未」「将」「須」などを副詞とする。日本文が副詞・名詞・動詞・助動詞の順に組み立てられることからこの辨別が必要となるのであるが、中国語の文法論としても、当時の先端にあると見なしてよいだろう。この品詞区分が日本の文法書から来たことはまず疑いないが、梁啓超が来日した頃になると、この種の書物は既にはなはだ多く、残念ながらその典拠は未だ詳らかにしない。この品詞区分が他に与えた影響があるかどうかも含めて、今後精査が必要であろう。[28]

さて、中国人が日本語を学ぶときの一つの難所が用言の活用であるが、梁啓超はこれについては大胆に切り捨てる。「我輩於其変化之法、皆可置之不理。但熟認之知其為此字足矣（我々は活用については無視する。よくよく見てどの字なのかわかればよい）」（第十六節）、見てそれと分かれば、つまり、活用する部分がすべてラ行なりカ行なりの同一の行であることが分かればよいのである。他にも、長文の断句に窮したときは、「而」にあたる「テ」、「的」にあたる「ル」を目印にすればよい（第三十一節）などの虎の巻風の指示、日本の印刷では濁音を省くことが多い（第三十七節）などの細かい注意まで、この『和文漢読法』は、なかなか周到な実用書と言える。この書物の中でもっとも紙幅を費やしているのが、第三十八節に付された和製漢語の一覧であるが、「人格　民有自由権謂之人格　若奴隷無人格者也」「団体　凡衆聚之称」「国際法　交渉法」「惟物論者　質学中重形骸軽魂霊者」「共和政体　民主」など、確かに西洋の翻訳書を読むのに必要と思われる明治以降の新漢語から、「大安売　格外公道」「昆布　海帯菜」などの、あまりその方面には関わりのなさそうな日用語まで、その収録語はさまざまである。もちろん翻訳書の中には小説も含まれているから、俗語も知っておく必要はあろうが、しかし「昆布」まで出てくることは考えにくい。梁啓超が喧伝しているのとは別に、この語彙表は翻訳のみならず、日本の新聞の読解、さらにある程度の日常生活にも運用できるように編纂されたと思われ、あるいは当時大量に出版されていた早字引（日用字典）の類を下敷きにしたものかもしれない。

いずれにせよ、最少の知識で最大の効果を目論んだこの書物は、多くの読者を獲得した。三十年後、周作人には「今に至るまでもう三十年余りになるが、その影響はきわめて大きく、一面では日本語学習を鼓舞したが、一面では日本語をあまりに簡単だと誤解させ、この二つの状態は現在でも残っている」[29]と批判されるが、「日本語は結局一つの外国語であって、多くの漢字がそこに用いられているからといって、実際は我々にそれほど有利というわけでもないのだ」と認識していた周作人と違って、梁啓超にとって日本語は、いわば pidgin Chinese であり、だからこそ乗り物言語たりうるのであり、周作人とはそもそもの立脚点が違うのであった。その意味で『和文漢読法』は、梁啓超の日本語認識をまことによく示していよう。

さらに注意すべきなのは、「論学日本文之益」において梁啓超が『和文漢読法』を勧める相手を限定していることだ。

然此為已通漢文之人言之耳。若未通漢文而学和文、其勢必至顚倒錯雑乱而両無所成。今吾子所言数年而不通者、殆出洋学生之未通漢文者也。（けれどもこれは漢文に通じている人のための言である。もし漢文に通じていないのに和文を学べば、必ず混乱して訳が分からないほどになってしまい、ものにならないだろう。あなたの言うところの数年やっても通じない者というのは、洋学を学んでいて漢文には通じていない者であろう。）

もちろん漢文に通じていないということは、学問に通じていないということでもある。同時期に書かれた「東籍月旦」[30]では、よりはっきりと言う。

治西学者大率幼而治学、於本国之学問、一無所知、甚者或並文字而不解。且其見識未定、不能知所別択。（西洋の学問を修める者はおおむね幼い頃から始めているが、本国の学問については、まったくの無知で、文章もきちんと読めない者すらいる。見識も定まらず、どれがよいかも分からないのである。）

洋学（西学）修得の最大の欠点は、修めるのに労力と時間がかかりすぎて、中国の学問を身につける暇がないことだと梁啓超は言う。なぜ東学（日本の学問）を修めるのがよいかというと、中国の学問をしっかりやった後で取りかかっても充分間に合うからなのである。西洋の学術は必要だが、中国固有の学問の妨げになってはならない。梁啓超が日本文に着目するのは、文言によって組み立てられた伝統学術の世界から半歩踏み出すだけで、きわめて効率的に西洋の精華を手に入れることができるからであった。前節で述べた漢字と切音字の関係、すなわち文／質の対比は、ここにもあてはまる。起源の言語に対する効用の言語。日本文は梁啓超にとってうってつけの効用の言語であったが、それが効用の言語たりえたのは、漢文という起源の言語が確固として存在したからである。

言語は、何かを伝えるためのものであると同時に、それを用いることが何らかの自意識の支えにもなるようなものでもある。梁啓超の言語認識においては、粤語は粤人であることと深く結びつき、文言は漢民族の一員であることの証明であった。これらは、役に立つとか立たないとかを超えて、先験的に存在するものであった。一方で、官話、白話文、切音字、日本文は、そして彼の所謂新文体も、完全なる効用の言語であった。

この構造は、清末民初の中国における言語空間に即して、郷土語・通行語・伝統語の三層構造として捉え直すこともできるだろう。もちろん、それぞれがそれぞれの言語空間で機能するのであって、これらをまとめると「中国語」が出来上がるというわけではない。近代国家の枠組みのなかにそれが再編されていくに従って、それぞれが「中国語」の一部であると認識されていくことになるであろうが、しかし、梁啓超が日本文の効用を説き、白話文を提唱したそのときは、あくまでそれぞれはそれぞれの役割を果たすだけであった。そしてこの構造をもっとも有効に機能させ得たのが梁啓超であり、彼が近代中国の écriture の変容に大きく与かることになったのも、ここに由来するのである。

第Ⅲ部　清末＝明治の漢文脈

第6章　小説の冒険
——政治小説とその華訳をめぐって——

ある国の文学を主題として取り上げるとき、外部の、すなわち他国の文学からそれがいかなる影響を受けてきたか検討する作業は、よく目にするところでもあり、必要なことでもあろう。〈日本文学〉に即して言えば、近代以前については中国からの、それ以降についてはさらに西洋からの影響が、さまざまな角度から論じられ、多くの成果を収めてきた。事実、たとえば古代から近世に至る文学の展開を跡づけようとすれば、たとえその対象をごく狭い時期に限ったとしても、中国文学から受けたさまざまな作用を考慮に入れないわけにはいくまい。

しかし、こうした観点からなされる比較論や影響論は、これまで本書で述べてきたように、文学というものをあらかじめ国ごとに分類して、それを比較対照することで成り立つ、きわめて近代的な方法であるとも言えるだろう。国ごとに編まれた文学史の拡充にそれは寄与しこそすれ、それによって一国文学史の枠組みを超えるのは難しい。影響や受容という観点は、文学史を開くように見えて、じつは外部と内部との境界を再規定するのみに終わってしまうことが少なくないのである。

明治以降の近代化に伴い、それまで大陸からの輸入に終始してきた日本の文学はその関係を逆転させ、今度は中国が日本に学ぶこととなったとよく言われる。だが、その〈逆転〉は、たんに近代化の遅速に因る師弟の交替として見なすべき現象でなく、影響論や受容論を超えた領域へ導く問題として、捉え直すことが可能な現象なのである。それは、日本の近代文学がいかにして成立したか、東アジアにおける文学の近代はどのような道筋をたどることになったか、考えるよすがとなる。とりわけ、清朝末年の梁啓超を中心とする明治政治小説の紹介翻訳は、東アジアの文学における〈近代〉の問題を考える上で、画期的な事件だったとさえ言えるだろう。

梁啓超（一八三七〜一九二九）が戊戌変法の失敗ののち日本に亡命したのは、一八九八年の九月、即ち清朝光緒二十四年、日本では明治三十一年、彼が二十六歳のときであった。その十一月には早くも横浜で『清議報』を発刊し、その創刊号に任公の号で「訳印政治小説序」なる一文を草し、『佳人之奇遇』の華訳を「政治小説佳人奇遇」と題してそれとともに掲載した[1]。この翻訳は『清議報』第三十五冊までほぼ毎号連載され、ついで「経国美談前編」が第三十六冊から五十一冊まで、後編が第五十四冊から六十九冊までほぼ毎号訳載された（ただし後編は未完のまま連載を終え、全訳は別に単行本として刊行された[2]）。本章はこの二つの〈小説〉、すなわち矢野龍渓『経国美談』と東海散士『佳人之奇遇』を中心に、それらが近代以前の中国文学の雅俗両面に多くを負っていることを明らかにしつつ、それが反対に〈近代小説〉として中国語に翻訳されたときどのような偏差を生み出したのかに着目しながら、その〈文学性〉を考察していこうと思う。いわば、中国から日本へ、日本から中国へと〈文学〉が還流する現場に立ち会い、それがそれぞれの場で〈文学〉たりうるために何がなされたのか、考えようというのである[3]。

一　『佳人之奇遇』の華訳

東海散士すなわち柴四朗の名によって[4]『佳人之奇遇』初編（巻一〜二）が公《おおやけ》にされたのは一八八五年十月、あたかもその九月には『小説神髄』の初冊が出版されていた。以後、二編（巻三〜四）が翌八六年一月、三編（巻五

〜六）が同八月、四編巻七が八七年十二月、同編巻八が八八年三月と順次刊行され、さらに、五編（巻九〜十）が三年後の九一年十一月、六編（巻十一〜十二）がその六年後の九七年七月、七編（巻十三〜十四）が同九月、八編（巻十五〜十六）が同十月と発表されて、全八編十六巻という長篇を終える。ちょうど梁啓超が日本に亡命する一年前のことであった。梁啓超がどのような経緯でこの書物を手にし翻訳するに至ったか、またそもそも訳者を梁啓超と断じてよいのかについてはすでに許常安「『清議報』登載の『佳人奇遇』について——特にその訳者」が詳らかにし、またその訳文についても氏の一連の研究によって細かな検討が加えられている。[5] ここではそれらの成果を踏まえた上で、それぞれのテクストが全体としてどのような文学性を実現し得ているか、そして両者のそれがいかに重なりいかにずれるのか、考察していきたい。

　前述のように、『佳人之奇遇』の翻訳にあたって、梁啓超は「訳印政治小説序」という有名な文章を発表している。まずこの文章について手短かに述べておこう。[6] それはまず「政治小説の體は泰西人自《よ》り始まる也」の一文で説き起こされ、「凡そ人の情は、荘嚴を憚《おそ》れ諧謔を喜ばざるは莫し。故に古樂を聴けば則ち惟だ恐れ臥し、鄭・衛の音を聴けば則ち靡靡として倦《つか》るるを忘る焉。此れ實に有生の大例、聖人と雖も如何ともすべき無き者也。善く教を爲す者は則ち人の情に因りて利《よ》く之を導く。故に或いは之を出すに滑稽を以てし、或いは之を寓言に託す。孟子に好貨好色の喩え有り、屈平に美人芳草の辭有り。譎諫を詼諧に寓し、忠愛を馨豔に發す」と、教化のために修辞が有効であることを言い、一方、「中土の小説は、之を九流に列すと雖も、然るに虞初自り以來、佳製蓋し鮮《すくな》く、また「誨盗誨淫の兩端を出で」ざるがために、「大方の家は毎《つね》に屑《あ》えて道《い》わず焉」、しかし「人情は荘を厭い諧を喜ぶの大例」は動かしがたく、「彼の夫《そ》の綴學の子は、黌塾の暇に、其れ紅樓を手にし水滸を口にし、終に禁ずべからず」という状態だと論じ、字の読める者で経典を読まぬものはいるが小説を読まぬ者はおらず六経や正史では教導できない下民も小説ならそれができると南海先生（康有為）がいみじくも言われたとおりだ、とする。かつ、

「在昔歐洲各國變革の始め、其の魁儒・碩學・仁人・志士は、往往にして其の身の經歷する所、及び胸中に懷《いだ》く所の政治の議論を以て、一に之を小説に寄」せて、学生から兵卒・農民・職人・女子供に至るまでその小説を読まない者はなく、「往往にして一書出づる毎に、全國の議論之が爲に一變す。彼の美［米］、英、德、法［仏］、奥、意［伊］、日本各國政界の日ごとに進むは、則ち政治小説の功を爲すこと最も高し焉」、それゆえ、「今特に外國名儒の撰述する所にして今日の中國の時局に關切有る者を採り、次第に之を譯し、報末に附す」というのである。最後は「愛國の士或いは庶《ねがわ》くは覽られよ焉」と読者に呼びかけて結ぶ。

一読して明らかなように、ここには功用主義的小説観があらわである。他の様式に対する小説の優位性は、まずその通俗性大衆性にもとづくのである。もちろんこういった観念は、文中に康有為の言葉が引かれているように当時の中国啓蒙家たちに共通するものであった。西洋や日本が開化するのに小説の力が大きくあずかったとする説も、もとをただせば厳復らの主編する『国聞報』紙上に発表された「本館附印説部縁起」（一八九七）に「且つ聞く、歐・美・東瀛［日本］は、其の開化のとき往往にして小説の助けを得」とあるのによる。そしてこの小説功用論は、例えば「載道」説などの伝統的な文学概念と、決して齟齬するものではない。あくまで啓蒙のため、教化のための表現なのであり、文学表現それ自体の価値は保証されない。文は道を載せる車だ、つまりなにがしかの〈内容〉を伝える〈手段〉としてのみ文章は意義をもつのだ、とする考えと逕庭はないのである。文学一般ではなく小説論に限っても、こういった考えの先例を見いだすことはたやすい。

史氏の志す所は、事は詳かにして文は古、義は微にして旨は深く、通儒夙學に非ざれば、展卷の間、便ち困睡を思わざるもの鮮し。故に好事の者、俗近の語を以て、櫽栝して編を成し、天下の人の、耳に入れて其の事に通じ、事に因りて其の義を悟り、義に因りて感を興すを欲す。

（張尚徳「三国志通俗演義引」[7]）

小説に何らかの積極的な価値づけを行おうとする文人にとって、このような論法は、常套と言ってよいものだった。馮夢龍（一五七四〜一六四六）の編んだ有名な通俗短篇小説集「三言」が、それぞれ『喩世明言』『警世通言』『醒世恒言』と名を冠するのも、もちろんそのあらわれである。「明なる者は、其の以て愚を導くべきを取る也。通なる者は、其の以て俗に適うべきを取る也。恆は則ち之に習いて厭わず、之を傳えて久しかるべし。〔…〕『明言』『通言』『恆言』を以て六經國史の輔と爲すも亦た可ならずや」（傍点引用者）と『醒世恒言』の序に記されるのを見れば、いっそう事柄は知りやすい。「訳印政治小説序」がまさにこの伝統的小説観に深く根差したものであることは、明らかだろう。しかも「小説」に対比させられるのはあくまで「六経」「正史」「語録」「律令」であって、いずれも一般に文学とは呼べないテクストである。これらの様式が、みな社会的効用乃至は教育的効果を何らかの形で意図するものであることを考えれば、この対比は当然ではあるが、伝統文学としての「詩賦」「文章」とは対比されていないこととあわせて、「小説」がどこに位置づけられようとしているのかここにみることができよう。

ちなみに、『清議報』第一冊巻頭の「敍例」は、載録するジャンルを「本報所刊錄約分六門」と六分して「一　支那人論説／二　日本及泰西人論説／三　支那近事／四　萬國近事／五　支那哲學／六　政治小説」の順に列挙し、実際上もおおむねこの順で編集が行われているが、ただ、「報末」にはほぼ毎号「詩文辭隨錄」と題して近作の詩文が登載されているのは留意にあたいする。

そして「小説」の掲載にあたって、「佳人奇遇」が「日本東海散士前農商部侍郎紫四郎撰」、「経国美談」が「前出使清國大臣日本矢野文雄著」のように、[8]従来の小説公刊の通例とはことなって、著者の名がいずれも堂々たる官名を冠して掲げられていることにも注意は払われるべきだろう。もちろんこれは、公《おおやけ》に認められたジャンルではなかった「小説」に、公的な表現手段としての権威を付与せんがためのことである。まさしく、経世済民のための「小説」が意図されていたのである。

さて、かかる序を付されて訳出された「佳人奇遇」ではあるが、この小説の訳文は騈文調のまったくの文言であって、「婦女」「童孺」はもとより「兵丁」や「農氓」に向けて書かれたとはとても言えないものである。序の末尾に読者に呼びかけて「愛國之士」と述べることからも、想定される読者が士大夫階級に属することは言を俟たない。例えばその冒頭を原文と対照して掲げれば、以下のごとくである。

東海散士一日費府ノ獨立閣ニ登リ仰テ自由ノ破鐘ヲ觀俯テ獨立ノ遺文ヲ讀ミ當時米人ノ義旗ヲ擧ゲテ英王ノ虐政ヲ除キ卒ニ能ク獨立自主ノ民タルノ高風ヲ追懷シ俯仰感慨ニ堪エス愾然トシテ窓ニ倚リテ眺臨ス會〻二妃アリ階ヲ繞テ登リ來ル翠羅面ヲ覆ヒ暗影疎香白羽ノ春冠ヲ戴キ輕穀ノ短羅ヲ衣文華ノ長裾ヲ曳キ風雅高表實ニ人ヲ驚カス一小亭ヲ指シ相語テ曰ク

東海散士一日登費府獨立閣。仰觀自由之破鐘。俯讀獨立之遺文。愾然懷想。當時米人擧義旗。除英苛法。卒能獨立爲自主之民。倚窓臨眺。追懷高風。俯仰感慨。俄見二妃繞階來登。翠羅覆面。暗影疏香。載白羽之春冠。衣輕穀之短羅。曳文華之長裾。風雅高表。駘蕩精目。相與指一小亭語曰。

（破線部はそのまま中国文に復した部分、以下同）

『佳人之奇遇』の文章は美文とは言われているが、それでも総じて華訳の文章のほうが修辞的に洗練されており、原文のほうがいささか素朴で整理されていない印象を与えよう。たとえば「倚窓臨眺。追懷高風。俯仰感慨」と華訳が整然と綴るところは、その語彙はいずれも原作に見えるものだが、しかし原作では四字のリズムを成していない。また華訳では「風雅高表」にならべて原作にはない「駘蕩精目」の四字を補い対句としている。他にも、

散士亦費府ノ郭門ヲ出テ歩シテ西費ニ還ル輕靄糢糊トシテ晩風衣裝ヲ吹キ遙ニ竃谿ノ依稀タルヲ望ミ蹄水ノ

浩蕩タルヲ観テ轉《タ》懐古ノ情ニ堪エス　（巻一）

散士亦出費府郭門。歩還西費。輕靄糢糊。晩風吹袂。遙矚竈谿之依稀。瞰蹄水之浩蕩。感今念昔。情不能堪。　（巻一）

のように、「晩風吹袂」「感今念昔。情不能堪」といずれも四字句に整え直されており、このような例は頻繁に見出せる。(9) 梁啓超自ら語るところの「以前から桐城派の古文を好まず、幼年時代、文章をつくるには、漢末・魏・晋のものを学んで、すこぶる技巧をたっとんだ」(10) その片鱗がうかがえよう。とはいっても、原作の漢文訓読体が華訳で十分に利用されていることは以上の部分からだけでも容易に知れる。破線を施した部分以外でも、構文はそのまま採って同義の字に書き換えた部分（「望」→「矚」、「観」→「瞰」など）も少なくない。けだし、訓読体とは言っても所詮は日本語であり、はじめから漢文（中国古典文）で考え漢文で起草し、その後でそれを読み下すのでないかぎり（或いはその場合でも日本語を母語とする者であればいわゆる「和習」は避け難いだろう）、そのまま漢文に復して意味が通じるとも自然な文章になるとも限らないが、そのわりには原文の歩留まりはかなり高いと言ってよい。一方で華訳自体が日本語に引きずられている感もないわけではないが、ともかく、『佳人之奇遇』の文体がきわめて漢文的な、つまり中国古典文言の世界に近い文体であることは、以上の例からも確かだろう。あたうかぎり漢詩文のうちから語彙を選び、漢文に復し得る構文を基盤に、常套を越えて陳腐さをまま感じさせる表現を展開したのが、『佳人之奇遇』の文体なのである。当時まだ日本語のできなかった(11)梁啓超であっても華訳が可能であり、さらなる美文化を図ることができた所以である。

駢文調の美文という原作の文体の方向をそのまま華訳が踏襲したのは、そのまま漢文に復せば意味の通じることが多いという翻訳の便のためももちろんあったであろうが、『佳人之奇遇』という〈小説〉自体が駢文調の美文と切り離せないものであることも、軽視すべからざる要因と言ってよい。すなわち、この〈小説〉の眼目が亡国の憤懣や国家の経略を語ることにあるのを踏まえれば、やはり知識人の文体である文言こそそれにふさわしく、また、もともと駢儷文の条件として、たんに四六の対句を連ねるだけではなく、典拠のある表現を積極的に活用すべきことが要求されるが、『佳人之奇遇』の文章もまた漢籍に由来する典故を数多く用い[12]、そのことも華訳が駢文調の文体を採用することを促しているのである。例えば、散士が紅蓮を「冠ヲ南嶽ニ振ヒ足ヲ滄浪ニ濯ヒ塵土ヲ遁レテ隠逸ス」（巻一）と評する部分は、『楚辞』漁父の有名な「滄浪之水清兮、可以濯我纓。滄浪之水濁兮、可以濯吾足」の言葉及びそれを踏まえた曹植「王仲宣誄」（『文選』巻五十六）の「振冠南嶽、濯纓清川」という表現を明らかに踏襲するもので、華訳も「振冠南嶽。濯足滄浪。高蹈風塵。睥睨人表」として四字句で揃えるのだが、新たに華訳が付け加えた後半八字も、郭璞「遊仙詩」（『文選』巻二十一）に見える「高蹈風塵外」の句、また仲長統の所謂「楽志論」（『後漢書』本伝）に「睥睨天地之間」とあるのを襲ったもので、どれも隠逸にかかわる措辞である。ここでもまた、華訳が原作の傾向をいっそう推し進めていることが見てとれるだろう。

また、『佳人之奇遇』は日本の〈小説〉としてはほかに例を見ないほど大量の、四十篇あまりの漢詩が登場人物の自作として挿入されている。それらがうたう感情はこの作品の基調を支え、当時の読者から文章の典麗さとともに熱狂的な歓迎を受けたこと、いまさら例を引くまでもないだろう。だが、これらの漢詩は恐らくあくまで〈小説〉の中に置かれてこそ享受に耐えうる質のものであり、華訳者の目にこれらの詩が果たして単独で鑑賞すべきものとして映りえたかどうか、いささか疑わしい。にもかかわらず、全編を通して七割以上の漢詩が華訳にも採用されており、省かれている部分も、前後のプロットの変更もしくは削除に伴って詩も省かれることの方が多く、前後をそのままに詩のみを除く事例はごく少ない。また、採られた漢詩について添削を加えることもないわけではないが、全体の基調を変えることはない。とすれば、やはり華訳もまた、これらの漢詩をこの〈小説〉の重要な構成要素と認めていたと見てよいだろう。というのも、のちに論じる『経国美談』には有名な「春ノ花」という歌が挿入されているのだが、これを華訳は似ても似つかぬ歌として翻訳するのである。

見渡《ミワタ》セハ　野ノ末、山ノ端《ハテ》マデモ　花ナキ里ソナカリケル　今ヲ盛リニ咲キ揃フ　色香愛《メテ》タキ其花モ過キ越シ方《カタ》ヲ尋ヌレハ、憂キコトノミゾ多カリキ［…］世ノ爲《タメ》ニトテ誓ヒテシ　其ノ身ノ上ニ喜《ヨロコビ》ノ花ノ莟《ツボミ》ハ憂キ事ト　知リナハ何カ憾ムヘキ　春ノ花コソ例《タメシ》ナレ　春ノ花コソ愛《メテ》タケレ　（第十一回）

我有短劍兮。以斬佞臣。丈夫生世兮。以救兆民。功耀日星兮氣凌雲。震天地兮驚鬼神。是男兒之本分兮。是豪傑之偉勳。又何畏乎患難。又何苦乎艱辛。君不見世界之擾擾。悉豪傑之風雲。（華訳第十二回）

今はただその極端な相違を指摘するに留め、差異の持つ意味については立ち入らないが、こういった改作が『佳人之奇遇』の華訳にはまず見られないのはやはり留意すべきことであろう。実際少しばかり注意すれば、漢詩がやみくもに挿入されるのではなく、作品の情調を盛り上げるためにそれなりの工夫が施されていることが分かるのである。

例えば巻四には亡くなった幽蘭（のちに生存が判明する）が遺した「我所思行」なる「長歌」を紅蓮がうたう場面がある。

紅蓮乃《チ》言ヲ繼テ曰ク［…］女史［幽蘭］乃《チ》妾ヲ顧ミテ曰ク一長歌ヲ得タリ請フ之ヲ吟セント我所思行ヲ歌フ歌、聲金石ヨリ出ツ婉約ニシテ而シテ優遊、矯厲ニシテ而シテ慷慨、妾等ヲシテ殆《ト》聞クニ堪エサラシメタリト散士曰ク令娘若《シ》之ヲ記セハ何ソ余カ爲メニ之ヲ歌ハサル　（傍点原文）

だがもともと楽府題には「我所思行」という題はなく、実はこれは、後漢・張衡の「四愁詩」(『文選』巻二十九、『玉台新詠』巻九)を真似たものなのである。すでに晋の傅玄および張載に「擬四愁詩」(ともに『玉台新詠』巻九)[13]があり、この詩が早くから擬作の対象となっていたことが分かる。いま説明の便のため「四愁詩」の第一首をあげておこう。なお全体は四首で構成される。

我所思兮在太山　我が思う所は太山に在り
欲往從之梁父艱　往きて之に従わんと欲するも梁父艱《けわ》し
側身東望涕霑翰　身を側めて東のかた望めば涕《なみだ》翰《ふで》を霑《うるお》す
美人贈我金錯刀　美人　我に金錯刀を贈る
何以報之英瓊瑤　何を以てか之に報いん　英瓊瑤
路遠莫致倚逍遙　路遠くして致す莫く倚《よ》りて逍遙す
何爲懷憂心煩勞　何爲れぞ憂いを懐きて　心　煩勞す

四首通じて繰り返される部分(第三句の「東」は「南」「西」「北」と言い換えられる)に傍線を施したが、一見して明らかなようにほとんど反復に近い形で四首が連なるのである。明の胡応麟『詩藪』は「優柔婉麗、百代情語、獨暢此篇」(内編巻三)と評するが、措辞の艶麗さとともに、反語の多用と四首反復という技法も効果的と言ってよいだろう。

『佳人之奇遇』の所謂「我所思行」もまた、全体を四首で構成し、四首とも「我所思兮在○○、欲往従之○○○」で歌い起こされる七首を用い、「四愁詩」を踏まえていることは明白だが、構成上の目立った差異としては、一首を四句一韻全五韻二十句に引き伸ばしたこと、反復の箇所を歌い起こしの二句と末尾の四句に限り、しかもその四

句を四首とも同一にしたことが挙げられる。いまその第一首を例示すれば、

我《カ》所《ハ》レ思《フ》兮在《リ》二故山《ニ》一。欲《セハ》二往《テ》従《ハント》レ之《ニ》行路難《シ》。人生百事《ノ》易《ク》二蹉跎《タリ》一。幾《タヒカ》使《ム》三遷客《ヲシテ》發《セ》二長歎《ヲ》一。」家國衰廢日已遠《ニク》。

君主蒙塵何《ノ》處《ニカ》遯《ル》。舊盧《ノ》雙燕歸《ルニ》無《ク》レ家。滿目晝暗《シテ》草菀菀。」老父春秋超《ヘ》二古稀《ヲ》一。繁霜埋《メテ》レ頭《ヲ》雪印《ス》レ眉《ニ》。鐵石之肝

磨《トモ》不レ磷《セ》。松柏之心死《トモ》不レ移《ラ》。」常《ニ》秉《テ》二正義《ヲ》一排《シ》二邪說《ヲ》一。數《〳〵》提《ケテ》二干戈《ヲ》一除《ク》二妖孽《ヲ》一。經營如《ク》レ此《ノ》誰《カ》不《ラン》レ感《セ》。底事《ニソ》一朝

罹《ル》二縲紲《ニ》一。」月《ハ》横《テ》二大空《ニ》一千里明《カニ》。風《ハ》搖《シテ》二金波《ヲ》一遠《ク》有《リ》レ聲。夜寂寂兮望《ミ》茫茫。船頭何《ソ》堪《エン》今夜《ノ》情。

いわば句数を引き伸ばすことで歌い込まれる内容を増やし、一方で反復の箇所を前後に集中することでその効果を高めたわけで、とりわけ「月横大空千里明」以下の末尾四句が反復されることとの印象は強く、徳富蘆花『黒い目と茶色の目』中で『佳人之奇遇』の漢詩が朗詠される場面でも、引用はまさしくこの詩のこの部分を中心としているのである。

然し佳人之奇遇の華麗《はで》な文章は協志社にも盛に愛讀され、中に數多い典麗な漢詩は大抵諳記された。敬二が同級で學課は兎に角詩吟は全校第一と許された薄痘痕《うすあばた》の尾形吟次郎君が、就寝時近い霜夜の月に、寮と寮との間の砂利道を「我所思兮在故山《わがおもふところこざんにあり》……月横大空千里明《つきはたいくうによこたはつてせんりあきらかに》、風搖金波遠有聲《かざはきんぱをうごかしてとほくにこゑあり》、夜蒼々兮望茫茫《よるそう〳〵のぞみばう〳〵》、船頭《せんとう》何堪今夜情《なんぞたへんこんやのじやう》」と金石相撃つ鏗鏘《かうさう》の聲張り上げて朗々と吟ずる時は、寮々の硝子窓毎に射すランプの光も靜に豫習の黙讀に餘念のない三百の青年ぶる〳〵と身震ひして引き入られるやうに聞き惚れるのであった。

また巻六では、紅蓮がこの「我所思行」に和した自作を朗吟するのだが、その詩も各首末「月横大空千里明」以下四句を繰り返している。

押韻について調べてみても、ほとんど瑕疵なく一首五韻を「平・仄・平・仄・平」と換韻して四首揃えており、

古体詩とはいえ韻律上の配慮を窺うことができる。そしてさらに重要なのは、この詩の情調がもとうたの「四愁詩」の設定を有効に活用していることである。

実は、『文選』には「四愁詩」の成立事情を解説する「序」が付載されている[14]。

> 張衡久しく機密に處るを樂しまず。陽嘉中、出て河間の相と爲る。時に國王驕奢にして、法度に遵わず。又豪石并兼の家多し。衡車より下り、威嚴を治めて、能く內に屬縣を察す。姦滑の巧劫を行えば、皆な密かに名を知り、吏に下して収め捕え、盡く擒に服《つ》かしむ。諸《もろもろ》の豪俠遊客、悉く惶懼して、逃れて境を出づ。郡中大いに治まり、爭訟息《や》み、獄に繫囚無し。時に天下漸く獘《やぶ》れ、鬱鬱として志を得ず。四愁詩を爲《つく》る。屈原に依り、美人を以て君子と爲し、珍寶を以て仁義と爲し、水深雪雰を以て小人と爲す。道術を以て、相報いて時君に貽《おく》らんことを思うも、而も讒邪の以て通ずるを得ざらんことを懼《おそ》る。

表出される感情が「離騒」を中核とする屈原のそれを追うものであることが明らかにされ、済民を事とする人間の憂愁がこの詩の基調をなすものであることが説かれるのだが、ここに描かれた張衡の像と『佳人之奇遇』の登場人物たちの像と、そして張衡の背後にある屈原の像とを、連続して捉えることは、さほど難しいことではない。愛国者の忿懣と憂愁こそ、『佳人之奇遇』という〈小説〉を統べる感情なのである。そして注目すべきは「美人を以て君子と爲し」以下の寓意の説明である。『楚辞』における美女や香草が優れた人物や高い節操のメタファであることは、後代の読者にとってほとんど自明のこととして扱われてきたが[15]、「四愁詩」にうたわれる「美人」もまた、たんに美しい女性を指示しているのではないことをここで説くのである。「我所思行」がこの詩にならうのは、まさにそれが「優柔にして婉麗」「百代の情語」と評される表現の質を持ちつつしかもこういった背景のもとに読まれてきたことを踏まえてなのであり、だからこそ「我所思行」は、巧拙はともあれ、『佳人之奇遇』中で恐らく最も印象的な詩となりえているのだ。美しいヒロインの遺した悲憤慷慨のうた。「婉約ニシテ而シテ優遊、矯厲ニシテ而シテ慷慨」との形容は、この詩がそう読まれるべきものであることを強調している。

ちなみに、ヒロインの名を「幽蘭」とするのも、典拠は明らかに「離騒」に「幽蘭を結びて延《なが》く佇《たたず》む」また「幽蘭は其れ佩《お》びるべからずと謂う」とあるのを採ったとみてよい。むろん「幽蘭」とは君子がおびるべき香り高い草であり、清らかで高い徳義の象徴である。

さて、かくのごとく漢詩文の伝統を存分に活用したその文体について、東海散士の序はこう述べる。

然レトモ多年客土ニ在リ國ヲ憂ヘ世ヲ慨シ千萬里ノ山海ヲ跋渉シ物ニ觸レ事ニ感シ發シテ筆トナルモノ積テ十餘册ニ及ヘリ是レ皆偸閑ノ漫錄ニシテ和文アリ漢文アリ時ニ或ハ英文アリテ未タ一體ノ文格ヲ爲サス今年歸朝病ヲ熱海ノ浴舍ニ養ヒ始テ六句ノ閑ヲ得タリ乃チ本邦今世ノ文ニ倣ヒ之ヲ集錄削正シ名ケテ佳人之奇遇ト云フ

（傍点引用者）

ここにいう「本邦今世ノ文」が、結局漢文訓読体の謂であったことは言うまでもない。だが果たして、一八八五年のその当時、それは普遍的な認識であったのだろうか。かつ、『佳人之奇遇』の文体は、他に行われていた訓読文を忠実に襲用したものであったのだろうか。そもそも訓読体の〈小説〉とはいったいどのようなものであったのか。しばらく『佳人之奇遇』を離れてこの問題を考えることとしよう。

二 〈小説〉の文体

漢文直訳調の訓読文を〈小説〉に用いた早い例としては、丹羽（織田）純一郎訳の『欧州奇事花柳春話』（一八七八〜七九）を挙げることができる。いまその冒頭を掲げよう。(16)

第一章

　　獵夫亦《モ》能憐《クム》二窮鳥《ヲ》一
　　世人休《メヨ》レ疑李下《ノ》冠

爰《コヽ》ニ説《ト》キ起ス話柄《ワヘイ》ハ市井ヲ距ル〸凡ソ四里許ニシテ一ツノ荒原《クワウゲン》アリ緑草繁茂《リヨクサウハンモ》《クサボウ〳〵》、怪石突兀《クワイセキトツコツ》、満眼荒涼トシテ四《シ》顧《コ》人聲ナク恰《アタカ》モ砂漠《サバク》ノ中ヲ行クカ如ク唯悲風《ヒフウ》ノ颼々《ソウ〳〵》トメ草蕪《サウブ》ニ戰《ソヨ》グヲ聞クノミ寂寞《セキバク》ノ慘景《サンケイ》《カナシキケシキ》云フヘカラス人ヲシテ覺エス慄然《リツゼン》《ゾツト》タラシム四時既《スデ》ニ此クノ如シ況《イハ》ンヤ冬陰黯淡《トウインアンダン》《マツクロ》物色ヲモ分カツヘカラサル暗夜ヲヤ

英国リットンの小説『アーネスト・マルトラヴァーズ』及び『アリス』を原作とするこの翻訳の文体について、柳田泉『明治初期翻訳文学の研究』（春秋社、一九六一）は、「当時流行した新聞調の漢文直訳体」で、「これはそころ新家文《しんかぶん》とよばれた」と指摘するが、同時に、右傍に読みを、左傍に俗訓を施した漢字片仮名交りの漢文調の翻訳といえば、やはり『西国立志編』（一八七一）が想起されるのであって、その文体は、「天ハ自ラ助《ミ》ルモノヲ助《ク》ト云《ヘ》ル諺ハ、確然經驗《シカトタメシコヽロミ》シタル格言ナリ、僅《ワヅカ》ニ一句ノ中ニ、歷《アマ子》ク人事成敗ノ實驗《タメシ》ヲ包藏《コメテアル》セリ」（第一編第一則）のごとくであり、啓蒙のためであろう、右に読み、左に訓を振っている。(17)

『花柳春話』の翻訳にあたっては、中国通俗の才子佳人ものにならって修辞潤色が加えられてはいるものの、翻訳文として片仮名交りの訓読体を用いることについては、この『西国立志編』に代表されるような、啓蒙家の文体

としての訓読文の系譜を引いたとしてよい。丹羽純一郎が跋に、「細カニ古今ノ人情ヲ探ツテ遠近ノ異俗ヲ記シ一讀以テ人世ノ悲歡正邪ヲ詳知スルニ足ラシム而シテ我朝ノ爲永春水ノ著ニ係ル梅暦等ノ如ク讀者ヲ〆徒ラニ痴情ヲ醸發セシムル者ニ非サルナリ」（『花柳春話』付録末尾、ルビは省略）と述べることと、文体上の〈高級〉さは当然呼応していた。そしてこの〈高級〉さは、読者に対しても絶大なる効果を発揮した。「これらの小説〔『花柳春話』及び川島忠之助訳『八十日間世界一周』〕が戯作者流の文章でなく、こういうインテリ文で書かれたことが、どれ程その流行を助けたか知れぬ」（柳田前掲書）。かくしてこの〈小説〉は、〈高級〉な読者の手にして構わない、いな、〈高級〉たらんとする読者こそ手にすべきものとなったのである。そしてまた、『花柳春話』が才子佳人ものでありながら同時に立志の物語でもあること、つとに前田愛氏が「『花柳春話』は明治の書生たちが最初に出會った立志小説であり、教養小説だったのである」（『明治文学全集』月報七十一「『花柳春話』の位置」）と指摘するとおりである。「抑モ男兒ノ事業ヲ爲シテ天下ヲ經濟スルハ豈ニ啻ニ政府ノミニ止ランヤ書ヲ著シテ以テ一般ノ人民ヲ救バ其功亦大ナラスヤ」の語がフロレンスの口から発せられ、マルツラバースが「今之ヲ君ノ唇ヨリ聞ク何等ノ至幸、何等ノ快事」と応じる場面（第五十四章）こそ、読者たる書生たちにとって人情本的男女の交情に代わる新たな恋愛のモデルだったのである。

同時にその枠組みと修辞は、前述のように中国通俗の才子佳人小説を基盤にしており、各章に対句の標目を掲げたり、「爰ニ説キ起ス話柄ハ」や「畢竟マルツラバーストフロレンスノ戀情如何ハ看官宜ク察ス可シ」（第五十四章末尾、ルビは省略）のように基本的に章回小説の語り口を踏襲するのもそのためであり、また、その訳題を『花柳春話』とし、服部撫松が校閲し、成島柳北が題言に「英人牢度倫氏ノ原著ニシテ。丹羽純一郎氏カ譯スル所ノ情史ナリ」（傍点引用者）と言う所以である。当然、そこには『花月新誌』などを舞台とした漢文戯作の修辞法が作用していると予想されよう。たとえば左傍に俗訓を施すことについて言えば、その由来は古くはいわゆる「文選よみ」にまで溯ることもできるだろうし、顕著な例として、漢籍、ことに白話小説などの施訓において読者の理解の便のために用いられること、「亂呼亂喊《メツタニヨバヽル》ス」「快些《チトハヤク》ク」「媒婆《キモイリカヽ》」（岡白駒『小説奇言』一七五三）のごとくなのだが、しだいに衒学趣味的な要素が強くなってゆき、漢文戯作の書き手たちになると、文章表現の技法のひとつとしてこれを積極的かつ遊戯的に用いるようになること、「胡‐亂《ツマラヌ》休《メヨ》レ説《ヲイフナ》卿《オマヘ》不《ス》レ記《ワスレタカ》乎《セヤ》佳‐節《セツク》之客亦斷《タ》‐髪‐頭‐顱《ザンギリアタマ》」（成島柳北『柳橋新誌』二編）という具合である。中国通俗白話小説の施訓（これもまた一種の翻訳である）から学ばれたこの技法が『花柳春話』の左ルビにも踏まえられていることは、すでに疑いを容れないだろう。けだし『花柳春話』の訓読文は、『西国立志編』の啓蒙と『花月新誌』の遊戯とをあわせもつ、たしかに開化期にふさわしい文体だったのである。

さて、政治小説の嚆矢とされる戸田欽堂『民権演義情海波瀾』（一八八〇）もまた、人情本風の筋立てを敷くとはいえ、その文体は片仮名交りの訓読体を基本に行の左傍に和読を示し、人情本とはまったく異なるものである。(18)

天鶲《ヒバリ》ハ籠《カゴ》裏ニ連叫《サヘズル》シ、芍藥壇《シヤクヤククワダン》上ニ滿開《ホコロビ》ス。主人《アルジ》軒端《ハシヂカク》ニ靜坐シ、悠々手ニ月琴ヲ弄《カナデ》シ、流水雅曲ヲ朗謠《ウタヒ》シテ餘念ナシ。此幽靜《シヅカ》ナル庭院《スマイ》ハ野外《ノナカ》閑地ニ非ズシテ却テ、紅塵《マチナカ》十丈ナル浮世小路ノ中ニ在リテ、夫ノ和國屋民次ノ別業《ベツタク》ナリ。首夏日永ク、壁間《ハシラ》ノ時器《トケイ》漸ク午前十字ヲ報ズ。時ニ家僮來テ一封ノ郵書《ユウビン》ト一葉《イチマイ》ノかなよみ新聞紙トヲ捧グ（第四齣冒頭）

まちなかにありながら閑静な別宅で、清朝伝来の月琴、かごの雲雀に花壇の芍薬と小道具は唐風ながら、柱時計に郵便と新聞といった具合に文明開化の道具立ても揃っている場面が、開化期漢文戯作の世界を背景にもつことは間違いなかろう。事実、三輪信次郎の識す漢文の序は、「其の淫褻猥瑣、夫の梅暦東京新誌と何ぞ擇ばん」のように春水の『梅暦』と並べて服部撫松の主幹した『東京新誌』との表面上の近似性に言及しているし、その校閲は成島柳北に依頼されている。しかし〈小説〉の文体として言えば、『情海波瀾』が訓読体を採り得たのは、おそらく『花柳春話』の訓読体がすでに存在していたからだとみて間違いない。むろん同じ漢文訓読体といっても『情海波瀾』は明らかにより軽綺であり戯文の性格が強く出ているのだが、その文体の土台は俗言本の人情本や七五調の読本ではない。また、前述のとおり『花柳春話』は才子佳人小説の章回体に倣って対句題を章ごとに掲げるのだが、これもやはり『情海波瀾』の襲うところとなっている。

明治初年、漢文の教養になお依拠し、〈近代〉的文学概念をいまだ所有しなかった知識人たちは、男女の情の絡み合いを経《たていと》として展開するテクストを、即ち旧社会の士人文学では扱い得なかった主題を展開するテクストを、西洋の小説であろうと江戸の人情本であろうと中国の才子佳人ものであろうと等しく「情史」と呼び、敢えて言えば〈文学〉の新しいありかたとして、伝統的な漢詩文の埒外に建立しようとしていた。成島柳北が『花柳春話』を「情史」とみとめ、戸田欽堂が作者自称の語として「情史」をもちい「サクシヤ」と左ルビを振るのも[19]、同じ流れのなかにあったと言える。たしかにここでは個々のもつ文学史的背景はいっさい無化されてはいる。が、そこに、従来の「上の文学」でも「下の文学」でもない文学への志向を見ることも決して不可能ではない。『花柳春話』がそれを強く支えるテクストだったとすれば、『情海波瀾』はいわばそれに便乗したテクストだったのである。そしてその時、漢文を読み下した文体と章回小説の枠組みという、ともに漢詩文の伝統的教養を前提としつつかつ周縁に属する様式が採られたことは、留意すべきことではないか。

その一方で『佳人之奇遇』の文体は、ここに検討した二つの〈小説〉のものとはやはり大きく異なっていよう。戯作調の強い『情海波瀾』は論外としても、『花柳春話』と『佳人之奇遇』の文体の差異は、結局『経国美談』と『佳人之奇遇』の文体の差異へと連続する性質のものだと考えられる。前述のごとく『佳人之奇遇』の漢文訓読体の特徴は、単に訓読語を綴るだけではなく漢籍に典拠を持つ表現を多用することにあるのだが、『花柳春話』の訓読文はかかる修辞には力をそそがない。むろん「泰山崩レ北海覆ルモ」（第六十章）などといった原作には有り得ない漢文的な表現はまま見受けられるが、それらはほとんど常套句であって、『佳人之奇遇』のように読解に高い教養を必要とするものではないのである。この相違を念頭におきつつ、ついで、矢野龍渓『斉武名士経国美談』（前編一八八三、後編一八八四）の〈小説〉としての位相を検討することにしよう。

三　『経国美談』の様式

『経国美談』の〈小説〉としての様式は、『花柳春話』と同様、読本もしくは章回小説の枠組みを採用している。しかもこの〈小説〉は〈正史〉に依拠することを強く標榜する。すなわち、斉武《セーベ》・阿善《アゼン》・斯波多《スパルタ》の三国を中心に国家の盛衰興亡を語ることといい、巴比陀《ペロピダス》・威波能《イパミノンダス》・瑪留《メルロー》の三人の英雄の活躍といい、当時の読者が近世演義小説の傑作『三国志演義』を連想したとしても、何ら不思議はないのである。大量の尾評や頭評そして圏点の存在も、享受の方法において章回小説に倣うことを示し、栗本鋤雲や依田学海らによるその批評のスタイルも、章回小説のそれをほぼ襲ったものだと言ってよい。さらに後編巻頭の「文体論」にも「日本舊來ノ稗史小說體ヲ用ヰンコトヲ勉メタリ」と文体の上でも読本への接近を試みたことが述べられている。その枠組みから判断するかぎり、この〈小説〉は章回体演義小説の系譜に連なることは明白であり、それを無視して『経国美談』の〈近代性〉を論じても、その核心に迫ることはできないだろう。[20] 加えて、『清議報』に連載された華訳はさらに完全な章回小説の様式に仕立てあげられ、訳文にも白話が用いられ、『佳人之奇遇』の華訳とは対照的な姿を呈しており、いわば章回小説の本家への逆輸出となっているのである。だが逆に、そのことによって華訳と原書との差はきわだち、『経国美談』がたんに演義小説の舞台を古代ギリシアにおきかえただけのものではないことが知れ、近世小説から離脱しつつあるその姿を捉えることができる。

章回小説の形式は明から清に至って整備され、ほぼ定型化される。[21] 対句の回目が章ごとに掲げられるのもその一例だが、前述したように、『花柳春話』も『情海波瀾』も、本文は訓読文だがこの回目のみは訓点を施した七言の対句でほぼ貫かれている。[22]『八犬伝』や『弓張月』など馬琴の読本についてもそれが漢文の対句である点では同様で、それぞれの回に掲げられる標目は書き下しにされているが、輯頭の目録では訓点を施した対句であり、字数に長短はあるが両句のそれは揃えられている。ところが、『経国美談』を見ると、回目は大部分二句構成ではあるもののはじめから書き下されていて、しかも漢文に復しても必ずしも対句になるとは限らない。その一方で訓読文の字数はつねに両句揃えられているのである。例えば前編第四回の標目は、「兵威ヲ弄テ公會ヲ解散ス／大會堂ニ諸名士縛ニ就ク」と書き下しの字数は十一字に揃えられているが、これをそのまま漢文に復しても対句にならないことは明瞭である。これに対し華訳は、「入公會名士就縛／借外兵奸黨横行」と整然とした七言の対句にまとめている。注目すべきは、漢文ではなく訓読文での字数が揃えられていることである。これは明らかに作為性を感じさせる変換であり、文体としての訓読文が漢文から自立するための作業の一環だと見ることも、あながち無理なことではない。もちろん漢文に復しても対句になりうる回目も少なくないのだが、その場合であっても訓読文としての字数が注意深く揃えられることは、読本の回目の書き下しにそういった配慮が見られないこととともあわせて、いっそうその感を強くする。基準はすでに日本語としての訓読体に置かれているのであって、漢文はもはや規範としての拘束力を失っているのである。

このことをこの〈小説〉が口述筆記にもとづいていることに帰すのは、むろん不当だろう。それは字数の一致であって、音節数の一致ではない。その意味でこの作為ははなはだ奇妙なものとなっているし、結局踏襲されるべき規範となりえなかったのも不思議ではない。しかしこの奇妙さこそ、『経国美談』の位相を端的に表しているのだとも言えるのだ。

回目以外にも原作に比して華訳の章回小説としての整然さは一読して明らかである。回数こそ前後編とも原作に揃えるものの、叙述の前後を入れ替えることも少なくなく、その分回はしばしば原作とは一致しない。サスペンディングが充分に発揮される場面で分回することこそ、章回小説の章回たる所以なのであり、華訳はそれを忠実に踏まえているのである。例えば前編第二回は原作では「希臘列國ノ形勢」と題して物語の背景となる状況を略述することに一回を費やしているが、こういった分回は章回小説の範型からは完全に逸脱している。この〈小説〉のもつ〈実事性〉についてはのちにも述べるが、〈小説〉の枠組みがすでに近代的啓蒙に大きく作用されていることをとりあえず指摘しておきたい。当然のことながら華訳はこの分回を拒否し、原作第三回の前半までを第二回とする。

此ノ時ハ正ニ盛夏ノ最中《モナカ》ニテ日ハ最《イ》ト長キ頃ナレトモ早ヤ七時下リニナリケルカ折シモ遽タ、シク足音シテ案內ヲモ乞ハス主人ノ居室ニ馳ケ來タル二三ノ壯士アリ之ヲ見レハ則チ瑪留《メルロー》、勇具貞《ユークラテス》、須杜倫《ストロン》ニシテ皆ナ正黨ノ有志者ナルカ喘キ喘キ馳セ入ル中ニモ眞ツ先ニ進ミタル瑪留ハ憤怒ノ中ニ喜色アルカ如ク早ヤ室外ヨリ大音ニテ

巴君、巴君、濟民ノ功業ヲ立ツヘキ時節到來セリ

ト叫ヒテ他ニ何事モ說カス只管其ノ邊ヲ走リ廻リケル次テ入リ來リシ勇具貞、須杜倫ノ兩人ハ言葉セハシク主人ニ向ヒ［…］　（前編第三回）

却說那時是夏天。日子極長。巴比陀那天做了許多事情。夕陽還沒下山。兀自在那園裡散步細思。只聽得外面脚

步響動。似有兩個人進來。只聽得外面氣喘喘的喊道。巴君巴君。立功業的機會到來了。正是
變出不測。禍生意外。天忌英雄。百端窘害。
欲知這些人是誰所言又何事。且聽下回分解。

第三回　英雄避難走阿善　壯士傷心哭故人

却說巴比陀接着這數人進來。乃是瑪留、勇具貞、須杜倫三人。皆正黨裏有志的人。瑪留憤怒之中。又有喜色。也不管怎麼一直跑進來。在室外郎大聲叫道。巴君巴君。机會到了。你言這機會是誰。只聽見三人向主人道。

［…］

（華訳前編第二回・三回）

筋立てには変更はないのだが、読み比べた印象はかなり違ったものになるだろう。「七時」という具体的な時間が、「夕陽還沒下山（夕日はまだ山に沈まず）」という情景に変化し、原作にはない「散歩細思」の場面が加わって、以下に引き起こされる喧騒との対比をなさしめている。(23) 闖入者が誰であるかが宙吊りにされ、原作にはない「正是」で導かれる四言四句が場面を盛り上げる。まさしく、こういった場面で分回を行うのが章回小説の語り手の役割なのである。さて、華訳では原作には見えない結びの四言四句（必ずしも韻は踏まない）が毎回必ずあらわれるのだが、これも章回小説に特徴的な様式である。もっとも読本ではこの様式は踏襲されておらず、『経国美談』がそれを用いないのも特に異とするには足りない。だが、華訳が「欲知這些人是誰所言又何事。且聽下回分解」式の決まり文句で必ず結ばれ、『八犬伝』でも回ごとではないがおおむね巻ごとに、「これは是何人《これなにもの》ぞ、其《そ》は次の巻に、解分《ときわく》るを見て知らん」（第四輯巻之二第三十四回）の類の言葉で結ぶことが多いのを考えると、『経国美談』がこういった回の結び方をすることが多く見積っても二割に満たないのは、(24) サスペンションの担い手が語り手の饒舌から読者

の想像力へと移行しつつあることの証左とも考えられよう。例えば前編第三回は巴比陀が矢を受けて馬もろとも落水したのち、礼温《レオン》は悲嘆にくれ瑪留はかえって奮然として互いに別れる場面で終わるのだが、そこにはその違いがくっきりとあらわれる。

二人ハ遂ニ此處ヨリ袂ヲ分チ各々其ノ志ス方ニソ走リケル此ノ日ハ是レ紀元前三百八十二年第八月十二日ノ事ナリキ（齊武騒亂ノ年月ハ防氏慈氏ノ希臘史）

兩人遂各拜別。一個投阿善。一個轉舊路去了。看官聽說。這巴比陀英雄蓋世。智勇無匹。一定是後來能建功立業的人。天既生了也。如何又叫他落水而死。且這齊武。天既是要他立于霸國的地位。又把他第一流的名士死了。據此看來。那彼蒼是最可鄙的了。不知正是阻力愈大。立功愈高。萬死一生。方成大業。欲知後事如何。且聽下回詳述。

原作が「紀元前三百八十二年第八月十二日ノ事ナリキ」で結んでいるのはちょうど次回第四回が同じ日の威波能の行動を語って「紀元前三百八十二年第八月十二日ノ事ナリキ」と結ぶのに呼応しているのだが、華訳はそれをいっさい無視し、「看官聽説（さてみなさん）」と、語り手が登場して、原作からすれば余計な、と言ってよいであろう、口上を述べたてるのである。ここにも『経国美談』の叙述の〈新しさ〉を見ることができるだろう。具体的な年月の提示が語り手のサスペンションにとって代わる役割を果たし、読者はこの年月をよすがとしてみずから物語を編み直す立場に立たされるのだ。そしてそれは『経国美談』が近世小説を脱していく地点でもある。「七時」と「夕陽還沒下山」の違いも同様に考えることができよう。華訳にとって、具体的な年月や日時のむきだしの提示は、その〈小説性〉を減らしてこそすれ増すものではなかった。それより「夕陽還没下山」という常套表現こそが、その〈小説性〉に沿うものだったのである。もちろん具体的な時間を記すことが近世小説に見られなかったなどというわけではない。だが、前編凡例に「今日ノ小説ニ於テ懐中時計ノ用ヲ爲スハ夥キヿナレ𪜈此書ニテハ之ヲ用フルヿ能ハス唯僅ニ時刻ヲ計ル水漏或ハ沙漏アル位ナルヘケルハ巻中ノ時刻ヲ記スルニ夜幾更トセル處アリ或ハ何時トセル處モアリ然レ𪜈多クハ今日ノ二十四時ヲ用フ」と説かれるのを読めば、「今日ノ小説」として『経国美談』が提示する年月日時の果たす役割の大きさを感じないわけにはいかないだろう。

　章回小説の叙述スタイルを破っていることが華訳によって明らかになる例をいま一つ挙げておこう。有名な冒頭の場面である。

斜陽西嶺ニ傾キ今日《ケフ》ノ課程モ終リシニヤ衆多ノ兒童ハ皆々歸リ去リケル跡ニ尙ホ殘リ留リシハ年ノ頃十六歳ヲ首トシテ十四歳マテナル七八名ノ兒童ナリ此ノ一群ノ兒童ニ向ヒ教師ト見エテ其ノ齡六十餘リ鬚眉共ニ雪白ナル老翁カ黌堂ノ隅ニ飾付ケタル一個ノ偶像ヲ指シテ語リケルハ［…］

（傍点ルビ原文）

却說。昔日希臘國齊武都有個學堂。那學堂的教習。鬚眉皓白。年約六十餘歲。學生七八人。都不過十餘齡。一日夕陽西傾。學課已完。那些學生一齊向先生道。今日功課既完。間暇無事。請先生講一二故事聽聽。時學堂塑有幾個偶像。先生因指着內中一個道。［…］

「突而起墨韵極超脱極閑妙」と合本版の鼇頭に森田思軒が評するように、この語り起こしは何の前置きもなくいきなり物語の枠の中に読者を引きずり込み、従来にない新しさを確かに感じさせる。ところが華訳はこの語り起こしを嫌い、まずは「却説（さてさて）」以下の前置きで舞台装置を設定した上で、「一日（ある日）……」と語り始めるのである。原作が、老教師の史談と生徒たちの反応を語った後で、はじめて「抑〻此ノ地ハ如何ナル處ソ希臘國齊武ノ都ニシテ此ノ堂ハ」と説明を行い、それに続けて物語の主人公となる生徒たちの素性を明かしていくという手法で効果を高めているのに比べれば、華訳の叙述はあくまで常套の感を免れまい。そして、原作の〈新しさ〉は語り手の視線にもあるのであって、「今日ノ課程モ終リシニヤ」「教師ト見エテ」といった叙述は、華訳のようにはじめからすべてを熟知している語り手とは異なる立場をとる。

　今此ノ詞ヲ傍ラニ聞キ居タル瑪留ハ大ニ失望セルカ如クニソ見エニケル蓋シ此ノ人ハ素朴正直ナレトモ極メテ性急ノ人ナレハ此ノ騒亂ニ臨ミ巴比陀ハ定メテ［…］ト思ヒ居タルニ我カ深ク信向セル其ノ人ノ［…］ト語リシユヱ斯クハ失望セシナルベシ

（前編第三回、傍点引用者）

右に挙げた例もそれに類するもので、『経国美談』のとりわけ前編前半部には他にも「盖シ……ト察セラル」といった構文が散見され、語り手による観察とその推測とがこれらの叙述によって示されるのである。確かにこれらの叙述は首尾一貫してあらわれるわけではなく、テクストにおいて支配的な視点を確立しているわけではないのだが、章回小説もしくは読本的な語り手がどのように〈近代化〉されていくのかを考える上で、無視しえない事例であろう。

　かく近世小説からの離脱を図る『経国美談』なのではあるが、一方で、一見それを踏襲するかのような表現も少なくない。例えば次のような場面。

　又令南ハ今巴氏ノ一言ヲ聞キ其志願ハ已ニ達セルガ如キ思ヒナレドモ言フ所アラント欲シテ猶未タ言ハス正ニ是レ暖ヲ送ルノ輕雨花稍ク綻ヒ、溪ニ入ルノ春風鶯將サニ囀セントス

（前編第九回、傍点引用者）

巴氏ハ傍ニ立寄リテ面上ノ覆布ヲ取リ除クレハ贋《マガ》フ方ナキ令南ニシテ容顔玉ノ如クナレ𪜈清眼堅ク閉テ花唇動カス淡紅薔薇ノ色已ニ其ノ面ヲ謝シ去リシハ問ハスシテ永眠不起ノ人ト為リシヲ知ルヘシ狂雨枝ヲ折ル花神何レノ處ニカ宿セン暴風樹ヲ抜ク芳魂尋ルニ由シナシ英雄ノ情緒果シテ亂ルヽヤ亂レサルヤ

（後編第三回、傍点引用者）

前者は巴比陀が令南《レヲナ》にはじめて「愛慕ノ情」をもつ場面であり、後者は暴徒に殺された令南の遺骸に巴比陀が対面する場面なのだが、漢詩に似せた対句を挿入するこういった情景が、当時の読者にとって『経国美談』の魅力の一つだったろうことは想像に難くない。後編第一回に巴比陀と令南の会話が交わされる有名な場面があるのだが、依田学海がそれを「有這箇光景。乃能做小說。使人不倦。否則一部相斫書。成何世界」と尾評に云うのもその一端を示すだろう。才子と佳人が登場してこそ〈小説〉たりうるという考えは、前述の「情史」の枠組みに連なるものであり、そのコードがここにも貫かれているのである。「それ小説は人情を語るものなるから、おのづから男女《おめ》の相思を説かざるを得ず」（『小説神髄』）というのは当時のこの通念に沿ったものにほかならない。近代文学の確立の過程で、この「男女《おめ》の相思」をいかに叙述するか、さまざまな試みがなされたのだが、漢詩風の対句の挿入というのは明らかに中国才子佳人小説の手法を真似たものであり、その意味では旧いやり方である。つまりそのことだけに目を向ければ、〈小説〉にとってもっとも肝心な恋愛の情景についてはやはり近世小説的叙述スタイルを脱することができないままだと断じることも、あながち無理とは言えない。事実、読み手に令南の佳人としての姿を印象づけるためにはこのような修辞は不可欠でさえあっただろう。後編第十一回、冒頭に盛装した二少女があらわれ威波能らの噂話をする場面があるが、ここでも「恰モ是レ双蓮水ヲ出テ櫻桃姸ヲ競フ」の語が見えるのである。

だが、そもそも『三国志演義』にしろ『水滸伝』にしろ演義小説においては、英雄が恋をすることはまずないのであって、恋物語は才子佳人ものの外に出ることはなく、同時に、「才子」はあくまで「才子」に過ぎず「英雄」などになれはしなかったのである。[25] そしてここでの叙述は、特に後者は、「才子」のコードを「英雄」のコードが支配する形をとっている。「心緒亂レテ糸ノ如クナレ𪜈身ハ一軍ニ將トシテ衆士官ノ前ニ在レハ眼瞼一滴ノ涙ヲ溢レシメス」と語ることこそ如実にそのことを示し得ていよう。「名士佳人相遭佳話」(前編第九回依田学海尾評)という常套の枠組みを採用しながらも、「才子」は「英雄」に変貌し、しかもその「英雄」が読本や演義小説の「英雄」とは明らかに異なった姿であらわれるのだ。巴比陀や威波能が、政治家としての演説の才能、さらに論理的思考力や観察眼など、宋江や関羽とはやはり異なる、より〈近代〉にふさわしい英雄の姿を見せていることはすでに言うまでもないだろう。「此ノ時満場會民ノ視線ハ敵味方トナク皆ナ威波能ノ一身體ニ向ツテ注射シ其ノ臺上ニ進ミ近ツクト共ニ會民ノ視線モ亦威氏ノ身ニ随テ共ニ發言臺上ニ上リタリ」(前編第四回)と英雄を見つめる視線の叙述の〈新しさ〉もそれを支えていよう。[26] なるほど、三分法的人物の配置は近世小説的と言ってよく、藤田鳴鶴による前編末尾の尾評が巴比陀・威波能・瑪留をそれぞれ「智力。良心。情慾」に配し、『小説神髄』がそれを難じたのはまさしく周知のことではあり、瑪留が、張飛や武松など演義小説では欠かせない人物像[27]をほぼなぞり、むしろそのゆえに読み手の興味を引きつけたのは、事実である。だが、だからこそ、巴比陀や威波能の〈新しさ〉がきわだちはしまいか。近世小説的枠組みの効果的な利用とその内実の転換。『経国美談』の〈近代性〉は、まずここから語られるべきであろう。そしてそれはまた、〈正史〉と〈小説〉の関係についても同様なのである。

四　〈正史〉と〈小説〉

「矢野文雄纂譯補述」（傍点引用者）と表紙に掲げる『経国美談』は、その成立の経緯を「自序」にこう語る。

明治十五年春夏ノ交、予疾アリ臥蓐連旬、無聊ニ勝ヘス眼史册ニ倦ム卽チ和漢ノ小説ヲ求テ之ヲ讀ム諸書脚色陳套語氣卑下ニシテ人意ニ滿タサルヲ憾ム後チ數日手ニ任セテ枕上ノ書ヲ取リ之ヲ讀ム巻中會マ希臘齊武勃興ノ事蹟ヲ記ス其事奇異、粉装ヲ加エスシテ人ヲ悅ハシムルニ足ル因テ之ヲ譯述センコトヲ思フ乃チ諸家ノ希臘史ヲ索ム其書甚タ稀ナリ［…］且ツ史家カ齊武ノ事ヲ記スヤ多クハ其ノ大體ニ止テ當時ノ顚末ヲ詳記スル者少ク人ヲシテ糢糊雲烟ヲ隔ツルノ想ヒアラシム是ニ於テカ始メテ其ノ欠漏ヲ補述シ戯レニ小説體ヲ學ハント欲スルノ念ヲ生シタリ然レトモ予ノ意、本ト正史ヲ記スルニ在ルカ故ニ尋常小説ノ如ク擅ニ實事ヲ變更シ正邪善悪ヲ顚倒スルカ如キコトヲ爲サス唯實事中ニ於テ少シク潤飾ヲ施スノミ

記述は「史册」と「小説」とを往復するが、起点は常に「史册」にある。もちろん士人の立場を以てすれば正史と稗史の上下などいまさら言うまでもないことだが、ここで、「史册」を読み飽きて「和漢ノ小説」を手に取ったがその「脚色」も「語氣」も拙劣なものだった、との一節をはじめにおき、それに対し「希臘齊武勃興ノ事蹟ヲ記」した文章が「其事奇異、粉装ヲ加エスシテ人ヲ悅ハシムルニ足ル」ものであったと続けて、テクストそれ自体の面白さという点で「小説」と「史册」が対比されているのは注目してよい。評価の基準は「人ヲ悅ハシムルニ足ル」か否かなのであり、誨淫誨盗か勧善懲悪かはとりあえず問われていない。「小説」に対する非難も、「脚色」や「語氣」といった表現技法上の問題においてであって、内容の倫理的判断によるのではない。そして、「譯述」の契

機がすでに「其事奇異」「人ヲ悦ハシムルニ足ル」にある以上、その延長として「補述」を加え、「小説」化を試みるにあたっても、その動機から外れることはない。従ってこの「自序」の結びに功利的小説観に対する反駁を述べるのも唐突ではない。

世人動モスレバ輒チ曰フ稗史小説モ亦タ世道ニ補ヒアリト蓋シ過言ノミ若シ夫レ眞理正道ヲ説ク者世間自ラ其書アリ何ソ稗史小説ヲ假ルヲ用ヰン唯身自ラ遭ヒ易カラサルノ別天地ヲ作爲シ巻ヲ開クノ人ヲシテ苦樂ノ夢境ニ遊ハシムルモノ是レ則チ稗史小説ノ本色ノミ故ニ稗史小説ノ世ニ於ケルハ音樂畫圖ノ諸美術ト一般、尋常遊戲ノ具ニ過キサルノミ是書ヲ讀ム者亦タ之ヲ遊戲具モテ視ル可ナリ唯其大體骨子ハ則チ正史實蹟ナルヲ記センノミ

後編に付された「文體論」においても、「正史」と「小説」の区別は繰り返される。すなわち世の文章を、甲「左傳、史記、漢書、五代史、通鑑、太平記、源平盛衰記ノ類」、乙「詩賦歌頌稗史小説ノ類」と二分して、「甲ハ實事ヲ証スルノ用ヲ爲スカ爲ニ後世ニ傳ル者」であり、「乙ハ人ニ娯樂ヲ與ルカ爲ニ世ニ行ハル、者」だとし、「是レ稗史小説ニ於テ時俗ニ入リ易キノ文體ヲ用ルノ尚更ラニ止ム可ラサル所以ナリ」と説くのは、先にみた梁啓超の議論が教化主義に徹底するのに対して、きわだった相違を見せている。とりわけ「音樂畫圖」あるいは「詩賦歌頌」と「稗史小説」が、娯楽性という点で同列に並べられるのは、伝統的な類別を脱していようし、近代的芸術観念につながるものだとも言えるだろう。が、馬琴もまた、「信言美ならず、美言信ならず、以て後學を警むべし、以て婦幼を娯しむべし。儻し正史に由て以て稗史を評すれば、乃ち圓器方底なる而已」(『八犬伝』第二輯自序)と説いて「正史」と「稗史」の区別を立てたことがあったように、近代以前であっても〈小説〉の娯楽性を強調する観点はすでに提出されていた。そのことを考慮にいれずに龍渓の主張をそのまま〈近代〉の証しとみなすのは、拙

速に過ぎるだろう。

言うまでもないことだが、〈小説〉を慰み物にすぎないと考えるのは古くからの通念であった。そこからの脱皮を意図して、教化に有用であることが説かれはじめ、〈正史〉の通俗化としての性格が強調されるようになったこと、すでに例を挙げて見たとおりである。それ以降、〈小説〉の独自性の主張は、〈正史〉との緊張関係を踏まえた上でなされるべきものとなった。いかに正史から自立するかが課題だったと言ってもよいであろう。従って表面的な類似とはうらはらに、近世小説における娯楽性の主張は、『経国美談』の示す小説娯楽論とはおのずとことなった質をもつ。

> 夫れ小説なる者は、乃ち坊間通俗の説、固より國史の正綱に非ず、長夜永晝に消遣し、或いは煩劇憂愁を解悶し、以て一時の情懐を豁《ひら》くに過ぐること無き耳。［…］世に傳奇戯劇を見ず乎。人間に日ごと演じて厭わず、内に百に一つとして眞無きも、何ぞ人悦び衆艶《うらや》む也。但だ悦を一時に取り、結尾成る有り、終始就《な》る有るに過ぎざる爾。［…］大抵是書を観る者、宜しく小説と作《な》して覧、正史を執りて観ること毋かるべし。奇書を比翼する能わずと雖も、亦た前傳を追踪するに感有り、以て世間一時の通暢に頤を解き、併せて人世の感懐を豁くと君子云う。
> （酉陽野史「新刻続編三国志後伝引」[28]）

小説の遊戯性を強調する点では、右にあげた言説と龍渓のそれとに断絶を見出すことは不可能だろう。差異は、万暦年間に刊行された〈小説〉に付すこの「引」が、人々の感情に訴えることができれば強いて史実に密着する必要のないことを言明している点にある。娯楽感興を旨とするならば、正史の実に従わず小説の虚を逞しくするも、それ自体は何ら否定すべきことではないはずである。龍渓の議論はむしろ後退しているかの感さえ抱かしめる。

嘗て博物志に記して云えらく、漢の劉褒　雲漢圖を畫く。見る者熱きを覺ゆ。又た北風圖を畫く。見る者寒きを覺ゆ、と。竊に疑うらく、畫は本より眞に非ざるに、何《いず》くに緣りて是に至る、と。［…］是れ將に畫を執りて眞と爲せば卽ち既に不可、若し贋と云えば、已《はなは》だ眞に勝らざる者ならん乎。然らば則ち操觚の家も亦た是くの若くんば則ち已む矣。

（睡郷居士「二刻拍案驚奇序」㉙）

音楽や絵画と同様に小説にも「別天地」に読者をいざなう効能があると語るにしても、龍渓の言葉はここにまで至っていない。〈現実〉と〈描写〉とを「眞」と「贋」の関係で捉えながらも、なお「贋」のもつ表現力に着目する態度は、むしろ龍渓の視点より遥かな地平を望むことができよう。これらの言説は、〈実〉なるもの、〈真〉なるものとの緊張のもとに成立している。そうでなければ力を持ち得ないのである。だが、龍渓による小説娯楽論は、決して〈実〉を、すなわち〈正史〉を排除するものではない。「然レトモ予ノ意、本ト正史ヲ記スルニ在ルカ故ニ尋常小説ノ如ク擅ニ實事ヲ變更シ正邪善悪ヲ顚倒スルカ如キコトヲ爲サス」。「唯其大體骨子ハ則チ正史實蹟ナルヲ記センノミ」。起点はやはり〈正史〉に存在するのであって、その留め金は外されはしない。

結局、藤田鳴鶴には「君の言は謙に過ぐ」「此書遊玩の具と謂うと雖も、其の説く所然る無く經倫の資なり」（後編序）と評され、森田思軒には「小説は文章の遊戲也」との同意を受けながらも「而るに今乃ち將に濟時安民の具と爲らんとするは、則ち豈に體の變に非ざらん耶」（後編跋）と論じられてしまうのも、龍渓の言う正史が思軒や鳴鶴には教化に通じるものと捉えられたからである。たしかに龍渓は「讀者ヲシテ小説ヲ讀ムノ愉快ヲ得ルト同時ニ正史ヲ讀ムノ功能ヲ得セシメ」（前編凡例）と語り、「正史」の「功能」を「小説」の「愉快」と同列においた。そして「正史」の「功能」と言えば、ただちに「勧善懲悪」の語が浮かぶのも、漢学の教養に育った知識人からすれば、当然のことであった。贅言に属しようが、この語は『春秋左氏伝』成公十四年の記述を踏まえて杜預の

「序」が提示した春秋の筆法五のうちの一つ、「懲悪而勧善」に由来し、中国における歴史記述、すなわち正史を一貫して支える思想だったのであり、くどいようだが、近世小説が勧懲を標榜したのも、むろんそれが稗史として正史を補述することから始まったのである。

だが、幕末維新期、それまで規範となっていた中国の正史にとってかわるように、西洋諸国の〈正史〉、すなわち儒教的枠組みとは無縁の、そしてしばしば文明の進歩の法則性を高々と掲げる歴史記述が大量に流入するに伴って、〈正史〉それ自体の質が急速に変貌を遂げていくことになる。[30] たとえば、ギゾー著、永峰秀樹訳の『欧羅巴文明史』（一八七四〜七七）はその「総論」にこう言う。

又タ文明ハ日月ニ進歩シテ止マザル者タリ故ニ文明史ナル者ハ政法ノ善悪ニ随ツテ文明ノ度、先進後退スル所以ンノ本原ヲ記シ人類ノ趨向日月ニ人欲ノ私ヲ去リ仁慈ノ道ニ進歩スル形状ヲ載スルノ書タリ

また、昌平黌に学んで明治政府の修史館編修官となった重野安繹は西洋の史書についてこう評価する。

本邦漢土ノ唯事上ニ就テ記シ去ル者ト異ニシテ始ニ原ヅキ終ヲ要シ顚末ヲ具書シ當日ノ事情ヲシテ躍々紙上ニ現出セシム其體誠ニ採ルベキナリ（「国史編纂ノ方法ヲ論ズ」[31]）

『経国美談』が依拠したと称する〈正史〉とは、まさしくこの新しい〈正史〉であった。同時に、中国近世にも左のような言説のあったことも想起してよい。

今此の書の奇を覧るに、以て學士をして之を讀みて快とせしめ、委巷不學の人をして之を讀みて亦た快とせしめ、英雄豪傑をして之を讀みて快とせしめ、凡夫俗子をして之を讀みて亦た快とせしむるに足る也［…］演義

を作る者は、文章の奇を以て其の事の奇を傳え、而して且つ穿鑿を事とする所無く、第《た》だ其の事實を貫穿し、其の始末を錯綜し、而して已に之《ゆ》くとして奇ならざる無し。此又人事の未だ經見せざる者也。

（偽金聖嘆「毛宗崗評改本三国志演義序」）

そのごく初期の版本[32]に「晋平陽侯陳壽史傳　後學羅本貫中編次」と記されるように、『三国志演義』という書物は、『三国志』という正史に基づき、それまでの「平話」の不合理な部分、史実と合わない部分を削り、史書を存分に活用して成立した〈小説〉である。毛宗崗はさらに史実との整合を図り、また読法を提示し、評改を加えた。その「読三国志法」ではたしかにいわゆる「正統」が第一に論じられ、それは勧懲主義へと連続する性質のものではあるが、この「序」ではむしろ史実の「奇」、読書の「快」が強調されていること、留意すべきだろう。龍渓の議論はこの演義小説の「序」を踏まえた上でなされていると、敢えて推測したい。先に述べたように、『経国美談』前編自序もまた、斉武の歴史を「其事奇異、粉装ヲ加エスシテ人ヲ悦ハシムルニ足ル」と語り、さらにこうも言う。

凡ソ書史ハ事ノ奇ヲ以テ傳ル者アリ文ノ奇ヲ以テ傳ルアリ其ノ事ト文ト兩ナカラ奇ヲ兼ル者ニ至リテハ實ニ上乘ナリ余カ是書ヲ戲著セシハ其意文藻ニアラスシテ寧ロ事態ニ在リ故ニ其結構布置ニ多ク思ヲ費シ行文句法ニ輕ク力ヲ着ク世間是書ヲ讀ム者幸ニ之ヲ察セヨ

（後編「文体論」）

すでに答えは出ていよう。「事態」の「奇」を知ること。〈正史〉は、倫理の規範ではなく開化の時代の貪欲な好奇心の対象として捉えられている。知ることの驚きと喜びが、〈正史〉に対する執着を支えているのである。「實事ヲ証スルノ用ヲ爲スカ爲ニ後世ニ傳ル者」と龍渓は〈正史〉を規定する。馬琴のいう「以て後學を警むべ」き性格はすでに後退していると見てよい。近代以前において、〈正史〉との距離を測定することなしに何らかの地位を獲得することの不可能だった〈小説〉が、いわば〈正史〉の変貌にともなってその位相を転換しえた例を、我々はこの『経国美談』に見いだし得るのであり、そのことは〈小説〉の〈近代化〉という問題を考えるにあたっておそらく重要な契機となるはずである。(33)

五　〈小説〉の〈近代〉

『佳人之奇遇』と『経国美談』が対照的なテクスチュアリテを示すことは、これまで述べたことからも予想されるだろう。まず、文体の対照。『花柳春話』の漢文訓読体は、元来〈小説〉の文体ではなかった訓読体を、翻訳のための文体と漢文戯作による「情史」的枠組みの二つを契機として〈小説〉のなかに取り込んだものであった。『経国美談』は読本の文体をそれに加えながら、漢文から自立した文体としての訓読体を確立しようとした。「我邦ノ文體雜駁ニシテ一定ノ格例ナキコト實ニ此時ヨリ甚タシキハアラサルナリ」（後編「文体論」）との認識の下に、「完全ナル時文」（同上）を作り上げようとしたと龍渓は言う。一面で翻訳としての要素をこの小説が持つことも、それに大きく与っている。訓読体がそもそもの中国古典文の翻訳文であり、欧文の訳読に当たっても訓読式の方法が初めは踏襲されたがゆえに、欧文直訳体もまた訓読体の一変種たらざるを得なかったのである。「稿成ルニ及ンテ其ノ文字ヲ點勘スレハ歐文直譯體漢文體三分ノ二ヲ占メ和文體俗語體其ノ一ニ居ルカ如シ」（同上）のごとく、「和文體俗語體」に対照させて両者を並べるその区分の仕方からも、それは明らかだろう。いずれにせよ、『経国美談』の文体が、訓読調を基本としつつ、漢文からの離脱を図っていることはこれまで見たとおりである。それに対し、『佳人之奇遇』は反対に漢文への依拠をあからさまに示す文体で綴られ、漢籍に基づく典故も夥しく、完全なる漢文体とでも言うべき文体へと向かうのである。「本邦今世ノ文ニ倣ヒ」と東海散士は語るが、むしろ事実は逆である。この文体はほとんど孤立していると言ってよい。

しかも〈小説〉の枠組みとして『経国美談』が演義小説の形式に倣ったのに対し、『佳人之奇遇』のとる形式の先例を見いだすことは極めて困難である。美文で長篇、主人公が作者と一致することが明示される、などの条件を満たすのは、すでに〈小説〉ではなく伝統文学である詩賦に近い。プロットの展開にしても、その題名はそれが才子佳人の物語であることを明示はするのだが、もちろんこの〈小説〉は単なる恋愛小説ではない。関良一「佳人之奇遇[34]」は、「この作は、才子佳人小説としては『遊仙窟』『紅楼夢』の行き方を、あまたの志士仁人の活躍する波乱重畳たる伝奇としては『三国志』『水滸伝』の行き方を受けつぎ、策士の謀略の書を集めたという点では『戦国策』の行き方を踏襲し、それらを総合した」とするが、ここに挙げられたテクストの雑多さは、この〈小説〉のモチーフの雑多さを意味するだろう。かえって斬新とまで言いうるほどに復古的な文体とは対照的に、『佳人之奇遇』の作品としての統一性は、はなはだ不安定なものとなっている。

結論を先に言えば、この〈小説〉を支えているのは枠組みではなく文体なのである。モチーフの配置やプロットの展開はこの〈小説〉に統一性を与えず、「前後脈絡のない挿話の集合といふ印象をあたへられます」（中村光夫[35]）と評されるに至っているのだが、それとは対照的にその復古的かつ情動的な文体は連綿と絶えることなく、挿入される漢詩とともに熱狂的な歓迎を受けたのである。それはちょうど『経国美談』が正党／奸党あるいは斉武／斯波多という対立の図式をプロットの中核にすえ、そういったプロットの展開をそれまで担ってきた章回体演義小説の手法を踏まえて枠組みを確固としたものにした上で、文体あるいは叙述の〈近代化〉を試みたのと対照的な姿を見せていると言えるのではないだろうか。

ただ、才子佳人の物語、駢文調の文体、書き手と主人公の一致、という三点について、『佳人之奇遇』の契機となったと考えられるテクストは存在する。すでに指摘されるように、唐の張文成による『遊仙窟』である。藤井真一「佳人之奇遇と遊仙窟(36)」は、東海散士・幽蘭・紅蓮の三人の人物設定、竈谿での邂逅と別離が『遊仙窟』に負っていることを指摘し、のちの論者が『遊仙窟』との類似を言う場合も、それを襲ってその域を出ないのだが、駢文調の文体、書き手と主人公の一致の二点においても両者の近接を認めることができるだろう。この二点が『佳人之奇遇』の大きな特徴であることを考えると、中国では早くに失われ日本でのみ広く流布した伝奇小説を契機としてそれが明治の〈小説〉に立ち現れたとすれば、これはまことに興味深い事象と言えるだろう。しかもその二点は『遊仙窟』においても他の多くの伝奇小説との分岐を示す特徴なのであり、中国小説史上その様式は孤立しているのである。

念のために『遊仙窟』の冒頭を掲げておこう。

若夫積石山者、在乎金城西南、河所經也。書云、導河積石、至于龍門。卽此山是也。僕從汧隴、奉使河源。嗟運命之迍邅、歎鄉關之渺邈。張騫古迹、十萬里之波濤。伯禹遺蹤、二千年之坂隥。深谷帶地、鑿穿崖岸之形、高嶺橫天、刀削崗巒之勢。

若し夫れ積石の山は、金城の西南に在り、河の經る所也。書に云く、河を積石より導き、龍門に至ると。卽ち此の山是れ也。僕　汧隴從り、使を河原に奉る。運命の迍邅を嗟き、鄉關の渺邈を歎く。張騫の古迹、十萬里の波濤。伯禹の遺蹤、二千年の坂隥。深谷　地を帶《めぐ》りて、崖岸の形を鑿穿し、高嶺天に橫たわりて、崗巒の勢を刀削す。

四六句を基調とする駢文で綴られ、また主人公が「僕」と一人称で登場することが分かるだろう。その筋立ては、周知の如く、この「僕」が二人の美女と出会い詩を応酬し歓楽を尽くして一夜を過ごし別れを告げて去る、というものである。二人の美女とは崔十娘とその兄嫁である王五嫂だが、藤井氏が指摘するように十娘が幽蘭に五嫂が紅蓮に対応するのは、年齢の上下および「僕」が結ばれるのが十娘であることによる。もちろん『遊仙窟』には范卿に相当する人物は登場しないのだが[37]。

いずれにせよ、注目すべきは佳人像の転換である。『経国美談』は才子佳人小説的枠組みを利用するにあたって、才子を英雄に変換し、それに伴って佳人を英雄にふさわしい女性に仕立て上げた。『佳人之奇遇』は逆に佳人の単なる美女から麗しき志士への転換のほうがきわだち、散士が結局才子的印象を拭いきれない存在であることが着目される。そしてこの佳人像の転換は前述のように、表面的には神女美女をうたいながらその実は賢君賢臣を指すという中国の伝統的な修辞方法を逆手にとって成立したものなのである。「散士初メ幽蘭カ風采閑雅ニシテ容色秀麗ナルヲ慕ヒ高才節義ノ以テ人ヲ感動スルヿ此ノ如ク其レ卓然タルヲ思ハサリシ今幽蘭カ言ヲ聞クニ及テ敬慕ノ念愈〻切ナリ」と明記される転換は、いわば佳人の士大夫化なのである。そしてその文体もそれとともに士大夫化が図られることになる。亡国の悲哀、乱世の憂愁、不遇の忿懣は、漢詩文の規範たる『文選』を繙けばその典故に事欠かない。作者と主人公の一致は、自己表白を第一義とする伝統的漢詩文からすれば、至極当然のことであった。主人公たる散士のみならずこの〈小説〉の登場人物たちはみな、自身の口で自己を語るのであり、読者は散士とともにそれを聞くのである。これは唯一の〈私〉の視線が作品世界を支配する近代小説的な一人称ではない。他の誰でもない〈私〉の視線こそが優先され他者の視線が排除されるような世界ではない。『佳人之奇遇』で語られる自己は、他者と接続するために表白される自己なのであり、そのとき士人文学の伝統が最も有効に発揮されるのである。

『経国美談』には「希臘列國割拠之圖」（図1）、『佳人之奇遇』には「歐人世界蠶食慘狀ノ實圖」（図2）と題し

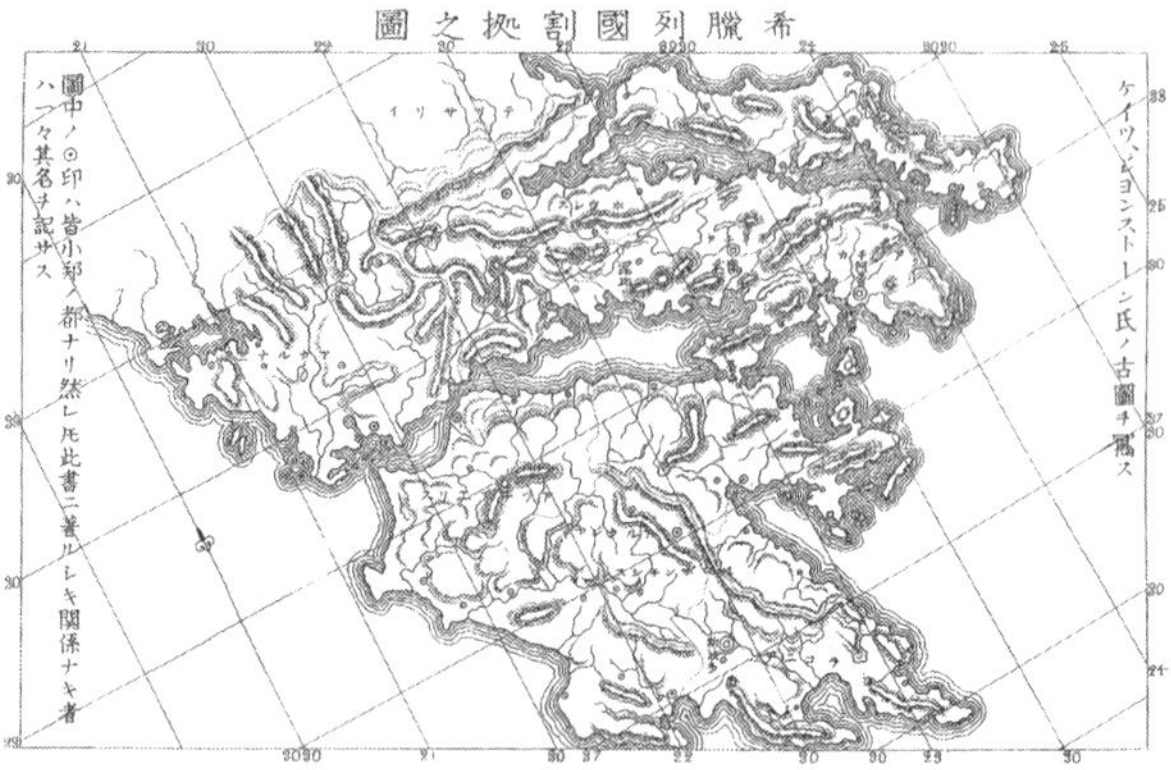

図１　希臘列國割拠之圖（『経国美談』第二回）

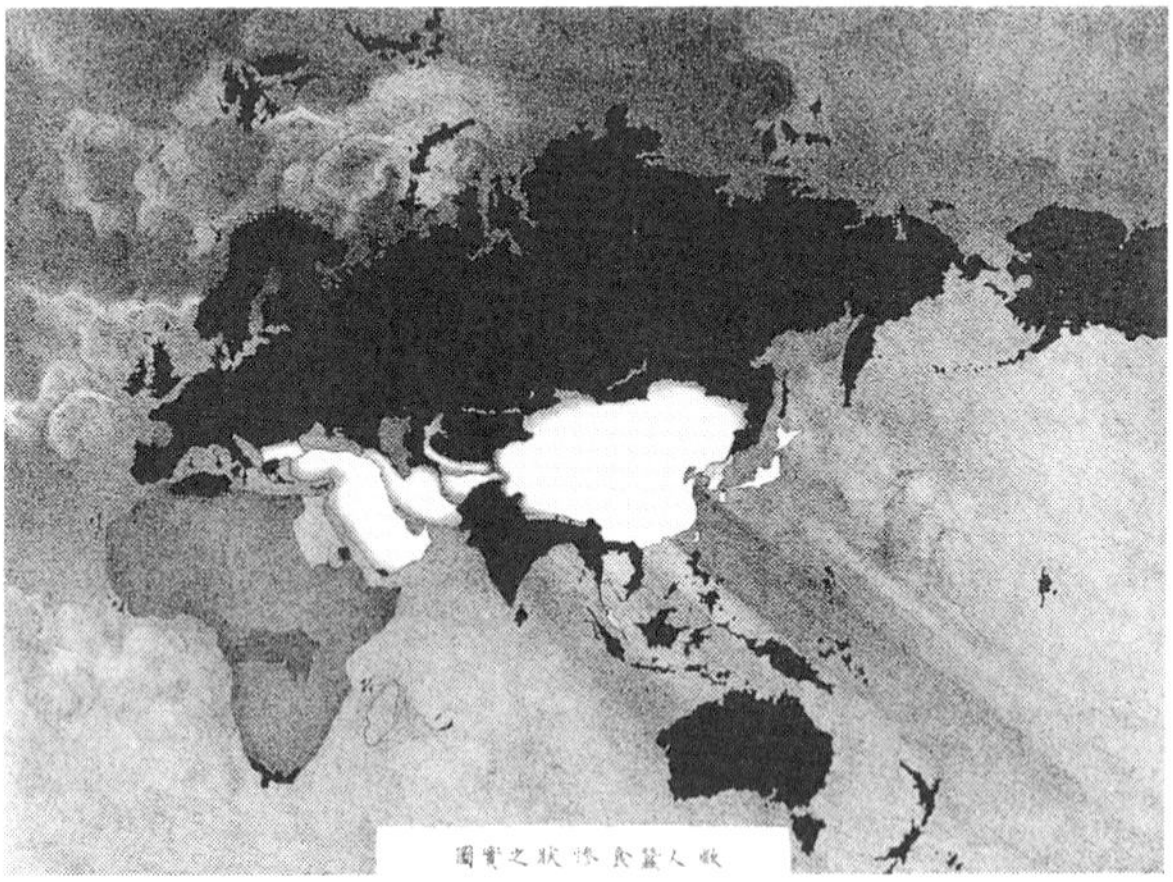

図２　歐人世界蠶食慘狀ノ實圖（『佳人之奇遇』巻九）

て、ともに挿し絵代わりの地図を載せるのだが、この地図はこの二つの〈小説〉の対照を象徴するかのような姿を見せる。前者は経線緯線を明示した地名のみならず地形をも書き込んだ教科書風の地図であるのに対し、後者はお世辞にも正確とは言えない世界地図（アメリカ大陸はほとんど省かれている）の上に、ヨーロッパ人の支配が及んでいる地域を黒黒と塗りつぶし或いは灰色を施し、白い部分は僅かに日本・朝鮮・中国からペルシア・アラビアにかけてのみという姿を呈し、地名や経緯線などは一切書き込まれていない。史家の小説と詩人の小説の対比をここにも見ることができよう。

　華訳がこの二つの小説を対照的な姿にして翻訳したのは、一面で両者の〈小説〉としての本質を見抜いていたと言える。だが華訳『佳人奇遇』の前に付された序が『佳人之奇遇』の文学としての本質を捉えていないように、『経国美談』を章回小説の規範から決して離そうとせずその新しさを見失ったように、おそらくこの華訳は〈失敗〉であった。それは『水滸伝』の表紙に「祖國第一政治小説」と大書する[38]ことを準備し、あらゆるテクストを〈政治〉で裁断していく時代を準備する失敗であった。そしてちょうどその陰画として、日本の文学は、政治小説が衰退の一途をたどる時代に突入していく。であればこそ、ひろく文学における〈近代〉という問題を考える上で、海を越えたこれらの政治小説が再び航路を拓きうることを、ここで示そうと試みたのである。従来の政治小説研究においては、ともすればその視点は日本にとどまり、それゆえそこで語られる〈近代〉もいささか自閉的な傾向なしとしなかった。政治小説の文学としての〈近代〉は、ひとり明治日本の〈近代〉なのではなく、漢字をひとつの媒体として部分的にせよ文学基盤を共有していた東アジア全体の〈近代〉を指向するものであったはずであろう。

第7章　『浮城物語』の近代

明治二十三年一月十日、そして十一日、十三日、十四日と、『郵便報知新聞』は第一面紙頭に「来る十五日以降の報知新聞は更に左の条条を掲げ候江湖の諸君益々御愛読被下渡候」の一文で始まる社告を掲げた。五条にわたるこの社告のはじめに「報知異聞と題する一種の新作小説を掲ぐべし」と予告された小説、すなわち単行されるさいに『報知異聞浮城物語』と名付けられた[1]それが、本章の扱うテクストである。明治十六年の『斉武名士経国美談』の刊行から七年、矢野龍渓にとって二つめの小説は、その引き起こした論争と併せて、小説における近代を語る上で欠くことのできない存在であり、もちろん、それを主題とした論考も少なくはない。なかでも柳田泉「矢野龍渓『浮城物語』について」[2]、越智治雄「『浮城物語』とその周囲」[3]「『浮城物語』から『海底軍艦』まで」[4]などは、この小説を読むにあたって示唆するところ、まことに大きい。本章では、これらの論考を踏まえた上で、『浮城物語』が〈小説〉として企図した〈近代〉がいかなるものであったのか、いま少しテクストに即しつつ、探ってゆきたいと思う。

一　新聞紙の小説

矢野龍渓『浮城物語』を論じるにあたっては、まずそれが新聞小説であったことに留意する必要がある。想定されている読者とは、すなわち『郵便報知新聞』の読者に他ならず、それは龍渓が欧州滞在から帰国後着手した新聞改革の結果獲得した購読者数万であった。[5]

「報知異聞」が『郵便報知新聞』に予定より一日遅れで連載を開始した明治二十三年一月十六日のちょうどその翌日、『読売新聞』の「文学上の主筆」（『読売新聞』明治二十二・十一・二十三「社告」）であった坪内逍遥は、「新聞紙の小説」と題する一文を『読売新聞』に二日にわたって掲載した。

> 夫の新聞紙に初めて小説の載せらるゝや世人多くは目を見張り新聞紙は新らしき事実を報道すべきものなるに事ふりたる作物語《つくりものがたり》を掲ぐるを理に於てある可からずなど罵る者多かりし然るに西洋の新聞紙にも小説はありと噂するに及びて非難の声いつしか消えつ今は厳めしき向きの新聞紙の外は何れも競つて小説をかゝぐさすれば初め小説を斥けしが道理か後にこれを容れしが是か（原文総ルビ、以下同）

「夫の新聞紙に初めて小説の載せらるゝや」とは、小新聞の雑報続き物のことを言うのではなく、明治十九年一月、『読売新聞』が「純然たる小説」[6]を紙面に登場させ、また同年九月、龍渓の改革案にともなって大新聞の雄たる『郵便報知新聞』も「嘉坡《〔ママ〕》通信報知叢談」の欄を設けて翻訳小説を連載したことなどを指すとしてよい。「罵る者」としては、福地桜痴が『東京日日新聞』紙上で『郵便報知』の小説掲載を非難したことなどが想い起こされるであろう[7]が、かく言う桜痴自身、翌二十年にはディズレーリ（B. Disraeli）の *Contarini Fleming* を「昆太利《コンタリニー》物語」（初め

「昆太郎物語《コンタリニー》」として塚原渋柿園と共訳で『東京日日』に連載していること、勢いのしからしむるところであった。逍遥は言う、

吾等思ふに新聞紙に小説を載するの是非は西洋の手振《てぶり》に問ふに及ばす新聞紙の務めは素より報道のみにあらねば読者の娯《たのしみ》の料作るもよし但し新聞紙の読者は少数人にあらずして（内実は兎も角も表向きは）社会全体なれば賢愚老少男女を問はず皆新聞紙を読むといふことを忘る可らず是れ新聞紙の冊子と異なれる要点にして冊子の著者と新聞紙の記者と用心を異にすべき所以なり［…］第一冊子は価も貴く又品によりては専門家にあらざれば買はぬものもあり新聞紙は然らず些も雅心なき者もフト買とりて読むことあるべしされば記者にして注意せざれば娯ませんとして不快を覚えさせ益せんとして害を蒙らし思はぬ罪を作《つくる》ことあらん［…］就中《なかんずく》小説は少年の注意を惹くものなれば記者力めて当世に注目し社会と我との関係を察せずは不本意の危害を醸すことあらん

さて、新聞に小説を掲載することの是非についての結論はあっさりと下される。「読者の娯《たのしみ》」を提供するもまたよし。逍遥の新聞小説に対するスタンスは冒頭から明らかだ。『小説神髄』で主張されたような美術としての小説ではなく、娯楽としての小説がはじめからの前提なのである。その上で、いかなる小説が新聞にふさわしいかという議論が展開されることになる。逍遥は、単行される小説と新聞に掲載される小説とを、読者という視点から明確に区別する。新聞はすでに「社会全体」のメディアであって、対象となる読者がいわば不特定多数であることに留意せよ、その影響力が――小説の場合はとくに青年に対して――きわめて大きいことを、何よりも肝に銘じておかねばならない、と言うのだ。なによりも「新聞紙」というメディアの質が、すべてを規定する。

若しかの美術といふものが絶対的にいはるるものならば吾等は信ず裸体美人の像も浅ましき筋の書も（其手際だに巧妙ならば）共に美術の仲間に入るべし併《しかし》さるは絶対的にいふ美術の美にして社会《よのなか》に見すべき物とは思はずこれをも絶対的美術家は美とすべしさりながら広くいふ社会《しゃくわい》には階級幾段もありて人の品さまざまなり［…］兎に角に新聞紙の小説には吾人かゝる作の載せられざるを願ふむしろ有益にして面白きものか又は無害にしてうるはしきもの佳し

「小説の美術たる由を明らめくせば、まづ美術の何たるをば知らざる可らず」との揚言に始まる『小説神髄』の立論は自ら斥けられ、「有益にして面白きものか又は無害にしてうるはしきもの」こそが新聞小説として最上とみなされる。そして、それを後退だとする非難が『小説神髄』の読者から浴びせられるのを先取りするかのごとく、あわてて補足が加えられる。

斯く言へばとて吾等敢て勧懲主義を復興せよといふに非す社会と新聞紙との関係に留意し禍の種を蒔かざれといふのみ此筋の議論は夙に報知新聞にて論ぜしことあり又女学雑誌にても論ぜしこともあり只彼と此と異なる点は彼は此論を小説全体の上にいひ吾等は新聞紙の小説にのみいふ［…］蓋し新聞紙の小説は純然たる文学的小説を以て見る可らずよし美術として欠くる所あるも新聞紙たるの義務即ち広く益し広く楽ますといふ点に於て本分を尽くす所あらば十分賞美して当然なるべし

「報知新聞にて」「女学雑誌にても」は、文脈からも明らかではあり、また『逍遥選集』別冊第三巻（春陽堂、一九二七）にこの文章を収めるさいに「報知新聞が」「女学雑誌が」と改めてあるように、逍遥自身の論を言うのではない。具体的に誰のどの論説を指すのかは特定しがたいが、矢野龍渓や厳本善治ら、小説の教化通俗の役割を重視する啓蒙家の議論を念頭に置いていることは確かだろう。彼ら啓蒙家と逍遥との違いは「彼は此論を小説全体の上にいひ吾等は新聞紙の小説にのみいふ」という一点にしかない。裏返せば、新聞小説に限るなら逍遥の立場は啓蒙家のそれと何ら変わるところがない。美術としての小説の価値は、「純然たる文学的小説」では第一義でありこそすれ、「新聞紙の小説」では「広く益し広く楽ます」ことが本分である以上、それを云々することはナンセンスなのだ。新聞か単行かというメディアの区別が小説そのものに及び、価値基準ははっきり二分されるのである。

> 然るに怪しむべきは今の作者及び批評家なり後者は新聞紙の小説を以て兎もすれば文人上下せんとし文人もまた之にかゝづらひて少数の褒貶に目瞠《は》り耳立て数欄の小説を綴るにだに彫琢の苦労尠からざらんとす［…］夫れ文学を益せんとならば世に其筋の雑誌多し彼の欄内に褐げてこそ色をも香をも知る人に遭はめ当世の景況を知らんとする新聞紙の読者は概して題目《みだし》を走読《はしりよみ》して心を惹く所に目を注ぐ何の暇あつて賞鑑を事とせん

「新聞紙の読者」の特性を考えることが小説の性格にまで及ぶことは、実作する側の立場からすでに森田思軒が語っていた。『郵便報知新聞』に連載していた翻訳小説欄「西文小品」を明治二十二年五月十一日より『国民之友』に移すにあたって思軒はこう述べている。

> 嘗て其の一篇を報知新聞に載せたり然れとも新聞は素と忙劇の場にして読む者の一目して過くるに遇ふを得れは斯を幸となす然れとも西文の語路繚繞なる加ふるに訳の迂拙なるを以てす謂はゆる一目而過の間に了々ならしめむと欲せは勢ひ往々省略する所と擷取して已む所とあるを免れず是をもて其極読者と訳者と交も慊焉たるに帰して止む故に去て之を此に掲ぐ盖し雑誌を読む者は更に一段の閑日月あるを信すればなり

新聞と雑誌の違いではあるが、小説もまたメディアに応じて書かれるべき事が、実感として吐露されていよう。続き物ではない「純然たる小説」が新聞に登場して三年、いかなる小説が新聞にふさわしいか、共通の認識はたしかに形成されつつあった。もちろん思軒は、新聞の読者と雑誌の読者との時間的余裕の差を問題にしているのであって、逍遥がすでに読者としての資質それ自体の差をも問題にするのとは力点を異にしている。或いはそれは『郵便報知新聞』と『読売新聞』とがそれぞれ大新聞と小新聞であったことに起因しているのかもしれないが、現実にはその差は小さくなりつつあった。

逍遥に戻ろう。

只怪しかるは批評家なりもと新聞に載せられて後に合本となりし者をさながら新作を評するやうに小説の体を成さずなど罵る

この両者の区分を混同する作家や批評家、なかでも批評家は当然非難されるべきであり、新聞連載小説がのちに単行本として出版されたとしても、批評はその出自を見た上でなさねばならない。そして「新聞紙」と「冊子」の区分はこのあとも執拗に繰り返される。が、ここでは先を急いで最後に箇条書きにされた提言を見てみよう。

第一　小説にも当世の事情を報道するの意を含ませ成るべく当世を本尊とし現在の人情風俗又は傾き等をしめすべし
第二　誰が見ても同感し得べき事、さなくとも多数の人に解る事、即ち楽屋落ちにならぬやうにすべし
第三　親子兄弟並びて読むとも差支なきやうに
第四　過去《むかし》の事又は未来《ゆくすゑ》の事を種とせば成るべく当世と異なる点を今の人に知らしむるやうに
第五　所詮娯ましむると同時《とも》に当世の有様を報道するか然らざれば多少《いくらか》教へ導く心ありたし

逍遥の提言はあくまで新聞小説に対するものであった。そしてまた『浮城物語』もまさしく新聞小説として登場したのであった。内田魯庵の批判に応えるかたちで講演された「浮城物語立案の始末」[8]にも「読者に娯楽を与ふるは小説の正産物なり、世を矯め俗を激し、人を戒め時を諷するは是れ小説の副産物なり」とあるように、この点において逍遥と龍渓の立場に違いはないように見える。では魯庵の非難は「もと新聞に載せられて後に合本となりし者をさながら新作を評するやうに小説の体を成さずなど罵る」類のものであったのだろうか。この問題を考えるためには、まず『浮城物語』を新聞連載当時の姿に即してきちんと見ておく必要があろう。

二　「報知叢談」から「報知異聞」へ

「一種の新作小説」として「報知異聞」が予告されたとき、同時に「将棊詰手及び其の図を掲げ置き候江湖の諸君続々之れに対し名案を投ぜられんことを請ふ」[9]なる新企画もまた用意されていた。「不善ならぬ娯楽」(「浮城物語立案の始末」)によって読者を引きつけるという点では詰め将棋も小説も区別はない。とはいうものの、ただ棋譜を載せさえすればよい詰め将棋と違って、小説を語り始めるのなら、それにはそれなりの枠組みをしつらえる必要があった。「紙面の都合により」[10]予定より一日遅れで連載を開始した「報知異聞」は、実録を装うことを忘れなかったのである。その「緒言」が「大分県豊後国南海部郡、旧佐伯藩領に日向泊なる一漁村あり」で始まるのは、佐伯の出身である龍渓と小説の主人公の上井清太郎とが同郷であることを暗黙のうちに示して、「去歳明治廿二年外国郵便を以て伯父某の許に一函の書を送致す［…］其書伝へて社員の手に至る」という記述の信用を増そうとの企図による。付言すれば第二回には清太郎が「嘗て郷に在て秋月、楠両先生の門に遊」んだことが述べられ、龍渓が秋月橘門と楠文蔚に学んだこと[11]と重ね合わされている。

之を読むに清太郎自家身上の経歴史にして其事絶快《ぜつくわい》、人をして魂飛び神遊はしむ宛然《えんぜん》一個の好小説なり乃ち繁を苅り冗を去て更に修飾《しうしよく》を加へ題して報知異聞と云ふ書中記する所の事々其の年月詳《つまびら》かならず然れども世に知られたる事変《じへん》に徴して之を考ふるに第一回発端《はつたん》は蓋し明治十一年の頃より始まる者とす

その手紙に書かれた内容そのものがまるで小説のようだ、とした上で、「繁を苅り冗を去て更に修飾を加」えたと言う。ちょうど「セルキルク己が患難を経たりし事を書記し〔…〕ダニール此書を得て之をロマンの資に取りて翻案し」（横山由清『魯敏孫漂行紀略』附載）たのと同様、つまり「修飾」以前のテキストは実録というわけだ。が、その〈実録〉をあまりに真に受けかねない読者の存在も察知して、あらかじめ断りも入れておかねばならない。

又た書中著大の事変にして内外の新紙に記せざるもの尠《すく》なからす其跡或は疑《うたが》ふへきあらは読者一部の小説として之を恕《じよ》する可なり

〈実録〉そのものにも怪しいところがあるが、そこはそれ、その手紙を小説として受け取れば済むこと。だが、その〈実録〉への疑いが上井清太郎の実在にまで及ぶことはない。「緒言」の記す経緯の真実性は揺らぐことはなく、嘘をついているとしたらそれは上井清太郎なのであって「緒言」の書き手ではないのである。

原書は日記の類なれは総て本人の自叙体《じゝよたい》を用ゆ本社之を修飾《しうしよく》する亦た其旧に依る書中「余」と称するは上井清太郎自家を指すものと知るべし

したがって続けてこのように記されても読者には何の違和感もない。「自叙体」の問題については後述するが、と

りあえずここでは、それが小説の実録性の担保を小説内の人物に負わせてしまうはなはだ巧妙な手段として採用されていることを指摘しておこう。そしてそのためには「緒言」の存在は不可欠である。果たしてどこからが「新作小説」なのか。「緒言」はどちらに属するのか。報道の側か小説の側か。

実録を修飾して小説に仕立て上げるという手法は、龍渓のよくなじんだところであった。そもそも彼の小説著作の出発点は、「実事中ニ於テ少シク潤飾ヲ施」（矢野龍渓「斉武名士経国美談自序」）すことにあったのである。さらに一歩進んで、テキストを額縁で囲うことによって、虚構と事実との橋渡しをしようという試みについてなら、すでに「報知叢談」が行っていた。(12)『郵便報知新聞』はまず明治十九年九月十九日の「広告」でこう予告する。

> 本紙上に一種の小説を相掲げ候かねての計画《もくろみ》に候処何分改革早々にて是処《このところ》二三日中は手廻りかね候へ共先つ取敢へす茲に其仕組を御吹聴申置候
>
> ［…］
>
> 右社友九名更る〳〵三四日読切りの小説を訳述し又は自作し匿名にて之を本紙上に載する事
>
> （原文パラルビ、適宜省略）

「社友九名」とは、藤田鳴鶴を筆頭に、森田思軒や尾崎咢堂、そして龍渓自身を含めた九名なのだが、「報知異聞」でもそうであったように、まずそれが〈小説〉であることはあらかじめ予告される。そしてこの連載は「文苑の英《は》華《な》を闘はす腕試《うでくらべ》」であり「広く読者諸君の公評を乞」う体の企画であった。この「広告」は二十日以降は「社告」と名を変えてさらに五日間にわたって掲げられ、三十日には「小説掲載広告」として「予ねて御吹聴申置候社友輪番起草の小説愈ゝ明一日より西洋風俗記の次に一欄を設けて掲載し始め候」と読者の注意を促した。ここまでは、短篇読み切りの連作を誰しもが予想したに違いない。だが明くる日に掲載された「小説」は、読者の予想をおそらくは越えていた。

社員矢野の知人なる在新嘉坡英人ジョセーブ、クラーク氏より最近の郵便にて左の書面を寄られたり

すでに小森陽一「〈記述〉する「実境」中継者の一人称」が指摘しているように、この手紙の日付が「千八百八十六年九月十五日」であるのは、現実の十月一日という時間を考慮したものであり、また、龍渓の紙面改革を宣した「改良意見書」が去る九月十六日付の『郵便報知新聞』に掲げられたことと無関係ではあるまい。付け加えるなら、十月八日に第一話の「志別士商人の物語」が終えられた後に一字下げて、

徐世《ジョセーフ》、具羅《クラーク》氏第一回の通信は此にて畢りたれども明九日横浜入港の東西会社の郵船便には必ず其第二回通信到着致すへき筈に候へは一両日中には引続て種々の奇話を訳出致す様相成る積に御坐候

と、ことごとしく述べられたり、翌十日には、「嘉坡通信報知叢談続載広告」として、

右具羅氏通信の第二稿予期の如く昨九日夕到着致候間直ちに次号即ち明後日十二日刊出の紙上より続載しはじめべく候

と、念入りな断りが掲載されたりと、その実事への橋渡しは周到である。そしてその手法は「報知異聞」とまったく同一と言ってよい。「種々の奇話」の真偽を『郵便報知新聞』は担保しない。「徐世、具羅」もまた然り。「奇話」を募集した館主「ロイ、ミツチエル」も、関知しない。嘘をついているとしたら、入れ替わり登場する語り手たちなのだ。だが、幾重にも額縁を嵌めることで、いつのまにか小説は実事へと地続きになってゆく。まるで人から人へと伝えられてゆくうわさ話のように、嘘であったかもしれないものが、本当らしさを次第に帯びてしまうのだ。

しかしこれは、「社友輪番起草の小説」ではないのか。予告で掲載の位置まで指定するのは、読者にそれを見誤らせないためではないのか。明らかに「報知叢談」は小説として予告されたにも関わらず、新聞記者の手練手管でいつのまにか実事が紛れ込んでくる。「〈虚構〉の小説欄を〈事実報道〉と明確に区別するのではなく、むしろ〈事実報道〉の一環としてくみ込んでいくという編集意図」（「〈記述〉する「実境」中継者の一人称」）という指摘は裏返しに読むことも可能だろう。小説が事実報道をその一環としてくみ込んでゆくのだ、と。

三　ルビと挿図

「報知異聞」が新聞連載中に微妙にその姿を変えていることは、これまで注意されていない。たとえば、ルビの振り方。初めは右ルビ、しかも純粋に読みだけを示すものであったのが、第十五回以降は、ルビは左に移動し、読みのみならず、しばしば俗訓も示すようになる。「火光の発灼《もへあがる》せし場処は其の位置《いち》、船を隔てゝ上流《みなかみ》八九町の処に在るか如し」（第十五回　火焔山《ひのやま》）といった具合で、ルビの中に読みと訓が混在しているのである。実は第十五回以前にも、「汝曹《きさまたち》」（第八回）や「海鎮《ちんじゆふ》」（第九回）など純粋に読みを示すとは言いがたいものもあり、事実、読みを示す総ルビに全編を改める『訂正新刊浮城物語』（明治三十九年一月）にあたれば、どちらも「汝曹《なんじら》」「海鎮《かいちん》」のごとく改めてあるのだが、少なくとも、「発灼《もへあがる》せし」のような、ルビに従って読み下すことのできない例は存在しないのである。

右に読み、左に訓を振る手法そのものは新しいものではないが、明治期のテクストを言うなら『西国立志編』、さらに小説なら『欧洲奇事花柳春話』が直ちに思い浮かぶだろう。特に『花柳春話』においてそれが用いられている背景には、中国通俗小説の施訓に学ばれた技法としての意味も存在していること、つまり『西国立志編』の啓蒙と漢文戯作の遊戯とをあわせもつ手法であることは、第6章で述べたが、「報知異聞」の場合も基本的にはそれを踏襲すると見てよい。ただ、読みも訓もまとめて左に振ってしまう方法は(13)、あるいは「報知異聞」の工夫によるものかもしれない。ちなみに『郵便報知新聞』の他の欄はすべて右傍に読みのパラルビを振るのみであり、「報知異聞」に先立つ「報知叢談」欄も同様である。つまり、第十五回以降の「報知異聞」は、左ルビの存在によって、紙面の中で他の記事と明確に区別される標徴を帯びることになるのだ。

加えて、挿図についても、第十五回付近を境に、大きな変化が見られ、それはルビの変化と連動しているように思われる。以下、従来の論考が、単行された『浮城物語』、はなはだしくは筑摩書房版『明治文学全集』所収のそれにのみ拠っていることが少なくないことを踏まえ、いささか冗長ではあるが、新聞連載時のすがたを表（次頁）によって一覧してみよう。

挿図の欄に◎とあるのは、単行本にも採用されたもので、単に◯とあるのは、単行されるにあたって省略された挿図である。また、◯あるいは◎の他に何も注記がないものは、すべてその回の物語に含まれる一場面を描いたものである。倉卒に描かせたものもあったとみえ、たとえば第二十九回の挿し絵などは、「昨日の挿画、菊川上井両人は裸体《はたか》にて尻《しり》を打たるへき筈の処、洋服の敝れたるを穿ち又、緊縛せられ《しつかりしはられる》居るは、絵画の注文に行違《ゆきちか》ひありしが為めなり、謹て読者に謝す」などと翌日に「謝告」を出す羽目になったりもしているが、総じて小説に臨場感を与えることに成功しているだろう。

注記したものについて言うなら、第七回は「作良先生の示せし地図の大略は左の如し、図中《ずちう》の点線は航海の予定線なり其の黒く抹せし地方は我々か後来侵略《しんりやく》すへき版図《はんと》なり」、第十九回は「右に掲けしは第一二等に位する巡洋艦の略図なり、前図は甲版上大砲の装置《さうち》を示し、後図は側面《そくめん》を示す、尤も砲数《はうすう》及ひ位置《ゐち》は艦に因り多少の相違あ

日付	回目	ルビ	挿図
一・一六	緒言、第一回　小革嚢《かばん》	右・読	×
一・一七	第二回　班超伝	右・読	×
一・一八	第三回　好丈夫	右・読	×
一・一九	第四回　吟詩	右・読	×
一・二〇	第五回　密話	右・読	×
一・二一	第六回　大事業	右・読	×
一・二二	第七回　新版図	右・読	◎（地図）
一・二三	第八回　連判状	右・読	×
一・二四	第九回　部署《やくわり》、訓練《くんれん》	右・読	×
一・二五	第一〇回　大演習	右・読	×
一・二六	第一一回　新発明	右・読	×
一・二七	第一二回　香港	右・読	×
一・二八	第一三回　地理、風俗	右・読	×
一・二九	第一四回　ラボアン湾	右・読	◎
一・三〇	第一五回　火焰山《ひのやま》	左・読／訓	○
一・三一	第一六回　復讐	左・読／訓	○
一・一	第一七回　遁逃《とんとう》	左・読／訓	○
一・二	第一八回　新聞紙	左・読／訓	×
二・三	第一九回　議決	左・読／訓	◎（船図）
一・四	第二〇回　踪跡	左・読／訓	◎
二・一九	第三五回　散兵	左・読／訓	○
二・二〇	第三六回　大穴	左・読／訓	○
二・二一	第三七回　帆布《はもめん》	左・読／訓	○（図鑑）
二・二二	第三八回　紀行	左・読／訓	◎（図鑑）
二・二三	第三八回〔ママ〕　出船	左・読／訓	○
二・二四	第四〇回　応接	左・読／訓	×
二・二五	第四一回　領事	左・読／訓	◎
二・二六	第四二回　書翰	左・読／訓	×
二・二七	第四三回　返翰	左・読／訓	×
二・二八	第四四回　五砲艦	左・読／訓	×
三・一	第四五回　雪白艦、大に蛇波《ジャバ》洋に戦ふ	左・読／訓	◎（海戦第一図）
三・二	第四六回　酣戦	左・読／訓	◎（海戦第二図）
三・三	第四七回　提督、連破す二戦艦	左・読／訓	×
三・四	第四八回　ウェルコム湾	左・読／訓	×
三・五	第四九回　日本男児の本分	左・読／訓	×
三・六	第五〇回　謁見	左・読／訓	◎
三・七	第五一回　鉄道線	左・読／訓	×
三・八	第五二回　地雷函	左・読／訓	×
三・九	第五三回　旧帝都	左・読／訓	×

一・五	第二一回　船室内	左・読／訓	○
一・六	第二二回　巡視	左・読／訓	○
一・七	第二三回　バタビヤ府	左・読／訓	○
一・八	第二四回　談判《だんぱん》	左・読／訓	○
一・九	第二五回　砲台	左・読／訓	◎
一・一〇	第二六回　天上、天下	左・読／訓	×
二・一一	第二七回　空中《くうちう》	左・読／訓	◎
二・一二	第二八回　砂糖圃	左・読／訓	○
二・一三	第二九回　モルヒネ剤	左・読／訓	○
二・一四	第三〇回　循環	左・読／訓	○
二・一五	第三一回　盛事	左・読／訓	○
二・一六	第三二回　クロコダイル	左・読／訓	○
二・一七	第三三回　伍長	左・読／訓	◎
二・一八	第三四回　大患	左・読／訓	◎（図鑑）
三・一〇	第五四回　騎象天満宮	左・読／訓	◎
三・一一	第五五回　旅団長	左・読／訓	×
三・一二	第五六回　接戦	左・読／訓	○（地図）
三・一三	第五七回　鎮台、三路に大兵を出たす	左・読／訓	○（地図）
三・一四	第五八回　象、驢	左・読／訓	○
三・一五	第五九回　生擒《いけどり》	左・読／訓	×
三・一六	第六〇回　両雄、営裏に死戦を決す	左・読／訓	○
三・一七	第六一回　由楽坡前に大兵を戦はしむ	左・読／訓	×
三・一八	第六二回　ルタン新聞の通信者	左・読／訓	×
三・一九	第六三回　蛟龍豈遂に池中の物ならん	左・読／訓	×

り、本図は小説話中の賊艦《ぞくかん》と知るへし」、第三十四回は「右に掲るはロベルト氏の風俗志中なるダイカ蛮族戦士の図なり」、第三十七回は「右に掲るはブラウン氏の地誌中なる、ボルネヲ内部蛮部の肖像なり」、第三十八回は「珈琲樹ニ実ヲ結ブ図」「セレベス特産戴角野猪ノ図」、第四十五回、第四十六回はそれぞれ「海戦第一図」「海戦第二図」、第五十六回は「右の図は東印度諸島と日本との位置大小等を示す」、第五十七回は「右図は、海王、浮城の二艦が香港より、ジャバのウエルコム湾に至る間に経歴せし図を示す」のごとく説明が加えられており、小説の理解を助けかつその実事性を強調するための挿図であることがわかる。もちろん龍渓の言によれば、小説を借りてこれ

らの地誌なり海事なり物産なりを知らしめんとするものでもあった。

さて、一見して了解されるように、第十三回までは、ただ第七回の地図がある以外は、画図が加えられることはまったくない。ところが、第十四回を皮切りに、連日のように挿画が掲げられ、途中やや頻度は下がるものの、画図の存在はごく当たり前のこととなってゆく。そのことと、右ルビが左に移行して俗訓をも示すようになっていくことに連絡のあることは、疑いようがないだろう。第十四、十五回を境にして、「報知異聞」はさらなる読者獲得を企て始めたのだった。「報知異聞」が新聞小説である所以は、ただそれが新聞に連載されたからということにではなく、このように、つねにその体勢が読者に向かって開かれているというところにある。新聞に連載されていることの強みは読者に即答できることだ。「将棊詰手及び其の図を掲げ置き候江湖の諸君続々之れに対し名案を投ぜられんことを請ふ」なる投稿の募集を想起されたい。『郵便報知新聞』の改革が読者による紙面参加の推進にあったことを考えれば、「報知異聞」のこの紙面上の変化が『郵便報知新聞』読者による何らかの反応もしくは提言によるものなのではないかと推測することも可能だ。残念ながらそれを知る具体的材料は捜し得てはいないが、少なくとも、この工夫が徹頭徹尾読者へ目を向けたものであったことは確かである。

そして「報知異聞」は、第二十七回が第三面に掲載された以外はすべて第一面に登載されたのであって、時には三段を抜くこともあったその挿図が、大いに人目を引いたことは間違いない。「故に一字、一句、一日にても読者を倦ましむるときは已に小説の本意に反す、［…］事柄の大小、文字の煩簡、一として読者に遠慮せざるものなし、如何にせバ一回又一回と読者を賺かし読ましむべき乎の一事は作家の最大苦心と云ふべき者なり」（「浮城物語立案の始末」）という龍渓のことばと挿図の増加・拡大は直接につながっていよう。そしてその挿図は、時には小説の一場面を描き、時には南洋の風俗自然を示し、といった具合に、よく通俗と啓蒙とを兼ね備えていたのである。

話をルビに戻そう。第十五回より現れた訓ルビは、回を追うに従って次第に増加する傾向を見せているが、まずその第一の機能を言うなら、難解な漢語の意味を教えることであった。「浮城物語の大体既に豪壮拓落を主とする上は最も激揚の気ある漢語調、漢文崩しを用ゆ可しと決したり」（「浮城物語立案の始末」）と漢語を多用した「報知異聞」の行文は、広く読者を求める小説としてはいささか難渋であったし、単に読み仮名を振るだけでは不十分な場合もあったであろうことは、容易に想像できる。「一撃粉韲」に「ひとうちにみじん」（第二十一回）、「面色赭紅」に「かおのいろあかく」（第四十回）など、あたかも中国白話小説の施訓のごとき、伝統的とさえ言える例や、「主簿訳官」に「しょき、つうべん」（第二十一回）、「新版図」に「あたらしきれうち」（第二十三回）など、より耳慣れた漢語の読みを示して意味を悟らせる、明治の新聞に似つかわしい例など、そのルビの振り方は自由自在、挿図と同じく、よく通俗と啓蒙とを兼ね備えていると言えるだろう。そしてまた、「豪壮拓落と滑稽笑謔を主として」編まれた「報知異聞」の、「豪壮拓落」を「激揚の気ある漢語調」が担っているのだとすれば、「滑稽笑謔」にはそのルビがなかなかに与っている。

八木田氏曰く「然らは遁走乎《にげるのか》」綜理、声を励まして曰く「進航《はやくゆく》を急くのみ何そ遁走《にげるではない》と言はん」と（余は謂ふ亦た是れ遁走《にげるのだ》と）（第十七回）

「にげるのか」「にげるではない」「にげるのだ」、会話もしくは内言に振られるルビは、ほとんど話し手の口から出たような色彩をおび、それがまたおかしみを増しているのが見て取れる。漢文戯作の世界がそのままここに接続されているのである。しかも漢文戯作が文人たちのペダンティックな遊戯であったのに対し、ここではその手法は新聞読者の娯楽に供されている。ついでに言えば、上井清太郎の漢学の素養は、四書五経の素読は終えたものの、『十八史略』は読んだことがあるが『後漢書』は読んだことがないという程度であった。

こうして導入された「報知異聞」独自のルビは、おそらくは読者の好評を博したのであろう、単行本化されるにあたっては、全編を通じて、左に読みと訓とを混ぜて振るこの手法が採用され、しかも、第十五回以前はもとより、それ以降についてみても、新聞連載時に比して俗訓の数量は増加している。だが、先にも述べたように、明治三十九年に「訂正新刊」として再刊された時にはすべて読みを示す総ルビに改められてしまった。明治二十三年の時点では欠かせなかった通俗と啓蒙が、十六年後にはもはや必要なくなっていたことの、それは証なのだろうか。

図1　『報知異聞浮城物語』第三十三回（明治 23 年）
（早稲田大学図書館所蔵）

図2　『訂正新刊浮城物語』（明治 39 年）
（早稲田大学図書館所蔵）

ちなみにこの「訂正新刊」本では挿図もすべて省かれ、ただ一つ口絵として第三十三回の挿画が描き改められ彩色されて付されているに過ぎない。そしてこの口絵、気球が墜落して「蛮族」に捕えられた上井清太郎と医師の菊川清が今にも鰐の餌食にならんとしている構図に変わりはないのだが、小林清親によるもとの画では上井・菊川両人のじたばたとあわてるさまが滑稽に描かれているのに対し（図1）、尾竹竹坡の描いたこの口絵では、襲いかかろうとする鰐を両人が発止と睨み付けている（図2）。二人の風貌も、同一人物を描いたものとはとても思われないほどの改めぶりで、あの情けなかった上井が十六年の時を経るとこうも偉丈夫になるものかと、思わず感心してしまうほどだ。ともあれ、ここでは、ルビにせよ挿図にせよ、この小説が読者を強くしかもリアルタイムで意識したものであったこと、すなわち『浮城物語』がその本質として新聞小説であることが、はっきり物語られているのである。

四　自叙体

「報知異聞」の「緒言」には、こうあった。

原書は日記の類なれは総て本人の自叙体《じょたい》を用ゆ本社之を修飾《しうしよく》する亦た其旧に依る書中「余」と称するは上井清太郎自家を指すものと知るべし

「上井清太郎」が小説中においていかなる人物であるか、その出自は龍渓による「緒言」がすでに言及していた。出郷以降の経歴については、清太郎自身の口からこう語られる。

最初は相応《さうおう》の学資《がくし》を帯ひたれとも悪友《あくゆう》に誘《いざな》はれて遊蕩《ゆうとう》の為めに過半を浪費し尽くしたり夫より後は頗ふる困窮《こんきう》して前非を悔ひ神戸なる外国宣教師の家に寄食《きしよく》し小使を勤《つと》めて専ら語学を修め且つ暇ある節には漢学をも学《まな》ひたり然れとも其教師が帰国《きこく》せし後は又大坂なる他の宣教師に使《つか》はれ三年の間、節倹《せつけん》して小遣銭を貯蓄《ちよちく》して稍く百円の高に上りしかは此れより東京に出て身を立るの計を為《な》さんと横浜に着せり爾後の仕合せは昨夜も申述たる如し

（第三回「好丈夫」）

「爾後の仕合せ」というのは宿屋で百円を盗まれたことを指しているが、それはともかく、一読して「一個常情の人を主人公として」（「浮城物語立案の始末」）なる設定が透けて見えるだろう。だが彼はたんなる「常情の人」なのではない。小説の中における彼の役割としてもう一つ重要なことは、彼に外国語の心得があり、またいささかの漢学の素養もあるという点である。「仏語、英語、独語」も「一と通りの用を辨し得」、「算術《そろばん》」は「殊に嗜む」ことを確かめたのち、「然らは新聞体の文章は如何ん」と作良は質す。「不文なる癖に小説体の作文を好み折々は地方新聞に投書いたしたることも候先つ日記を書する位は出来申すへし」との答えに作良は「甚た好し」と応じる。「今日の世中は一寸とせし談話までも漢語クズシ新聞体の語調を用るの時世なり」（「浮城物語立案の始末」）と龍渓が語ったごとく、「新聞体」とはつまりは「漢語クズシ」文体のことであり、それを操るには、四書五経の素読は済ませた程度の漢学の素養はとりあえず必要であったろう。そしてまた「小説体の作文を好」むことはそのまま「報知異聞」の原テクストの執筆へと連続するし、それを「地方新聞に投書」していたというのを見れば、すでに発表媒体さえ約束されているのである。「子は通辯を能くし且つ算術も心得、新聞体の文章をも作ると聞けは先つ当分余等両人の書記兼訳官の心得にて始終両人に附添ふこと為すへし」と最終的に上井清太郎に与えられた役割は、彼がこの小説の第一の「語り手」であること、生起することがらはすべて彼の視角から語られることを保証す

る。だがその視角はあくまで「書記兼訳官」のものなのであり、物語を進めていく主人公のものではない。彼は役割として物語を語るが、彼でなければ語れないという内在的な特権性を彼自身が有しているわけではない。語るに足るべきことは常に彼の外部に存在している。そして「言語動作嘗て常情の外を出でず」（「浮城物語立案の始末」）という清太郎の視線は、読者にとってごく簡単にそのフレームを確定することの出来る視角であった。「書記兼訳官」たる清太郎は読者に対して何の秘密も有していないし、読者は安心して彼の「報告」を聞くことができるのだ。

物語論の用語で言えば、上井清太郎は「周縁的な一人称の語り手」[14]である。物語を進めてゆく主人公は、企ての首謀者である作良義文と立花勝武であって、上井清太郎はあくまで周縁的な人物にすぎない。むろん、彼はたんなる傍観者でも通行人でもなく、作良義文によって「別格取扱」のうち「第十七　主簿兼訳官」たる役を与えられた人物であり、その他大勢の乗組員とはおのずと位置を異にしているし、またきっかけは偶然にあったとはいえ、作良・立花に従ったのは彼自身の意志による。物語の推移を観察された事実として報告するのではなく、それに参与する者の体験として語ろうとするのである。だが、「〈周縁的な一人称の語り手〉によって語られる物語の場合はいずれも、語り手と主人公という両人格の間に潜む緊張関係が、物語の意味構造を支える決定的に重要な局面をなしている」[15]のならば、「両先生果たして大国に帝たらは余は内閣書記官長たるを失わす」（第八回）なる彼の独白は、やはり「周縁的な一人称の語り手」にふさわしいものとは思われない。形態的にはそうであっても、この小説を他の一人称小説と同列に扱うことには躊躇せざるを得ない。物語論において人称を論じることの意味は、それが表現の質といかにかかわってくるかという問いを前提とするのであって、形態的に語り手がどうであるかを指摘するのみでは、テキストの読みに寄与するところは少ないだろう。では、「報知異聞」の「自叙体」をとりまく枠組みはいかなるものであったのだろうか。

龍渓最初の小説『経国美談』の人物設定は、中国白話小説ないしは読本の枠組みを越えつつも、その座標はやはりそこを原点として測らざるを得ない質のものであった。藤田鳴鶴が、ペロピダス、エパミノンダス、メルローをそれぞれ「智力。良心。情慾」に配したことは[16]、大方の読者の賛成を博したにちがいない。そしてペロピダスやエパミノンダスが読本的枠組みの上に〈近代〉にふさわしい英雄の姿を打ち立てようとしていたことを想起するなら、それが作良義文や立花勝武と名前を変えていても、『経国美談』と「報知異聞」と、その人物設定の方法にさしたる変動のないことにいやでも気づかざるを得ない。また、作良といい立花といい、小説みずから「「立花とは真姓なるか」「否々余は之を知れり、然れとも未た之を語るへからす」」（第五回）と語らねばならないほど、その命名の意図するところもあまりに露骨である。智仁勇の三傑に代えて、文武の両雄。単行時に加えられた依田学海の回評が作良と立花について「写出二生容貌人品一箇是智一箇是勇」（第三回）と評するのを見ても、人物像の淵源が那辺にあるか、明らかだろう。さらに「別格取扱」の「第一　大統領」に作良を、「第二　海陸兵事綜理」に立花を配し、官位の高下によって注意深く武の上に文を置くその手口。星によって命を与えられた豪傑たちに代わって登場するのは、官位によって役割を果たす顕官たちである。

> 私か先年日本の青年に冒険外征の思想を起させたいと考て、浮城物語を書いた、其時も困たのは人物の姓名であつた、主人公ともいふべき人物の名には困りました、段々考へて、是は木の名尽しで行くが宜いと考へた、それで大立物をば作良某、立花何某とした、夫の書を御覧になると分ります、大抵の姓は皆な木の名である、旨く書いてあるから一寸と分らぬですが、木の名である[17]

はたして萩やら笹野やら菊川やらの姓がうち続くのを見て「一寸と分らぬ」ものかどうかはさておくとして、龍渓がのちにこう語り、話の枕に「馬琴が切足潑太郎或は彀楽四九次郎綾丑とかいふ名を付けた」などと持ち出していても、それは何ら驚くにはあたらない。徳富蘇峰が「第十九世紀の水滸伝」[18]と評したごとく、『浮城物語』は明治の読本《よみほん》なのだから。

上井清太郎はと言えば、ひたすら勇猛ではあるが読者の笑いを誘うほどに滑稽なメルロー、あるいは張飛や武松に代わって、「主簿兼訳官」として登場し、「常情の人」なればこその滑稽さを演じて読者の笑いを得ようというのだ。「主簿兼訳官」であること、「常情の人」であること、いずれも明治の新聞読者にとって身近な、あるいは自分自身であるかもしれない存在であった。立身出世を求めて上京する書生たちのひとつの典型でもあろう。だがその存在が典型であるがゆえに、「自叙体」によって語られることばは、その役割を出ることはない。まず「常情の人」「主簿兼訳官」たる上井清太郎を置き、彼の口から語らせたところを「自叙体」と呼んでいるにすぎない。だが明治二十年代の「自叙体」がすべてこのようなものであったわけでは、もちろん、ない。

「自叙体」ということばから直ちに想起されるテクストの一つに、森田思軒が『国民之友』第八号（明治二十・九・十五）に発表した「小説の自叙体記述体」がある。依田学海の「侠美人」の評から説き起こしたこの文章で思軒は、「斯く己れを以て書中の一人物となし或ハ書中の一人物を以て己れとなし唯た此の一人物を主位に置き通篇の鏡花水月皆な之を賓位より影幻し出たすハ余仮りに名つけて自叙の体と云ふ」と自叙体を定義する。[19]そこでは自叙体は、第三者の描写にかかる記述体と対照されてこう称揚される。

> 尋常の記述体か衆景衆情を一時に写すの妙を具するにも拘ハらす表裏幽明を一斉に描くの妙を具するにも拘ハらす一人物か某の場合某の境遇に立ちし時の感情有様を刻画して切実易ゆ可らす読む者恍然神馳せて現に之を目睹する如き想あらしむるの妙ハ自叙体独壇の処にして記述体の企及し難き所なり

語っている人物が、その人物にしか見聞きできず、感じることができないものを、その人物の口から語ること。

その表現の絶対性に、思軒は着目している。「人の話を聞く時に之を他人より又聞きに聞くと本人より直聞きに聞くとハ其話の我心に感する度合に浅深著しき相違存する者なり是ハ他人の悲喜を悲しく喜ハしく物語る事ハ己れの悲喜を其儘に吐露する事の身に染むに及かざれはなり」。語られることばは、代替不可能な、唯一無二のことばとして提示されるべきなのである。だが、「報知異聞」の自叙体のことばは、そのような絶対性をもってはいない。無惨にも「繁を苅り冗を去て更に修飾を加へ」られてしまい、スタイルのみ「其旧に依る」と言うのだ。上井清太郎が送ったのは書簡であり、その書簡は「日記の類」であった。だがこれを書簡体小説とも日記体小説とも呼ぶことはできないだろう。形態的な問題より何より、こういった小説における原稿の編集者は、その語り手固有のことばを改竄してはならないからだ。全知全能の語り手のことばは、それが全知全能であるゆえに、誰のことばでもない。だが一人称で語られたことばは、語り手に所有されたことばであり、その語り手に固有のことばなのである。

だが、「報知異聞」は躊躇しない。無頓着に「記者曰く以上作良氏の述へし土地産物の条はモーレイ氏の商業地理書の説に同し又風俗の条はブラウン氏の世界風俗志に同し」（第十三回）などと注釈を付けても、「余」と「記者」の間には何らの緊張関係もないのである。「報知叢談」では、翻訳という形で変容は加えられていたが、それでも一人称で語る語り手のことばは尊重されていた。表現が個人に属すること、その小説における極点が一人称小説、ひいては「私小説」であったとするのなら、龍渓の表現は個人へと向かわない。彼のことばは多数の読者に享受されなければ意味がないのである。「若し自己一家の好みを以てすれば今少し長く書きたし密に書きたしと思ふ処も甚だ多かりしが、斯くては読者の機嫌を損ぜんかと、省略の上にも省略を加へ勝ちと為れり」（「浮城物語立案の始末」）と語るときと、思軒が「西文小品」を『国民之友』に移したときに「謂はゆる一目而過の間に了々ならしめむと欲せは勢ひ往々省略する所と攝取して已む所とあるを免れず是をもて其極読者と訳者と交も慊焉たるに帰して止む」と語るときとでは、表現に対する態度には明らかに懸隔がある。

「報知異聞」が「自叙体」を採用する意味は、もっぱら実事性の確保、それも枠組みとしての実事性の確保にあった。同時代的な語り手を設定し、「主簿兼訳官」の役割を負わせるのは、それを強化するためである。表現の固有性をもたない枠組みの実事性。新聞の紙面にこれほどふさわしいテクストもないだろう。したがってそこに語られることばは、より読みやすくおもしろくためになるように書き直されることに抵抗しない。実事へ向けてそして読者へ向けて大きく開かれた小説にとって、ことばは私有されるべきものではないのである。

「序跋無功の今日に幾多名士の羊頭を掛けて売出したる「浮城物語」は少くも不活眼社会を驚かしたるならん」[20]との一文から内田魯庵の激しい批判が始められたように、徹頭徹尾新聞小説として書かれた「報知異聞」が『浮城物語』として単行されたとき、その書には、森田思軒、徳富蘇峰、森鷗外、中江兆民、犬養毅による序文が寄せられ、連載時にはなかった漢文の回評が依田学海の手で加えられていた。あたかも紙面から抜け出した新聞小説を守る砦のように、それらは小説を囲繞し防御する。「報知異聞」が『郵便報知新聞』の読者に供されたとき、序文や題言は必要なかった。漢文の回評に至っては、再読する読者に楽しみを与えようとの意図があったにせよ、ルビを加え挿図を増して読者の底辺を広げようとしていた連載時の方向とは逆行するものであろう。そして序跋であれ、回評であれ、その読者として想定されているのは、いささかなりとも文学的素養のある者であって、新聞連載時の読者層からは微妙に重点がずらされている。

逍遥は「新聞紙の小説」と「冊子」のそれとの違いを執拗に繰り返していた。だが龍渓が「小説は不善ならぬ娯楽を世人に与る者なり」（「浮城物語立案の始末」）と論じるとき、その小説の媒体には新聞か単行かの区別はない。「又新聞紙上に掲る小説は一巻の冊を為して世に出る小説と其趣を異にするを知らざる可らず」（同）と言われてその内容を聞いてみれば、「小説欄内を除く外新聞紙の本色として、全紙面の記事は皆騒々しき其日〳〵の出来事ならざるは無く、切たり張つたりの修羅場を現出す。此修羅場に隣て忽ち小説の別天地を見る。一方は熱の極なり、一方は静の極なり、随分調子の合ひ難きものとす」ということであり、逍遥や思軒のなす辨別とはまるで違う体のものである。けっきょく、逍遥が「新聞紙の小説」として論じた性質、すなわち「有益にして面白きもの」が、龍渓にとってはすべてであった。だが「報知異聞」が『浮城物語』となったとき、小説のすがたには確かに変化が生じている。「報知異聞」はその本質として新聞小説であるはずなのに、何とかして「冊子」にふさわしい衣をまとおうとしているかのようにさえ見える。

小説が新聞に連載されている限り、逍遥と龍渓は対立しない。だがそれが単行されたとき、逍遥が一方で確保しておいた「純然たる文学的小説」のすがたが龍渓の目に入る。逍遥はある意味で、「啓蒙家の文学」（『浮城物語』とその周囲」）を新聞小説に囲い込もうとしたのであり、「新聞紙の小説」と「純然たる文学的小説」とを分離しておくことで、「純然たる文学的小説」の確立をもくろんでいたのだ。『浮城物語』は棲み分けを拒否し、序跋や評語で武装して、こちらこそが真の小説なのだと叫ばずにはいられなくなる。むろん、序跋や評語は近世小説の常套であって、その武装はいささか旧弊の感は免れない。が、近世小説を基盤にしつつ、新聞という近代メディアに徹底的に適合させることで小説に新たな領域を開拓しようとしたところに『浮城物語』の近代があったとするなら、新聞からこの小説が抜け出したときにその旧弊のみが目立つのも、ゆえなきことではない。

そして、

小説は美術的の文字たらざる可からず、「美」の約束を守らざるべからず、人間生活を写すをもつて目的とならざる可からず、人と運命との間を規定する天然の法則を出さゞる可からず、動力と反動力とより来れる行為を写さゞる可からず(21)

あるいは、

小説は人間の運命を示すものなり、人間の性情を分析して示すものなり。而して最も進歩したる小説は現代の人情を写すものにして、此以外に小説なしと云ふも可なり[22]

と強調されるごとく、小説においてすべての要素が混淆していた時期を終えて、「美術」を上に「娯楽」を下に劃す視線が定着しつつあったことは確かで、『浮城物語』の存在によってこの視線はさらに強固なものとなっていった。「娯楽」は小説の名に値せず、せいぜいのところ「新聞紙の小説」どまりだというこの視線は、以後も絶えることなく近代文学を支配してゆく。だが近代はひとり「美術」にのみあるのではない。『浮城物語』の語ることばは、固有性をもたないことば、消費されることば、伝達のためのことば、そして共有されることばが近代小説においてどのように生成されてゆくかを教えてくれるであろう。

批判にさらされてのゆえであったかどうかはつまびらかではないが、マダガスカル島領有までもくろんでいた『浮城物語』は、わずかに蘭領インドネシアの独立運動にかかわったのみで、その筆を絶つ。そして押川春浪が『海底軍艦』によってその跡を継いだとき、『浮城物語』は自身としてはいささか不本意な系譜の祖として、「純然たる文学的小説」の外に座を与えられることになる。

第8章　明治の游記

——漢文脈のありか——

游記の隆盛が幕末から明治二十年代にわたる時期の文学において大きな特徴をなすことは、もう少し注意されてよい。もちろん、旅というテーマ自体は、あるいは紀行文というジャンル自体は、洋の東西を問わず古典的であるし、紀行文というなら明治ではなく江戸ではないかと訝られるかもしれない。しかしながら、明治の游記はさまざまな点で時代を劃する特徴をそなえている。

まず見ておかねばならないのは、幕末から明治にかけての大量の海外渡航記の存在である。言葉も習俗も異なる土地への旅によって、名所の確認と羅列に堕しがちな近世紀行文とはまったく異なった流れがあらわれたことは、紀行というジャンルに大きな変化をもたらした。とはいえ、いささか先走っていうなら、それらの海外渡航記もまた、それまでの紀行の枠組みと無縁に書かれたものかといえばそうではない。新しい土地への旅だからこそ、パーセプションのありかたは旧套に依存しがちだ。ことに、詳細な記録を旨とするのみでなく、そこになにがしかの文学らしきものを盛りこもうとすればなおさらである。明治の游記は、その中から、旧来の手法を組み替えつつ、新しい型を作っていった。

そして、新しい型を作っていく過程では、海外渡航という題材の新しさに加えて、流通環境や読者層が明治に入って大きく変化したことも、強く作用した。新聞や雑誌など、広範囲の読者を想定する定期刊行物の登場は、その具体例としてただちに想起される。木版印刷から銅版印刷また活字印刷への移行による出版流通の量的および質的な変化も、視野に入れねばなるまい。

さて、前置きは前置きとして、ここではまず夏目漱石『木屑録』から読み始めたい。海外渡航云々と最初に言いながら、高等学校生の夏の房総旅行記から読み始めるのは、のちの文豪たる書き手の名に価値を認めてではなく、明治二十二年（一八八九）に第一高等学校本科生が漢文で書いた旅行記として、ここには明治の游記がどのような前提のもとに書かれているかがよくあらわれているからである。

一　『木屑録』

『木屑録』はこう始まる。

余児時、誦唐宋数千言、喜作為文章。或極意彫琢、経旬而始成、或咄嗟衝口而発、自覚澹然有樸気。窃謂、古作者豈難臻哉。遂有意于以文立身。自是遊覧登臨、必有記焉。(1)

古えの作者に肩を並べるも難しとせずという少年漱石得意の詩文は、数年後に旧作を読み返して赤面の至り、すべて焼き捨てられることになるのだけれども、ここでは「是れ自り遊覧登臨すれば、必ず記有り」ということばに注意したい。「文を以て身を立つる」者として、作詩作文の動機はまず「遊覧登臨」であった。むろんこれは漢詩文の伝統であり、明治にあっても漢詩文を綴る者にとっては初学からの心得であり、幼きより唐宋の詩文数千言を誦んじた漱石にとってはごくあたりまえのことがらであったとしてよい。そして「遊覧登臨すれば、必ず記あり」なら、「記」のために「遊覧登臨」がなされるようになっても不思議はない。それは本末転倒とすら言えないほどに、一体のものとして認識されている。

竊自嘆曰、古人読万巻書、又為万里遊。故其文雄峻博大、卓然有奇気。今余選耎趦趄、徒守父母之郷、足不出都門。而求其文之臻古人之域、豈不大過哉。

「選耎趦趄」はぐずぐずもじもじしているさま。結局みずからの詩文の至らなさを「万里の遊」の不足に帰してしまうほどに、作詩作文にとって旅は欠くべからざるものなのである。「万巻の書」と「万里の遊」こそ、詩文上達の資源であった。ことばを溯れば、「信乎、不行一万里、不読万巻書、不可看老杜詩」（『王直方詩話』）のごとく、これは杜甫の詩を読むための前提ではあるのだが、ことは裏表、杜甫の詩聖たる所以にもなり、引いては、作詩作文の要件ともなる。

しかし旅さえあれば詩文が書けてしまうわけでもない。漱石も、明治二十年、ようやく富士登山を果たしながら「不能一篇以叙壮遊」、つまりその壮大な旅を記す文を一篇も書き得なかったのであり、ついで明治二十二年七月、興津の海岸に避暑のためおもむくも「遂不得一詩文」という。(2)

嗟乎、余先者有意於為文章、而無名山大川揺蕩其気者。今則覧名山大川焉、而無一字報風光。豈非天哉。

文章を作ろうとしたときは、名山大川を得られず、名山大川を目の前にしたときは、文章が出てこない。「豈に天に非ず哉」とはいささか大げさに聞こえるが、それほどに旅と詩文は分かちがたい。そして興津旅行の翌八月、房州に三十日間遊び、帰りてのちに游記をしたためるに至って、漱石はようやく懐いを慰めることができたのであった。

窃謂、先之有記而無遊者、与有遊而無記者、庶幾于相償焉。

さて、かく「遊」と「記」との相応を果たした游記はどのようなものであったか。大まかには、漢詩をさしはさんだ漢文で書かれ、日録ではないがほぼ時系列にトピックを並べるもの。内容を粗々述べれば、八月七日、船にて房州へ向かうさいの船酔と落帽、そして居合わせた三女子のことで一段、房州についてのちの海水浴で一段、興津と安房保田の景観の対比で一段、初めて壮大な自然の景観に触れた感慨で一段、同行者と自分との対比で一段、ある夜、過日を思い自ら省みて一段、正岡子規からの書と詩について一段、房州の地勢を述べ鋸山の開山に及び、さらに「己丑八月某日」の鋸山登山を記して長い一段、保田の北の洞門について一段、友人米山保三郎について一段、洞門を詩に詠んで一段、保田の南の湾にある巨岩を述べてさらに風光を詠うことに説き及んで一段、誕生寺と鯛ノ浦について一段、旅中の詩をいくつかまとめて一段、この游記についてまとめて一段。

段落相互の関係は、構成上の緊密さをさほど持たず、むしろそれぞれ短篇の游記が綴り合わされているかの感を与える。これは、書き手が最後の段で述べているように、思いつくまま文を綴り、いったん成れば改めなかったということに由来もしようが、そうであるならば、より注意すべきは、むしろ段落相互の関係に比して段落内の構成が格段にかっちりしていることである。鋸山紀行を中心とする長い一段は、地勢から始めて「己丑八月某日、余諸子とに登る」と紀行を始め、廃屋を見て維新の変を思い、歩みに沿って展開する羅漢像の配置を論じ、さらに山巓に至って詩を記して段を終えるなど、叙述の充実と相まって『木屑録』においてもっとも力の入った段と見てよいが、そこまでではなくとも、それぞれの段落には多かれ少なかれ、それぞれの構成、より適切な言い方を探れば、型がある。思いつくままに書いたとしても、いやだからこそ、身に付いた型からは脱けられない。

漢詩文に習熟するということは、何よりこうした型に習熟することであった。明治に入ってもなお『古文真宝』

や『文章軌範』の訓点注釈本が出版され続けたのは、まさしく文章の軌範としての役割を漢詩文がまだ担っていたからである。主題としての游記は、作詩作文のレッスンにおいて、こうした型の提供に与るところ大であった。さらに、漢文を資源として成立した明治普通文にあっても游記はそのようなものとして機能した。游記の型は漢文にとどまらず、およそ文章を綴る上での基本を提供し続けたのである。いまその消息を知るために、いったん『木屑録』から離れて、明治初年の作文用教科書を見ることにしよう。

二　作文の手本

明治十二年（一八七九）出版された安田敬斎『記事論説文例』は、翌十三年の再版に付された広告によれば、以下のようなものであった。

> 方今世上に作文の書乏しからずと雖ども、或ハ文例錯雑の憂あり、或ハ熟字新奇異聞の害あり、而して初学の人を誤ること蓋し尠なからず、独り這書《このしよ》は作文の秘訣、てにをはの体格ハ勿論、本編は、時候、記遊、記事、記戦、慶賀、傷悼、論文、説文、雑編の九門に分ち、二百五十章の文例を述べ、又鼇頭に二層の欄を設け、時令、人倫、禽獣草木の異称より、七十五種の手紙の語を始め、凡そ雅俗の熟字類語ハ委《くわし》く採択して漏すことなく、漢語には皆左右に傍訓を附し、以て学校生徒ハ更なり、普く世人作文の模範に備へたる完全無欠の良書なれバ、江湖の諸彦速《すみやか》に購求ありて以て韓柳の蹤を攀《よぢ》玉はんことを企望す
>
> （原文総ルビ、句読は読みやすく改めた。以下同）

銅版で二冊、あわせて百丁あまり、校閲には田中義廉の名を掲げ、版元は文栄堂前川善兵衛。こうした明治の作文書が一面では近世の往来物を受けつぐのは、上巻一冊を占める「時候門」の文例のうち尺牘文が少なくなく、さらに「日用尺牘」をその後に付していることからも明らかだが、一方で、往来物が手習いを兼ねて草書もしくは行書で書かれた候文あるいは漢文であったことからすると、ここに採用された文体は漢字片仮名交りのいわゆる普通文、書体は銅版によって鮮やかに刷られた楷書、つまり近世の往来物とはおのずと一線を画しており、「記遊門」から始まって記事論説文の作文例を示す下巻一冊が、題名とともにむしろ中心をなしていることがわかる。何と言っても目指すは韓愈、柳宗元なのである。そして馴染みと実用から「時候」が別格であることを考えれば、下巻の始めに「記遊」が置かれているのは、まさしく漱石が「遊」と「記」との一体を繰り返したのに呼応しよう。作文にはまず「遊覧登臨」。

さてその「記遊門」は「河海」「山嶽」「郊野」「渓壑」「城邑」「旧趾」「勝跡」「花木」「温泉」「瀑布」「園地」「寺院」「神社」に内容を分かち、そこに収まらないものについては「雑編門」として付す。「河海」には「琵琶湖ニ遊ブ記」「舟ヲ僦シテ澱水ニ溯ル記」、「山嶽」には「富嶽ノ記」「一ノ谷ヲ過ル記」「音羽山ニ遊ブ記」、富士山以外はすべて関西の勝景であるのは、著者と版元が大阪にあることが反映していよう。ちなみに澱水は淀川の謂。それぞれの文例は長くても一丁を超えることはなく、およそ初学の者にふさわしい分量を守っている。例えば「一ノ谷ヲ過ル記」。

摂ノ尾、播ノ首、南　海洋ヲ受ケ、北　山嶺ニ背キ、山陽往還ノ衝路、之ヲ一ノ谷トス、平望十里、夷然トシテ舗ク如シ、顧テ鉄拐山ニ矚スレバ忽チ懐旧ノ禁ズ可カラザルアリ、怒濤　沙ヲ捲キテ山ヲ崩シ、松風　空ニ吼ヘテ天傾ク、余　低徊久フシテ去ル能ハズ、慨然トシテ之ヲ記ス定型の学習こそ作文の捷径であることを如実に示すが、さらに身も蓋もなくなってしまうと、安田『記事論説文例』に倣って明治十四年（一八八一）に出版された水野謙三『記事論説文例』（山中市兵衛版）の「公園ノ記」に、「予ノ寓ヲ距ルコト数町、一小丘アリ、何々ト云フ、土地高爽山水明媚、植ウルニ芳草奇木ヲ以テシ、鑿ツニ泉水ヲ以テス」云々とあって、「何々」に近所の丘の名前を入れれば一丁上がり、という簡便さにまで至る。水野『記事論説文例』はおおまかな構成については安田をほぼ踏襲し、個々の文例についても安田を意識する。例えば「渓壑ニ移ル記」（安田）と「渓壑ニ遊ブ記」（水野）。

余　性　山水ヲ好ミ、常ニ勝地ヲ占《モトメン》ト欲テ得ザリキ、今茲《コトシ》学友ノ周旋ニ頼テ、居ヲ転ズルコトヲ得リ、此地西北ニ山ヲ負《オヒ》、東南ハ水ニ通ズ、山ハ高ニ非《アラザレ》トモ白雲常ニ巓ヲ覆ヒ、水ハ大ナラズト雖、清深ニシテ渺茫望ニ足レリ

（「渓壑ニ移ル記」）

余　性　山水ヲ好ミ、常ニ勝地ヲ占《シメ》ント欲シテ得ザリキ今　茲《ココニ》辛巳夏七月、官暇ヲ賜フ、因テ暑ヲ日光山中ニ避ク、山中渓澗多シ、春夏ハ百泉匯リ漲リ、水　之ニ注ギテ態ヲ著ケ、羣峯万壑長林磵《タニ》ヲ夾《サシハサ》ミ、前　峻嶮ニシテ以テ日ヲ蔽ヒ、後　幽晦ニシテ以テ阻多ク、峯容山態観ル所ニ随テ怪異、懸泉飛瀑至ル所ニ随テ在リ

（「渓壑ニ遊ブ記」）

始まりがほとんど同一でありながら、引越と旅行とで表現に差異を加え、また前者が土地を特定しないのに対して後者は日光と明示する。学習者にとっては、こうしてさまざまなパターンを見せてもらえるのは歓迎すべきことで、この手の参考書は大いに売れたらしく、同工異曲の書物が陸続と現れることになる。その詳細については第10章に譲るが、こうした明治十年代の作文書の盛行が漢文脈による游記の確固たる下支えとなっていたことはここで

確認しておこう。漱石が明治十年代前半にこうした作文書を手に取るためにはいささか年長に過ぎたことは確かだが、游記のありかたという点から見れば、距離はさして遠くないのである。

三　景・史・志

游記としての『木屑録』の特徴の一つは、漢文の間にまま漢詩をさしはさむことである。一見、当たり前のように見えるこのスタイル、じつは漢文の源泉たる中国に由来するものではない。中国における游記は、『文選』に収める紀行もしくは遊覧の賦にまで源をたどることができようが、賦は賦として成り立っているのであって、そこに詩をさしはさむものではない。唐宋の古文によって書かれた游記にしても、文は文であり、紀行の詩は詩として別に録されるのが普通である。文には文としてのリズムと美があるからである。

けれども、和文脈においては、散文の間に歌をさしはさんで紀行にリズムを設けることは普遍であったとしてよいだろう。日記や紀行に歌はつきものである。とすると、漢文で書かれた紀行に漢詩をさしはさむのは、和文脈に倣ったものである可能性が強い[3]。それがいつから生まれたのか詳らかにしないが、つとに林羅山が元和二年（一六一六）に江戸から京都へ向かった旅を記した『丙辰紀行』は、和文に漢詩を交じえ、また寛永二年（一六二五）の『癸未紀行』は漢文に漢詩を交じえた紀行である。ただし『癸未紀行』においてはむしろ漢詩が主であって、文は詩を道程に繋ぐ役目を果たしているに過ぎない。

近世の漢文紀行文には、前半に日録の漢文紀行を、後半に漢詩をまとめて置くものが少なくない。韓聯玉の『東奥紀行』や『天橋紀行』などはその典型であろう。そして漢詩文の伝統から言えば、そちらのほうがむしろ常套なのである。けれども明治にあっては、むしろ漢文もしくは訓読文をベースとし、その段落を結ぶものとして漢詩を置く形式がしばしば見られるようになる。安田『記事論説文例』では「一月友人ノ洋行スルヲ祝」の末尾に七絶を具え、水野『記事論説文例』では「華厳瀑布ノ記」の最後に七絶を記す。これらの「記」はいわば長い游記の一段一段に相当するものであってみれば、こうした詩の用い方は『木屑録』におけるそれと逕庭はない。では、なぜこの形式が明治に顕著なのか。

文久二年（一八六二）に横浜から欧州に向けて出発した淵辺徳蔵の『欧行日記』（『遣外使節日記纂輯』三）は、訓読文で書かれた日録の間に、和歌と漢詩を交じえている。その歌は例えば、

大海の浪にただよふうき枕うきは此世にたくいやはある

であり、また、漢詩は、

回望無山影　玉龍跳怒濤　大鑑軽於葉　微軀便羽毛

のごとくであって、一時の感懐を留むるに足れば充分といった体のものであることは否めない。公刊を目的としてではなく備忘のために書かれた日録であろうから、それはむしろ当然だとすら言えようが、逆に、日録にそうした詩を記すことが珍しくなかったということにもなろう。慶応元年（一八六五）の欧州行を記した柴田剛中の日記[4]にも多くの漢詩がさしはさまれるが、昌平黌に学んだ彼にしてみれば、これも当然のことであったろう。漢詩文の素養を備えた士族のごく普通の行為として、旅があれば詩がともなったのである。けれどもそれはまだ規範ではない。それが一つの規範として成立するにあたっては、やはり何らかの契機が必要であった。

そうした意味で、中井桜洲の『西洋紀行航海新説』および『漫遊記程』はもっと注目されてよい。『航海新説』は、薩

摩藩を脱藩して後藤象二郎に身を寄せていた桜洲が、慶応二年、土佐の結城幸安とともにイギリスに赴いた時の日録二巻であり、もともと『目見耳聞西洋紀行』として慶応四年に大阪で出版されたものを、明治三年（一八七〇）、水本成美や今藤惟宏らの序、大沼枕山の題詩、また鷲津毅堂の跋を付して新たに刻したものである。整版線装、文体は漢字片仮名交りの訓読体、また枕山や毅堂の評が加えられ、つまりは明治の游記としてオーソライズされたものであった。

『漫遊記程』は、明治七年より英国公使館書記としてロンドンにいた桜洲が、明治九年、フランス・ドイツ・ロシア・トルコを経て帰国した時の游記三巻、明治十年の上梓である。『航海新説』と同様、整版線装、評点の付された訓読文と漢詩。上巻および中巻はロンドンから上海に至るまでの日録、下巻は、ヨーロッパおよび米国滞在中の雑記および漢詩を集めたもの。大久保利通や伊藤博文の題字、川田甕江・中村敬宇・成島柳北・藤田鳴鶴・巌谷一六・今藤惟宏・栗本鋤雲らの序跋、評点は柳北と依田学海さらに清の葉松石なども加えるなど、いささかげんなりするほどの錚々ぶり、『航海新説』にもまして、この書物が海外游記の権威としてふるまったことは想像に難くなかろう。少なくともこれほどまでに権威づけされた海外游記は他にないのである。そして柳北が明治五年の自身の渡航記を、明治十四年から『花月新誌』に連載するに当たって、桜洲の游記が念頭になかったとは言えまい。柳北が『漫遊記程』の跋に「蓋余亦嘗遊彼地。其所欲記而未記者。君能尽之矣」と言うのはその伏線であるかにも読める。漢詩についてはむしろ柳北に分があったであろうが、もとの日録が漢文で書かれていたのを訓読体に書き改めて修飾に意を用いたのは[5]、あるいは桜洲の游記が一因であろう。

海外渡航記が明治の游記において持つ意義は、これまで述べてきたような文と詩との構成上の問題にとどまるものではない。漢文脈特有の、景と史と志をあわせて紀行の骨格とする手法の再発見こそ、海外游記によってもたらされたものであった。『漫遊記程』から引こう。

十八日朝十時遙ニ莫斯科府ヲ林端ニ望ム其尖塔金色ノ朝旭ニ映シ円閣ノ空ニ聳ルヲ見テ往昔拿破崙カ此府ヲ陥ルニ当リ府ノ南面ヨリ遙カニ高閣ノ雲ニ連ルヲ望見シ快気勃然トシテ自ラ禁スル能ハズ軍隊中ニ大呼シテ天下有名ノ莫斯科府今日我カ掌裡ニ帰シタリト云ヒシヲ追想シ余モ亦胸宇ノ開霽スルヲ覚エタリキ

分夜朔風寒裂レ膚。鉄車蹴レ雪客身孤。今朝早掲二朱簾一望。楼閣連レ雲満二旧都一。

奈二此凍雲氷雪一何。仏軍曾此捲レ旗過。休下将二成敗一論中既往上。英傑由来遺算多。

曾従二仏軍此地過一。全部焼滅惨情多。行々憶起当年事。苦雪酸風入二莫科一。

百里兼程入二鄂羅一。蕭条無三物着二吟哦一。斜陽残雪旧都路。古戦場荒春樹多。

（傍点原文、傍線省略）

第二首には「叱咤生風、迂儒胆寒」なる柳北の評があり、また鼇頭には「百川曰、俳優団十嘗扮楠廷尉、平日動作以廷尉自居、其用意至矣。先生望見莫斯科府、則宛然拿破侖再生、其気概可想也」と依田学海が評する。叱咤の声に腑抜けは肝を潰すだろう、とか、団十郎が楠木正成に扮したとき、ふだんの所作から正成たらんことを心がけた、先生もまたふだんからナポレオンの気概をお持ちなのでしょう、とか、評者は書き手の英傑ぶりを讃えて已まない。景を覧、史を懐い、志を昂ぶらせること。近世の紀行には稀な英傑の気概こそ、明治の游記に特徴的なものであるし、英傑の気概を吐露するには、漢文脈は格好であった。

唐土においては、私においては文人であっても公においては士人であり、詩文もそのバランスの上に成り立つのが通常であった。『古文真宝』も『文章軌範』も科挙受験用——すなわち士人たらんとしてのものであったのだから、作文はただちに官途に直結したのだし、建前としては経世済民に至る道であった。それに比して本邦では、詩文の書き手として文人の面が肥大する傾向にあったことは、否めまい。近世の紀行が文人墨客の独壇場であったのも同じことであり、『木屑録』もまた、主調としてはそれを受け継ぐものであろう。

ところが明治という時代を得て、士人たらんとする書き手が登場する。彼らは、漢詩文ないし漢文を資源とする文体を、みずからの文体として選択し、加工していく。游記におけるその典型が『航海新説』や『漫遊記程』なのである。そして、景・史・志にさらに情を加えて日録を小説へとシフトしていけば、フィラデルフィアは晩霞丘《バンカーヒル》で慷慨した東海散士へ流れを導くのは容易であろう。『佳人之奇遇』は明治の游記の一つの到達点なのであった。

一方で、景・史・志を具えた游記の流れは、柳北『航西日乗』を経て、ある生真面目なテクストを生むことになる。森鷗外『航西日記』である。

四　『航西日記』

『航西日記』は明治十七年（一八八四）に鷗外が陸軍派遣留学生としてドイツに渡ったときの日録を明治二十二年になって『衛生新誌』第二号から十一号にかけて連載したものである。[6]『漫遊記程』や『航西日乗』が訓読文に漢詩を交じえ、あるいは小島憲之『ことばの重み――鷗外の謎を解く漢語』（新潮社、一九七五）が影響を指摘する『特命全権大使米欧回覧実記』が訓読文で綴られるのに対し、『航西日記』は漢文に漢詩を交じえる点で、特徴的であろう。漢文は時に傍点を加える他は句点のみで訓点も付されない。読者を広く求めようとせず、むしろ正統への指向を感じさせるが、と同時に、措辞や語彙がこれら先行文献を踏まえることは、訓読文ないし普通文からのいわば復文的な要素が否応なく含まれることを示してもいる。

もう一つ注意しておきたいのは、あらかじめ長瀬静石の評が付されていることで、これは『航海新説』や『漫遊記程』と同様のスタイルである。『漫遊記程』の評をしたためた依田学海は鷗外の漢文の師であったし、このドイツ留学にあたっては送別の詩を贈っている。もっとも、漢文で書くからには評が必要だというのは、当時のごく一般的な認識であった。例えば『木屑録』なら、漱石は子規に添削批評を依頼している。したがって『航西日記』が直接『漫遊記程』などに倣ったとしてしまうなら、いささか早計であろう。要は、文体にせよ、評にせよ、『航西日記』はいささか生真面目なほどに、漢文としての正統を指向していることを指摘しておきたいのである。

このことは、明治十五年二月の新潟出張を記した『北游日乗』、また同年、北海道・東北方面への出張を記した『後北游日乗』が、和文に和歌・漢詩を交じえたものであることを考えれば、よりはっきり感得されるであろう。つとに明治十二年から『花月新誌』に連載された柳北『航薇日記』は、明治二年、東京から備中への往復を記した游記だが、ここでは和歌・俳句・漢詩が自在にもりこまれる。あるいは『北游日乗』をここからの流れに位置づけることも可能であろうが、となると、海外游記にことさら漢詩漢文を指向する傾きのあることがよりきわだつ。行文に和文もしくは訓読文を採れば、さしはさむのは漢詩でも和歌でもよい。しかし行文に漢文を用いれば、さしはさむのはほぼ漢詩に限定されてしまうのである。純粋な漢文脈への指向。ただし文に詩を交じえる日録のありかたは、むしろ本邦のものであること、すでに述べたごとくである。

では『航西日記』の実際はどのようなものであったのか。出帆から一週間後、八月三十日の記事を見よう。

三十日。過福建。望台湾。有詩。青史千秋名姓存。鄭家功業豈須論。今朝遥指雲山影。何処当年鹿耳門。[7]又絶海艨艟奏凱還。果然一挙破冥頑。却憐多少天兵骨。埋在蛮烟瘴霧間。過廈門港口。有二島並立。詢其名云兄弟島。有感賦詩曰。一去家山隔大瀛。廈門港口転傷情。独憐双島波間立。枉被舟人呼弟兄。此夕洗沐于舟中。

（傍線省略）

静石の評は、最初の「青史……」の七絶に「成功当首肯於地下」、つまり鄭成功も地下でうなずこうものと評し、次の「絶海……」の七絶には「実明治七年之役。三軍尽罹瘴毒。余亦病。幸而生還。今日読此詩。竦然涕下」と自身の台湾出兵の経験を重ね、また最後の七絶「一去……」には「航西紀行之詩。景情写得妙」と言う。

二つ目の詩に対する評は、「却って憐む　多少の天兵の骨、埋もれて蛮烟瘴霧の間に在るを」の、とりわけ「蛮烟瘴霧」に触発されたもので、というのも、この語は中土からみて南方の辺疆を言うとき必ずといっていいほど持ち出されるクリシェであって、むろん南方を題材とした詩にもしばしば使われるのだが、静石はそれがクリシェにとどまらないものであることを自身の経験をもって提示しようとするのである。けれども詩語としてはクリシェであって、「蛮」の字に反応して、あるいは「冥頑」の語と併せて、ここに鷗外の「帝国主義的」メンタリティを読みこむのは当を得ない。詩にあるのは、伝統的な中土から辺疆を見る視線であって、士人たらんとする鷗外はそれをなぞっているにすぎない。やがてそこに日本からアジアに向けた視線が重ね合わされていくであろうし、漢文脈もそのなかで一定の役割を果たしていくであろうが、ここにそれをいきなり読みこんでもさして益はない。むしろ注意すべきは、クリシェに新たな意味を加えていく静石の評の機能であり、こうして意味を重ねられていく過程である。

右に引いた箇所は詩が過半を占めていたが、一首も詩を記さない日もあり、香港でイギリス軍の病院を視察した日などは記事も詳細であり、評にも「此一段叙事特詳。作者本旨」とするように、『航西日記』の叙述はことがらに応じて自在である。先行研究が明らかにするように、表現にはもとづくところが多く、あるいは地誌の情報をそのまま転写したかに見えるところも無しとしないが、漢文游記のありかたとしては、むしろ当然とすら言い得る。成島柳北は『漫遊記程』の跋において、今後海外に行くものはこの本を荷物の中に入れよと言ったが、見知らぬ土地への視線を支えるものとして、先立つものは何より書物なのであった。「万巻の書」と「万里の遊」。鷗外もまた、『航西日乗』を読んでのちに留学へと旅立った。既存の記述を用いることの当否を問うのは、明治の游記にとって、おそらく意味がない。もとづくところがあろうとなかろうと、叙述が最終的に実事に結びついてさえいればよいのである。そして評者たる長瀬静石も『航西日記』の価値をそうした部分で評価しようとはしていなかった。静石が跋に言う。

近世航泰西者。各有紀行。皆自政教風俗。至草木虫魚之微。洋紀無遺。諸国事情可以見。然而森林太郎君航西紀行。行文作詩。出於慷慨悲壮之餘。一種風濤之気。溢於紙上。使人一読神馳者。洵為紀事上乘。古人謂。詩心之声。猶信。誰亦以謂文雅不済事歟。予不自揣加評語。亦為風濤所激也。

「詩は心の声」とは、明初の宋濂の語、「林伯恭詩集序」に見える。静石は『航西日記』の価値を「慷慨悲壮」に見いだした。つまりは志である。細かな叙述を旨とするのであれば、むしろ漢文は用いない方が得策というもの、桜洲も柳北も訓読文を用いたのに、鷗外は逆行した。あるいは先行する叙述を漢文に仕立て直して称賛を得ようとの野心すらあったのかもしれない。

五　漢文脈のゆくえ

明治十八年五月二日、『郵便報知新聞』に断続的に連載されていた森田思軒「訪事日録」は、第三回の冒頭にこう記した。

余は此回より日録の文体を少変すへし初め余は此度の行を記するにハ純粋の漢文を用ひんかとも一寸は思ひし

が元来漢文ハ新聞紙と折合の好からさるものなるか上に余の此度の行は其本意景物に流連し山水を刻画するにもあらす民風を観《み》国光を観るなと云へる類にもあらす只た余か訪事の歴程を我読者と社友とに報知するに止まれは強て風雅ぶらすもがなと考へ此一体は度外に置くこととなしたりされど多少筆癖の偏する所もあれハ時流文中の稍や四角張りたる一体を択みて之を用ひぬ則ち一二の両稿是なり然るに今次第に内地に入りて真の支那の旅況を味ふに及て亦た此四角体の宜しからさる所あるを悟れり蓋し四角体は邦文の一派なりとは雖実ハ漢文臭気を帯るの処寡《すくな》からす又た幾《ほとん》と其範内を出てさること多し而て漢文なる者ハ概むね穢を変して奇となし陋を変して雅となすの化力を有し読者をして其実境を知る能はすして已ましむるの処を指し妙詣とも上乗とも褒むるなり［…］斯く実境と相違ふことの危険ある文体に因て余か歴程を報道するハ余の頗る不安とする所也よりて此回よりハ剛ともつかす柔ともつかす行雲流水行く可き所に行き止らさるを得さるに止まる天然自由の文体を用ひ務めて我行の実境を存することを期せんと欲す

（ルビ引用者）

漢文という文体に対する反省はすでに生じていた。『航西日記』も『木屑録』もすでにアナクロニズムであったのかもしれない。けれども問題は「実境」を伝えうるかどうかという点でのみ語られている。裏返していえば、「実境」との距離をとることに差し支えがないのなら、漢文脈はいまだ有効であった。文体を変えたと宣言したのちの記事にもこうある。

二十一日出日と共に船房を起出てしに前面近く一帯の陸地を見たり是れ山東なりと云此地は坑灰未冷山東乱なと秦時には革命の唱首となりしこともあり北は悲歌の士多しと云ひたる燕趙を控へ随分歴史上の感慨を増す処柄なるに星移物換今ハ昔の影もなく一省幾万千の人物悉く衰国頽波の中に陸沈し斉しく手を束ねて自然の骫骳に任すこそ本意なけれ何そ一人の三尺の剣を提けて大沢蛇を斬る事を為すもの無きや余ハ転た中懐の切なるに

堪へす斯くなん吟し出せり

紅旭跳波披碧煙。山東山色落眸前。天残星斗低黄海。地接犬鶏連北燕。礼楽千年成弩末。風雲一旦競鞭先。猲来欲訪悲歌士。昔日項劉今寂然。

「坑灰未冷山東乱」は章碣の七絶「焚書坑」の句を引いたもの、対句で示せば「坑灰未冷山東乱、劉項元来不読書」、詩は『三体詩』に見える。この詩の「劉項」および思軒の詩の「項劉」は項羽と劉邦。「礼楽　千年　弩末に成る、風雲　一旦　鞭先を競う」などは、圏点を付したくなる句かもしれない。いずれにせよ、「実境」はまだ記事のすべてを覆うものではなく、したがって漢文の命脈もいまだ尽きることはなかった。感慨を示す限り、漢詩をさしはさむのに躊躇はない。

けれどもやがて「実境」の優位が確立すると、文体はすべて「実境」を伝える側へと再編されていくことになろう。感慨すらも「実境」たることを要求され、「実境」を伝える文体は「実境」のみを源泉とするがゆえに、添削や評によって相対化される機会を失い、かえって脆弱さをさらけだすことになるかもしれない。となれば反動もいずれ生じるであろう。思軒は隘路へと入りこんでは行かないだろうか。そして游記はその時どのような姿をとるのであろうか。

第9章　越境する文体
——森田思軒論——

森田思軒の文章、とりわけその翻訳文が漢文脈の措辞を多く用いることは、おそらく誰もが指摘しうることであろう。明治二十七年（一八九四）に出版された大和田建樹『明治文学史』による評は、同時代のものとして確認しておいてよい。

氏［思軒］は夙に報知社にありて洋文の反訳に従事し其平素養ふところの漢学の力に加ふるに西洋文学の趣味を以てし。一種独特の小説体を搆造せり。其文たるや井上勤氏の如く無味ならず。又黒岩涙香氏の如く平易に流れず。寧ろ文学無きものに対しては佶倔にして解しがたき趣なきに非ずといへども。其粗大なる漢文体を以て緻密なる社会の裏面を画がくの妙は。氏ひとり巧に之を得たりしなり。(1)

「其平素養ふところの漢学の力に加ふるに西洋文学の趣味を以てし」と言うのは、徳富蘇峰の言としてしばしば引かれる「◎思軒の学は漢七欧三、若し之を顚倒せば、恐らくは今日の思軒にあらじ(2)」（傍点原文、以下同）とも重なるが、少なくとも大和田の評価はそれに好意的である。けれども、同じく『明治文学史』と題してはいても、十二年後の明治三十九年に出版された岩城準太郎『明治文学史』では、評価はだいぶ異なっている。

且思軒の文体は漢文調洋文直訳体にして、当時に於てこそ能く西文の情趣を伝へたりと持て囃されて模倣者も尠からず生じたれ、有り体に言へば、文学粗大に過ぎて精緻の情想を写す事難く、剰へ多少の誤訳あるを否む能はざりき。(3)

岩城は、この書物の二十年近くのち、すなわち大正十四年（一九二五）刊の『明治大正の国文学』では、「漢文を直訳したやうな文体に、雅文の助動詞や助詞の用法をさし加へて、それで英文を逐次訳にしたやうな変なものである」(4)とまで言いきっているし、それに先立つ大正十年刊の高須梅渓『近代文藝史論』は、こうも言う。

ところが、二葉亭と略ぼ同時代に出て、翻訳文学に於て、一頭角を出して居た森田思軒の技倆は今日から見ると、大分、二葉亭に劣つて居た。［…］勿論、思軒自身は、翻訳について一家見を有して、其の訳文には、漢文の風潮を加味して、一字一句苟くもしないと云つたほどの苦心をしたのであるが、其の結果は、決して宜くなかつた。(5)

この評価の差は、時代の差だとも言えるし、大和田は安政四年（一八五七）、岩城は明治十一年（一八七八）、高須は明治十三年の生まれだということを考えれば、世代の差だとも言える。この時期の二十年の違いが彼らの教養形成において決定的な差をもたらしたことは推して知られよう。いずれにしても、思軒の文章は、その生きた時代の評価を頂点として、あとは下降線をたどっていったことは否めないし、それはまた、「漢文調」なるもののたどった下降線でもあっただろう。

一方で、こうした評価は言文一致体が定まった後世からの視点であって、当時の状況に照らせば不公平に過ぎるという反論もなされてはいる。川戸道昭「初期翻訳文学における思軒と二葉亭の位置」(6)は、「思軒の文章も二葉亭のそれも、欧文直訳体の一ヴァリエーションであって、双方大きく異なるものではなかった」「直訳体でありさえすれば、あとはその「章句」の末尾を変えるだけで、「言文一致体」の文章にすることもできるし、思軒の用いた漢文崩し体ふうの文章にも変更できる」として、二葉亭と思軒の翻訳に本質的な差はないことを強調する。むしろ「旧文学によって文学・文章の洗礼を受けた明治二十年代の一般読者」にとっては二葉亭の試みは画期的に過ぎた、とも言う。

もちろんこうした反論は、漢文調だからだめだと言わんばかりの思軒批判に対して一定の有効性を持ち得ないわけではない。が、この論理では、「漢文崩し体ふう」であることが「「章句」の末尾」の問題になってしまっていて、いったい何が「漢文崩し体ふう」なのかという点においては、批判者たちと同様、思軒は漢文調、という観念の内実に踏みこむことができていない。つとに小森陽一「行動する「実境」中継者の一人称文体――森田思軒における「周密体」の形成(一)」[7]が指摘するように、「思軒の「周密体」が多分に漢文臭の強いものとして後世から評価されながらも、彼自身はむしろ自己の文体を漢文体・漢文的表現から離脱させようとしていた、という事実」は、やはり繰り返し参照されねばならない。その上で、それでもなお思軒の文章、ことにその翻訳文が「漢文臭の強いもの」として受け止められていったことと、それはどのように関わるのかについて、考えねばならないであろう。それは、漢文脈の近代がどのようなものであったのか、見届ける作業でもある。

一　欧文直訳体

思軒の翻訳が「漢文調洋文直訳体」と評されることについては、実例を見てしまうのが早い。例えば、明治二十六年（一八九三）に『国民之友』第一七八号[8]に掲載されたアーヴィング（Washington Irving）The Stout Gentleman の翻訳、「肥大紳士」の冒頭。

十一月といふさびしき月の雨ふりたる日曜日なりき、余は旅行の途中微しく恙ありて滞留せるが恙も漸やく痊《おこた》りたれど尚ほ熱気あればダービーの小邑の一客店に在て終日戸内にとぢこもり居りしなり、僻地の客店に在て雨天の日曜日、偶ま之を経験せしことある者独り能く余の境界を判すべし雨は窓扇《そうせん》を打て簌々声を作し近寺の鐘は一種あはれげなる響を伝ふ、余は何等か目を娯ましむべきものを得むと欲して窓のほとりにゆけり然れども余は一切娯しみといへるものより以外に棄てられたる者の如くなりき

その前年、雑誌『なにはがた』第十六号[9]に掲載された枯川漁史（堺利彦）訳の「肥えた旦那」と比べれば、その特徴はよりはっきりする。

頃《ころ》は寂《さび》しき霜月《しもつき》、雨《あめ》ふる日曜《にちえう》の事《こと》なりき聊《いささ》かの不加減《ふかげん》より旅路《たびぢ》の足《あし》を止《とゞ》められ、快《こゝろよ》き方《はう》には向《む》くものから猶《なほ》熱《ねつ》の気《き》ありて外出《そとで》もならず、デルビーの宿《しゆく》の旅人宿《りよじんやど》に日《ひ》を日《ひ》ねもす閉《と》ち籠《こも》りぬ、田舎宿《いなかやど》の雨《あめ》の日曜《にちえう》！　此仕合《このしあ》はせに逢《あ》ひし人《ひと》こそ我身《わがみ》の上《うへ》を推《すい》し得《う》べけれ、雨《あめ》は窓板《まどいた》に打《う》ちかゝり会堂《くわいどう》の鐘《かね》の音《ね》は物憂《ものう》げに響《ひゞ》きぬ、窓《まど》に倚《よ》りて眼《め》を慰《なぐさ》むべきものもやと見渡《みわた》したれど、身《み》は全《まつた》く慰《なぐさみ》といふものゝ外《ほか》に置《お》かれたらん様《やう》に覚《おぼ》えぬ、

「肥大紳士」と「肥えた旦那」、あたかもその題名の違いが示すように、文体の差は一目瞭然であろう。「余は旅行の途中微しく恙ありて滞留せるが」と「聊《いささ》かの不加減《ふかげん》より旅路《たびぢ》の足《あし》を止《とゞ》められ」を比べるだけでも、「余」の明示、漢語を用いた直訳調など、従来より指摘されている思軒訳の特徴は歴然としている。総じて言えば、思軒は直訳調、堺はそれに比べればこなれた訳という感想は招きやすい。念のために原文を見ておこう[10]。

It was a rainy Sunday in the gloomy month of November. I had been detained, in the course of a journey, by a slight indisposition, from which I was recovering; but was still feverish, and obliged to keep within doors all day, in an inn of a small town of Derby. A wet Sunday in a country inn! whoever has had the luck to experience one can alone judge of my situation. The rain pattered against the casements; the bells tolled for church with a melancholy sound. I went to the windows in quest of something to amuse the eye; but it seemed as if I had been placed completely out of reach of all amusement.

思軒訳は確かに原文に忠実と見なせようが、堺訳が忠実さにおいて劣るかというと、決してそうではない。語彙のレベルで言うならば、「余は一切娯しみといへるものより以外に棄てられたる者の如くなりき」と「身《み》は全《まつた》く慰《なぐさみ》といふもの丶外《ほか》に置《お》かれたらん様《やう》に覚《おぼ》えぬ」とでは、原文の "I had been placed" をそのまま「置《お》かれたらん」と訳す方が直訳なのであって「棄てられたる者」は強すぎるという感想もあり得るだろう。堺訳の「田舎宿《いなかやど》の雨《あめ》の日《にち》曜《えう》！」の感嘆符が原文に由来する一方で思軒訳がそれを外していること、(11)思軒訳の「雨は窓扇《そうせん》を打て簌々声を作し」は堺訳の「雨《あめ》は窓板《まどいた》に打《う》ちか丶り」に比べてやはり潤色が加えられた表現であることなどは、むしろ思軒訳の方がより忠実でない印象すら与えかねない。「窓扇」は『佩文韻府』にもある語で、そこには南宋の楊万里と明の沈周の句が引かれているし、「簌々声を作し」は、南宋陸游の句、「急雪打窓聞簌簌」（「読書」）や「夜聴簌簌窓紙鳴」（「弋陽道中遇大雪」）を連想させないとも限らない。(12)「漢文調」と称される所以である。

さらに、発話されたことばともなれば、思軒訳の特徴はよりはっきり感じられたはずだ。思軒訳、堺訳、原文の順で挙げる。

末だ幾分間《ミニユート》ならずして余はこの家《や》の主婦の声を聞けり余は渠が楼上にかけのぼり来れる姿を瞥見せり顔はま

ツ紅《か》になり帽子はゆらめき舌は縦横無尽に動く、「己れは己れの家《いへ》にありて曾て此の如き事に遭はず己れは之れを保す、紳士が縦ひ金《かね》を揮《ふ》りまけばとてそは非道を容るすの規約とはならず、己れの家《いへ》にて侍婢が仕ごと中にしかき所為を加へられたることは曾て有らず己れの断して肯ぜざる所」

間《ま》もなく我《わ》が内儀《ないぎ》の声《こゑ》聞《きこ》え梯子段《はしごだん》走《はし》り上《のぼ》る姿《すがた》見かけぬ、顔《かほ》ほてらせて帽子《ぼうし》がくつかせながら道々《みち〳〵》絶《た》えず舌《した》すべらして、あの子《こ》がそんな事《こと》はせぬは受合《うけあひ》なるに、旦那《だんな》[13]もなんぼお金《かね》つかへばとて余《あん》まりな、あの子《こ》も斯《こ》んな目《め》にあふを見《み》たは始《はじめ》てなるべく、決《けつ》してそんな事無《ことな》き筈《はず》なるに、

In a few minutes I heard the voice of my landlady. I caught a glance of her as she came tramping upstairs——her face glowing, her cap flaring, her tongue wagging the whole way. "She'd have no such doings in her house, she'd warrant. If gentlemen did spend money freely, it was no rule. She'd have no servant-maids of hers treated in that way, when they were about their work, that's what she wouldn't."

「未だ幾分間《ミニユート》ならずして」は直訳調の範疇に収まるとしても、「己れは之れを保す」や「己れの断して肯ぜざる所」となると、旅館の女主人の科白に似合わないと感じる読者も少なくなかったに違いない。徳富蘇峰が「「◎思軒の小説は御姫様が味噌越提げて、豆腐買に赴く風情あり。[14]」と評するのも、おそらくそうした違和感と通じるものがあるし、齋藤緑雨が思軒の文章を揶揄して「何故《なにゆゑ》に余《よ》はシカク初《はじ》めより渠《かれ》を愛《あい》するや、余《よ》は実《じつ》にシミ〴〵と惚《ほ》れぬきたり[15]」と浦里に言わせているのも、同様の印象を拡大したものと言える。その内容に比して口調がやたらに事々しいというわけだ。

けれども、思軒は堺のように訳すことはできなかった。有名な「翻訳の心得[16]」や坪内逍遥宛書簡[17]、さらに「作家

苦心談（其十二）思軒氏が翻訳論、及び『萬朝報』懸賞小説談、今の小説界の欠点[18]」などに開陳されたその翻訳論からすれば、堺訳のように自然に感じられるようではすぐれた翻訳とは言えないのである。「思軒氏が翻訳論」では「只意味ばかりを取つて、之れを自国の人の耳に分かり易いやうの言葉に書くことは、むづかしいやうで実は手易《やす》い事」であって、文章は不自然になろうとも「其の言葉の姿の西洋と東洋と違ツて居るのを、違ツて居るまゝ幾分か見せたい」と思軒は語る。「旦那《だんな》もなんぼお金《かね》つかへばとて余《あん》まりな」とは、口から発せられたことばとしては確かに自然ではあろうが、しかしその自然さが彼我の差を見えなくすることを思軒は恐れた。さらに、中国の仏典翻訳に説き及んでこう語る。

支那人が印度の仏経を訳する時に随分当代の能文の士が集まつて訳したのでありませうが、もし其の言葉の意味に従つて言葉の筋に関係せず支那の文章に写すのなれば、そんなに苦労は無かツたらうと思ふです、然るに、当時の翻訳は啻に其意味を取るばかりでなくして、言葉の姿をも合せて取らうとしたと見えて、其の翻訳文が一種支那固有の文章とは違ツた姿を見せたものと成ツたのです、

仏典翻訳によって新たな文体が生まれたことは、思軒の翻訳論の拠りどころとなっていたもので、翻訳小説に手を染めてから間もなくの「翻訳の心得」にも、すでにこう述べられていた。

聞く昔し支那の仏経を伝ゆるや当代の選たる翰林学士幾十名の力を聚めて翻訳に従事せしめりと而して其の為せる所を観れば秦漢の古体にあらす駢儷の新体にあらす造句使字全然別様の面目を具せり幾十名の学士を会して力を此に聚めしむ若し憚かる所なく恣まゝに支那固有の経語典語を用ひて随意の支那文に書かしめハ真に之を嚢に探くるよりも易々ならん而るに曾て一たひも此に及へるものなし是れ其の翻訳の心得義例先つ確定せる

有りて原文の意趣を成る可く其儘に伝へんと欲すれはなり原文の意趣を成る可く其儘に伝へんと欲するには実に此の如くせさるを得されはなり

漢訳仏典の翻訳論については、『出三蔵記集』の経序部に収録された仏典の序文から、その内容を探ることができる。たとえば東晋の釈道安「摩訶鉢羅若波羅蜜経鈔序」（『出三蔵記集』巻八）では、胡語を漢語に訳す時に「五失本」、すなわち語順や修辞など原文のすがたを失する五つの点があることなどを述べ、さらに旧訳は巧みではあるが経典の真のすがたを失わせていると批判する。道安が一種の直訳主義を標榜していることは、『出三蔵記集』に収められた文を見るだけでも知られるが、例えば「比丘大戒序」（『出三蔵記集』巻十一）では、「諸出為秦言、便約不煩者、皆蒲陶酒之被水者也（中国のことばに訳出されて、わかりやすくしたものは、どれも水で薄めた葡萄酒だ）」と言うし、「鞞婆沙序」（『出三蔵記集』巻十）では、この経典を求めた趙政という者が「訳人」に向かって「昔来出経者、多嫌胡言方質而改適今俗。此政所不取也。何者、伝胡為秦、以不開方言求知辞趣耳（以前の訳経は、胡言が質朴であるのを嫌って、今風に改めることが多かったが、私はそうしない。なぜなら、胡語を漢語に訳すのは、土地の言葉に直してわかりやすくするのでなく、ことばの意趣を求めるものだからだ）」と言ったとし、「遂案本而伝、不令有損言遊字、時改倒句、餘尽実録也（そこで原文通りに伝え、ことばを削ったり増やしたりしないようにし、時に句を転倒させることはあるが、それ以外はすべてそのまま録した）」と述べている。これらの文章を思軒が直接目にしていたかどうかは定かではないが、もちろん目にしていてもまったく不思議ではない。思軒の翻訳論が、仏典の翻訳論を、直接的にせよ間接的にせよ、支えとしていることは疑いないし、「翻訳の心得」が小説の翻訳を始めてほぼ一年後、「思軒氏が翻訳論」が思軒急死のわずか一箇月前であることを見るならば、少なくとも核の部分においては、思軒の翻訳論は一貫していたとしてよい。

興味深いのは、近代中国における翻訳文体を切り開いた梁啓超も、一九二〇年になってではあるが、「翻訳文学と仏典[19]（翻訳文学与仏典）」において仏典の翻訳とその影響について論じていることだ。その中で、「普通の文章で用いる「之乎者也矣焉哉」等の字は、仏典ではほとんど用いられない」「駢文家の美辞麗句を用いないだけでなく、古文家の定型や格調も採らない[20]」などと指摘しているのは、「翻訳の心得」のことばと通じよう。もちろん、「翻訳文学と仏典」は仏典翻訳について包括的に論じたもので、思軒の簡単な記述と同日の談ではないし、仏典への造詣も梁が思軒にまさっているであろう。一方、翻訳の実際にあたっては、思軒が英語から日本語への転換において激しく格闘したのに対し、梁啓超は、すでに第6章で論じたように、日本語からの重訳であることを最大限に生かして翻訳する。それは日本語の姿を「違ツて居るまゝ」見せようとしたものとは言えない[21]。とはいえ、東アジアの近代において翻訳という行為に直面した者がともに仏典の翻訳に目を向けたことには、やはり注意すべきであろう。

さて、「原文の意趣」は「言葉の姿」と密接に関わっているという認識は、言うまでもなく思軒固有のものではない。つとに、明治十八年（一八八五）十一月に出版された『諷世嘲俗繫思談』巻一[22]の「例言[23]」には、こうあった。

> 稗史ハ文ノ美術ニ属セルモノナルガ故ニ搆案ト文辞ト相待テ其妙ヲ見ルベキモノナルコト論ヲ待タザルニ世ノ訳家多クハ其搆案ノミヲ取リテ之ヲ表発スルノ文辞ニ於テハ絶テ心ヲ用ヰルコトナク全ク原文ノ真相ヲ失フモ肯テ顧ミザルハ東西言語文章ノ同ジカラザルニモ因ルベシトハ雖モ美術ノ文ヲ譯スルノ本意ヲ亡失[24]セルコト之ヨリ甚シキハナシ訳者竊ニ茲ニ慨スルコトアリ相謀テ一種ノ訳文体ヲ創意シ語格ノ許サン限リハ努メテ原文ノ形貌面目ヲ存セシコトヲ期シコレガ為メニハ瑣末ニ渉レル邦文ノ法度ノ如キハ寧ロ之ヲ破ルモ肯テ顧ミル所ニ非ズ精緻ノ思想ヲ叙述スルニ方リ往々已ムベカラザルモノアレバナリ

小説は藝術の領域に属するものだから、内容だけでなく表現にも留意すべきだ、そのためには「一種ノ訳文体」を作り、「原文ノ形貌面目ヲ存セシコトヲ期」すというのは、思軒の踏襲するところとなった。思軒は『繫思談』巻一の尾評を記し、また巻二の[25]「後序」[26]も記しているのであってみれば、『繫思談』の最も早い読者の一人であるし、そもそも、その監修が藤田鳴鶴であり発売元が報知社であるように、『繫思談』そのものが、矢野龍渓人脈の中で生まれたものであった。当然のように、漢文の序跋や評を伴う体裁も『斉武名士経国美談』を受けており、『経国美談』前編付載の「正史摘節」、また後編の跋や頭評[27]で筆を揮った思軒が『繫思談』に関わるのも、ごく自然の成り行きであった。思軒にとって明治十八年は、甲申事変の後の日清交渉取材のため三月から四月まで中国、六月から九月まで不況と不作に喘ぐ山陽道の窮状取材、さらに十一月からは矢野龍渓のいるロンドンへ、と文字通り東奔西走の年であったから、『繫思談』巻一の尾評はおそらくロンドンへの出立直前に書かれたということになろう。

けれども尾評の内容それ自体は、訳文の巧拙に及ぶことはなく、むしろ訳文によって現前したリットンの筆を称揚することに費やされていること、『経国美談』の評や跋における小説の表現方法への分析と同様である。たしかに、明治二十一年（一八八八）五月に出版された巻二の「後序」には、リットンの文章を讃めたあとで「況鳴鶴之訳。精細謹厳。隻字不苟。足以詫異一時乎（まして鳴鶴の訳文は、精細謹厳で、一字も疎かにしないこと、世を驚かすほどであったのだから）」と結び、明治二十二年（一八八九）出版の『夜と朝』第一冊[28]「叙」に「藤田氏ノ『繫思談』ヲ訳スルニ及テ。造句措辞ニ一機軸ヲ出タシ。或ハ艱奥ニシテ通シ難キモノ無キニ非スト雖モ。其ノ原本ヲ臨スル謹厳精緻。今日無数ノ周密文体ハ其ノ起源ヲ此ニ遡及セサルヲ得ス」と述べてはいるが、いずれも思軒が翻訳家として名を為して以降であることに留意する必要があろう。思軒の翻訳への意識は、むしろ西洋文化とじかに接触して帰朝した後、小説の翻訳を『郵便報知新聞』紙上で行うことによって顕現した。「文章世界の陳言[29]」「小説の自叙体記述体[30]」「翻訳の心得」など、明治二十年（一八八七）に相継いで発表された文体論・翻訳論は、『経国美談』の文体論[31]や『繫思談』の翻訳論の流れの中で、思軒の実践を契機として生まれたものだったのである。

それを念頭に、仔細に検討してみると、『繫思談』「例言」と思軒の翻訳論とでは、微妙にその立場を変えているところがある。『繫思談』「例言」では、先の引用に続けて、カーライルがゲーテを翻訳したときに「殆ド其一字一句ヲ増損セズ訳文既ニ成テ精彩原文ニ減ズルコトナシ」であったとし、さらに「論者イヘルアリカーライル誠ニ善クギェーテヲ訳セリ但未ダ之ヲ英文ニスルコト能ハザルノミト」と続ける。自らの翻訳態度について述べた「コレガ為メニハ瑣末ニ渉レル邦文ノ法度ノ如キハ寧ロ之ヲ破ルモ肯テ顧ミル所ニ非ズ」の先例というわけだ。しかしながら、これには急いで保留が付け加えられる。というのも、独文と英文は同源であるが、日本語は「英ト語脈源流、発達ノ程度固リ甚ダ相懸殊」しているのであるから、「原文ノ語句ヲ増損セザルガ如キハ得テ能クスベキノコトニ非ズ而シテ之ヲ邦文ニスル能ハザルノ病ハ亦従テ多カラザルヲ得」ないのである。原文を一字一句たりとも増減しないのは無理だし、日本語に翻訳できないところも多い、ということだ。

ここには翻訳不可能性が語られている、と見なすこともできる。しかし、これはあくまで技術論として語られた不可能性であって、例えば英語とドイツ語の間であれば存在しない体のもの、すなわち言語の本質における翻訳不可能性ではない。ところが、思軒はそれを踏まえつつも、より本質的な問題に立ち入ろうとしているようだ。「翻訳の心得」では、荻生徂徠が漢訳した『太平記』塩谷判官讒死の条は確かにすぐれたものではあるけれども、原文にはやはり及ばないし、徂徠の門人の山県周南が『源平盛衰記』の実盛討死の条を見事に漢訳して喝采を浴びたのも、やはり「原文の意趣を其儘にハ伝へ難かり」として、こう続ける。

支那の文に熟したる徂徠周南の如き諸名家か支那の文に最も縁近き日本の文を翻訳するに当りてすら其の難きこと此の如き者あり蓋し一国の文には一国固有の意趣精神ありて之を其儘に他国の文になほさんことは殆ど出来可らさる程のものなるか故なり

どれほどその言語に習熟し、どれほど「縁近き」言語であっても、「原文の意趣」を伝えることは難しい。これはすでに技術的に克服可能な困難ではない。

それぞれの国の言語にはそれぞれの国の「意趣精神」があるという意識は、近代国民国家における国家の固有性の追求という文脈において広く見出されるものであろうが、留意する必要があるのは、それが小説の翻訳という行為の過程において意識されていることである。「翻訳の心得」においては、中国の格言（「経語」）や故事成語（「典語」）、あるいは日本の枕詞や套語（「詞語」）を翻訳に用いてはならないことが力説されるが、それは「凡そ経語典語詞語は某国に固有特種なるものなり其の固有特種のものを以て之を他国文に混入せは其の混入せる処たけは是れ既に某国自出の文にて他国文を翻訳せるものと云ふ可らす」だからであり、従って、翻訳の心得の第四条として挙げられる「翻訳の文は成る可く平易正常の語を択み特種の由来理義を含まさる癖習なき語を択み談話的の語を以て文章的の道に由らは庶くは上乗に幾からん」というのも、文化的背景をできるだけ捨象した透明な言語を用いることへの志向として捉えるべきなのである。「談話的の語」というのは、龍渓が言う「俗語俚言体」[32]と等価ではない。つまり龍渓が言うように「俗語俚言体」は「滑稽曲折ノ場合に宜シキ者」であって、決して透明な言語ではない。「旦那《だんな》もなんぼお金《かね》つかへばとて」は「俗語俚言体」ではあるが、思軒の言う「談話的の語」ではありえないのである。

けれども、思軒の言うような翻訳は可能だろうか。「一国の文には一国固有の意趣精神ありて之を其儘に他国の文になほさんことは殆ど出来可らさる程のもの」であるなら、いかに「経語典語詞語」を排除したところで、自国の文章は自国の文章であって他国の文章にはならないのではないか。自国の文でありながら他国の文の「意趣精神」を伝えうるような文章を作るとすれば、それはいったいどのような姿になるのか。

思軒の為さなければならないことは、少なくとも二つあった。一つは、翻訳に用いようとしている語が「平易正常」であるか、「特種の由来理義」を含まないか、検討することであった。言い換えれば、自国の「意趣精神」を含まない語、自国の事象にも他国の事象にも汎用しうる語を探すことであった。いま一つは、そうして吟味した語によって、他国の「意趣精神」を最大限に再現することであった。できあがった訳文を読んで、そこに他国の「意趣精神」を感じ取ることができなければ、すぐれた翻訳とは言えない。のであれば、訳文が自然であったりこなれていたりするのは、むしろ避けるべきことであった。日常言語に埋没せずに異化されて現れてこそ「原文の意趣」は伝わるのだとしてもよい。思軒の直訳体は、そのようなものとしてあった。それは、龍渓の言う「欧文直訳体」の位置と、やはり微妙に違う。龍渓の「文体論」にはこうあった。

> 欧文直訳体ハ其語気時トシテ梗渋ナルカ為ニ或ハ文勢ヲ損スルコトナキニアラス然レトモ極精極緻ノ状況ヲ写シ至大至細ノ形容ヲ示スニ於テハ他ノ三体ニ有セサル一種ノ妙味ヲ含蓄セリ故ニ是ノ一体ヲ時文ニ雑用スルハ至大ノ便宜ヲ得ル者ナリ他ノ文体ヲ専修スルノ学士ヨリ之ヲ見ハ不法放逸ノ文字タルノ謗ヲ免レサル者アルヘシト雖トモ少ク忍テ之ヲ咀嚼スルトキハ其間ニ於テ必ス一種ノ趣味アルヲ発見シ得ヘシ又社会年ヲ累ヌルニ従ヒ人事益〻繁密ニ赴クカ故ニ往代旧時ノ文体ヲ以テ現世ノ新事物ヲ叙記センコトハ甚タ覚束ナキ者ナリ故ニ欧米ノ進歩セル繁密ノ世事ヲ叙記シテ毫モ遺脱ナカラシムル欧米ノ語法文体ヲ移シ来テ之ヲ我カ時文ニ用ルハ非常ノ便宜ヲ感スルコト尠ナカラス余ハ深ク信ス後来欧文直訳ノ文体カ我カ時文ニ侵入シ来ルコト益〻盛ナルヘキヲ

「欧米ノ進歩セル繁密ノ世事」を記述することのできる「欧米ノ語法文体」をもとにしているという点では、そしてそれが日本語としては「不法放逸」の文章になりかねないことは、『繋思談』の「例言」とも、思軒の「翻訳の心得」とも共通するところだが、しかし龍渓の場合は、ちょうど欧米の文物が輸入移植可能であるように、その文章も輸入移植可能であり、いずれそうなるであろうと楽観しているように思われる。龍渓は、普遍もしくは文明の側に立って、その媒体として「欧文直訳体」を見ている。後に述べるように、将来の文体を一般的に論じるのであれば、思軒もその立場をとった。けれども、翻訳の現場においては、思軒はむしろ固有もしくは文化の側からそれを捉えようとしている。その「欧文直訳体」とは、それが「欧文」の「意趣精神」であると感じさせる、つまり彼我の違いを確認させるから「直訳体」なのであり、日常言語に埋没しないことが肝要であった。まるで外国語であるかのように感じられる文体。常に日常言語に対する異化作用を義務づけられた文体。思軒の翻訳文をこのように捉え直す時、その「漢文調」についても、自ずと別の見方が可能になる。節を改めて述べよう。

二　意趣と風調

前節で取り上げた「肥大紳士」には、じつは思軒自身の手による改訳がある。明治三十年（一八九七）七月に博文館が創刊した『外国語学雑誌』第一巻第一号の「英文和訳」欄に原文とともに掲載されたそれは、原文冒頭一段のみの翻訳ではあるが、『国民之友』誌上の翻訳を相当に改めており、興味深い。前節で引いた部分に対応するところを見てみよう。

十一月《じういちぐわつ》といふさびしき月《つき》の雨《あめ》ふりたる日曜日《にちようび》なりき、余は某地《ぼうち》へ征行《せいかう》の途中《とちう》微恙《びよう》ありて、ダービーといふ小《せう》邑《いふ》の一逆旅《いちげきりよ》に滞留《たいりう》せるが、恙《つゝが》はやうやく痊《おこた》りたるも熱気《ねつき》未《いま》だ祛《しりぞ》かざるにぞ、尚終日《なほしうじつ》戸内《こない》にたれこめをりしなり、嗚呼《あゝ》僻地《へきち》の逆旅《げきりよ》にありて雨《あめ》ふる日曜日《にちようび》、偶《たま》ま之《これ》を経験《けいけん》せしことある者《ものひと》独り能《よ》く余《よ》の境遇《きやうぐう》の如何《いかん》を知《し》るべし、雨《あめ》は窓扇《さうせん》を打《うち》て簌《そく》々声《こゑ》を作《な》し寺院《じいん》の鐘《かね》は一種《いつしゆ》の哀《あは》れげなる響《ひゞき》を伝《つた》ふ、余《よ》は何等《なにら》か目《め》を楽《たのし》ましむべきものを求《もと》めむと欲《ほつ》して窓《まど》のほとりにゆきぬ、然《しか》れども余《よ》は是《こ》れ一切《いつさい》怡愉《いゆ》といへるもの丶外《ほか》に棄《す》てられたる者に似《に》たりき、(33)

この改訳は、英文和訳学習のお手本として掲載するにあたって、それにふさわしいように改めた、という体のものではない。前訳では感嘆符を外して訳していた箇所に新たに「嗚呼」という文字が加わるのは、ちょうど、この訳の前年の明治二十九年八月、『国民之友』第三〇九号付録に思軒が訳したユゴー「死刑前の六時間」の冒頭が「死刑を申渡されたり、嗚呼。(34)」、その英原文が“SENTENCED to death !” であることに(35)対応していて、むしろ訳者の訳し振りの変化による改訳だと言える。「微しく恙ありて」を「微恙」とするのは或いは“a slight indisposition”という名詞に合わせたのだと見なせなくもないが、「娯しみ」を「怡愉《いゆ》」に改めるのを見れば、さらに、右に引いた部分以降に、「瞰る」→「俯瞰」、「馬丁」→「廏僮」、「溺るゝばかりに湿ひし鶏《にはとり》の幾ひきか」→「数個《すうこ》の家鶏《にはとり》の渾身水《こんしんみづ》に没《ぼつ》せし如《ごと》く湿《うる》ひたるが」、「憂はしげに」→「愀然《しうぜん》として」、「ジツト」→「凝然《ぎやうぜん》」、「空しくさし出せるが」→「さし出だして左摸右索《さもうさく》しつゝあり(36)」、「渺土《こねつち》のまはりにむらがり聚りて水に臨みて喧しき声をなしつゝ争ひ飲む」→「一所《いつしよ》の潢汙《くわうう》のまはりに集聚《しうしう》して其飲料《そのいんれう》を囲《かこ》みて喧聒《けんくわつ》する有《あ》るのみ」のように改めるのを見れば、漢語をより強調した文体となっていることは明白なのである。

もう一つ、和語の片仮名表記が改められていることにも注意したい。「ジツト」を「凝然《ぎやうぜん》」に改める他に、「往きつ復《もど》りつするシカミ顔は今日《けふ》の天気にさも似たり」が「往《ゆ》きつ復《もど》りつする顔《かほ》は、けふの天気《てんき》の如《ごと》くいぢ悪《わる》げなり」のように改められているのだが、後半に相当する原文が“looking as sulky as the weather itself” であることを考えても、「シカミ」を避けようとしたのでなければ、この改変の理由ははっきりしない。実際、前節で引いた緑雨の揶揄に「何故《なにゆえ》に余《よ》はシカク初《はじ》めより渠《かれ》を愛《あい》するや、余《よ》は実《じつ》にシミ〴〵と惚《ほ》れぬきたり」とあるように、思軒の訳文には和語の片仮名書きがしばしば見られ、それは例えば「オカシき少女かな渠は何故に余を見てシカ〳〵驚《おど》けるならむ[37]」というようなもので、「ホトリ」「ソコ」「アチラコチラ」など決まって片仮名で表記される語も少なくないが、もちろんそれ自体は当時の小説において奇異なものではない。総じて言えば、「嘉坡通信報知叢談」欄に発表された明治二十二年ごろまでの翻訳にはこうした用字法が多く、明治二十三年以降の「クラウド[38]」「懐旧[39]」などではあまり目立たなくなり、二十九年以降の「間一髪[40]」「死刑前の六時間[41]」などでは極端に少なくなる。反対に、これらの翻訳においては漢語の比率は以前よりも増大しており、ちょうど「肥大紳士」の改訳傾向と一致するのである。

　このことは、思軒の訳文には時期によって、またテクストによって、かなりの変動があったことを示唆していよう。単純に「漢文調」とひとくくりにできそうにない偏差がここにはある。ことに興味深いのは、明治二十九年以降の変化である。思軒唯一の口語訳として知られる「牢帰り[42]」も二十九年であり、ここでは逆に和語の片仮名書きもさほど避けられているわけではなく、思軒の他の翻訳に比べて漢語の割合がかなり低い。一方で、有名な「冒険奇談十五少年[43]」は、明治二十年前後の「報知叢談」中に発表されたヴェルヌの翻訳よりもずっと漢語の多い文体で訳されている。こうした偏差は何を意味するのか。思軒は「漢文調」と言うのであれば、それにはまず、「漢文調」とは何であるかが問われねばなるまい。

　思軒の訳文については「漢文くずし」や「漢文訓読体」などと呼ばれることが多いが、当時、漢文読み下し体の文章は、「今体文」や「普通文」などと呼ばれ、新聞の論説や学術書の翻訳、あるいは法律の条文など、公的な領域で幅広く用いられるごく一般的な文体であった。「今体」は現代風、「普通」は広く通じる、ということだが、いずれも近世以来の正格の文章たる漢文に対しての称謂である。第IV部で論じるように、この文体は、漢文に発しつつ、また漢文の修辞法を活用しつつ、万能の文体として表現の拡大を図り、教育の場でも、これに習熟することがまず求められた。この文体が明治になって広く用いられたのは、それまで公の文章であった漢文をベースに、人々があまねく使えるよう読み下しのままで流通させたという、いわば正統性と普遍性を兼ね備えた文体として位置づけられたからだ、とひとまずは言える。けれどもそれだけではこの文体の持つ意味を一面的にしか捉えていないことになる。誤解を恐れずに言うなら、これは一種の言文一致体だったのである。

明治維新以前、漢学は一般教養としての地位を占めていた。国学を修めるにせよ洋学に進むにせよ、まず漢学の素養を身につけることが第一とされた[44]。その入口が「素読」であった。素読という行為自体は、学習の階梯として古くからあるものだが、近世後期、寛政の改革の一環として昌平黌（昌平坂学問所）を中心とする教学体制が強化され、朱子学以外の学派を排したカリキュラムが整備されるとともに、「学問吟味」「素読吟味」と称する試験が行われ[45]、さらに、昌平黌に範を取った教育が各地の藩校等で行われることで、学習行為として平準化された素読が全国に普及することとなる。素読の試験を行うとなれば、正しい読み方が定められねばならない。異学の禁によって朱子学以外の学派が排除されたことと連動して、「素読吟味」で課される『小学』ならびに四書五経の訓読も、後藤芝山のいわゆる後藤点で読むことになり[46]、幕末期になると、より原文を保存して簡潔な読みを求めた佐藤一斎の訓読法（一斎点）が広まっていく。

漢文訓読をベースとした今体文が急速に広まり得たのは、それが素読の文字化という側面を持っていたからであった。時代は明治に変わってもなお素読は行われていた。つとに前田愛「音読から黙読へ――近代読者の成立」[47]および「幕末・維新期の文体」[48]は、明治初年の読書において素読の果たした役割に着目しているが、作文の領域でもまた、素読の果たした役割は大きいとしてよいだろう。漢文訓読文には「読む」行為が内在しており、その「読む」行為のもっとも初級の階梯が素読なのであった。読み下した声をそのまま漢字仮名交りで書きとめれば、つまり読み下し文となる。今体文と素読の距離はごく近いとしてよい。一定の教育を受けた者なら、読み下しの音声は身体に染みついていたと言ってよく、その意味で今体文は音声を文章化した文体なのでもあった。

音読を前提とした文体として今体文を捉え直せば、速記法との関連も理解しやすくなる。明治十五年（一八八二）、田鎖綱紀によって日本に導入された速記法が近代文学において果たした役割については、主に言文一致の観点から述べられることが多かったけれども、速記法はただ談話の筆記にのみ有効であったのではない。『経国美談』後編の文章もまた、龍渓が口授して若林玵蔵が筆記したものであることが後編自序に記される。結局その筆記を「添削潤飾」するのに手間がかかり、時にはこれなら最初から自分で書けばよかったと自身が思うほどではあったけれども、速記法が有効であること自体は龍渓の認めるところで、巻末に「速記法ノコトヲ記ス」という文章を付載している。そこでは、法廷や議場における速記の有用性が述べられ、公用の文体は「漢文訳文体」であるにせよ、一言一語が重要な法廷や議場においては、「一旦ハ言語ヲ其儘ニ直写セシメ然ル後チ之ヲ漢文訳文体ニ改書スル」方法を採用すべきだと主張する。早とちりをしてしまえば、『経国美談』の口述筆記とその「添削潤飾」の関係も、談話を文章に直す手間であったのかと思いかねず、速記と言文一致体との関係をここから探ってしまうことになりかねないのだが、じつは、「左ニ若林氏カ余ノ為メニ筆記セル速記法ノ字体ヲ写シ」として挙げられた実例は、『経国美談』後編冒頭の文章そのまま、「紀元前三百七十九年希臘列国ノ形勢ヨリ説キ起サム」で始まり、「キゲンゼンサンビヤクシチジウクネンギリーキレツコクノケイセイヨリトキオコサム」とカナが振られるもので、つまり『経国美談』の文章がそのまま音声として発せられたかのごとく記されているのである。

龍渓の宣伝によって報知社内でも行われていたと思われる速記法を森田思軒もまた活用していたことは、たとえば明治二十三年（一八九〇）の「南窓渉筆」(49)に「余過日来新小説及ひ報知新聞に付すへき草稿を口授し速記せしめたるもの積て幾十枚をなしゐたるに速記者の更書におくれて原写のまゝカバンに仕舞ひ置きしを一夜同遇のもの〻

行李と共に偸児に取り去られしよし」などという記事があるのを見ても知られるし、また、明治二十五年に単行本化された『懐旧』[50]の「例言」[51]に、「余平生多く速記術の助けを仮る探偵ユーベル及びクラウド等皆な然り本書独り自ら訳し自ら筆す家乗中の一異事とすべし」とあるのを見れば、この時期までの翻訳がほとんど口述筆記とその修改というプロセスを経て出来ていたことがわかる。翻訳において口述筆記が有効なのは、原文を目で追いながら口で訳文を誦することができることで、いわば教場で教師と生徒が行うそれとほとんど同じなのである。それは例えば「八九歳のをり冬の夜父上の膝下に侍して水滸志を読みたまふを聴きしが」（「南窓渉筆」[52]）や「八歳より九歳に至るころ西遊記三国志水滸伝の三部は皆之を先生［大叔父森田吉蔵］が枕頭の口授より受けて其の人名と事蹟とを略誦せり」（「尤憶記」[53]）という幼時を過ごした者にとっては、ごく自然なことであったとしてよい。中国小説の口授は訓読もしくは訓読をやや和らげた調子のものであったと推測され、ここに音読口授による翻訳の原点を置くこともあながち不可能ではないだろう。

思軒が音声を重視したことについては、明治二十一年（一八八八）秋、三回にわたって『国民之友』に掲載された「和歌を論す」からもうかがうことができる。

　風調（メロディー）ハ韻響の相叶ひたる所に在り其詞を組成する所の声々か上下起落緩急伸縮する節奏の相合したる所に在り［…］余輩は昔かし円朝の話を聞き泣下せること有り然れとも頃日各新聞に載する所の筆記を読みては唯た索然たるを覚ゆること多し是れ筆記ハ能く詞を其儘に伝ゆれども渠の唇舌に備はる所の風調を悉とく伝ゆること能ハされハなり余輩ハ毎ねに各座の脚本を読み然る後ち其の演劇を観るに最初脚本に於てハ軽々看過こせるセリフにして意外にも我を動かすものあるに逢ふこと希れならず是れ最初ハ風調を離れて之を見後ちにハ風調に合はして之を聞けハなり[54]

円朝も院本も言文一致体を招いたものとして論じられることが多いが、思軒に言わせれば、たんに口頭から出たことばをそのまま筆記しただけでは「風調」を伝えきることはできず、「索然」たらざるを得ない。明治二十五年一月、『歌舞伎新報』に掲載された「耳の芝居目の芝居」ではこう述べる。

> 人のたのしみは耳によりて得るものあり目によりて得るものあり故に世の精藝美術ハ亦た或は耳に愬《うつた》へ或は目に愬ふ［…］書を読むたのしみは目に由るが如くなれども其のたのしき所以ハ文字の形に在るにあらずして其の文字が伝ゆる意旨に在り文字は唯た講話音響の記号に過ぎず故に小説の如きものは其の文字をもて目に愬ゆるに拘はらず強て孰れかに属せしめむとせば猶ほ耳に愬ゆるものに近しとす[55]　（原文総ルビ）

思軒が「意旨」と言うのは別のところで「意趣」と言ったのと同じことであろうが、それを伝えるのは文字の形でなく文字の音だと言うのは、音読に馴染んだ者としてごく自然であろう。小説がやはり「耳に愬ゆるもの」であるならば、書き手としては、そこに留意せざるを得ない。

「和歌を論す」は、総じて和歌と漢詩の比較論になっていて、「風調」を取り上げたのも、彼我の差をそこにも見出したからであった。いったい修辞学には「ビュウティー（美）」と「サブライミティー（壮）」の二つの概念があり、和歌は「美」には長じるが、「壮」に乏しく、漢詩はその二つを兼ね備えている、それは、漢詩には「入声」（促音）や「揚声」（撥音）があって「壮」の「風調」を起こすけれども、和語にはそれが乏しいことが大きく関わっている、とするのである。和歌は「支那の詩か様々の風調を生し得るか如きにハあらすして其の風調甚た限らるゝハ疑かふ可らす争ふ可らす掩ふ可らす」と言う。右に挙げた二つの引用はどちらも翻訳論ではないが、しかし、思軒の「漢文調」の核心がどこにあるかを教えてくれる。また、明治二十二年（一八八九）八月の「消夏漫筆」にはこうある。

文は音響を貴ぶ「願クハ賓懐旧ノ蓄念ヲ攄ヘテ思古ノ幽情ヲ発シ我ヲ博フスルニ皇道ヲ以テシ我ヲ弘ムルニ漢京ヲ以セヨ」といふが如く整々句を対するも音響を斉ふるの一道なり又た「然リト雖モ天機有リ滅スル若ク没スル若ク之ヲ放テハ其千里ナルヲ知ラス息メハ則チ閑ニ止マル」といふが如く錯落として一短一長或は緩にし或は急にするも亦た音響を斉ふるの一道なり(56)

はじめの引用は班固「西都賦」からなのだが、この「音響」が原文ではなく訓読文としてのそれを言うことは明瞭であろう。こうした修辞法は漢文においてごく常套のものとしてよいし、思軒もごく初歩的なことを述べているに過ぎないのだが、けれどもそれが基本であった。明治二十四年八月および九月の『国民之友』(57)に思軒が書いた「漢文漢語」は、現今の文章から漢文の要素を抜くことができないにもかかわらず、今の文章家たちに漢文漢語の知識がないために、漢語としては体をなさず意味もなさない句をさかんに用いるに至っていることを非難する。誰もが今体文を綴る世になると、漢文を読まずに漢文訓読の形骸だけを真似て文を作る者もまた多くなったのである。四年前に『国民之友』誌上に載せられた「文章世界の陳言(58)」では、今の文章には常套句があまりに多いと嘆いていたのだが、今では常套句すら満足に扱えない。思軒が目指した漢文からの離脱とはまったく次元の異なるところで、人々の漢文からの離脱は起こっていた。思軒からすれば、漢文のもっともすぐれた部分を棄て、糟粕を啜って嬉々としているように見えた。「漢文漢語」は言う、

漢文の趣味は必ず之を須つ而して真の漢文は之を知らず是を以て選て毎ねに其下なるものを取り裁判宣告書に似たる昔の新聞雑誌の論説に似たる巡回吏員の復命書に似たる医家の診断書病床日誌に似たる山僧の引導に似たる代言人の訴状に似たる臘を嚼み瓦礫を含むが如きの文陸続として著作者の手より出づ(59)

今体文の隆盛は、世に漢文を普及させたかのようで、じつは漢文の命を縮めたかの感もある。そうした状況にあって思軒が保持した「漢文調」というのは、むしろ日常語と化していく今体文に対するアンチテーゼとなっていった。前田愛「幕末・維新期の文体」はこう述べていた。

地方生れの一少女が老年にいたるまで、『日本外史』の文章をその記憶の中にらくらくと蓄えていたことは、明治という時代にあっては日常の話しことばの世界とは次元を異にするもうひとつのことばの世界が、人間の生理に即して呼吸《いき》づいていたことを示しているようにおもわれる。しかもこの二つのことばの世界は、相互に無関係に併立していたのではなく、可逆的な関係が保たれていたのではないだろうか。潜在的な音声を伴う記憶されたことばが規範としてあり、この規範としてのことばと日常のことばとのあいだにつくりだされる緊張関係が、明治人の文体感覚の基盤をなしていたのではあるまいか。[60]

いささかロマンティックに過ぎる記述に思えなくもないのは、そうした「緊張関係」を保持していた明治人がどれほどいたであろうか、という疑念が湧くからである。思軒が嘆いているのはむしろ「可逆性」のゆえに規範が規範たりえなくなっていくさまであろう。あるいは今体文の普及によって「記憶された音声」が失われていくさま、すなわち記憶も朗誦も不要な文章が広まっていくさまとも言えよう。けれども、前掲「音読から黙読へ」では「日常のことばとは次元を異にする精神のことば[61]」と言うその世界を、確かに思軒は維持しようとしていた。

つまり思軒の「漢文調」は、たんに彼自身の「素養」や、漢文訓読体に馴染んだ読者の存在などにのみ帰せられるものではなく、「風調」あることばという意識が強く働いたものであった。その意味では、ただ外形だけを漢文風に――常套句や典故で――整えた世の「漢文調」とは、自ずと異なる地平を目指していたのである。そしてそれは、日常言語への異化作用をもたらす直訳体と決して齟齬するものではなく、むしろそこに独自の「風調」を加えることができる点で、はなはだ好都合だったのである。となれば、この節のはじめで述べた偏差は、文体の核心を把握したがゆえの自在さであると見ることもできる。しかしそれを言うためには、思軒にとっての漢文脈を別の角度から考える必要がある。節を改めて述べることとしよう。

三　漢文脈の核心

明治二十三年（一八九〇）、思軒は「南窓渉筆」においてこう語っていた。

昔し余が祖叔吉蔵先生山陽の外史始て世に出しころ之を読みて山陽の文巧みは巧みなれども惜哉日本人を把りて支那人と倣し了れり借へは楠公の如きも正直律義にして只た〳〵朝家の御為と一途に思ひ定めたる重厚謹敕の郷士なり山陽が写せるやうなる青表紙臭く儒者臭き人にはあらず吾常に日本の事を写すに謂はゆる漢文を用ゆべからずと言ふはこゝなり日本の事は日本の文に由るにあらずんは到底其の真面目をあらわすこと難しと宣へるよし父上の屢々余に教へたまひぬカーライル嘗て史を論して其声自然其の国民の調腔《メロデー》に叶へるものならずしては信すること能はずといふ皆同じ理なり(62)

「一国の文には一国固有の意趣精神」（「翻訳の心得」）があるという思軒の認識については第一節で述べたが、これもまた、その文脈において捉えうる記事だろう。大叔父吉蔵の「日本の事は日本の文に由るにあらずんは到底其の真面目をあらわすこと難し」ということばは、「平生謂ゆる儒者と漢文とを抑へて邦文と大和魂とを揚く」（「尤憶記」）彼であって見れば、ごく素朴な言辞であるはずなのだが、カーライルの語と重ね合わされれば、国民国家における言語意識の問題として一般化されることになる。明治初年、そうした国民国家意識のもとに、漢字漢文に対する認識に組み替えが起こったこと、すでに第Ⅰ章で述べたとおりだが、思軒にとってこの認識は厄介なものでもあった。

　思軒が漢学に長じていたことはここで改めて述べるまでもないことであろうし、明治十六年（一八八二）、『郵便報知新聞』紙上に発表した漢詩が龍渓の目に留まり、『経国美談』前編の「正史摘節」や後編の頭評など漢文書きの仕事が回ってくることになったのも、各種の伝記に明らかである。明治十八年の中国渡航が一つのきっかけとなって、「漢文」からの離脱が図られたときも、それはあくまで「実境」を伝えようとする場において漢詩文の無効性が語られたのであって、彼自身は漢詩文を作ることを止めたわけではなかった。明治二十一年七月の「日本文章の将来[63]」でも、矢野龍渓の進歩史観的文体論の流れを受けて、漢文的要素が日本文から次第に消えていくであろうこと、すなわち「将来《しやうらい》若し日本人の脳髄《のうずい》益々《ますます》発達して細密《さいみつ》の方に進むとすれは支那文章の性質は益々《ますます》日本の文体より退《しりぞ》けらるへき」こと、手本とすべきは「能く人に通する直訳の文体」であることを述べつつも、最後に「事のツイデなれば」として、文章を作るにあたっては「最初《さいしよ》は先つ兎に角に支那の文章を読《よ》」んで、漢字の用法に習熟すべきだと言い、さらに「且つ支那の文章を読《よ》むは啻《た》た字の素性を明かにして其の力、働、を尽《つく》さしむるを得るの益《えき》あるのみならす又た其の造句措辞《エキスプレシヨン》の美妙《びめう》にして作文の考を助《たす》くるもの多きなり其の美妙なるものに至ては或は西洋の文章には有るを得さるものもあり又た西洋の文章と恰も符節《ふせつ》を合せるか如きものもあり」と付け加え、「マッカーシー氏の航海小説」の一節と「赤壁賦」の句とを対照して結びとしてしまう。思軒には確かに漢文に対する愛着があったし、であれば、先の国学者がかった大叔父の言に対しても、カーライルを挟んで一般化することでやり過ごそうとしているととれなくもない。いずれにしても、思軒の立場は分裂しているように見える。

「将来《しやうらい》若し日本人の脳髄《のうずい》益々《ますます》発達して細密《さいみつ》の方に進むとすれは支那文章の性質は益々《ますます》日本の文体より退《しりぞ》けらる

へき」という進歩主義的立場は、「日本の事は日本の文に由るにあらずんは到底其の真面目をあらわすこと難し」という文化主義的立場と結びつき、漢語に対する抑制を意識した文体へ人を導いていく。一方で、「造句措辞《エキスプレション》の美《び》妙《めう》にして作文の考を助《たす》くるもの多き」ことに注目する立場をとれば、ややもすれば漢語が漢語であるというだけで排除しかねない前者とは相容れない場面が出てこないとも限らない。思軒が、「経語典語」を用いないことで漢文を中国古典の世界から引き離し、欧文の翻訳に堪えるような文体を作ろうとしたのは、この二つの立場に挟まれた隘路をくぐりぬけていくためであった。

定型や常套句を駆使すれば、文章を漢文らしく仕立てることは、それほどむずかしくない。第10章および11章で論じるように、そのための参考書は世に溢れていた。思軒はそうした俗流の漢文らしさを嫌ったのである。思軒が漢文に見出した美点は、常套句の堆積によって構成されるものではなかった。それは、豊かな「風調」であり、造句措辞《エキスプレション》であった。「訪事日録」[64]では確かに漢文的修辞が「実境」を伝えるのに充分でないことを言い、そもそも漢文は中国で生まれたのだから虚誕の表現が多いのだとして、漢文からの離脱を言った。そこには進歩主義的立場と文化主義的立場が見え隠れしているし、第1章で論じた明治以降の「支那」排除のメカニズムとそれは連動している。けれども思軒は翻訳という作業を経ることで、すなわち欧文脈によって漢文脈を照らし返すことで、彼にとっての核心がどこにあるのか、見出していく。漢語の音声に深く馴染んだ思軒にとって、それは自らの音声の深部へ下降していく試みであった。

明治二十六年（一八九三）六月から翌年七月まで『国民之友』誌上で二十六回にわたって連載された「山陽論に就て」[65]は、山路愛山が『国民之友』第一七八号付録に発表した「頼襄を論ず」[66]、さらにそれを受けて書かれた徳富蘇峰の文章[67]への応答として書かれたものであった。祖父が山陽と交流していたこともあって、思軒にとって山陽は特別な存在であること、「山陽氏の文を愛し之を愛するの極ハ其人を追慕し山陽氏か吾郷に遊へるおり先王父の為めにかきしと云ふ吾家の「朝暮庵」と題せる額の下に低回しては憾らくハ生るゝこと百年早くして山陽氏と世を同しくせさりしことをと想へるもの屢〻なりき」(68) と言うほどであったのだが、思軒の著作としては最も長いこの評論は、いわば自分の原点に溯りながら、漢文という文体について考える重要な機会となった。前節で述べたように、ちょうど「山陽論に就て」の時期を境にして、その前と後では、翻訳のありかたにも大きな変化が生じているのである。

この節の最初に挙げたように、大叔父吉蔵は頼山陽が漢文で『日本外史』を書いたこと自体を批判していたが、蘇峰もまた別の言い方でそれを非難していた。

彼［山陽］が不自由なる漢文を以て、国俗風習の千里相ひ距る日本の事実をば、自由自在に記したるは、手際の一に相違なく候得共、此の如くせんが為に、熱血の大半は文字の上に消磨し、折角の歴史的正味の考察には、手数を欠きたるの嫌あるは、残念の上にも残念に候はずや。(69)

思軒はそれに対し、一応は「篤論」と敬したうえで、反論を始める。まず、漢文で書くことがごく普通であったこと。「一般学者の著述は大抵漢文を用ひて以て普通文と為せるなり而して外史の文は斯の普通文の又た最も普通なる者」であった。「最も普通なる者」とはどういうことか。思軒はまず日本における漢文の歴史から始める。そもそも漢文が渡来して千五百年、徳川が「漢文中興の運」を開いて二百年、「多くの漢籍は次第に平生の談話の間に侵入して遂に日本語と親和し抱合し又た漢文訳読の口調に伴なひ生じたる日本固有の天爾乎波ならぬ謂ゆる子曰《しのたまはく》流の天爾乎波」も広まって、「遂に一種の変格を平生談話の上に形づくり茲に漢文と平生の談話との距離を極めて縮短し密接せしむるを致せり」、つまり漢文訓読調が日常言語にも拡がっていったというのである。であれば、漢文と「我邦の談話体」との関係は、他の外国との関係とは異なって、「我邦人が論語孟子唐宋八家の文を視て感する所の奇異《ストレンジ》の度」は「現時の支那人」が感じるのと大差はなく、「唯だ彼は謂ゆる棒よみにして相近く我は訳読即ち謂ゆる回へりよみにして相近きの相異有るのみ」だとまで言う。漢文は中国のものであって日本のものではないという見方を無効にするのである。そして、漢文の中でも、用語と構文が「我邦平生の談話」に近いものとそうでないものがあるが、山陽は後者だ、とする。

それはどういうことか。「余毎ねに戯れに言ふて云く司馬遷の漢文は息軒宕陰の漢文よりも更に多くの和習有りと」、日本の漢学者である安井息軒や塩谷宕陰よりも司馬遷の方がじつは和習が多い、と言うのは、「即ち史記の用語と造句との尤も我邦平生の談話に密接するを謂ふなり」、例えば伊藤博文の『憲法義解』やあるいは諸々の法令などが、朗誦しても十人に三人くらいしかその内容が分からないのに対し、『史記』ならば少なくとも五人七人が分かり、『史記』の文章を手本にした『日本外史』ならば、内容が日本のことであるだけに、さらに理解しやすい、「僻典僻辞」の多い『八犬伝』よりも分かりやすいとすら思える、と思軒は言う。ここにもまた、彼我の差を取り払わんとしていることが見て取れるが、興味深いのは、『日本外史』の文章が朗誦して分かりやすいと言っていることだ。前節で述べたように、思軒にとって文章は音声を伴うものであった。漢文で言えば訓読の音声ということになる。しかも、「棒よみ」と「回へりよみ」を同等に置き、さらに「回へりよみ」による朗誦をして分かりやすいのを「和習」と言う。

一般に山陽の漢文は平俗で和習が強いとされる。和習とはつまり正統な中国古典の規範から外れている、ということだが、思軒は意に介さず、むしろ耳で聞いて分かりやすいという積極的な意味として用いてしまう。つまり『日本外史』に和習が感じられるのは、朗誦して耳に入りやすいことを求めた結果なのである、と。訓読を前提に読まれる日本の漢文はそれ自体として意味があるのであって、ひたすら中国の規矩準縄に従う必要はないということだ。文化主義的観点から漢文を解放し、山陽を、漢文の普遍性と適応性を活用した書き手として捉え直そうとし

ていると言ってもよい。例えば、その詩を論じて思軒は言う、

山陽の詩は多く平々凡々なり平々凡々の社会に在て平々凡々の生活をなす其の詩料と詩境の平々凡々なる亦た固より宜べなるのみ日本の作者が其の詩料と詩境との自然に変化多端なるべき支那人を師範として其の口吻に肖せむと欲す是れ其の詩が偽りに入るの始めなり

日本人が日本で漢詩を読むのに現実を離れて強いて中国のものを模倣しようとすれば、真実味を失う。山陽の詩が平凡なのは題材と境地が平凡なのをそのまま詩にしているためで、それでちっともかまわない、と言うのである。別の箇所では、山陽の詩を平俗と非難する者が多いが、平俗だからこそ今でも愛誦されるのであって、どれだけ当時尊崇された詩人でも、山陽ほど後世に愛誦された者がいるだろうか、とも言う。

山陽へのこうした評価に、かつて「翻訳の文は成る可く平易正常の語を択み［…］談話的の語を以て文章的の道に由らは庶くは上乗に幾からん」（「翻訳の心得」）と語っていたことを重ね合わせるなら、思軒の山陽論が自身の翻訳文にも及び得る性質のものであったことが了解されよう。もちろん「山陽論に就て」は、頼山陽の全体像を思軒なりに描いていくことにあったのだが、「文章は事業なるが故に崇むべし」として「事業家」たる山陽を論じる愛山や、「国民の霊化したる発言者」もしくは「豫言者」として語る蘇峰の論と比べれば、力点がよりいっそう文章家としての山陽にあったことは明らかだ。明治三十年に「寛政前後の漢学界」(70)を発表しているのを見ても、関心は日本における漢学漢文のありかたにあったとしてよい。思軒は山陽を自らの原点に置くことで、日本語の音声によって読まれる漢文のすがたを見すえようとしたのであり、そしてそれは自らの文章の支えともなるものであった。

そうして見ると、この評論以降に発表された翻訳が、一方では漢語の多用が目立ち、一方では口語訳が試みられ

るなど、翻訳の性格に即して訳文の自由な使い分けが行われだしていることが、必然であったように思われてくる。なぜなら、山陽の文章は、唐土の文を典範としつつも、外形の模倣に意を用いるのでなく、対象に即した表現それ自身のリズムをこそ中心とする文章として、思軒には把握されたからだ。「和習」を漢文に内在する「風調」として捉え直すこと。そこには、トランスナショナルな écriture として漢文を捉え直そうとする志向があるし、それは、「一国の文には一国固有の意趣精神ありて之を其儘に他国の文になほさんことは殆ど出来可らさる程のもの」というアポリアへの挑戦ともなる。

漢文脈の可能性をここに見出す時、それはむしろ可塑性に満ちた新たな文体として認識し直されることになる。『明治大正の国文学』が「漢文を直訳したやうな文体に、雅文の助動詞や助詞の用法をさし加えて、それで英文を逐次訳にしたやうな変なものである」と難じたのは、文章をその出自ごとに分解して国籍のラベルを貼ればそうなるということであって、思軒が漢文脈という écriture の可塑性を異言語の境界に見出したことを、逆に示してさえいる。であれば、思軒唯一の口語訳「牢帰り」もまた、世に言う「漢文調」とは異なっているとしても、実際は思軒の見出した漢文脈の延長にあるとしてよいだろう。

善《よ》くまァ帰《かへ》つて来たといふて、自分《じぶん》を迎《むか》へて呉《くれ》る人《ひと》が、一個《ひとり》あるでは無《な》い、善く改心《かいしん》してもどつたと云ふて、自分《じぶん》の先非《せんぴ》を宥恕《いうじよ》して呉る人が、一個《ひとり》あるでは無い、自分を納《い》れて呉る家《いへ》一つあるでは無い、自分を扶助《ふじよ》して呉る手《て》一つあるでは無い、而《し》かも是れが自分の故郷《こきやう》、ふるさとだ。

No face of welcome, no look of forgiveness, no house to receive, no hand to help him——and this too in the old village.[71]

原文と対比すれば直訳でないことは明らかだが、訳文の重点は直訳かどうかにはない。原文の「意趣」と「風調」をいかに再現するか。右の訳文が「錯落として一短一長或は緩にし或は急にする」（「消夏漫筆」）技法で行われているのを見出せば、口語体のなかに漢文脈は息づいているのだとしてもよい。「自分」という語の挿入で自由間接話法をあらわそうとする工夫も、成功していると言ってよいだろう。あるいは次のような箇所。


エドマンドは再《ふたゝ》び前に進《すゝん》だが、つまツた様《やう》なカスレた様な声を出《だ》して、

『あなた私《わたし》に物《もの》を言《い》つて下《くだ》さい』

老人は恐《おそ》ろしい声《こゑ》を揚《あ》げて『退《の》け』。エドマンドは尚ほ其のそばへ進《すゝ》みよつた、老人は再び『退《の》け』と叫《さけん》だが、怖ろしさに前後《ぜんご》を忘《わす》れて、其の笻《つゑ》を揮《ふ》りあげて、エドマンドの面《かほ》の上を横《よこ》すぢかひに、ハツシとばかり撲《なぐ》りつけた。

『阿爺《ちやん》——畜生《ちくせう》』

とつぶやいたが、驀地《まつしくら》に飛びかゝつて、老人の喉を締《し》めつけた。然かし老人《ろうにん》は自分の父《ちゝ》である。気《き》がつくと直《すぐ》に手が自然に解《と》けて喉を離《はな》れた。

Edmunds advanced.
"Let me hear you speak," said the convict, in a thick, broken voice.
"Stand off !" cried the old man, with a dreadful oath. The convict drew closer to him.
"Stand off !" shrieked the old man. Furious with terror, he raised his stick, and struck Edmunds a heavy blow across the face.
"Father——devil !" murmured the convict between his set teeth. He rushed wildly forward, and clenched the old

man by the throat——but he was his father ; and his arm fell powerless by his side.

「あなた私《わたし》に物《もの》を言《い》つて下《くだ》さい」は、原文の直訳ではないにもかかわらず、その口吻は直訳調で、それがこのセリフを際立たせているし、最後の部分などは、「エドマンド」から「自分」への転換と「気《き》がつくと」の挿入による相乗効果によって臨場感を高め、"throat" の後の "—" の持つ効果を日本語に受け継ぐことに成功していよう。

思軒はさまざまな方法で、欧文の「意趣」を翻訳しようとしていた。もしこの口語訳を他の翻訳と対立的に捉え、思軒は晩年に口語訳を試みたけれども、結局その道には進まなかった、などとしてしまっては、この時期の思軒が何を手に入れていたか、見えなくなってしまう。口語訳にせよ、漢語の多用にせよ、重要なことは、思軒の訳文がそれまでの文体に縛られない自由さを獲得しつつあったことだ。そしてそれは、自らの文体が「漢文調」であることの核心を思軒がつかみつつあったからなのだ。口語訳を試みるのも、積極的に漢語を使うようになるのも、文体の核心をつかんだゆえの展開だったのである。

けれども、明治三十年（一八九七）十一月十四日、思軒の突然の死によって、その試みは中絶を餘儀なくされた。病床に森鷗外のいたことは、あるいは暗示的であるのかもしれないが、それについてはいずれ述べる時が来るであろう。ここでは、思軒が翻訳という営みの中で彼自身の écriture を獲得していったことの意味を、漢文脈という主題に即して述べようとした。むろん、思軒の翻訳について、また評論について、さらに論ずべきことは少なくないが、その可能性のありかの一隅を示し得たことを信じて、ひとまず区切りとしたい。

第Ⅳ部　今体文のメディア

第10章　『記事論説文例』
――銅版作文書の誕生――

明治十年代に大量に出版された作文指南書を見ていくと、内容においても体裁においても共通する特徴を備えた一群があることにすぐに気づく。和装銅版であること、漢字片仮名交りの明治普通文（今体文ないし近体文）を主とすること、文例が尺牘系と記事系をかねていること、書型が小本であること、鼇頭に熟語欄などを備えること等々。類似はすなわち模倣であり、つまり柳の下の泥鰌式にこれらの模倣が行われたのであるが、それはこのスタイルが作文書として世に広く受け入れられたことの証左にほかならない。これら一群の作文書がいかなるものであったのかを細かく見ていくことで、われわれは明治普通文がどのようなものとして出現し流布したのかを知ることができる。文体の変化はつねにそれを具現する媒体の変化とともにある。明治普通文が「普通」たりえたのは、また「今体」たりえたのは、こうした書物によってであることを忘れてはならない。

一　『記事論説文例』

明治十二年（一八七九）五月に発行された『記事論説文例』から始めよう。著者は安田敬斎、奥付の住所は「大坂菅原街二十号地」、出版は前川善兵衛、近世以来の大阪書肆である。版権免許は明治十二年三月二十九日。『東京日日新聞』（同年九月四日）の広告にはこうある。

東京田中義廉閲　大阪安田敬斎著
記事論説文例　銅版全二冊　定価七十銭
方今世上ニ作文ノ書乏シカラズト雖トモ或ハ文例錯雑ノ憂アリ或ハ熟字新奇異聞ノ害アリ而シテ初学ノ人ヲ誤ルコト蓋シ尠カラズ独リ這書ハ作文ノ秘訣てにをはノ体格ハ勿論本編ハ時候。記遊。記事。記戦。慶賀。傷悼。論文。説文。雑編ノ九門ニ分チ二百五十章ノ文例ヲ述べ又鼇頭ニ二層ノ欄ヲ設ケ時令。人倫。禽獣。草木。之異称ヨリ七十五種ノ手紙ノ語ヲ始メ凡ソ雅俗ノ熟字類語ハ委ク采択シテ漏スコトナク漢語ニハ皆左右ニ傍訓ヲ附シ以テ学校生徒ハ更ナリ普ク世人作文ノ模範ニ供シタル完全無欠ノ良書ナレバ江湖ノ諸彦速ニ購求アリテ以テ韓柳ノ蹤ヲ攀ヂラレンコトヲ企望ス
各地へ送達致候間御最寄書林へ御注文ヲ乞
大坂心斎橋通リ南久宝寺町　前川善兵衛
東京日本橋通二丁目　稲田佐兵衛
同芝三島町　山中市兵衛
同通リ塩町　内藤伝右衛門
同新大坂町　小林喜右衛門

閲者の田中義廉は天保十二年（一八四一）生、蘭学から英学に転じ、ウィルソンリーダーをもとに明治六年（一八七三）に刊行した文部省教科書『小学読本』の編者として、また明治七年刊『小学日本文典』の著者として知ら

れる。一方著者の安田敬斎は、大阪在住の漢学者、明治九年に『万国史略字解』、明治十年に『日本小学文典』を著し、他に作文書ないし文例集の著書も多いが、『諸願諸届諸証郡区改正訴答文格』（前川善兵衛版、明治十二）、『郡区改正願届証券公私便利』（前川宗七版、明治十二）などの実用文例集も含めてほとんどが大阪の書肆から出版されており、中でも文栄堂（前川善兵衛）が多い。ちなみに国会図書館所蔵を参考にその著作を発行年順に並べれば、

『万国史略字解』（巻二）	大阪	前川善兵衛	明治九・六
『日本小学文典』（巻上）（田中義廉閲）	大阪	安田敬斎	明治十・一
『大日本国軍略表』	大阪	田中安二郎	明治十・四
『万国史略字引』	大阪	前川善兵衛	明治十・十二
『記事論説文例』（田中義廉閲）	大阪	前川善兵衛	明治十二・五
『諸願諸届諸証郡区改正訴答文格』	大阪	前川善兵衛	明治十二・十一
『郡区改正願届証券公私便利』	大阪	前川宗七・中尾新助	明治十二・十二
『上等記事論説文例』（田中義廉閲）	大阪	文栄堂	明治十三・一
『漢文幼学便覧』	大阪	前川善兵衛	明治十三・一
『懐中三書便利』（大館利一と共編）	大阪	明治舎	明治十三・三
『記事論説文例附録』（田中義廉閲）	大阪	前川善兵衛	明治十三・五
『作詩幼学便覧』	大阪	錦城書楼	明治十三・六
『通俗養生訓蒙』（巻之一・二）（田中義廉閲）	大阪	清規堂	明治十三・六
『記事論説自由自在』（田中義廉閲）	東京	耐忍書屋（前川善兵衛版あり）	明治十四・一

『小学記事志伝文例』（菊池三渓閲）	大阪	文栄堂	明治十六・五
『漢文作法明辨』（山田清風閲）	大阪	文堎書堂（売捌は前川善兵衛）	明治十六・五
『免否瞭然徴兵令訳解』	大阪	前川宗七・中尾新助	明治十七・一
『文法指教記事論説作法明辨』	大阪	野村長兵衛（前川善兵衛版あり）	明治十七・十一
『作法指南漢文独学』（土屋鳳洲閲）	大阪	前川文栄堂	明治十七・十二
『通俗絵入日本明治善行録』	大阪	野村長兵衛	明治十八・五
『通俗絵入日本明治廿四孝』	大阪	野村長兵衛	明治十八・五
『通俗絵入日本明治孝子伝』	大阪	野村長兵衛	明治十八・五
『条例規則願届諸証文日本類聚法律全書』	東京	文栄堂	明治十八・六

一覧してすべてが学習書ないし実用書、おのずと著者安田敬斎の位置は明らかであろう。『記事論説文例』の続編として、田中義廉の校閲を仰いで『上等記事論説文例』および『記事論説文例附録』さらに『記事論説自由自在』が出版されたことがむしろその名を広めた。『小学記事志伝文例』や『記事論説作法明辨』などもその系譜につらなる著作であるが、今体文の学習書であるこうした「記事論説」ものだけでなく、餘勢を駆ってであろう、『漢文作法明辨』や『漢文独学』などの漢作文学習書も出版する。これらも「記事論説」ものと同じ体裁の銅版本であり、「記事論説」ものの高級版として、漢文と今体文とがどのような関係にあったかを示してもいる。『漢文作法明辨』の巻末には『記事論説文法明辨』(1)の広告があって、「曩に弊舗刊行する安田敬斉先生著す所の記事論説文例大に諸彦の愛顧を得数回の版面を滅すること洵に感喜に堪へずと雖とも該書ハ文例を掲けたる而已にして別に作法を設けず文法を註せさるを以て隔靴の憾無きに非ず然るに世間類似の書陸続梓行するを以て頃日先生に懇請し此書

を上梓せり」と言う。校閲に菊池三渓があたっているのは『小学記事志伝文例』と同様である。安田の著書が、一方で田中義廉、一方で儒者として高名な菊池三渓に校閲を乞うているのは、やはり今体文の性格がどのようなものであるかをも示しているだろう。田中は明治十二年にすでに歿しているが、生前に閲を得たということであろう、新刊の表紙からその名はしばらく消えない。明治十六年以降、菊池三渓の名がしばしば見られるのは、田中の後を襲ったと見ることもできる。ちなみに『漢文作法明辨』『漢文独学』ともに三渓に序を乞うている。

図1　安田敬斎『記事論説文例』扉

さて、『記事論説文例』がいかなる書物であったかは最初にあげた新聞広告からおおむね知られるけれども、その書物としての特徴を実物に即してもう少しくわしく見ていこう。書型が小本であるのは、たとえば『単語篇』などの小学用課本にはしばしば見られるところだが、一方で、見返しに薄紙がかぶさり、扉に著者の肖像画が掲げられ、また扉裏に見開きで閲者田中義廉の題字「不飾尚絅／餘光日章／是文之徳」が松・菖蒲・梅・菊を額縁に刷られなどするのは、一般的な課本の姿とは言えないであろう。ついで著者の序が訓点のついた漢文で記され、その中に「近今作文之著書伝二播《スル》於坊間一《ニ》者不レ尠」と言うのは広告の言と符合し、また「頃《[さきごろ]》書肆前川氏。来《リテ》乞《フ》三余《ニ》二補《コトヲ》二其《ノ》闕《ヲ》一［…］則叨《[みだり]ニ》編《シ》二一書《ヲ》一名曰《テフ》二記事論説文例《ト》一［。］其意唯欲《スル》レ供《セント》二小学生輩日課之用《ニ》一耳」と言うのは成立の経緯を伝えているであろうが、やはりこの序も飾り枠で縁取られている。さらに丁をめくると梅と薔薇の画を額にして「曾得版権」の朱印（再版以降は刷り）。表紙から数丁をめくるだけで、それまでの小学用教科書に比べて格段の高級感が醸し出されていることはまちがいない。

いささか大仰とも言えるこの体裁を支えているのが、当時精細をきわめていた銅版印刷の技法である。さいわい『記事論説文例』の扉（図1）等には「響泉堂刻」と明記されていて、この書物が大阪の銅版画家森琴石による銅刻であることがわかる。

二　銅版印刷

森琴石は天保十四年（一八四三）生、大正十年（一九二一）歿、関西における近代南画壇の確立に貢献した長老であり、『近代日本美術事典』（講談社、一九八九）や『大阪人物辞典』（清文堂、二〇〇〇）などではもっぱら南画家として記述されるが、明治の銅版画・銅版印刷に果たした役割もたいへん大きい。(2) 西村貞『日本銅版画志』（書物展望社、一九四一）は言う、

大阪では、また春水［若林春水］と期を同じくして、森琴石が銅鐫をこゝろみている。琴石は摂州有馬の人、名は熊、本姓は梶木氏、幼時いでて森氏を継ぐ。彼は後年、押しも押されもせぬ南画壇の大家となつたが、そのはじめ高橋由一の門に入つて洋画を学んだことがあり、のち大阪で堂号を響泉堂と称して、相当手広く銅版彫刻の門戸を張つてをるところをみると尠からず隔世の感がないではない。不遇時代の狩野芳崖が結城正明と一緒に銅版鏤刻の術を学んだ逸事をおもひあはせて、まことに東西好一対の談柄たるを失はぬであらう。(3)

『日本銅版画志』は琴石所刻の銅鐫作品として、『日本地誌略附図』（鈴木九三郎版、明治十）、『達爾頓氏生理学書図

式』（松村九兵衛、明治十一、水口藹斎との合鐫）を挙げ、さらに言う、

但し、琴石の手鐫に係る銅版作品では、なんと云つても銅鐫佩文斎耕織図二帖にとゞめを刺すであらう。本帖は焦秉貞の画図になる康熙版を縮刻せしものである。明治十六年の発刻にかゝり、清朝三帝の御製の輪廓だけが朱刷りになつてをり、画図は総て墨刷りである。刻線慎密をきはめ、摺刷また見事なる出来栄えを示し、銅鐫の技術は完璧に近い。明治初期に出た諸銅版作品をひつくるめて、白眉の作と言ふも必ずしも過言ではない。

鼎金城に、ついで忍頂寺静村に南画を学び、また妻鹿友樵、高木退蔵に漢籍を学んだ琴石が、どういう経緯で銅版画に目を向けることになったか、はっきりしない。『日本銅版画志』は「森琴石の流伝は明かでない。伝によると玄々堂とは別流であるといふことである」と記すが、明治六年に東京に行き、高橋由一に西洋画法を受けていること、同時期、ちょうど紙幣寮で銅版印刷の任にあった二代玄々堂松田緑山のもとに高橋由一が出入りしていることを考えると、やはり緑山との接触はあったものとおもわれる。[4]緑山は幕末から藩札の銅鐫に携わってもいたが、明治元年、政府が太政官札を発行するに及んでその命を受けて京都二条で制作に当たり、翌二年には上京して官札・証券の制作に携わることとなった。明治七年に得能良介の紙幣寮改革によって官業からは退いたが、門人を多く抱えて生業はむしろ盛んであった。ちなみに緑山が紙幣寮を退くについては、「今般紙幣寮薦挙ノ命アリ先生以病辞謝ス其意蓋シ官銜ニ縛セラレズ不羈自由ヲ得テ専ラ其技ヲ四方ニ拡メ、我独立国ノ他ニ求メズノ却テ他ニ求メラル、ノ権利ヲ占ンヿヲ計ル」なる投書（中丸精十郎）が『東京日日新聞』（明治七・十・二十七）に掲載されている。

一方、島屋政一『日本版画変遷史』（一九三九）に言う、

森琴石は南画を以て聞こえたる画家であつた、若林春水堂とは特に懇意にして、若林氏より銅版術を学び、琴石は若林氏が猶龍堂印刷所を創立するに際し多大の援助を与ふるなど交遊頗る深厚であつた、然して中井利山、森琴石、若林長英、水口龍之助、中田貞矩の諸氏は、明治初年の大阪印刷界に寄与すること甚だ多大であつた。

琴石が若林春水に銅版術を学んだとすれば、帰阪してのちのことか。春水は緑山門下であるから琴石は孫弟子ということになるが、いずれにしても琴石の銅版術が玄々堂の流れを汲んでいることは間違いない。そして、緑山の父、初代玄々堂松本保居[5]とその門下こそ、幕末から明治にかけての銅版印刷においてきわめて大きな役割を果たした銅版画家であった。

銅版画の技術が西洋伝来であることは言うに及ばないであろう。それがいったんキリシタンによってもたらされはしたものの伝承されず、本格的な輸入は蘭書に拠った司馬江漢に始まることも、よく知られていよう。輸入の当初は、西洋と同じく、あくまで一枚ものの絵画や地図が主体であった。風景画、名所図、地球図、さらに人体解剖図など。そうしたなかで、文化文政年間に活躍した尾張の銅版画家、牧墨僊は、解剖図や地図のほかに細字をもって年表や里程早見表などを刻し、実用書への銅版利用に道を開いた点で特筆される。さらに文政天保年間、京阪で活動した凹凸堂中伊三郎は細字袖珍の折本仏経を銅刻し、こうした流れのうちに日本独自の銅版印刷の展開が見られるにいたったのである。文政十一年（一八二八）に中伊三郎が銅鐫した『法華経』の跋には「此経坊間細字小本固非無之、然未有曾如此本最小且鮮明者也[6]」とあって、仏経の細字袖珍版がすでにあったこと、けれども銅鐫のこの本がより小さく（縦一寸六分、横五分と言う）鮮明であることが述べられる。この『法華経』は追善供養のために刻されたものであって、読誦のために用意されたものではない。また、同種同型の仏経にしても、旅行などに携帯するいわば御守りとしての用途が主であったと思われ、これはすでに木版においても行われていたことであった。つまり従来からの袖珍仏経の需要と細字彫刻に適した新来の銅版技術が結びついたというわけである。なお、現存する銅鐫袖珍仏経でもっとも早いものは井上九皐による『法華経』とされており、『日本銅版画志』に拠れば井上九皐は松本保居にやや先んじる上方系の銅版画家[7]、また、牧墨僊にも『般若心経』を細字で書写し菩薩像を描いた銅版版下図が遺されているとのこと、そうしたことからも、銅鐫袖珍仏経が銅版印刷史において一つの水脈となっていることに注意する必要があろう。

初代玄々堂松本保居に至ると、極細の銅鐫によって絵図や文字を縮刻する微塵銅版があらわれる。

微塵銅版といふのは、たとへば金三分四方に大日本国尽、鯨一寸四方に百人一首、金二分四方に六歌仙、金二分丸に十二ヶ月景物、金四分丸に日本国図、金一寸四方に千字文などと云つたものを縮刻せるの類である。もちろんこれらの銅版図は、肉眼では見たり読んだりすることが出来ぬから、かかる微塵絵には之に附随する虫眼鏡が使用されたものである。この微塵絵なるもののいやがうへにも細密精緻を旨とする彫技の特質が、しだいに実用化されるにつれて、つひには懐宝とか掌覧とかと銘打つた地図や、番附や、細見類の銅版作品が益々流行拡布をみるに至り、後年では、津久井清影が松田緑山の銅鐫作品に序して「銅版之要在簡便」と道破したやうに、玄々堂一派の銅版作家は、その銅版作品の目安を専らこの簡便の齎す社会的用途の一点にのみ置くかの如くにさへなつた。[8]

松本保居が銅版技術をどのように学んだかについて定説はない。大槻如電が『新撰洋学年表』において中伊三郎から伝授したと推測するのがもっとも妥当であろうとするのが『日本銅版画志』の説であるが[9]、とすれば、銅鐫袖珍仏経から微塵銅版への展開がごく自然に首肯される。加えて、こうした文字銅版の流れが名古屋から京阪に起こったことが確認され、明治以降の関西における銅版印刷の隆盛がここに準備されていたことがわかる。
八木佐吉『明治の銅版本』（古通豆本28、日本古書通信社、一九七七）は、「銅版本」という呼称の提唱も含め、明治期の銅版本の全体像について見取り図を示した初めての著述として価値が高いが、右に述べたことからすると、いささか補わねばならない箇所もある。

銅版本とは、文章（文字）を主とした書物、字書、節用集の類、絵物語、草双紙のごとく絵と文が併載されているものを斯様に称したいのである。管見では、このような銅版本は嘉永年代（一八四八～五四）ごろ出版が始まったようである。以後このような形態の銅版のみを利用して出版された本が、わが国で独自に発達して、何千か、それ以上かの非常に多数の単行本や巻数物を出版し、いろいろ広い分類範囲を擁していることは、書物の世界の一奇跡でもある。それも明治に入って、西洋式の活版時代に伍したのであるから、いよいよ不思議な魅力をもつ、一群の書物たちである。[10]

明治における銅版本の価値については、述べられるとおりであろう。ただ、銅版本の始めを嘉永に置くのは、津久井清影編、松田緑山刻『首註陵墓一隅抄』（嘉永七序）をその鼻祖ないし鼻祖に近いものとしていることに由来しようが、文字を主体とするという銅版本の定義からすれば文政年間の銅鐫仏経にまで数十年は遡るほうがよい。ちなみにこの『首註陵墓一隅抄』、『日本銅版画志』では嘉永七年刻とし、『明治の銅版本』も「わたくしの所蔵する文字だけの銅版本では、嘉永七年（一八五四）が最も古い刊年の書物である。前掲『首註陵墓一隅抄』という津久井清影の編著である」とする。ところが中野三敏『書誌学談義　江戸の板本』（岩波書店、一九九五）は言う、

寛政前後からは銅版印刷もあらわれるが、初めは洋学流行の風潮の中で、江戸の司馬江漢や亜欧堂、名古屋の

牧墨僊などによる、天文、地理学や医学関係の絵図・挿絵等に利用されたものが、それなりの完成度を示すようになり、次第に文字部分まで含めた書物全部を銅版で仕上げるものもあらわれる。京の津久井清影こと平塚飄斎撰の『首註陵墓一隅抄』中本一冊などが、所見本中の早期のものだが、これは跋によれば安政六年に作ったものを慶応二年に刊行したものといい、以後は明治に入って『芭蕉翁発句集』や『寝惚先生文集』などといったものまで刊行されるが、絵図類と違って書物としての出来栄えは木版本と比べた時、格段に見劣りがして、さまで普及するには至らなかった[11]。

普及しなかったどうかについては議論の餘地があるし、また『首註陵墓一隅抄』は縦約十七糎、横約十一糎であるから、中本ではなく小本のはずだが、それはともかくとしても、『首註陵墓一隅抄』の刊年について、嘉永七年（一八五四）と慶応二年（一八六六）とではいささか開きがある。

少し調べればわかることだが、『首註陵墓一隅抄』には初刻と後刻がある。そして初刻の刊年は嘉永七年ではなく、少なくとも安政二年（一八五五）以降と推測される。というのは、確認し得た『首註陵墓一隅抄』の刻本には、題簽に「三刻」「五刻」と明記されたものがあり、これらの刻本は、初刻と本文の異同があるほか、巻末の「付録」末尾に初刻では「陵墓御火葬地共凡百七十五箇所」としているところを「陵墓御火葬地共凡百七十九箇所」とするなど、「付録」全体を改刻しており、また初刻後刻とも巻末に付す「上二官長一論二山陵一牋」末尾に、初刻にはない「安政二年二月十七日　翁之上二此書一時乙卯春　官長即浅野中書君也」の文を加え、さらに初刻にはない慶応二年の自跋を付している。つまり、初刻は安政二年以降、後刻は慶応二年以降なのである。また五刻には「本朝帝号歌」が「概例十言」の後に載せられるものがあり、「仁孝孝明真陵成　今上践祚万々歳」で結ばれていることからすると、この本は慶応三年以降の刊であることがわかる。すべて巻頭の自序には「嘉永甲寅春王月」と記され（武田子順による序の日付も「嘉永七年孟夏日」）、たしかに初刻では他に拠るべき日付がないために嘉永七年刻とされたものであろうが、序の年月をただちに刊年とするのはやはり早計である。ただし『日本銅版画志』は『首註陵墓一隅抄』を「諸国の皇陵、御火葬およそ百七十九箇所を、画図を以て明細に記述したものである」と説明していることからすれば後刻本を目睹したものであることは間違いないはずで、『首註陵墓一隅抄』に画図はないこととも併せて、実際に目睹された本がどのようなものであったか、よくわからない。画図はこの書と対になる半紙本の『聖蹟図志』にあり、『日本銅版画志』は「嘉永七年刻？」とするが、これもまた自序に「嘉永甲寅仲冬」とあるに拠ったものとおもわれるが、その第一帖末の矢野玄道附言には「慶応元年秋八月」とあること、また『首註陵墓一隅抄』の慶応二年自跋の記述からも、現行の『聖蹟図志』が慶応以降の増補を経て刊行されていることは明らかである。これには「改正銅鐫」と冠した明治本もある。

注目すべきは後刻本『首註陵墓一隅抄』の自跋に、「心独リ謂ヘラク、写本ヲ以テ故旧ニ嘱ストモ、一旦水火ニ敗ラハ、悉ク焉有［ニ］付［ス］、爰ニ密カニ銅鐫ヲ謀ル、人或之ヲ慢レミ、貲ヲ捐テ、其志ヲ助スク、遂ニ又タ其人ニ依テ之ヲ竹生島ノ神庫ニ秘シ、以テ身後ノ頒布ヲ為ント、而［ルニ］未タ其事ヲ果サズ也」（原漢文）とあって、銅版を用いることの理由に水火の難を逃れることをまず挙げていること、印刷頒布はその次の段階として考えられていることである。版木ならぬ版銅そのものが、その保存耐久性から価値をもつというわけだ。なお、この記事は安政六年（一八五九）以降、文久二年（一八六二）以前のこととして書かれており、記述に判然としない部分はあるものの、銅鐫そのものは援助を得てその間に成ったと思われ、これが初刻であろう。また、増訂を経て広く頒布することになった経緯が慶応元年以降のこととして述べられており、後刻はそれであろう。『首註陵墓一隅抄』の刻者については該書中に記載は見当たらなかったが、『聖蹟図志』には「以上縮図彫鐫　玄々堂松多緑山刀」などと明記されている。津久井清影はその著『懐宝銅版畿内近州掌覧図』の自序に言う、

曩著五畿内掌覧、羅甲子災不遺片板、書賈藉時好、屢謀再刊、余以司職多事、峻拒不許、仍亦請銅鐫、乃謀松田玄々父子、速竣其功云。蓋西洋銅刻之伝于吾邦、天明中東都司馬江漢始得之、再伝至松田氏、初則僅々小図而止、迨近世其法益精、積字宏図頻々出、而玄々老人男緑山益潜心於此術、出藍之誉藉甚于都下、今日銅鐫之術可謂独盛哉。若夫銅鐫之要在簡便、且此挙急于成功、方位之分配、里程之展縮、不免有小差也、其精鑿確指無遺憾者、更期他日。図告成、於是乎序其由、併賞松田氏之巧技、此授于書賈云。［…］

『五畿内掌覧』は天保十二年（一八四一）刊、甲子の災いとは元治元年（一八六四）の蛤御門の変のこと、『首註陵墓一隅抄』自跋に水火の難のことを言うのも、身をもって体験したことだったというわけである。書肆に再刊を許さなかったところ、銅版にしたいと申し出られて、玄々堂父子に相談したところ、早く仕上げられるとのことだったので、銅刻することにした、と言うのは、後段で「銅鐫の要は簡便に在り」と言うのと呼応し、銅版が速成に向いていたと認識されていたことがわかる。なお、この序が書かれたのは『首註陵墓一隅抄』自跋の年と同じく慶応二年。

一方で本章の関心から言えば、慶応年間に至って銅版折本の漢詩文用語彙集が玄々堂系によって多く出版されたことに目を引かれる。広く流布したと思われる『増補掌中唐宋詩学類苑大成』を例にとろう。文政三年（一八二〇）刊の鎌田環斎による『唐宋詩語類苑』四巻を東渓堂桂淡水が増補改訂改題して銅版折本に新刻したのが慶応三年（一八六七）、さらに明治三年（一八七〇）の改刻本もある。『唐宋詩語類苑』は小本、上欄に唐宋の詩語から「春夏秋冬十二月及ヒ鳥虫花木等之部類・異名・熟字、時々ノ景物・即事・感慨・書懐・偶成・遊覧・眺望・送別・宴会・慶賀等ノ熟語・事実ヲ集録」（原漢文）し、下欄には「熟字ヲ以［テ］平韻ヲ押ス、春夏秋冬［ニ］分テ以［テ］之ヲ新声」したもの。すなわち全体を春夏秋冬の四巻に分け、その中で上欄に二字熟語を部類順に、下欄に三字からなる押韻句を平声韻順に並べたもので、すべての字に平仄点を加え、上欄の熟語には読みと簡単な解釈を施すという、五言ないし七言の近体詩を作りはじめた初学者にとって、はなはだ実用的な書物だった。五言も七言も二字句と三字句を組み合わせるのがまず基本である。さらに、『増補掌中唐宋詩学類苑大成』は、小本を縦長の半分にした大きさの折本にし、やはり上欄に熟語、下欄に押韻句を置くが、熟語は春夏秋冬に分けての部類順であるものの、下欄は、韻字にも読みと意味を施して押韻句には三字句のみならず二字句も加えるなどの「増補」と称しうる異同のほかに、春夏秋冬を廃して平声韻順に並べ直し、さらに韻目の中では乾坤・時候・人倫などの部類順に韻字を配するなど、もとの『唐宋詩語類苑』の構成を大幅に変更していることがわかる。

慶応刊本には、管見の限りでも、松田緑山が赤壁図および蘇軾「後赤壁賦」を背景に、角書を「増補訂正」とする扉題を刻した見返しをもつもの（図2）と、松本保居の末子、すなわち緑山の弟松田龍山が赤壁図と蘇軾「前赤壁賦」「後赤壁賦」を刻した見開きの口絵をもつものの二種があり、山田翠雨の序は変わらないものの、本文は刻を異にする帖があり、前者には「肴」韻の後に「両韻便覧」が挟まれるなど、異同が少なくないが、後者が後刻であろう。明治刊本は基本的に後者と同じだが、末尾に緑山門人の臥龍亭水口灊斎刻『増補掌中両韻便覧大成』を付す。桂淡水も緑山の弟子であるから、この折本は緑山と淡水によって、さらに龍山を、そして灊斎を加えて銅鐫されたもの、つまり玄々堂門下によって分業され、適宜改刻されていたことがわかり、銅版本がどのように制作されて

図2　『唐宋詩学類苑大成』見返し

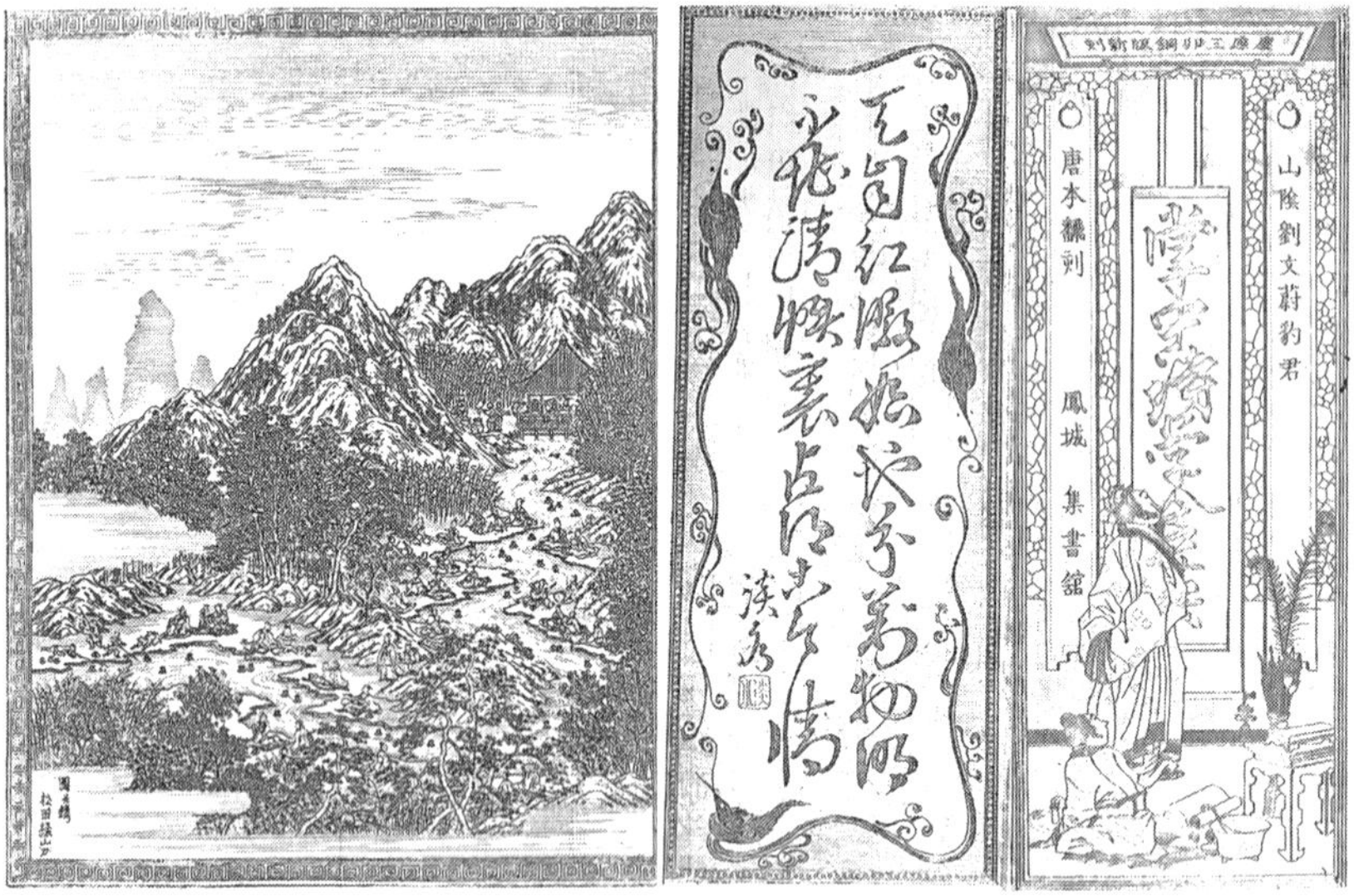

図3　『掌中詩学含英』見返し・題字・口絵

いたか、一端を探るよすがとなる。

　さらに、この書物が桂淡水による大幅な改編を経ていること、同時に淡水が自らそれを刻した銅鐫師でもあることは、銅版画における画家と刻師の結び付きにも似て、興味深い。伝存する淡水の銅鐫には同じく慶応三年刻の『掌中詩学含英』（図3）などの文字銅版はあるものの、自身では口絵は刻さず、また一枚刷の銅版画も伝わらないこと(12)などを考え合わせれば、画ではなく詩文を主とする銅版師があらわれはじめたことを示すものともとれる。作詩書と銅版の結び付きは、この時期一気に広まったとおもわれ、折本の作詩便覧のごときものは、従来木版で刷られてきたものだが、銅版がそこに販路を見いだしていく。縮刻と速成と得意とする銅版が、この方面で木版を凌駕していくのに時間はかからなかったであろう。さらに、折本だけではなく、小本を半截した大きさの袖珍本に仕立てられた字引類にも、銅版は進出していく。

　水口瀟斎は、先にも述べたように明治十一年刊の『達爾頓氏生理学書図式』において森琴石と合刻しているが、洋学系の挿図は依然として銅版にとって重要な領域であり続けた。また、いま確認できるかぎり、琴石の銅鐫でもっとも早いのは明治八年末刊、後世称賛を浴びる銅版画ではなく、永田方正訳『暗射地球図解』(岡田群玉堂)および『朝鮮国全図』(沢井満輝版)、すなわち地図であった。これは幕末から明治にかけて銅版地図がさかんに刊行されたことの反映で、明治九年から十年の間に琴石は盛んに地図を銅刻しており、なかには『小学地図用法』(日新館、明治九)などの小学用図書も含まれる。明治五年の学制発布によって、教科書という市場が、近世までとは比較にならない規模をもって登場する。実用に目が向いていた銅版が啓蒙書ないし課業書に急速に接近したのは当然であろう。『輿地誌略』の挿図に銅版が交じえられたのは明治四年刊の第二編からで、八年刊の第三編はすべて銅版、十年刊の第四編から銅版に石版を交じえることとなったが、これらの銅石版には玄々堂緑山や慶岸堂梅村翠山など、紙幣寮から追われた銅鐫師とその門下が制作の中心となっている[13]。言うまでもなく『輿地誌略』は大量の異版も含めれば空前のベストセラー、銅版業がこのためにどれほど潤ったか、想像に難くない。『小学地図用法』もそうだが、袖珍本型の補助教材や字引類もまた、こうした流れの中で陸続と刊行された。琴石が銅版を始めた契機が那辺にあったか詳らかにしないが、少なくとも明治八、九年の時期における銅版術は、たしかに見込みのある仕事であった。

明治十一年になると、琴石は『増補十八史略字解』『増補国史略字解』(ともに此村庄助版)などの袖珍字引類を手がけ、それまでの地図一辺倒からの変化を見せる。翌年には、『いろは引節用集』『新撰画引玉篇』『新撰漢語字引』(ともに松巌楼)を自ら編み、『新撰漢語字引』には安田敬斎が序を寄せている。こうした銅鐫袖珍字書類は、おおまかに、『玉篇』『正字通』『節用集』など近世以来の辞書を時代に合わせて改めたものと、『小学読本』『国史略』など小学読本類の補助辞書として編まれたものとにわかれる。たとえば長岡道謙纂輯『新刻正字通』(東京・同盟舎)は前者の好例であろう。明治十年刊、巻末欄外に「水鳥舎江島工山　舎中合刻」とし、外題および見返し

図4　『新刻正字通』見返し・題字

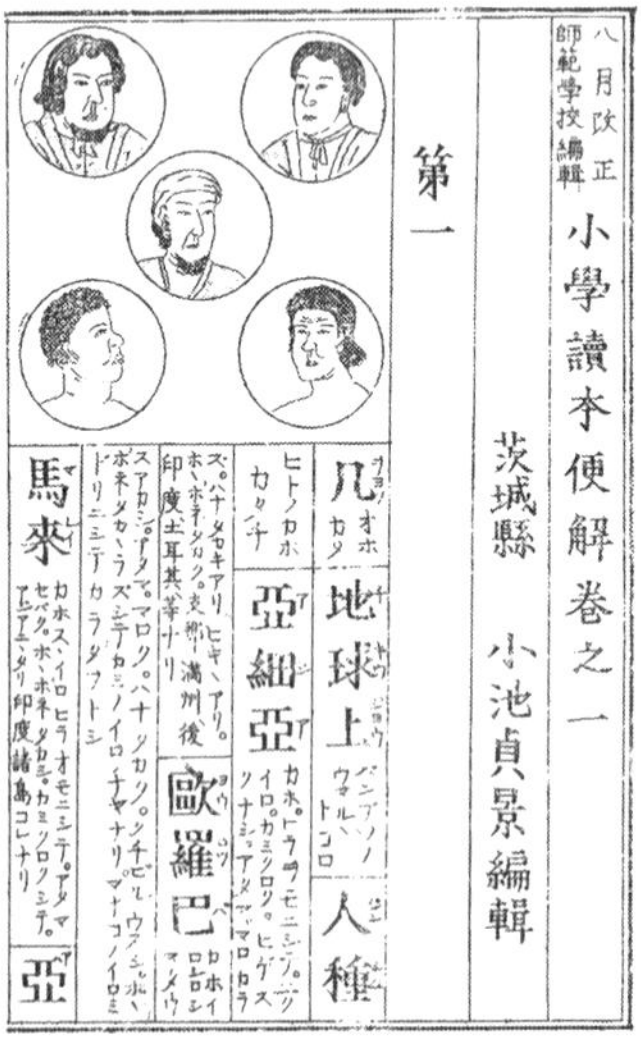

図5　『小学読本便解』

には「銅版」を掲げ、見返しから題字・口絵（「大清皇帝之図」「大清皇后之図」）は朱・碧・墨の三色を用いた色刷、本文二百三十七丁、小本半截より一回り小さい袖珍本（図4）。江島は東京の銅鐫師として著名、鴻山とも称し、中伊三郎の流れを汲むと言う。後者の例としては、同じく明治十年刊の小池貞景編輯『小学読本便解』（服部清七版）、小本半截の袖珍本、見返しはなく題字半丁、自序一丁、本文五十九丁、図版を交じえた銅版は刻工を記さず簡便を旨とするものだが実用を満たすには足りよう（図5）。その序に「此書ハ小学読本自第一至第六各巻解シ難キヲ順次ニ摘挙シ傍ニ訓ヲ附シ下ニ俗語ヲ以便解ヲ施シ且ツ加フルニ図画ヲ以テス」と言うのは、他の補助辞書にも通じる。なお、これらの袖珍字引類は和装が通常だが、石塚喜十郎『日本略史

図6　『増補註解詩韻含英異同辨』扉裏

図7　『増補註解詩韻含英異同辨』口絵

字引』（高山堂、明治十一）のようにボール表紙銅版袋綴の袖珍本もある。

琴石は明治十二年に谷喬編『増補註解詩韻含英異同辨』（此村彦助・此村庄助）の銅刻も行っている。縦十三糎弱、横九糎弱、半紙本半截の袖珍本より大きめに仕立てられているのは唐本風を意識していよう。原書たる清の劉文蔚『詩韻含英』は翻刻されて久しい書物、桂淡水による銅版折本『掌中詩学含英』もその一つだが、『増補註解詩韻含英異同辨』は銅版袖珍本としては早いものと言えよう。ここにも銅版折本から銅版袖珍本への流れが見える。琴石の腕は、見返しや扉、口絵などに存分に振るわれ（図6）、扉などに「大阪響泉堂銅刻」と記されるほか、「江上之清風山間之明月」と題された口絵には「己卯夏日　琴石刻」と彫られている（図7）。そしてこの書と前後して、琴石は『記事論説文例』を銅刻する。

三　作文書の系譜

近世以来の書肆である前川善兵衛が、今体文の作文書を銅版小本で出版しようと思い立ったとき、安田敬斎が序で言うごとく、世に作文書はあふれていた。

一つは、近世の往来物の流れを汲んで、漢字平仮名交りの候文をくずし字で書いたもの。手紙文を基本とし、実用のために証文・訴訟文・届出文なども加える。たんに時節要用の作文のためのみならず、時代にふさわしい知識を身に付けられるよう、文章に工夫をこらすのが常であった。たとえば小川為治著『漢語必読文章自在』（小林喜右衛門・岩本三二版、明治五序）および同『続文章自在』（小林喜右衛門・岩本三二・鈴木勘次郎版、明治七）などはその好例、「歳端の文・右に答る文・暦法の文・右答の文・余寒を訪ふ文・梅見誘引の文・右答の文・神幟染毫を憑む文・右答の文・上巳に人を招く文・右答の文・潮汐満干の理を質す文・右答の文・花見に誘う文・右答の文・初鰹を贈る文・右答の文・温泉遊行を勧むる文・端午を賀す文・右答の文・納涼を約する文・右答の文・暑中安否を問ふ文・右答の文・雷電の理を問ふ文・右答の文・七夕人を招く文・右答の文・月華盈虧の理を問ふ文・右答の文・重陽の文・右答の文・商会企建の文・袴着を賀する文・寒中起居を問ふ文・右答の文・雪見に招く文・歳暮の文・右答の文・入学周旋を頼む文・右答の文・時勢を陳ずる文・右に答る文・官士を旅贐する文・器什借用の文・右答の文・新婚を賀する文・右答の文・新閡莚を開く文・右答の文」と目録を一瞥するだけでも、近世以来の往来文に加えて時代の新知識を得るための文章が工夫されていることがわかる。「漢語必読」と冠するように文章には漢語がさかんに用いられるが、右に総ふりがな、左に傍訓ないし注解を加える姿は、いわゆる「用文章型」の往来物を踏襲する。(14) 続編には「博覧会見物を促す文」「新製の紅茶を贈る文」「外国に在る友人へ寄る文」など明治らしい文例も交じえて五十四章、さらに「諸証文」を十六状を加える。この書は中本だが、半紙本も多く、版面を二段に分けて上に語彙欄などを設けたりするのも、見慣れたすがたであった。同じ小川為治による『開化漢語用文』の広告(『東京日日新聞』明治十・六・九)に「頭書ニ作文必用ノ言語ヲ選ミ」とあるのがそれである。そして明治七年に文部省が刊行した作文書こそ、『書牘』(あるいは『書牘日用文』)と名付けられたごとく、手紙文を軸に作文を学ばせるもので、まさしく往来物の流れを受けていた。(15)

一方で、漢字片仮名交りの訓読体が明治の今体文として急速に広まっていったことに対応して、漢文を文体の起源において今体文の作文を講じる書があらわれる。明治七年に石川県学校用出版会社が刊行した半紙本二冊の金子清三郎『作文階梯』はその「凡例」第一条に言う、

此書古人ノ文ヲ挙ルニ国字ヲマシヘ書スル者ハ初学ノ者文ヲ書ント欲スル往々文字ニ窘束セラレ其ノ意ヲ述ル能ハサル者アリ故ニ暫ク之ニ国字ヲ以テ其ノ思フ所ヲ記述スルヲ教フ唯其辞ニ条理アリテ其意ノ通達センコトヲ欲ルカ為ナリ

この書物は、漢文で書かれた名家の文章を書き下しにして、「一正一反格」「重層格」「双扇格」「立柱分応格」(上巻)、「策論体」「議論体」「叙事体」(下巻)「譬喩格」(付録)にそれぞれ配し、解説や傍注を加えて作文の要諦を示すもので、書き下し文によるごく簡略な『文章軌範』といった体である。文例は二十七、うち孟子がもっとも多くて六例、ついで韓愈が五例、頼山陽が三例と並べれば、正統的な漢文を念頭においての作文書だということがただちに了解されよう。しかし同時に、文章の骨格は書き下しにしても変わらないことが強調されもして、今体文はむしろ達意であるがゆえにすぐれているという理解への方向づけもされている。

とはいえ、この作文書は文の組み立てを学ぶにはよいかもしれないが実際に筆を下すとなるといささか高級に過

ぎる嫌いがあるのは否めない。やや後になるが、明治十一年刊の鈴木重光著『今体文章自在』（鈴木伊四郎版）を繙いてみると、たとえばこんな文章が例文に登場する。

> 試業ノ期日ハ近キナリ。試業ノ期日ハ近キナリ。期日ニ及バ、。予ガ日課ノ学科ハ試ミラレテ。藝業ノ精否ヲ察セラル、ヤ必セリ。」苟モ試察セラレテ。優等ニ抜擢セラレバ。朋友・皆・予ヲ嘉シテ曰ハン。彼ハ常ニ勉強スルガ為ニシテ。栄誉ヲ得タル者ナリト。苟モ試察セラレテ。徒ニ落第スルアラバ。朋友・皆・予ヲ侮リテ曰ハム。彼ハ常ニ勉強セザルガ為ニシテ栄誉ヲ失フ者ナリト。」（原文総ルビ）

これなら初学のものでも学べそうだ。『今体文章自在』は例文の後に「試期・既ニ定リテ後ニ勉強スルハ真ノ勉強ニ非ス。シケンノ、ニチゲンガ、キマリテ、カラ、セイヲ、ダスハ、ホンマニ、セイヲ、ダスノデハ、ナイ、」のように短文とその解釈をいくつも載せるのを特徴とし、いろいろ差し替えて応用が利くようになっていて、これもなかなか重宝である。この書物に先立つ明治十年には『穎才新誌』が創刊され、課業で修めた文章を世に発表する場も用意されていた。たとえば塩野入安編『初学紀事文』（石川治兵衛版、明治十一）二冊などは、そうした作文のためにはたいへん有用であったにちがいない。広告には「該書ハ解シ易キ佳句ヲ和解シ本部ノ上ニハ熟字熟語ヲ輯録シ皆類ヲ立テ部ヲ分テ之レニ両仮名ヲ加ヘ捜索領解ニ便ニシテ題ニ応シ自己ノ心ニ契フモノヲ択ビ取出シテ一章ヲ成ス小学生ノミナラズ記事ヲ学バント思フ輩ハ必欠クベカラザル書也世ニ侭類似アリト雖トモ固ヨリ此書ノ比ヒニ非ズト証ス」（『東京日日新聞』明治十一・三・二十五）とあるが、つまり「白雪飛ビ罷ミテ陽春適ニ至ル」「春風初メテ来リテ好鳥音ヲ弄ブ」（原文総ルビ、左訓あり）のごとき漢詩文の佳句の書き下しを時候・山水・宮殿・人品・慶弔・贈送に分けて並べ、上に熟語欄を設けたもので、いわば『文語粋金』などの、漢文を書くために用いられた便覧の類を今体文に置き換えた書物、『詩韻含英』などの作詩書との距離も近い。「紀事文」と称されるのは、書牘に対して今体文が「記事（紀事）」に属したからである。そして往来物由来の作文書で学ぶ書牘文が実用の文体であるとすれば、漢文由来の今体記事文は立志ないし立身の文体とも言うべき位置にあった[16]。

この時期、小学校で教えられるべき作文がどのようなものであったかは、岡三慶著『頭書類語小学作文五百題』（同盟舎、明治十一）四巻の広告（『仮名読新聞』明治十一・十二・十一）からその一端をうかがうことができる。すなわち「此書一ノ巻は始て習ふべき簡短なる文章百五十章」「二ノ巻は四季贈答の文電信文請取諸証文」「三ノ巻は祝詞記事叙跋論説区別作法及文例百二十章」「四ノ巻は雅文体の書啓百二十九章」「頭書には皆作文記事の文語を類別に記す」というもので、二巻までが書牘系、三巻以降が今体系といったおもむきだが、注目すべきは巻四、「賀年ノ啓」「同復」「未タ遇ワザルニ欽慕スル啓」「同復」と漢字片仮名交りの楷書の今体文の往復書簡が続くなかに、漢文尺牘例がところどころ、都合二十二篇挟まれた「雅文体の書啓百二十九章」である。全編手紙文からなるこの冊は、今体文と漢文に乗っ取られた往来物といったすがたを呈し、それが「雅文体」と称されている。明治十二年六月に版権免許、翌十三年四月に刊行された田中鼎編『小学作文的例』（松田周平版）巻五は「附言」に「是編ハ小学上等第五級ヨリ逐上雅文ヲ学ハ令ル為メニ略諸体ノ作例ヲ掲ル者ナリ」「教則中記事論説ノ二体ヲ掲クト雖傍ラ諸体ヲ諳ンセ令ン為メ殊ニ書牘等ノ四種ヲ附選ス」とあって、この時期の小学作文がどのように教授されていたかが分かるのだが、ここに言われる「書牘」はすでに文部省教科書『書牘』のそれではなく、漢字片仮名交り今体文の一つとしての手紙文であること、「雅文」がどのような文体を指すかも含めて、『頭書類語小学作文五百題』と同様であった。

こうして『記事論説文例』は登場する（図8）。明治十二年三月九日版権免許、同年五月刊。これまでの作文書が木版中本もしくは半紙本であったのに対し、銅版小本で上中下の三段。上巻は時候門と日用尺牘、下巻は記遊門・記事門・紀戦門・慶賀門・傷悼門・論文門・説文門。上段は熟語、中段は類語。巻頭に「作文大綱」を掲げ、

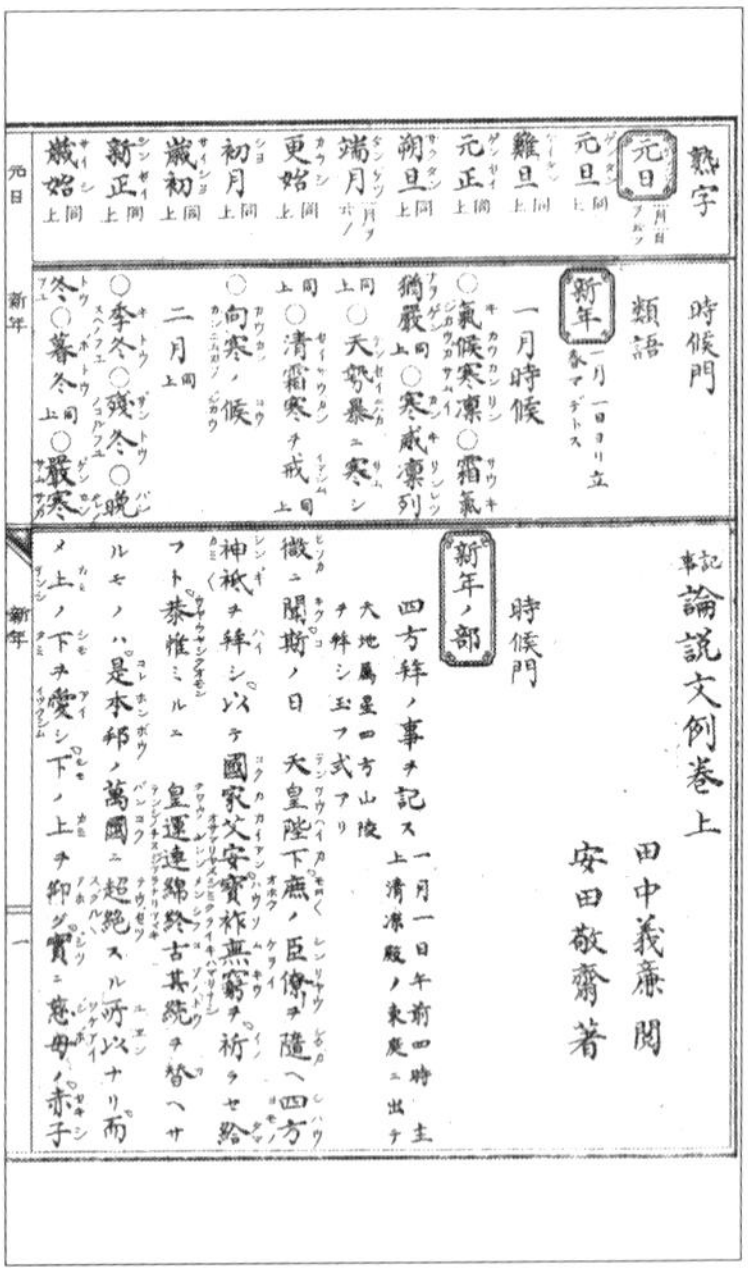
熟字
元日
元旦 上同
雞旦 上同
元正 上同
朔旦 上同
端月 正月ノ
更始 上同
初月 上同
歳初 上同
新正 上同
歳始 上同
元日

時候門
類語
新年 一月一日ヨリ立春マデトス
一月時候
○氣候寒凜 ○霜氣猶嚴 上同 ○寒威凜冽
○天氣暴ニ寒シ 上同
○清霜寒ヲ戒ム 上同
○向寒ノ候
二月 上同
○季冬 ○殘冬 ○晩冬
○暮冬 上同 ○嚴寒
新年

記事論説文例巻上
田中義廉閲
安田敬斎著
時候門
新年ノ部
四方拝ノ事ヲ記ス 一月一日午前四時主上清涼殿ノ東庭ニ出テ天地属星四方山陵ヲ拝シ玉フ式アリ
[illegible]ニ闢斯ノ日天皇陛下庶ノ臣僚ヲ随ヘ四方
神祇ヲ拝シ以テ國家ノ安寧祚無窮ヲ祈ラセ給
フト恭惟ミルニ皇運連綿終古其統ヲ替ヘサ
ルモノハ是本邦ノ萬國ニ超絶スル所以ナリ而
メ上ノ下ヲ愛シ下ノ上ヲ仰グ實ニ慈母ノ赤子
新年
一

図 8　安田敬斎『記事論説文例』

「係辞」「助動詞」「動詞ノ法」「文体段調(17)」「文識体略」に分けて今体文を論じる。「附言」に「予ガ嚮ニ著ス所ノ日本小学文典ヲ参考スベシ」と言うように、「てにをは」を論じ、時制を論じ、法を論じ、たしかに文典のダイジェストとなっている。『記事論説文例』が目指す文章は、漢文を起源としながら、漢文に拮抗しうる今体文であった。先行する作文書を「仮名ノ用例ニ至リテハ誤謬極テ多ク教育ノ用ニ備ヘ難キモノ少ナカラザルナリ」と非難するのは、今体文の正格を目指すあらわれである。

上巻の「時候門」は、じつは記事文と書牘文とが入り交じった構成になっている。「新年」の部を閲すれば、「四方拝ノ事ヲ記ス」「元日ノ記」「賀禧帖」「同答書」「四方拝ヲ祝スル文」「新年ヲ賀スル啓」「同復文」「歳旦試筆ノ記」「新年慶賀ノ文」「同復牘」「春寒ノ事ヲ記」「七種ノ記」「人日招客」「早春開塾ノ記」「寒中人ニ与フル啓」「同回示」「一月友人ノ洋行スルヲ祝」「早春住吉ニ遊ブ記」「江上早梅ヲ観ル記」「春初開校式ヲ祝スル文」「早春友人ノ中学ニ入ヲ祝」「公園ニ早梅ヲ見ル記」「暁窓開レ鴬記」「雪中探レ梅記」といった具合。そもそも作文の文例として手紙文と記事文とが流れ別にしていたことはすでに述べた。従来の作文書も書牘を今体文に直しつつもなお記事文と別立てにしていたのであったが、ここにきて、時候のもとに両者が区別なく扱われているのは、この書が今体文の万能さを確信しているからにほかならない。さらに、下巻の上欄は「手束類語」と題され、目録には「俗文言語ヲ雅言ニ訳スルモノ」と注記されるが、その中身はというと、これまでの「一筆啓上」に当たる句の代わりに「謹デ片楮ヲ修ム」などの今体文の例句をならべるなど、今体文の手紙に用いるべき例句を分類して示したもので、つまり消息往来の今体文版である。今体文は漢文に対しては書き下し文、候文に対しては「俗文言語ヲ雅言ニ訳スルモノ」とあるごとく「雅言」として振る舞っていること、さきの「雅文」と同様である。小学用課本としてはいささか大仰な作り、と先に述べたが、それはこの「雅文」意識に裏打ちされてもいたのである。

銅版であることのメリットは、すでに言を費やさなくても了解されるであろう。ほぼ総ルビ、左訓もふんだんに振って、上中下の三段に、あらゆる事象に対応する文例を詰めこんでいく。高級感も含めて、それまでの作文書とは明らかにちがったすがたを示すことに成功した。前川善兵衛の企図は達せられたであろう。

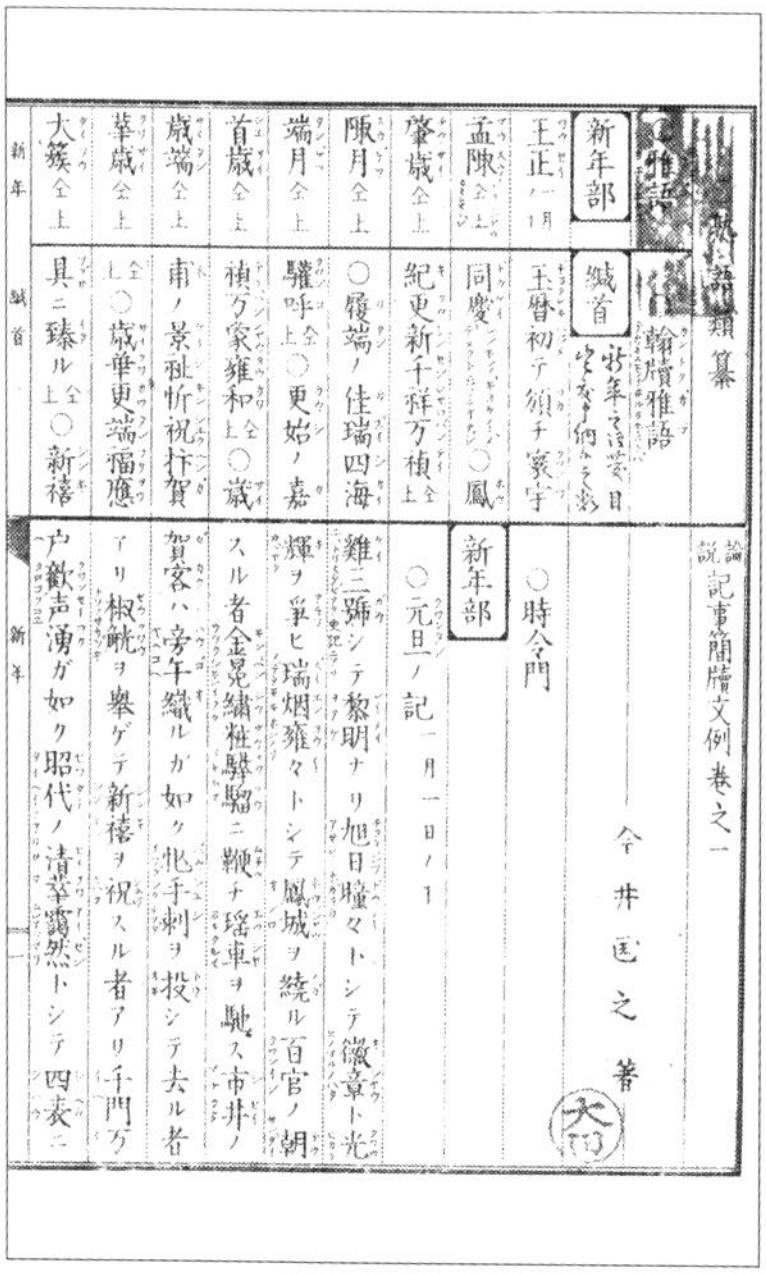
熟語類纂
新年部
王正 一月
孟陬 仝上
肇歳 仝上
陬月 仝上
端月 仝上
首歳 仝上
歳端 仝上
華歳 仝上
大簇 仝上
翰牘雅語
緘首
玉暦初テ頒チ寰宇
同慶○鳳
紀更新千祥万禎 仝上
○履端ノ佳瑞四海
驩呼 仝上○更始ノ嘉
禎万家雍和 仝上○歳
甫ノ景祉忻祝抃賀
仝上○歳華更端福應
具ニ臻ル 仝上○新禧
論説記事簡牘文例巻之一
今井匡之著
○時令門
新年部
○元旦ノ記 一月一日ノ1
雞三号シテ黎明ナリ旭日曈々トシテ徽章ト光
輝ヲ争ヒ瑞烟靄々トシテ鳳城ヲ繞ル百官ノ朝
スル者金晃繍粧騂騮ニ鞭チ瑶車ヲ馳ス市井ノ
賀客ハ旁午織ルガ如ク怩手刺ヲ投シテ去ル者
アリ椒觥ヲ挙ゲテ新禧ヲ祝スル者アリ千門万
戸歓声湧ガ如ク昭代ノ清華靄然トシテ四表ニ

図9　今井匡之『記事簡牘文例』

四　模倣と普及

『記事論説文例』ののち、類書が陸続とあらわれたことはすでに述べた。いまそのいくつかを点検すれば、明治十三年五月二十九日版権免許、同十月一日出版発兌の今井匡之『熟語類纂論説記事簡牘文例』（後藤綱吉・山中孝之助版）（図9）などはその早い例であろう。銅版小本二冊、上中下三段、ただし口絵はなく、見返しも文字の

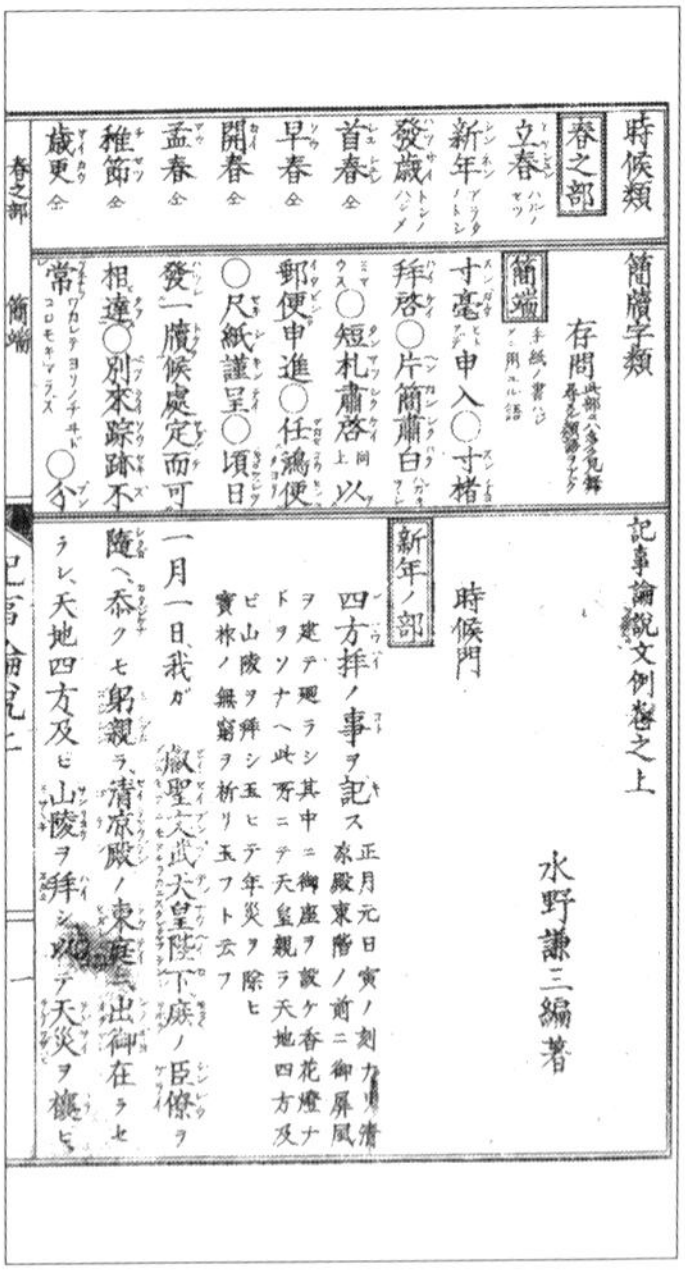

時候類

春之部

立春　新年　發歳　首春　早春　開春　孟春　稚節　歳更

簡牘字類

簡端

存問

寸毫申入○寸楮

拜啓○片簡肅白

短札肅啓

郵便申進○任鴻便

○尺紙謹呈○頃日

發一牘候處定而可

相違○別來蹤跡不

常

記事論説文例巻之上

水野謙三編著

時候門

新年ノ部

四方拝ノ事ヲ記ス

正月元日寅ノ刻清涼殿東廂ノ前ニ御屏風ヲ建テ廻ラシ其中ニ御座ヲ設ケ香花燈ナドヲソナヘ此所ニテ天皇親ラ天地四方及ビ山陵ヲ拝シ玉ヒテ年災ヲ除ヒ寳祚ノ無窮ヲ祈リ玉フト云フ

一月一日我ガ

睿聖文武天皇陛下庶ノ臣僚ヲ

随ヘ忝クモ躬親ラ清涼殿ノ東庭ニ出御在ラセ

ラレ天地四方及ビ山陵ヲ拝シ以テ天災ヲ攘ヒ

図10　水野謙三『記事論説文例』

み、序文が色刷りなのが目につくのみで、銅鐫師の名も見当たらない。巻頭に「作文概法」を置くが、時制や法などの文法の説明はなく、もっぱら漢文由来の文体分類や助字解説が述べられるのみである。上巻を「時令」に充てるのは安田本に同じく、記事と書簡が交ざるのも同様である。下巻が「節物」「佳辰」「祭奠」「祝賀」「開釁」「政務」「機器」「文藝」「宴会」等々の品題ごとに分類されるのは、工夫であろう。上段は熟語や異名、中段は「通俗日用文ノ詞ヲ雅言ニ綴ルモノニシテ書牘必用ノ者」、これは安田本と同じである。繰り返すようだが、漢文からの距離で意識されていた今体文が、「通俗日用文」から転換しうる文体として認識し直されていることには注意しておきたい。

ついで、明治十四年六月二十八日版権免許、同年八月出版の水野謙三『記事論説文例』(山中市兵衛版)(図10)。標題がそのままなのはもとより、その構成も今井本以上に安田本を真似る。蔵版印を押した扉、「東京芝区鉄道発車之図」と題した口絵(図11)など、刻師の名は記されないものの、豪華さは安田本にひけをとらない。のみならず、今井本も参照していること、ともに巻頭に「文話」を置き、今井本が「夫レ人思想アリテ心ニ動キ口舌ニ発スル者ハ言語ニシテ之レヲ筆札ニ記載シタル者ハ即チ文章ナリ」と始めるのに対して、水野本は「人皆思想アリ心ニ動ク之ヲ口舌ニ発スルヲ言語ト云ヒ之ヲ筆札ニ記スルヲ文章ト云フ」と始めるなどからも明らかであろう。巻頭の解説に限っても、語の活用について述べるのは安田本を踏襲し、助字解説を加えるのは今井本を参考にしている。

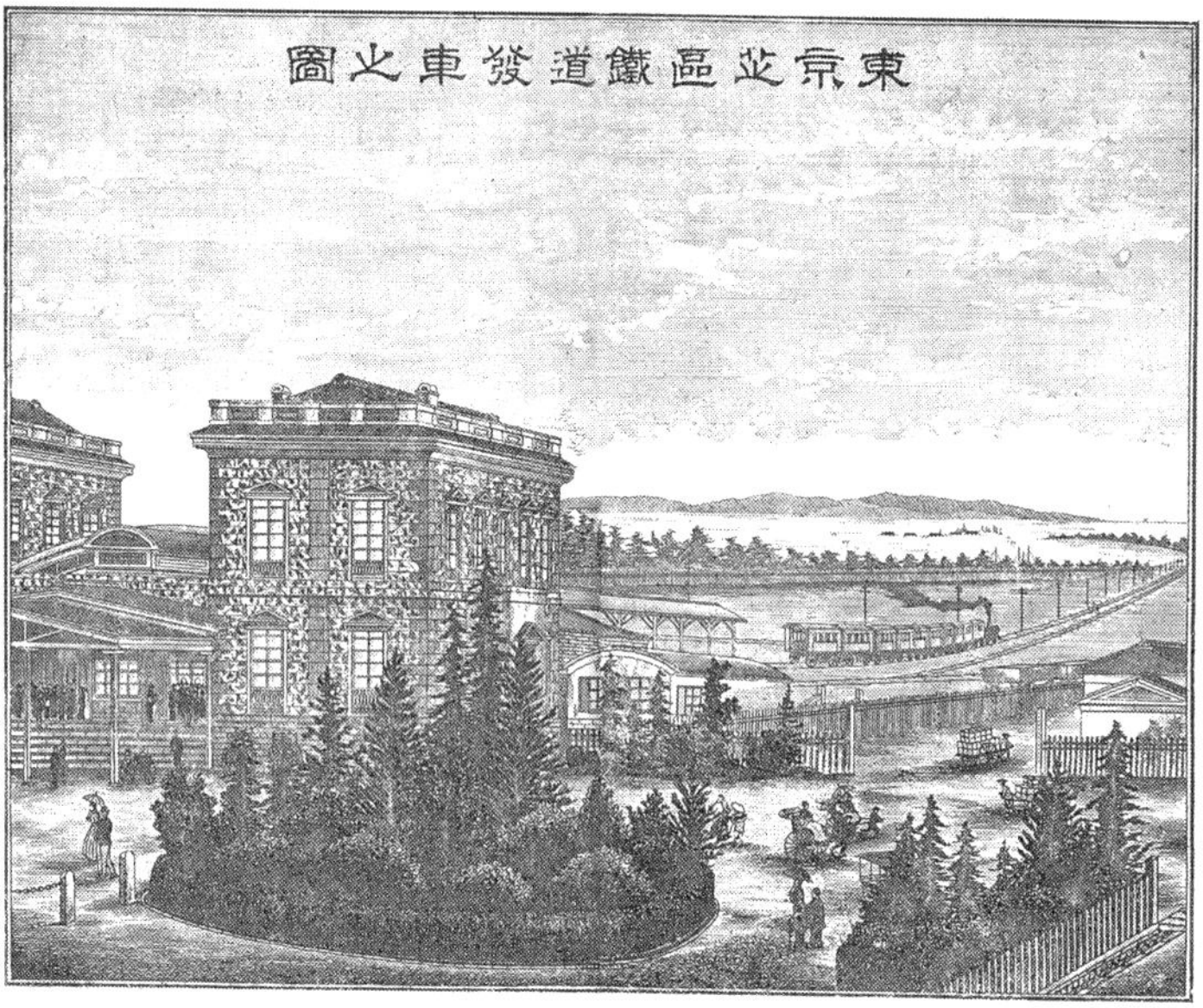

図11　水野謙三『記事論説文例』口絵

上巻に時候門と四季付属日用尺牘を置くのは安田本そのまま、安田本が時候門の説明に「凡ソ文題ノ四季ニ関係シタル花鳥風月ノ詠及音信贈答ノ記等悉ク此門ニ輯ス」と言うのに対して「凡ソ文題ノ四季ニ関係シタル花鳥風月ノ詠及音信贈答ノ記等悉ク此門ニ輯ム」と最後の一字しか違えないのを見ただけでも、その模倣ぶりがわかろう。下巻は記遊門・紀事［門］・紀戦門・論説門・箇牘門に分けて、安田本より簡略に即くものの、上段および中段は安田本と今井本の折衷である。

つとに前川善兵衛は、明治十三年五月十八日、『朝野新聞』の広告で模倣を牽制していた。

記事論説文例　明治十二年発兌
同上等　同十三年三月発兌　同附録　近刻
該書発閲の日尚浅しと雖ども幸に江湖諸彦の喝采を得たり是偏に弊舗の栄のみならず著者の労苦も水泡に属せず亦以て栄とする所なり然りと雖ども満れハ虧るの道理なるか尚未満すと雖ども世間或ハ類似の書を発閲して此栄を害する者なきを今後に期し難ければ記事論説文例を購求せんと欲する諸君必田中義廉閲か或安田敬斎著かを標的とせら

れんことを希望す誠に功労相対するの正理偏く世に行ハれんことを諸君の欺騙に陥らざらんことを希望し併せて看客の愛顧を謝し且永く之を失ハざらんと欲して広告すること如斯

結局、事態は書肆の恐れていた通りとなるのだが、むしろ多くの模倣を生み出したという点で、書肆と著者そして刻者は評価されるべきであろう。明治十年代はもとより二十年代に及ぶまで、この種の銅版本はさかんに刊行され普及したのである。

［…］所が其中《そのうち》に何んですネ。英語を教はらうと、宣教師のやつて居る学校へ入つたのです。さうするとその学校では郵便報知新聞を取つて居た。それに思軒さんの瞽使者《めくらしや》が毎日々々出て居ます。是はまた飛放れて面白いので、こゝで新聞で小説を読むことを覚えました。また病《やみ》つきで課業はそつちのけの大怠惰《おほなまけ》、後で餘所《よそ》の塾へ入りましたが、又此先生と来た日にや決して、然《さ》う云ふものを読ませない。所が、例の難波《なには》戦記を貸して呉れた友人《ともだち》ね、其お友人に智慧を付けられて貸本屋へ借りに行くことを覚えたのです。［…］どんな物を読んだか能く覚えて居ませんが、其中に遺恨骨髄に徹して居る本が一冊あります。矢張難波戦記流の作なんですが、借りて来て隠して置いたのを見付かつたんで、御取上げとなつて仕舞つた。処で其時分は見料が廉《やす》いのだけれども、此本に限つて三十銭となつた。

南無三宝三十銭、支出する小遣がないから払ふ訳に往《ゆ》かない。所で、どう間違つたか小学校の先生が褒美にくれました記事論説文例、と云ふのを二冊売つたんです、是が悪事の初めさ。それから四書を売る。五経を典《ころ》すね。月謝が滞る、叔母に泣《なき》つくと云ふ不始末。［…］

（泉鏡花「いろ扱ひ」(18)）

北陸英和学校中退ののち、私塾に通っていた時のこととして語られるこの逸話に登場する『記事論説文例』が果たしてどの『記事論説文例』であったのか知る由もない。ただ、新旧問わず小説に夢中になった十代の鏡花が貸本屋への支払いの為にまずこの本を質に入れたことは、小学校の先生が褒美に与えたものであったこととも併せて、いかにも、なのである。

第11章　作文する少年たち
――『穎才新誌』創刊のころ――

明治十年（一八七七）三月に創刊された『穎才新誌』は、明治の少年たちの立身出世主義の脈絡のなかで語られることが多い。前田愛「明治立身出世主義の系譜――『西国立志編』から『帰省』まで[1]」はタイトルからもその典型かつ先駆であり、この雑誌の位置づけに大きな影響を与えた。『穎才新誌』の投稿のなかに『西国立志編』や『学問ノス、メ』に対する「反応」を見いだし、「明治五年の新学制を通過した最初の世代」である「弟達の世代」が『西国立志編』や『学問ノス、メ』をどのように受けとめ、自らの血肉としていったか、そのズレや歪みまでを含め、明快に論じている。けれどもそれはあくまで立身出世主義という視点から『穎才新誌』の投稿内容に着目したもので、この雑誌がどのような条件のもとで立身出世を鼓吹する場となったのかについて分析は及んでいない。たしかに投稿者たちを支えるエートスが立身出世にあるにしても、この雑誌は何よりも作文雑誌として登場したのであった。立身出世を唱えるために創刊されたというわけではないし、少年の意見を募る投書雑誌として創刊されたわけでもないのである。

したがって、山本武利「解説　前田愛氏の読者研究の意義――新聞読者研究者の立場から見て[2]」が「明治立身出世主義の系譜」について「教科書的、作文コンクール的な紋切型の文章の多いこの投書雑誌だけから「立身出世主義」を追求することの冒険さへの自覚が不足していると批判されても仕方がないであろう」とするのは、雑誌の性格をよく見きわめる必要があるという提言としては正しい。しかし『穎才新誌』を「教科書的、作文コンクール的な紋切型の文章の多い」雑誌だと括ってしまうだけでは、そうした紋切型の文体と立身出世の言説との結びつきかた、あるいはそれに隣接するさまざまな écriture との関係について考える道を閉ざしてしまうことになりかねない。上笙一郎「『穎才新誌』解説──日本近代文化の揺籃として」[3]は、『穎才新誌』を「児童表現史という立場より眺めるとすれば〈形式主義作文〉の大いなる舞台であった」とするが、それもまた同じことであろう。

佐藤忠男「論争の場としての少年雑誌──『穎才新誌』の担った役割」[4]は、つとにこうした議論への反駁を加え、現代の作文教育の対蹠に位置するものとして『穎才新誌』の文章を捉え直し、積極的価値を見いだしていた。[5]ここではさらに、『穎才新誌』がまず何よりも作文の場であったということにこだわって考えてみたい。それは、明治初期における学校とメディアのかかわりや今体文（明治普通文）普及のメカニズムを理解する糸口にもなるであろう。

一　『学庭拾芳録』

明治十年、『学庭拾芳録』という作文雑誌が聚星館より発刊された。第一号は「明治十年二月二十六日出版届済」、いま所蔵が確認される最後の号である第六十二号[6]は「明治十年十二月十日御届」。『穎才新誌』第一号が三月十日付であるから、それとほぼ同時期に創刊されたものの、もし第六十二号で停刊したとすれば一年足らずで命脈絶えたことになる。そのためかこの雑誌はとくに取り上げて論じられることもなかったのだが[7]、明治初期の作文と学校とメディアとの関係を考える上では大きな材料となる。

判型は小本、仮綴じで本文と共紙の表紙を含めて毎号おおむね六丁、活版印刷。秋月種樹による明治十年一月付の漢文序を毎号掲げ、奥付には聚星館館長吉岡保道と編集兼出版人の山本園衛の名がある。雑誌の内容は、作文試験の優秀答案を学校ごとに掲載するというもので、第一号であれば表紙に「坂本学校／一月試験」、柱に「坂本学校試験」と記す。一つの学校の答案が号をまたがって掲載されることもしばしばで、坂本学校の一月試験答案は第一号から三号にわたった。生徒の住所・父兄の名・氏名・級・年齢などが示されるのは『穎才新誌』と同様だが、学校ごとに訓導や準訓導の名が始めに掲げられること、学校によっては、「甲科賞」を得ながら作文は掲載されなかった者の名を並べたり、受験者数と甲・乙・丙・無賞・落第の人数とが記されたりするなど、あくまで学校単位であるところが『穎才新誌』と大きく異なる。

作文の文体は、漢字片仮名交りの今体文と漢字片仮名もしくは平仮名交りの候文がほとんどで、漢文はごく少ない。女子の占める割合は五分の一程度で当時の小学校生徒の男女比率に照らしても高くはないが、文体に明確な男女差があらわれないのはこの時期の『穎才新誌』と同様である。題目は、例えば坂本学校一月試験のものを示せば、「藤原藤房ノ論」（今体文2）、「東京繁華ノ景況ヲ遠国ノ人ニ報知スル文」（候文5）、「洋行ノ人ニ送ル文」（候文4）、「東京日々開化ニ趣ク景況ヲ遠国ノ人ニ報知スル文」（候文1）、「開店ヲ賀スル文」（候文1）、「梅花遊覧ヲ誘フ文」（候文2）、「故郷ノ父母ヲ伺フ文」（候文1）、「地球ノ形ハ如何」（今体文2）、「空気説」（今体文2）、「人ニ答フル文」（候文2）、「梅見ヲ誘フ文」（候文6）のごとくで、[8]開化往来物とも言うべき候文が主であることがわかる。もちろん学校によってあるいは試験によって今体文と候文の比率は変動するのだが、おおまかに言えば、下級生は候文、上級生は今体文と言ってよい。「藤原藤房ノ論」はいずれも上等第七級生徒によるものであるし、候文はすべて下等第二級生徒によるものである。もちろんこれは作文がまずは「書牘」つまり手紙文から入るという当時のカリキュラムに沿ったものだが、「地球ノ形ハ如何」や「空気説」のような理科の教科書をそのまま書き写したかのような説明文がさらに下級の下等第四級生徒の試験として行われているのは注意しておいてよいだろう。史論が漢文に由来する訓読文であるのに対して、教科書の説明文は往々にして欧文に由来する翻訳文であり、漢文に必要な定型句や訓詁を必要としない。『三字経』や『千字文』はいくら易しくても漢文で構成された古典世界を背景にもっていることに変わりはないが、課本の漢字片仮名交り文の背景にあるのは西洋世界から得た知識のみである。したがって「藤原藤房ノ論」と「空気説」は候文を挟んでまったく別の文体として成立している。けれども、漢字片仮名交りの読み下し体という点ではどちらも今体文として候文に対峙しているのであって、おそらくそこから今体文の普通文たる所以があらわれてくるのだが、それについては後に譲ろう。

さて、『学庭拾芳録』は毎号巻末に編者の識語があって、こう記す。

> 此ノ冊子ハ全国各学校生徒ノ進歩ヲ奨励セシメン為ニシテ私館ノ鴻益ヲ計ラス低価ヲ以テ発売シ且純益ノ内ヲ以テ各学校ノ一助ニ献納セントノ微志ナルニ因テ四方ノ君子ニ愛覧ヲ乞モ強テ割引ヲ為サヽルヲ恕シ玉フヘシ

掲載した学校には原稿料代わりにいくらか寄付しますということでもあろうが、価格は一号あたり一銭、最初は一カ月に四号程度であったのが、十号程度まで頻度が増し、第三十二号から毎月十五号を頒布するとして、価格も一銭五厘に値上げされる。『穎才新誌』は毎週土曜日発行で一号あたり八厘だから、それに比べると『学庭拾芳録』は高くつく。それがこの「微志」によるものかどうか詳らかにしないが、この雑誌が学校との緊密な結びつきのもとに成り立っていたことは事実であろう。例えば第十号は久松学校の三月試験の答案を収録し、答案の前に久松学校の教師の文章を載せているが、その書き出しは「吉岡君足下疇昔玉趾ヲ本校ニ枉ケラレ新誌印行ノ旨ヲ告ケ且本校生徒ノ文稿ヲ把リテコレヲ紙上ニ掲ケントス」、つまり発行元が直接小学校を訪ねて原稿を依頼したというわけだ。さらにこの教師は「然レトモ浅学乏才其力ノ或ハ尽サヾル所アルヨリ遠ク阪本等ノ善且美ナルニ企及スル能ハサルナリ」「嗚呼人誰カ競争ノ志気ナカランヤ」と言う。発刊された雑誌に他校生徒の作文を見て、生徒のみならず、いや生徒よりもむしろ教師たちがまず他校への対抗意識を煽られた。公の場での競争というモチーフが作文という行為に導入されたのである。

二　『穎才新誌』

『穎才新誌』は『学庭拾芳録』とは異なって冊子体ではなく、大判二つ折りに三段組みという姿で登場した。発行元は製紙分社、編集長兼出版人は羽毛田侍郎であった。『学庭拾芳録』のように学校単位で号を組むのではなかったが、初期の紙面では同じ小学校の生徒の作文が並んだり、常連ともいうべき学校もあったりして、『学庭拾芳録』と同様、教場との関わりは浅くなく、教師が原稿を取りまとめて投稿していたことは歴然としている。『穎才新誌』と『学庭拾芳録』の両方に同じ小学校の名が見られるのはごく当たり前であろうし、両方に同じ生徒の名が見えることも、それぞれが優等作文を載せようとしている以上当然であろう。はなはだしくは『学庭拾芳録』に載せられた作文がそっくりそのまま『穎才新誌』に登載されたことすらあり(9)、つまり『穎才新誌』と『学庭拾芳録』はソースを共有していたのである。さらに言えば、『穎才新誌』の発行元である製紙分社の局長陽其二の長女たか（堯子）の作文「東京繁華ノ景況ヲ遠国ノ人ニ報知スル文」が『学庭拾芳録』第一号に掲載されているのを見れば、陽其二がその創刊を知らずにいたはずがなく、想像を逞しくすれば『穎才新誌』発刊のきっかけは娘の作文が『学庭拾芳録』に載ることになったことだったのかもしれない。『学庭拾芳録』第七号（明治十・三・八御届）の奥付に「印刷　横浜　製紙分社」の文言があるのを見ても、両者に何らかの連絡があったことは推測してよい。

『穎才新誌』には確かに「仰冀クハ四方ノ君子其煩労ヲ不問原稿ヲ弊社ニ投与シ給ンコトヲ」（「稟告」）とあって、投稿を広く呼びかけているところが『学庭拾芳録』との分岐ともなっているのだが、だからといって小学校生徒が教場を無視して投稿できるかと言えば、ことに初期のころはそうではなかった。内田魯庵「明治十年前後の小学校」[10]にはこう回想される。

私は此の穎才新誌に名の載るのが羨ましくて、学校で高点を取つた作文があると穎才新誌へ寄書してもイ、乎と度々先生に許しを乞つたが、児供の時から名を出すのは害があると云つて許さなかつた。

作文はあくまで学校で為されるものであり、試験によって評価されるものであった。試験で高得点が得られれば、今度は『穎才新誌』上で名を揚げることができる。『学庭拾芳録』がいわば学校ごとの団体戦であったとすれば、『穎才新誌』は個人戦、学校の名も揚がるし自分の名も揚がるのであった。立身出世のエートスは作文という行為のうちに内包されていたのである。

そして生徒たちが名を求め競って作文したのは、試験作文と同様、あらかじめ題が決められての作文であって、となれば紋切型が氾濫するのは避けられない。けれどもそうした多くの紋切型によって、今体文は作文のための型を獲得していく。明治十年当時、今体文に使うための漢語や定型句を提供する字引き類は数多くあったけれども、ある一定の主題ごとに模範文例を並べたものとなると、手習いを兼ねた往来物しかなく、教師たちは往来物の文章を今体文に変えたりなどの工夫をしつつ、生徒に作文を教えていたと思われる。そうした中で『学庭拾芳録』や『穎才新誌』は他校での試みをじかに知るよい手だてでもあった。つまり、これらの雑誌が模範文例集となったわけであり、『穎才新誌』の再刊合本が歓迎されたのにも、そうした背景があったにちがいない。

明治十一年になると、各種の作文書の広告が『穎才新誌』にも登場する。そのうちの一つ『学徒必携明治文鑑』の広告文[11]には「此ノ書上巻ニ専ラ四時俗用往復ノ手紙文ヲ記載シ並ニ当世流行スル片仮名交リノ（御座候得共なし）手翰文ヲ附録シ」「下巻ニ頗ル秀逸ナル論説記事ノ作例ヲ出ス」とし、手にとってみればなるほど草書の往来文の横に今体の、「御座候得共」のない手紙文が添えられている。また同じく誌上に広告の出た『仮名挿入習文軌範』[12]は八巻すべてを今体文の作例で埋めるが、その題目には『学庭拾芳録』や『穎才新誌』で見慣れたものが少なくない。生徒たちはこれらを学んで試験で得点を取り、そして雑誌に投稿するのだ。時期はやや下るが『新聞投書記事論文小説種本』なる明け透けなタイトルの本さえあらわれ[13]、凡例にも「本書記事ハ穎才新誌及ビ小学雑誌等学童新聞投書家ノ為メニ設ケタル者ニシテ」と屈託がない。こうして、教場と投稿雑誌と作文書との間で数多の作文が往復し、作例を増やし、題目を揃えていった。「弟達の世代」があらゆることを今体文で語るための準備は、明治十年から数年にわたって形成されたこのサイクルによって、まずは行われたのであった。

三　作文の虚実

けれども、試験答案集や模範文例集と違って、投稿によって構成される雑誌は必ずしも予定調和を結ばない。『穎才新誌』第十八号（明治十・七・七）には青木生と称する人物から「小学生徒ニシテ或ハ詩文ヲ投シ或ハ和歌ヲ寄スル等往々是レ有リ余ヲ以テ是ヲ見レハ未タ好事家ノ名ヲ免カレサルモノト云フ可シ」と冷や水を浴びせられ、また第二十一号（明治十・七・二十八）では「在東京一寒生」の多奈加蘭渓なる人物から、「友人」は「穎才新誌録スルトコロノ文章皆筆力ヲ他人ニ傭ヒ其ノ文其生ノ作ニアラス唯々虚飾ヲ貪ホリ名誉ヲ釣ラント欲ルノミ」と言うが、果たして真なりや否や、と問いかけられてしまう。どちらも小学校に通っている生徒ではないようだが、こうした声が聞こえるのも、『穎才新誌』がすでに教室の外部に開かれてしまっていることの証だろう。第三十一号（明治十・十・六）ではより具体的に、第二十四号に載った「某氏ノ少子某」は自分もよく知っている者だがこんな文章を書けるはずがない、そう思って本人を詰問したら隣人に頼んで作ってもらったのだとの言質を得た、との投書が「年齢不詳」の並木滋敦から寄せられる。これには小学生徒の側から多少の反応があって、「嗚呼記者先生ヲ欺クノミナラス諸校生徒ヲ欺キタル其罪大ナラスヤ斯ル行ヒアルトキハ縦令学術ニ通ルトモ生涯身ヲ立ツルコト能ハザルベシ」（第三十五号、明治十・十一・三）との投書があり、また第五十一号（明治十一・二・二十三）では布施学校の二人の生徒が「在東京並木滋敦君ニ送寄ス」と題した文章をそれぞれ作って並木が悪を暴いたことをたたえている。作文練習において添削が加わることは取り立てていうほどのことでもないが、少年たちが敏感になっているのは、作文が名誉を得るための手段にすでになっているからだ。名は実を伴わねばならない。真の穎才の名に値しない者が穎才のふりをするのは許せないということだ。

他人の手を借りることのほか、剽窃もまた当然ながら問題視される。第五十六号（明治十一・三・三十）に載せられた渡部董之助「貞盛秀郷優劣ノ論」に対して、第五十八号（明治十一・四・十三）にはそれが石川鴻斎『日本外史纂論』からの剽窃であるとの非難が出され、第五十七号（明治十一・四・六）に掲載された渡辺とら「人々女ニ溺ル、ヲ戒ムル辨」に対しては第六十三号（明治十一・五・十八）にそれが太田錦城『梧窓漫筆』からの剽窃であるとの指摘があるなどはその例、ただ後者については事態は意外な展開を見せる。というのも、第六十五号（明治十一・六・一）に渡辺とらからの投書があり、この文章はじつは自分のまったく与り知らないもので、隣人が名を騙って投稿したものだと申し立てたのである。この号には他にも「親友某ガ談話ノ真偽ヲ質ス」としてほぼ三段すべてを使った長い投書があり、「コノ新誌ニ投スル者ハ狡猾童児ガ名誉ヲ釣ラントシテ他人ノ文章詩歌ヲ盗ムカ或ハ父兄ガ其ノ子ニ名誉ヲ釣センガ為メ文章詩歌ヲ与ヘテ投書セシメルモノ、類アリ」、また実際に教師が生徒の名を騙って投稿した例を見たことがある、つまり『穎才新誌』は穎才という名に背く有名無実の雑誌だから見るに足らん、と友人が言うのだが本当かどうかと尋ねる。この友人は例によって仮設でもあろうが、その主張の中で興味を引くのは「コノ文ハ齢未タ僅カ七歳ナルニ何如シテコノ如キ大酒ヲ飲ミ得ルカ又タコノ文は齢未ダ僅カ八歳ナルニ如何シテ独リ月夜ノ舟行ヲ為スヲ得ンヤ此レ実ニ本人ノ作ニ非ルコト明カニシテ」というくだり、要するに漢文脈の修辞をただ口まねしているだけの作文であることを知ってか知らずか、書き手の「実」にそぐわないからこれは「虚」であり本人の作であるはずはない、と断言してしまうところだ。

作文の基本はまずはすぐれた文の模倣にあったのだから、練習と剽窃の差はなかなかつけがたい。漢文脈の作文においては、定型と典故に習熟し、それを自在に操れてこそ名文の誉れを得ることができる。年長でもせいぜい十代前半の小学校生徒が花見と言っては酒を飲み月見と言っては舟を浮かべているのはたしかに珍妙ではあるが、しかし今体文が漢文脈を前提に作られる限りそうしたクリシェは避けようもない。それを本人の作にあらざるべしと言って攻撃するのは幼稚とすら言えようが、しかしここには大きな転換点が隠されている。ことは漢文脈で文章を綴ることの本質にかかわっているのであり、今体文が漢文脈に依存していることをめぐっての戦端がひそかに開かれているのである。

作文する少年たちは、名を求めて作文に励むうちに、名には実が伴うべきだという攻撃にさらされる。誌上で論争を重ねるうちに、コミュニケーションを欠いた模範文例集の世界に飽き足らなくなってくる。『穎才新誌』は、作文という行為を前景化させることで、書くことが内包するさまざまな可能性を少年たちに示したのであった。第一面に常に書画が掲げられていたことについての是非をめぐる論争が明治十一年に起こったことについてはすでに論じられているが(14)、そもそも『穎才新誌』のこうした紙面は、画や題字を劈頭に掲げるという当時の書物のごく一般的な形態の反映でもあり、となると、『穎才新誌』の紙面を論じることはすなわちその外の世界のécritureのありかたを論じることへと続いていく。投稿者から多くの文章家が輩出したことに『穎才新誌』の価値をまず見いだすのが常套ではあるが、教場と連続した文章修業の場としてのみ捉えてそう言うのなら、皮相の誹りを免れまい。ここでは、ごく簡単にではあるけれども、作文という行為をより時代に開かれたものとして捉え、その可能性のありかを見ようとした。écritureの変動が大きなうねりを起こしつつあった時代、作文する少年たちは、その先端に立っていたのである。

終章　象徴としての漢字
――フェノロサと東洋――

東アジアの近代における漢文脈のありかとゆくえを見定めようとするのが本書の主題であるとすれば、アジアをアジアであると規定したヨーロッパ人にとって漢文脈がどのようなものであったのか、まったく述べないわけにはいかない。もちろん、これまで重ねてきた議論は、清末中国や明治日本のそれぞれの〈内部〉に閉じようとするものではなく、さらに、それらを含めた東アジアの〈内部〉に問題を限ろうとするものではない。しかし、漢文脈をその〈内部〉に即して追うことで進めてきた議論を、より開かれたものへと導こうとするとき、〈外部〉の視点を加えることは、おそらく有効だろう。ここでは、十九世紀西洋の時代思潮であった象徴主義をキーワードとして、アーネスト・フェノロサ（Ernest Francisco Fenollosa）の『詩の媒体としての漢字考』[1]に至るごく初歩的な探索を行い、他の章に対しては補論的な役割を、本書全体においては、一つの開口部の役割を持たせることとしたい。

さて、象徴主義と一口に言っても、実像を把握することはなかなか難しい。助けを求めようと、たとえばアーサー・シモンズ（Arthur Symons）の『象徴主義の文学運動』[2]に目を通してみると、「象徴主義は、最初の人間が生きとし生けるすべてのものに名前を付けたとき、最初に発した言葉とともに始まった」などとあって、ますます困惑してしまうことになる。だが「現今の象徴主義と過去の象徴主義とを区別するのは、今日これが自分を意識するようになったという事実」であるとの言明に出会えば、その困惑もいささかは解消される。象徴を象徴として自覚的に認識しようとすること。その認識以前には象徴でも何でもなかったかも知れないものを改めて象徴として読むこと、そして書くこと。それが「現今の象徴主義」なのであってみれば、問題は、それが象徴であるかどうかではなく、それがいかにして象徴として読まれ、書かれるのか、である。なるほど象徴と呼べるものは古代より遍く存在するだろう。だがそれを象徴として掬いだして宣揚する行為には、十九世紀という時代の印が確実に記されている。

漢字のもつ象徴性を一般的に論じるのではなく、フェノロサの美術論、文学論そして最終的には「詩の媒体としての漢字考」と題された漢字論から「象徴」の何たるかを見ていこうとするのも、あくまで「現今の象徴主義」を問題にするからである。もちろん、フェノロサが象徴主義者を標傍したことも、そう目されたこともない。詩集は遺しているものの、とても象徴派詩人とは呼ぶべくもないものだ。公刊された著書も多くはなく、日本では知名の外国人ではあったものの、西欧世界ではむろん、本国アメリカでもほとんど無名の存在であった。だが、彼の遺した漢字論は、ポスト・ロマン主義としての象徴主義が何であったかを知るうえで、よい材料になるだろう。それが優れているというのでなく、十九世紀のごくありふれた西洋世界の知識人の思考として典型的であるという点で、そこに象徴主義との同時代性を見出すことができるのだ。そう、一九〇八年に五十五歳で死んだフェノロサは、まさしく象徴主義の時代に生きた人であった。

一　日本美術との邂逅

一八五三年、米国マサテューセッツ州セーラムで生まれ[3]、ハーヴァード大学を卒業しさらにボストン美術館で美術を学んでいたフェノロサが東京大学の招聘により来日したのは、一八七八年、すなわち明治十一年八月のことであった。

その前年に東京開成学校と東京医学校の統合によって創立された東京大学は、政治学教授に適任者を見出せず、外国人教師を招聘することとして理学部教授のモース（Edward Sylvester Morse）に推薦を求めた。モースはハーヴァード大総長のエリオット（Charles William Eliot）らの紹介でフェノロサを知り、面談のうえ推薦を決めたのである。着任したフェノロサの担当した科目は、政治学・理財学（経済学）・哲学史であり、学生には井上哲次郎や坪内逍遥らがいた。井上の回想によれば、「氏の担任学科は哲学と政治学と経済学とであったが仲々精励格勤で且つ熱意以て学生の指導教育の任に当られた」とのことだが[4]、しかしその講義内容はというと、「一方にミルの経済原論や、リイバーまたはウルシーの政治学を講義すると同時にカント、ヘーゲルの哲学を講授するのであるから、今日から見ると、当時の学科程度は餘り高いものでなく[5]」との批判もあった。結局のところ、もしも日本美術への関心がフェノロサに生じなかったなら、彼はただ西洋の政治学や哲学をアジアの小国の学生相手に大雑把に紹介するだけの外国人教師以上の存在ではなかっただろう。事実、来日して三年も経つころには、啓蒙レベルにとどまったその講義から学生たちの心は離れ、フェノロサ自身も、美術品の調査・蒐集のために休講を繰り返すことになる。

ハーヴァード大学在学中から美術への興味は強かったとは言え、東洋美術となると、関心も知識も来日以前は皆無に等しかった彼が最初に日本美術に目を向けるようになったのは、当時の来日外国人たちの例に漏れず、骨董商めぐりに始まるようだ。やがてフェノロサは狩野友信や有賀長雄らの協力で、系統的に日本の古美術の蒐集を行い、よく知られているように、それは厖大なコレクションとなっていく。明治政府にきわめて近い筋で明治十二年（一八七九）に結成された日本美術振興団体「龍池会」がフェノロサに目をつけ、その依頼によって彼は、明治十五年、「美術真説」の名で知られる講演を上野公園教育博物館において行う。そしてこの講演は彼を日本美術研究の第一人者として世間に遇せしめる重要な契機となったのである。以降、文部省の意を受けて文化財の調査に奔走し、法隆寺夢殿の開扉を遂げるなど、御雇い教師の任を解かれて明治二十三年に帰国するまでの経緯はもはやここで述べるまでもないが、フェノロサが日本美術の「発見」を果たしたことが、彼の独創というよりは、ほとんど時代の要請に敏感に応じたものであったことは、強調しておいてよいだろう。衰亡の危機に瀕していた日本画界にとって西洋人の御墨付きをもらうことは何よりの特効薬であったし、美術品による外貨獲得を目論んでいた明治政府にとっても、それは大いに歓迎すべき「発見」であった。そしてまた、「美術真説」で強調される、「妙想」の具現化こそ美術の要諦であるとの論も、どこかで十九世紀末の反写実主義的美術運動とかかわっているだろう。

帰国後ただちにボストン美術館日本美術部キュレーターに着任したフェノロサは、精力的に日本美術さらに中国美術の紹介をすすめ、各種の展覧会を催し、目録の作成にあたった。滞日中に得た東洋美術に対する知識を存分に活用し、講演やパンフレットの作成に熱心に取り組んでいたこの時期に、フェノロサの東洋芸術観は確かなものとなった。展覧会の目録などの中に、それは端的に示されている。例えば次のような文。

この短い二百年間に宋文化は生き生きとした開化の花を咲かせたのであり、それはペリクレスの下のアテネ、メディチ家の下のフィレンツェを想起させるものがあった。短期間の間に中国的伝統のうち最善確実なる要素が熱烈な仏教理念と結合し、また人間の個性およびその自然への反映に対する新しい見方を取りこんでいく。この思想の基調をなすものは、それまで別箇のものであった儒教、道教、仏教の原理や信条を、一箇の新しい総合的観念体系に混然一体化する新しい哲学であった。これは主として詩文やシンボリズムに表わされ、自然を精神の鏡と観じ、個性を作品創造およびその特質の基調として重視し、美術と科学と政治方式のすべてを等しく新しい実験と自由な改造を目指す大道に沿って進展せしめるものであった。[6]

したがってその美術は、手慰みの骨董品などではなく、西洋社会にとってもすぐれて重要な指針となる思想を具えるものなのである。いわば文明の精華としてその美術を宣揚するこういった姿勢は、彼の東洋美術観の中心であった。「新しい総合的観念体系に混然一体化する新しい哲学」などのことばにも注意を向けておく必要があろう。のちに見るように、彼はその「新しさ」が近代でも、そして西洋でも十分通用する「新しさ」だと考えていた。さらにフェノロサは、中国においてはこの偉大な美術は宋代以降衰退の途をたどるが、それを輸入した日本ではかえってその精華が受けつがれているのであって、われわれが日本の美術に学ばねばならない所以もそこにある、と主張する。

そして、数多くこなされた東洋美術を紹介する講演の一つには、草稿にこんな言葉が遺されている。

> 自然は物質にあらず、精神的意味を持つものと理解され、ここから山水画が生まれ華道が生ずる。すべての美術が人間と自然の霊の象徴と見なされ、日本の山水画に描かれる自然は悉く人間と同じ個性を持つ。[7]
>
> （傍点引用者）

ボストン美術館に勤務していたこの時期、館の内外を問わずさかんに行った東洋美術の紹介宣揚の活動を通じて、フェノロサは自身の美術観をより確固としたものとし、また東洋と西洋の架け橋たらんとする使命意識を強烈に抱くようになった。西洋に欠けているものを東洋に求め、東洋の未発のところを西洋で刺激しようとしたその態度は、十九世紀のアメリカにあっては典型的にモダンな態度であったとしてよいだろう。たんなる異国趣味として東洋美術に興味を示すような姿勢からは、確かに脱却しているのである。だがもちろん、ことは慎重に見定めねばならない。われわれにないものをそこに求め、その果実をわがものにしようという行為は、オリエンタリズムのより新しい段階に過ぎないのではないか。事実、フェノロサが日本国外に大量の美術品を持ちだしたことは、その具現なのではないのか。

しかり。そして、だからこそ、十九世紀西洋の知識人として典型的にモダンだといえるのだし、フェノロサと象徴主義を結び合わせることの意味もそこに生まれるのだ。異国趣味としての美術であれば、それはあくまで装飾の域にとどまるばかりであって、役割としては紅茶や香辛料とさして隔たりはない。しかしフェノロサは東洋美術をまるで西洋文明にとっての銀であり石油であるかのように、つまりそれがなければ西洋自身が立ち行かなくなるものであるかのように、考えた。近代におけるオリエンタリズムの中心はむしろこういった思考の中にこそあるだろう。そしてフェノロサが西洋に欠けていて東洋にあると「発見」したものこそ、自然と人間との霊的な結びつきであり、美術の象徴的機能であり、美の総合性であった。象徴主義は、こういった東洋への視線を支えてもいるのである。

二　フェノロサの文学観

一八九二年に民俗学協会（Folk Lore Society）においてなされた「東洋の詩——美術との関連において」と題された講演には断片ながら草稿が残っているが、そこには、フェノロサの文学観を知るうえで、興味深いメモがいくつか記されている。

私たちは中国の言語を浅薄で冷たい功利主義的なものと見なす――最大の誤り。

そこに中国人は大きな利点を有している――

そして日本人も同様。

総合的言語、分析的言語に対して――

総合的――詩の真の言語
それが中国語。

「比喩的表現」は琴線を叩く――

言葉がたがいに融けあう。

さらにこの言語はなかば絵画的形式を有している――

文字――マカーティ博士によって言われたこと――

このように中国の詩は視覚的想像の極限の力を有しており、同時に豊かな思想を保持してる――耳にではなく、目にこころよい――

このように言葉のこの総合的な力は絵画における筆の総合的用法に対応する――ひと筆が多くを意味する
［…］

音楽では、われわれはそのような新しい芸術を生みだした。ワーグナー、ブラームス、純粋管弦楽法。

詩では――象徴主義、ロセッティ――（リアリズムではなく）

これを表面的な運動、単なるデカダンスと呼ぶのは大きな誤りだ。

［…］

それは形式による創造の解放――

音楽は精神的――
純粋な色彩もそう――純粋な言葉の音調もそう――
それは事物のより高次な相互浸透の把握。
それは直観。
音楽はその鍵となる。
われわれが中国や日本の詩から学ぶことは多い。[8]

のちの『詩の媒体としての漢字考』への萌芽がすでに現れていることにまず目が行くが、同時に、フェノロサが東洋の詩を語るのに、じっさい象徴主義とかなり近いところに立場を置いているのが、よくわかる。まったく断片的ではあるが、西欧詩における象徴主義そのものにも言及されているし、それをデカダンスと区別しようとすらしている。もちろん彼にしてみれば、日本や中国の詩に象徴を見出したのが先で、ヨーロッパの象徴主義などはむしろ彼自身の洞察の正しさを後追いで証明しているにすぎないということになるのだろうが、いずれにせよこういった思考がひとつの時代風潮を為し、フェノロサがその渦中にいたことは間違いない。そして、「音楽と詩との間には音楽と絵画との間と同様、漠然とした美学的類似をはるかに越えるものがあり、それらの対の力の一部要素の一致と言わずとも類似は一目瞭然なので、音楽の暗示を文学的特質を損なうことなく意識的に詩のインスピレーションとして用いることができる」[9]といった、まさしくポスト・ロマン主義の時代にふさわしい確信を聞かされたり、さらには、「私の創作過程は定理の形式的順序に従う機械的なものではなく、私が意識的に歓迎しようと決めた諸要素の無意識の直接的創造的利用である」[10]などと宣言されてしまうと、思わず彼がロマン主義から象徴主義にいたる詩人の系譜のどこかに何とか位置づけてしまえないかと考えてしまうというものではないか――その詩を読んですぐにその試みを放棄するとはいいえ。

さて、彼には、「近代の芸術と文学[11]」と題された断片が、その書かれた年は確定できないものの遺されており、西欧の文学に対する彼の考えをもう少し詳しく知ることができる。この節を終える前に、象徴主義とかかわりそうなところを、以下に引いておこう。

文学は多くの分野で音楽のこの鍵、指揮に従った。それは新たな形式、新しい音、言葉、音節、文字の新たな精神的印象、形象の新しい領分、象徴的統一のより深い知覚を発明した。［…］それは言語感情の音楽である。現代詩の意義はこれである。音楽が空虚でも抽象的でも主観的でもないのと同様である。それが無限に豊かである、というのも千変万化の全精神世界を有しているからだ。

これまでの引用と同様、ここにも音楽と文学の結びつきが強調されている。そして象徴。ここにわれわれは自然と精神とを結びつけるシンボロジーという無限の価値を手に入れる。象徴は精神の法則そのものだ。こうして完全性への近代の渇望が満されるのだ。

さらに彼の発想の根幹をなす東洋の芸術についても、称揚することを忘れない。

それゆえ、かれら［東洋］の芸術の品格はわれわれのそれよりも千年先んじているのだ。古い中国詩は凝縮かつ統合的であり、言葉の慎重かつ斬新、そして幸福な連鎖によって、感情の絶対的統一を形づくっている。それはシンボリズムに完全に満されており、精神の法則による人間と自然との結合なのである。

かつてヨーロッパ人は中国語に完全言語の姿を見出そうとしたが、十九世紀にあっては、こんどは完全なる詩的言語として遇することにしたようだ。漢詩がほんとうに「シンボリズムに完全に満されて」いるかどうかは、ここでは問題にならない。重要なのは、その完全なる象徴が彼方にあるものであり、かつ回復されるべきものであるとするその視線なのだ。

そもそも彼の東洋文学論は多分にあらかじめ決定されたものであった。というのも、フェノロサは、おそらく生涯を通じて、中国語はむろん日本語すらかなり怪しい理解力しか習得できなかったというのがほんとうのところであって、少なくとも再来日ののち森槐南に師事して漢詩を読むようになる以前は、はたしてまともに読んでの立論なのかどうか、はじめに疑ってかかるべきだからだ。漢詩の視覚性や音楽性をまず強調するのもその故だと言おうと思えば言えるのである。だがいずれにせよ、フェノロサにこのような文学観の表出を可能にしたのが、根強いオリエンタリズムの視線であると同時に、象徴を回復されるべきものとして捉えはじめた十九世紀の思潮であることは、忘れてはならないだろう。

三　詩の媒体としての漢字考

明治二十九年(一八九六)、六年ぶりに日本を訪れたフェノロサは、日本での再就職が可能であるとの感触を得て帰国し、翌年、今度は長期滞日の心積もりを胸に横浜に上陸する。だが、状況は予想に反して思わしくなく、教え子である岡倉天心や嘉納治五郎らの奔走でどうにかその翌年、つまり明治三十一年一月より、嘉納が校長を勤める高等師範学校で教鞭をとるのが関の山だった。この時期に到ると、彼自身、いささか漢字の知識を得たこともあって、絵画のみならず、文学への興味も強まり、この年の秋には観世流の梅若実に入門して謡の稽古を始め、翌三十二年には森槐南に師事して漢詩を読みはじめたのである。

日本語の不自由なフェノロサは、有賀長雄や平田喜一の通訳によって槐南による漢詩の手ほどきを受けることになったのだが、それは明治三十二年の二月十八日を最初に毎週一回のペースで続けられ、翌年三月には岡倉天心も加わって、『詩経』『楚辞』そして唐詩の英訳を作成していった。同時に謡曲の翻訳も週一回のペースで行われていたのであるから、東洋の文化を摂取しようとする熱意には並々ならぬものがあったとしてよいだろう。だがせっかく得た高等師範学校の職も経済的には満足の行かぬものであって、さりとてほかに当てがあるわけでもなく、明治三十三年八月に、家族とともに彼は帰国を餘儀なくされる。そして翌年、最後の訪日となった四箇月を、彼はまさしく精力的に、浮世絵と漢詩と能楽の研究にいそしんだのである。その間、ほとんど毎日のように横浜のホテルから赤坂まで森槐南の講じる中国詩史を平田の通訳で聴きに行った彼は、帰国後も、コロンビア大学の中国語学文学科にひと月あまり通い、ヒルト（Friedrich Hirth）教授の講義を受けた。それらの知識をベースに、遺著となった『詩の媒体としての漢字考』は書かれた。

この書物は、一九〇八年にフェノロサがロンドンで客死してのち、未亡人から遺稿を託されたエズラ・パウンド（Ezra Pound）によって一九一九年に『リトル・レヴュー』誌に掲載されたのを皮切りに、書物としてもいくどか再刊されている。槐南やヒルト教授の講義によって中国語学文学に対する幅広い知識を得てのちの著作にふさわしく、記述は具体例に富んでいる。だが、根幹をなす考えは、これまで見てきた彼の芸術論・文学論のまさしく延長線上にあるものだ。そこにはこう書かれている。

われわれ［西洋］は、われわれ自身の理想をおぎなうのに、かれら［東洋］の最高の理想を必要とする。かれらの芸術、かれらの文学、かれらの生活の悲劇、のなかに秘蔵せられている理想を必要とするのだ。東洋と西洋がたがいに相手を必要としあっているとの論は、フェノロサの得意とするところだ。そして森槐南に師事したことをみずから評価して、「わたくしは、たぶんわたくしの仕事に、一つの価値があるだろうと主張したい。それは日本式中国文化研究をはじめてとり入れたことだ」と称するのも、結局はつぎのような耳慣れた断案への枕にすぎなくなっている。

数世紀前に、中国はその創造的自我の多くを失い、自分自身の生の根源を洞察する力の多くを失った。しかし、そのオリジナルな精神は、すべてオリジナルな新鮮さをとどめて、日本に移植され、なおも生き、生長し、意味を伝えているのだ。今日、日本人たちは宋王朝下の中国の文化に、ほぼ匹敵する文化の段階を示している。

漢詩をきちんと学ぶ前と後とでのこの立論の不変は、フェノロサの漢字論の根幹があらかじめ決定されたものであったことを、やはり物語っているだろう。しかもその立論には新たな補強が加わって、より体系的に立ち現れている。その補強の中心の柱となっているのが、象形文字としての「漢字」分析である。

どうして眼に映る象形文字でかかれた詩が、真の詩と考えられるか。その理由は、音楽のように時間芸術で、音声の連続印象からその統一体を織りなす詩が、ついに、主として眼になかば絵のように訴えることばの媒体を、自分のものにすることができた、とおもわれるからだ。

絵画と音楽と詩という芸術の三分野が互いに結び合うこと。ここでは文字は絵の役割をも果たし、美の総合性を保証する。「漢詩は絵の迫力と、音声の可動性をもって同時に話す」というわけだ。さらに、詩が人間と自然を結び合わせるものだという点でも、漢字のもつ役割は大きい。

中国語の表記方法は、任意のシンボルとは、はるかに異なったなにものかである。それは、自然のいろいろなはたらきの、生き生きとあざやかな略画にもとづいている。代数学の記号や、話されることばでは、物と記号とのあいだに、自然との関係はなにもない。すべてがまったく習慣にもとづいている。だが、中国語の方法は自然の示唆に従っている。

「草木が生き生きと茅を出す下の太陽＝春。木の記号の枝のなかにもつれてみえる太陽＝東」などという解説は、たしかに非漢字文化圏の住人にはとりわけ魅力的だろう。しかし「春」についての説明はともかく、残念ながら、「東」という文字はもともと底のない袋を象《かたど》るもので、のちに音を借りて「ひがし」の意に用いられるようになったのであるように、フェノロサの漢字解釈は徹頭徹尾象形を偏重して音声のことを考慮しないがゆえに、多くの誤りを免れない。むろんそれはここでいちいち検証すべきことでもないだろうが、それにしてもすべての漢字に彼のような説明を貼りつけていくことはなかなか苦労のように思われる。だがフェノロサはひるまない。「多くの中国の表意文字の絵の拠りどころは、いまではその跡をたどることができないのは事実」だとしながらも、音声のみがそれのみで成立することなど「私は信ずることができない」と言う。「今では跡をたどることができない多くの場合に、比喩が存在したのだ」と断言する。たとえそれが何の象徴であるかが曖昧であっても、その象徴性がゆらぐことはない。象徴はすでに記号とは異なるのだ。指示対象が明瞭である必要はない。むしろ明瞭でないほうが、その象徴性は増すというものだ。さらに彼は「そのような絵画的手法は、中国語がそれを例証していようがいまいが、世界の理想的言語であろう」と揚言する。易のなかに完璧な神秘的象徴性を見たライプニッツが中国語を普遍言語として捉えようとした試みを、それは遠く受け継いでもいるであろう。

何事によらず総合や結合に価値を見出すフェノロサは、中国語における名詞と動詞、物と行為とのあいだの結合にも着目する。つまり、象形文字としての漢字の語根の大多数は何らかの行為を指す動詞的概念を有しており、さらに中国語においては品詞が分離されておらず、そしてこれらのことは、「物」と「行為」が昔は分離されていなかったことの反映なのだと言う。たとえば、「有」という文字は英語では *is* に当たるが「手で月から奪う」to snatch from the moon with the hand という具体的な行為に起源をもつのだと主張するのである。

ほとんど、あらゆる、書かれた漢字は、まさにこのような根源的に含蓄ある語で、しかも抽象的でないのだ。品詞を排除したのではなく、品詞を包含しているのだ。

フェノロサは漢字にあらゆる総合を見る。それは自然と人間を結ぶものであり、物と行為を結ぶものであり、絵と音とを結ぶものである。媒介としての象徴。しかもその媒介は、媒介したその瞬間に、対立項を自身のなかに凝縮して収めてしまう。媒介するものが媒介されるものに君臨する。だからこそそれは真の詩の言葉なのだと彼が言うとき、われわれはどうしてもそこに象徴主義の反響を聞かずにはおれない。少なくとも、そのような視線を用意したのは、ロマン主義のあとを受けて、新たな認識の布置へと向かいつつあった十九世紀末という時代であった。

フェノロサの漢字論に象徴主義を見出す試みは、いっぽうでオリエンタリズムと象徴主義との結びつきを探る試みでもある。他者である東洋を、ただ好奇のまなざしで見るようなことをフェノロサはしない。それは失われた根源なのであり、橋を架けるべき彼岸である。それは象徴によって召喚されねばならない。

漢字の象徴性をさまざまな角度から述べたてたフェロノサがついに語らなかった象徴性、だが彼にとってはむしろもっとも切実だった漢字というものそれ自身の象徴性にわれわれは気づくことになる。東洋を象徴するものとしての漢字。それこそ、フェノロサの漢字への志向を動機づけるものであった。西洋と東洋の総合を果たすことを自らの使命と考え、漢字の向こう側に他者たる東洋を捉えた彼は、漢字を語ることで「東洋の魂」を自らの生命としようと試みたのであった。

そして、フェノロサの視線は、やがて東洋の〈内部〉で屈折しつつ分有されることになるであろう。彼の与り知ることのないその消息については、いずれ改めて述べることとしたい。

注

はじめに

（1）ベンヤミン（Walter Benjamin）「翻訳者の使命」（『ボードレール　新編増補版』『ベンヤミン著作集』6、晶文社、一九七五。また、『エッセイの思想』『ベンヤミン・コレクション』2、筑摩書房、一九九六）。

第1章　文学史の近代

（1）鈴木貞美『日本の「文学」概念』（作品社、一九九八）は、日本における〈文学〉概念を総覧概括した上で独自の方向を示した労作であり、「近代文学」に対する従来のさまざまな定義については、該書に譲りたい。ただ、毛を吹いて疵を求めるようなことを言えば、第IX章末尾で述べられた文学（文藝）の近代に対する定義などについては、いささか疑念が湧かないでもない。

こうした問題［「近代文学」の定義もしくは「近代文学」の起源の問題］を検討するには、まず前提として、社会体制還元主義を払拭すること、思想や文化の歴史は、政治や経済とは相対的に独自な軌跡を描いて展開する、という原理を確認することが必要だろう。それをことわった上で、私自身は、文藝の近代的形態の成立条件として、第一に、文藝作品が不特定多数の読者に向けて刊行されるようになる（当然、民衆の口語が用いられる）こと、第二に、その作品が民話的な流動性において一時的に書きとめられたものではなく、明確に「作家」（必ずしも固有名詞をもった一個人でなくともよい。［…］）の個性が刻印されており、また、それを読者が期待すること、のふたつの指標を考えればよいと思っている。第一の指標を満たすのは、室町期の『御伽草子』から徳川期の仮名草子類ということになろう。その上で第二の指標を満たすのは、井原西鶴の浮世草子ということになるのではないだろうか。しかし、時代としての「近代」について、私自身は、徳川期の政治形態や経済システム、文化の諸形態には「近代」的な要素は散見するが、西欧近代的な国民国家による文化システムの統合は認められない、という立場をとっていることを言い添えておく。（二八〇頁）

確かに社会体制還元主義は不毛だが、しかし思想・文化が政治・経済に対して相対的に独自の歴史を持ちうることを「原理」として確認するのには、いささか躊躇がある。結局のところ、それぞれの領域にはそれぞれの〈近代〉がある——それぞれの領域はそれぞれの軌跡で〈近代〉へと向かう――ということに収斂しているように見えるからであり、そうであれば、それぞれの〈国〉にはそれぞれの〈近代〉があるという議論に通底してしまう。第一の指標も第二の指標も、指標そのものの有効さは否定しないが、では、なぜその条件が満たされたものを、文藝の内部における〈近代〉だと呼びなさねばならないのだろうか、と疑う。むしろ、思想や文化が政治や経済から相対的に独立しているなどと言っていられなくなるような――もちろんそれぞれの〈国〉も――メカニズムの働くことが〈近代〉なのであり、その意味で、本書は、あくまで〈近代〉という概念は「時代」と不可分であると考えるし、むしろ「言い添え」られたことがらの方に〈近代〉の力点はあると理解している。もちろんここで明治維新なりウェスタン・インパクトなりをそのまま〈近代〉の始まりと認定したいわけではない。すべてを「国民国家」論に回収することで「国民国家」を補強したいわけでもない。しかしそれらの因数を考慮せずに歴史的メカニズムとしての〈近代〉を定義することに意味があるだろうか。その意味では、亀井秀雄『「小説」論』（岩波書店、一九九九）が、「リフレクションのシステムを内蔵した社会」の出現をもって「近代」と定義し、『小説神髄』で逍遥が試みたのは、小説をそういうシステムの重要な一機能として位置づけることであった」（第7章、二五五頁）と述べる方向に共感する。ただし、東アジアの〈近代〉という視点に重きを置く立場からすると、「社会」だけではやはり不十分で、好むと好まざるとにかかわらずナショナリゼーションの概念は導入せざるを得ないのである。

（2）柳田泉『明治初期の文学思想』上巻（春秋社、一九六五）は、「明治初期」という枠に限定してではあるが、三上・高津『日本文学史』以前の文学史について、紙幅を費やして説明している。その第二篇「明治十年以後の文学思想」に、「文学史の始め」という節を立てて『日本教育史略』『文藝類纂』『日本開化小史』の内容を論じ、西欧から文明史を輸入したことが、「文学史」出現の契機であったと説き、以下のように跡づける。

『文学史』が一科の学問として伸びてくるのは、一般の歴史研究乃至文明史研究（ひろく西洋学移入）の傘下においてのことであるが、その形跡がはっきりするのは、明治十五年、東京大学で古典講習科をおき、そこで和文学史というものを論じてからであろう。［…］そうして明治二十二年になって始めて新しい文明史式の文学史が書かれた。それは三上参次、高津鍬三郎共著の『日本文学史』である。（三七三頁）

該書は基本的に「西洋学移入」という視点に終始する点で、本書とはいささか関心がずれ、記述にも不満があるが、「多くの文学史家が全然度外視している」『日本教育史略』の位置づけを試みるなど、功績は大きい。なお、前掲『日本の「文学」概念』は、第Ⅳ章2節の中に「「日本文学史」の萌芽」の項目を設け、『明治初期の文学思想』上巻該当箇所の概括をおこなっている。

（3）二〜三頁。傍点は省略した。以下同。

（4）三頁。

（5）丸山作楽述「史学協会設立ノ主旨」『史学協会雑誌』第一号（一八八三・七）。

（6）『明治文化全集』第十巻（日本評論社、一九二八）。
（7）前掲『明治初期の文学思想』上巻には、「案ずるところ、文部省では、もともと日本文学史を作る案があって、榊原をしてその編纂に当たらせていたのであったかと思われるが、モーレーの発議で『教育史略』を作ることになって、その文学史的部分を補う必要から、急に榊原の編纂の大概をまとめてこれの第三部とした。そうして榊原が前からやって来た分は『類纂』の名で別に刊行した。そういうことであったのではないか」（三二五頁）とする。
（8）第七章。
（9）「文学史贅言」『史学協会雑誌』第九号（一八八四・三）。
（10）『明治時代の歴史学界――三上参次懐旧談』（吉川弘文館、一九九一）。
（11）一～二頁。
（12）前掲『明治時代の歴史学界』。
（13）『日本文学史』「総論・第四章　国文学」。
（14）「日本文学史緒論」。
（15）前掲『日本の「文学」概念』第VII章は、従来の議論を総括しながら、この問題へ接近している。
（16）巻四第七章。
（17）『日本開化小史』第七章には『文教温故』の書名を挙げての注記がある。
（18）中根淑『支那文学史要』（金港堂、一九〇〇）。
（19）なお、「中国文学史」の出現については、田口一郎「中国最初の「中国文学史」は何か」（『飈風』第三十二号、一九九七・一）を参照。

第2章　「支那」再論

（1）『中国研究月報』第五七一号（一九九五・九）。
（2）引用にあたって算用数字を漢数字に改めた箇所がある。
（3）これについては、前掲川島論文による疑義が傾聴に値する。また、これに先立つ一九一三年の中華民国承認に際し、漢文では「中華民国」、和文では「支那共和国」を正式名称とすることが決定された経緯も、川島論文に詳しい。
（4）実藤は不用意に「日本語」としてというが、むしろ世界地理認識のうちの地域呼称として「支那」が用いられたという理解の方が正確であろう。同じ白石の『西洋紀聞』巻下には、「チイナとは即支那也」とある一方で「ペッケンは、すなはち大清の北京也」

ともあり、「支那」はあくまで「チイナ」に対応する語として把えられている。なお、近世日本におけるアジア地理認識については、鳥井裕美子「近世日本のアジア認識」（溝口雄三他編『交錯するアジア』アジアから考える(1)、東京大学出版会、一九九三）に要領よくまとめられている。
（5）日本の文部省にあたる。
（6）『時務報』第一冊（一八九六・八）。
（7）原文は本書第3章六四頁を参照。

第3章　新国民の新小説

（1）本書第6章を参照。
（2）西陽野史『新刻続編三国志後伝』「引」（万暦刊）。
（3）たとえば明嘉靖本『三国志通俗演義』張尚徳（修髯子）「引」。また本書第6章を参照。
（4）本書第5章一一二頁を参照。
（5）阿英『晩清小説史』（商務印書館、一九三七。作家出版社より一九五五年に改訂版）。
（6）康有為『日本書目志』巻十四。
（7）本書第6章を参照。
（8）『読書九十年』（大日本雄辯会講談社、一九五二）。
（9）『自由新聞』六一〇、一八八四・七・二十二。
（10）一八八七・八・二十三付「徳富猪一郎宛二葉亭四迷書簡」。
（11）朝比奈知泉「新小説発刊の趣旨」（『新小説』第一期創刊号、一八八九・一・五）。
（12）磯貝雲峯「纜を明治廿四年の文学海に解く」（『日本評論』第二十三号、一八九一・二）。
（13）「頼襄を論ず」（『国民之友』一七八号、一八九三・一）。
（14）「明治廿五年の文学界」（『女学雑誌』三〇三号、一八九二）。
（15）『早稲田文学』七年七号（一八九八・四）。
（16）原作や筆名などの比定については、樽本照雄編『新編増補　清末民初小説目録』（済南・斉魯書社、二〇〇二）を参照した。
（17）孫宝瑄『忘山廬日記』「一九〇三・五・二十九（陰暦）」。
（18）同右「一九〇三・六・一（陰暦）」。

(19) ボアゴベイ（Fortune Du Boisgobey）の *In the Serpents' Coils*（仏原書未詳）からの翻訳と思われる。
(20)『新小説』第七号（一九〇三・九）。「均歴」は人名ではない可能性もあるが、ひとまずこう読んでおく。
(21)『新民叢報』第六号（一九〇二・四）。
(22)『飲氷室合集　専集』九十五（上海中華書局、一九三六。北京・中華書局、一九八九影印）。

第4章　「小説叢話」の伝統と近代

(1) 第七章「小説論」第二節「『新小説』的小説論」（上海古籍出版社、一九九三）。
(2) 金聖嘆は「小説叢話」を通じて高く評価される。小説創作のみならず、小説批評もまた「国民」の為すべきこととして捉え直そうとした『新小説』同人にとって、金聖嘆は恰好のモデルであった。また、ここから、小説批評における伝統と近代の接点を探ることもできるであろう。
(3)『史記』太史公自序に、「昔孔子何為而作春秋哉」なる問いに答えて太史公が「子曰、我欲載之空言、不如見之於行事之深切著明也」と述べたとあるのにもとづく。
(4) 発表時は『宋元戯曲史』。

第5章　官話と和文

(1)「復江翊雲兼謝丁文江書」（中国史学会主編『中国近代史資料叢刊　戊戌変法』二、上海・神州国光社、一九五三）五七三頁。
(2)『文字改革』（北京・語言出版社、一九八四）四一頁。
(3) 梁啓超『飲氷室合集　文集』四十四・上（上海中華書局、一九三六。北京・中華書局、一九八九影印）。以下、『文集』四十四・上のように表記する。
(4) 同右。
(5) なお、現在では方言区分の一つに「官話」があり、「華北官話」「西北官話」「西南官話」「江淮官話」の四つに通常区分されるが、ここに言う「官話」や「広東官話」は、むろんそれとは概念を異にする。
(6) *Cantonese Made Easy* (Hong Kong: Kelly and Walsh, 1883), Introduction, p. xiv.
(7) Carstairs Douglas, *Chinese-English Dictionary of the vernacular or spoken language of Amoy: with the principal variations of the Chang-chew and Chin-chew dialects* (London: Trubner, 1873), p. vii.
(8) ヨーロッパ諸語と異なり、中国の諸言語は、同系の言語というわけにはいかず、「たとえば、粤語は、文化的な語彙だけ中国語化したタイ語――もっと正確にはチョワン語――みたいなもの」（橋本万太郎『現代博言学』大修館書店、一九八一、三八四頁）というように、そもそも系統の異なる諸語の上に「漢語」がかぶさったものと考える説も有力である。
（9）近代中国におけるこうした意識の形成には、もちろん梁啓超自身も深く与かっている。
（10）『文集』六。
（11）『文集』十。
（12）『文集』十九。
（13）第十号「開民智」。
（14）清初の王船山による『黄書』の黄帝崇拝と排満思想が清末の革命運動に影響を与えたことは、つとに桑原隲蔵「歴史上より観たる南北支那」（『白鳥博士還暦記念東洋史論叢』岩波書店、一九二五。のち『桑原隲蔵全集』第二巻、岩波書店、一九六八）に指摘されている。
（15）『文集』十一。
（16）一二七九年、広東新会の崖山（厓山、また厓門山とも表記する）で元軍に最後の抵抗を試みていた陸秀夫は、戦いに敗れ、幼帝趙昺を背負って海に身を投げた。
（17）南雄珠璣巷伝承については、『中国の移住伝説――広東原住民族考』（『牧野巽著作集』第五巻、御茶の水書房、一九八五）を参照。
（18）『専集』四十二。
（19）『文集』六。
（20）「三十自述」による。
（21）Luis-Jean Calvet, *Les langues véhiculaires*,《Que sais-je ?》n° 1916, PUF, 1981（林正寛訳『超民族語』白水社、一九九六）を参照。
（22）『文集』二。
（23）『文集』一。
（24）『文集』二。
（25）『文集』四。
（26）文法用語は、以下、原則として原文の表記に従う。
（27）「者」はもと「着」。

（28）なお、宣教師の中国語学習のために書かれた文法書が『馬氏文通』以前にあったことは、正当に評価する必要があるだろう。なかでも、T・P・クロフォード『文学書官話』（T. P. Crawford, *Mandarin Granner*, 1869）は、日本でも大槻文彦解『支那文典』（一八七七、大槻氏蔵版）や金谷昭訓点『大清文典』（一八七七、青山堂）のような和刻本があり、品詞分類もすでに行われている。『文学書官話』の品詞名称は、『和文漢読法』のものとまったく重ならないが、大槻文彦による注記に見える名称は、「脈絡語」以外すべて重なる。ただし概念にはやや異同がある。

（29）「和文漢読法」（『苦竹雑記』上海良友図書印刷公司、一九三六）。

（30）『文集』四。

第6章　小説の冒険

（1）華訳『佳人奇遇』については、『清議報』第三十二号までの掲載分を一冊にまとめた『清訳佳人之奇遇』（京都大学附属図書館蔵、但し巻十まで）を、巻十一以降は成文出版社影印版『清議報』（台北、一九六七）を底本とし、『飲氷室合集　専集』八十八所収の「佳人奇遇」も参照した。なお『専集』版はのちに再編された単行本を底本としており、字句に若干の異同があるほか、「訳印政治小説序」を「佳人奇遇序」の題に変更している。以下、『専集』版を再編版と称する。

（2）華訳『経国美談』については、前掲成文出版社版『清議報』及び『近代中国史料叢刊』第三編第十五輯（台北・文海出版社、一九八六）所収の『清議報全編』を底本とした。『清議報全編』は『清議報』の終刊後、主要な記事や論文などを新民社（横浜）が再編集したもので、その第三集に「佳人奇遇」と「経国美談」が収録されているが、ともに底本は単行本に拠ったと思われる。以下、『清議報全編』版を再編版と称する。なお、訳者が誰であったかについては諸説あり（周逵とする説が有力）、個人訳か共訳かも分明でないが、これに携わったのが、梁啓超もしくは彼に近い人間であることは間違いないだろう。

（3）『佳人之奇遇』は博文堂初版本を、『経国美談』は明治十九年合本五版を底本に用い、引用にあたっては、ルビ及び割注、圏点並びに傍線は原則として省略した。また、句読はあえて施さなかった。

（4）大沼敏男「『佳人之奇遇』成立考証序説」（『文学』第五十一巻第九号、一九八三・九）はこの〈小説〉が東海散士以外の者の手によって添削を加えられて成立したことを明らかにしている。

（5）東京教育大学『漢文学会会報』第三十号（一九七一・六）。氏の論は他に、「『清議報』登載の『佳人奇遇』について——特にその名譯と誤植訂正」（『斯文』第六十六号、一九七一・八）、「『清議報』登載の佳人奇遇について㈡——特にその誤譯①」（同第六十七号、一九七一・十）、「『清議報』登載の『佳人奇遇』について——特にその西洋的外来語㈠」（同第六十八号、一九七二・二）を参照した。なお、山田敬三「漢訳『佳人奇遇』の周辺——中国政治小説研究札記」（『神戸大学文学部紀要』9、一九八一）は、実際の訳者は羅普であるとする。

（6）以下、引用する中国文のうち、小説の翻訳及び比較的短いものについては原文で示し、比較的長いものは読み下しで示す。なお読み下しに際しては、文末の助字などは可能な限り留めることとする。

（7）明嘉靖本『三国志通俗演義』、一五二二年序。

（8）再編版ではそれぞれ「日本柴四朗著」「日本矢野文雄著」となっている。

（9）すでに小島憲之『日本文学における漢語表現』（岩波書店、一九八八）第七章に同様の指摘がある。

（10）小野和子訳注『清代学術概論』（平凡社、一九七四）二十五章。

（11）前掲「『清議報』登載の『佳人奇遇』について――特にその訳者」を参照。

（12）小島前掲書にも例示がある。

（13）張載の「擬四愁詩」は、また、その四首のうち一種が『文選』巻三十に収録される。

（14）この序が「自序」であるか否かは、つとに宋・王観国『学林』巻七に議論があり、後人の偽託であるとの説が有力である。

（15）後漢・王逸「離騷章句」に「離騷之文、依詩取興、引類譬諭、故善鳥香草以配忠貞、悪禽臭物以比讒佞、靈脩美人以媲於君、宓妃佚女以譬賢臣、虬龍鸞鳳雲霓以爲小人」とある。

（16）『花柳春話』の底本は初版本を用いた。

（17）永峰秀樹訳『欧羅巴文明史』（一八七四～七七）の「凡例」には、「文章ノ訓讀ハ煩ハシキヲ以テ大畧《オヽム子》音讀ヲ用ヒ兒輩ノ爲メニ偎《マヽ》其義ヲ左傍《ヒダリカハ》ニ記スモノアリ是レ讀下ニ妨ケナカランヲ欲シテナリ」とある。また、『西国立志編』の文体については、岡本勲『明治諸作家の文体』（笠間書院、一九七〇）第三章第一節「『西国立志編』の文章――普通文の源流の一つとして」や、近代語学会編『近代語研究』第二集（武蔵野書院、一九六八）所収の西尾光雄「『西国立志編』のふりがなについて――形容詞と漢語サ変の場合」などにくわしい。

（18）『情海波瀾』の底本は日本近代文学館復刻本を用いた。

（19）都賀庭鐘『義経磐石伝』（文化三）においてすでに「情史氏」の語が見える。徳田武「読本論」（『秋成・馬琴』『鑑賞日本古典文学』第三十五巻、角川書店、一九七七）の解説を挙げておく。

また「情史」は、巻之五上ノ十四「西行奇に忠信を扶け、布裙隊に尤物を認る事」で、義経と静が吉野山で離別する場面、あるいは、捕えられた静が頼朝の面前で義経を恋うる歌を唱う、といった情緒纏綿たる場面の後の論讃に用いられている語である。正史が普通このような情緒的場面を記すことはまれである。という事情を考慮すると、この語もやはり「正史」に対しての変格の史であることを表す言葉になる。

（20）前田愛「明治歴史文学の原像――政治小説の場合」（『展望』一九七六年九月号）や『明治政治小説集』（『日本近代文学大系』第二巻、角川書店、一九七四）所収の「経国美談」の注釈など、氏の政治小説に対する一連の研究は、すでにこの観点から多くの成果を上げており、本章の負うところも大きい。

（21）念のために章回小説の形式についての解説を藤堂明保・伊藤漱平「近世小説の文学・言語とその時代」（大阪市立大学編『中国の八大小説』平凡社、一九六五）より引用しておく。

章回小説は通常「回目」（「標目」）と呼ばれる各回ごとの小題目を持ち、明代までは、七言（七字句）または八言を二句かさねた対句形式をとりながら、回によって字数がなお一定しない場合も多かった。清代になると、形式面での整備の傾向に拍車がかけられ、回目も全書を一定の字数のもので統一しようとするようになる。この回目を承けて、つぎに「標題詩」と呼ばれる詩詞の置かれることが多く、これにはその回の内容が詠みこまれる。各回には、全体の構成とは別に、おおむねヤマ場が二つ設定され、回目の対句はこれに応ずるものであるが、後者の「扣子」（むすび目、つぎ目の意）に至ると、話を盛り上げておいて、いったん打ち切り「且聴下回分解」（しばらく次回に解きあかすを聴かれよ）に類したさまり文句で回を結ぶ。その前（後）に「正是」（これぞまさしく……）でみちびかれる七言二句その他の詩句や詩を置いて話に一息入れる形式がふつうとられる。こうした回の積みかさねによって「章回小説」はできているが、各回は分量的にも平均のとれていることが当然望ましい。

（22）『花柳春話』本編六十六章付録十二章のうち、三例（本編二十五章・三十五章・三十七章）ほど七言から逸脱し漢文散体の回目が掲げられているが、いずれも箴言に類するもので、『西国立志編』の小題目を連想させるのは、興味深い。なお『情海波瀾』の回目はすべて七言の対句。また、『雪中梅』や『花間鶯』も、漢文の対句を回目として掲げる。

（23）この前段において、原作では「獨リ後園ヲ打詠メ默然トシテ在リケル」とある箇所を、華訳は「在後園默然打算」として巴比陀を園庭に出してしまっている。恐らく誤訳であろうが、そのために庭で散歩沈思する巴比陀という情景が可能になっている。

（24）ただ、この技法が部分的にもせよ『経国美談』にみられるのは、『花柳春話』がそれをほとんど顧みないことを考えると、よく残っている方だとも言え、この点でも近世小説への近さを測ることができる。

（25）その意味で『八犬伝』の信乃と浜路の悲恋は、演義小説のコードから外れたものであり、読本が中国小説から一歩離れたことを示している。前田愛氏が巴比陀と令南の悲恋の下敷きに信乃と浜路のそれを強調するのも、無理なことではない。だが、令南も巴比陀もその感情を言葉にする機会をついに与えられず、浜路が信乃をかきくどくのとは、本質的な相違を見せている。饒舌な恋から寡黙な愛への転換。近世文学から近代文学への転換がここに見られる、とはいささか先走りだろうか。なお同氏の指摘については、前掲『明治政治小説集』および『近代文学の成立期』（シンポジウム日本文学⑫、学生社、一九七七）を参照。

(26) 森田思軒は第七回の鼇頭でこの部分もあわせて「趣絶妙絶幷西文寫法大抵似八旬周球記等爲之粉本」と評し、ヴェルヌの『八十日間世界一周』などの叙述技法に言及している。
(27) 小川環樹『中國小説史の研究』(岩波書店、一九六八)第二部第三章「『水滸傳』の文學」などを参照。
(28) 徳田武『日本近世小説と中国小説』(青裳堂書店、一九八七)第一部第三章によれば、元禄十六年刊行の『通俗続三国志』の序もこの「引」を概ね踏襲する。なお引用は、同書による訂正は承知しながらも、文意を考慮して、『中国歴代小説論著選』上(江西人民出版社、一九八二)に姑く従う。
(29) 明崇禎五年(一六三二)刊本『二刻拍案驚奇』。
(30) この点については、大久保利謙『日本近代史学の成立』(『大久保利謙歴史著作集』7、吉川弘文館、一九八八)などを参照。
(31) 『東京学士会院雑誌』第一編第一冊、一八八〇。
(32) 注(7)に同じ。また、通俗小説の書き手の正史に対する意識については、小川前掲書第一部第一章「『三國演義』の発展のあと」などを参照。
(33) 従来の政治小説研究はこの〈小説〉と〈正史〉との関係についてさまざまに議論はしているものの、いま一歩の感を免れない。正史に拠るとの標榜をもって近代性の証としたり、逆にそれを近世読本と同列に置いて正史の強調を建前とみたりするなど(前田愛氏は前掲『明治政治小説集』の補注六二において、平岡敏夫氏が前者の見方をとるのに対し、後者の見解を示して反駁している。詳細は同書参照)、正史そのものの変貌にはあまり注意が向けられていない。ただ、飛鳥井雅道「宮崎夢柳の幻想――政治小説と〈近代〉文学・再論」(同編『国民文化の形成』筑摩書房、一九八四)には断片的ではあるものの『経国美談』におけるこの問題への言及が以下のように見える。

こうした筆法は、江戸の読本にもすでに存在した技法だったのであり、したがって読者との約束としては、一応の出展表示にすぎなかったはずであった。[…]だが開化期以来の新しい読者は、開化期を経験し、またヨーロッパの「実事」の力強さにあまりにも圧倒されていたが故に、この歴史注釈を、江戸期の、例えば馬琴の注釈や参考文献よりも、真正直にうけとった形跡がある。

(34) 『言語と文芸』一九六〇年七月号。
(35) 「作品解説」(『政治小説集』『日本現代文学全集』3、講談社、一九六五)。
(36) 『国語と国文学』第十一巻第十二号、一九三四・十二。
(37) 華訳では、范卿は竃谿での一夜が終わった後にはじめて登場する。つまり原作が、幽蘭紅蓮の給仕をしていた老中国人が二人の話を聞き、「今ニシテ兩孃ハ國家ノ忠臣烈女ナルヿヲ知レリ老奴モ亦亡朝ノ孤臣」と自身の素性を明らかにして志を述べ、最後には散士も加えて亡国の士の奇遇に四人が感じいる、のように設定するのに対し、華訳は、散士が幽蘭紅蓮と別れる場面で、「范卿者支那志士也。憤世嫉俗。遁跡江湖。與散士交最契。過從甚密。久耳幽蘭紅蓮之名。散士此行。早約其艤舟相侍。至則范卿已久侍河邊」と登場するのである。従って原作では范卿が古詩「今日良宴會」を朗吟することになっているのに、華訳では幽蘭がそれをうたい、四人が詩を唱和する場面では范卿の詩が省かれることになる。なぜこのような操作が施されたのかについては、さまざまな憶測が可能だろう。范卿が明の遺臣であるだけに、華訳が取扱いに慎重を期したのかも知れないし、その語る内容に不満を感じたのかも知れない。馮自由『辛亥前海内外革命書報一覧』（『革命逸史』第三集）には、『佳人奇遇』の訳者を羅普とした上で、「惟關於中國志士反抗滿虜一節、爲康有爲强令删去」といい、この削除が、訳稿が出来てから梁啓超の師康有爲の指示でなされたものだとする。前掲「漢訳『佳人奇遇』の周辺」参照。ただ、それならば范卿の身分や話の内容を改変すれば済むことであって、亡国の志士の邂逅の場面から削除する必要はないようにも思われる。ともかく、結果的に華訳における散士と佳人の邂逅は、范卿が登場しないことによって容易に『遊仙窟』の人物構成を連想させる仕掛けになっている。ただし、梁啓超は、『遊仙窟』の存在をおそらく知らなかったと思われる。その中国への本格的な紹介は一九二九年、魯迅序・川島校点による北新書局本を待たねばならないからである。もちろん、男が山中もしくは水辺の窟で神女と出会い一夜をともにするというのは、説話のパターンとしてはよく見られるものであり（前野直彬『中国小説史考』秋山書店、一九七五、第II部第1章「神女との結婚」参照）、その点だけに限ればどうしても『遊仙窟』でなければならないというものでもない。なお、駢儷文で書かれた〈小説〉としては他に、嘉慶年間の才子佳人小説、陳球『燕山外史』が例外的に存在する。明治十一年には大郷穆の訓点による和刻が刊行されており、『佳人之奇遇』にこれが及ぼした作用も考える必要があるかもしれない。

（38）燕南尚生『新評水滸傳』（保定直隷官書局鉛印、一九〇八）。馬蹄疾編『水滸書録』（上海古籍出版社、一九八六）の該条および口絵（図二十八）を参照。燕南尚生による「敍」「凡例」「新或問」「命名釋義」は馬蹄疾編『水滸資料彙編』（中華書局、一九八〇）に収録。この「敍」は、曲亭馬琴、高井蘭山、岡島冠山らの日本での訳業を高く評価し、『水滸伝』を「公徳之權輿」「憲政之濫觴」を説いたものだとみなし、また、挿絵も岡島訳のものを用いると明記する。その編集発行には日本人も深く関わっていたらしいことは、『水滸書録』所載の記事からも知れ、新式標点を採用するなど興味深い点は多々あるのだが、残念ながら原本は日本にはなく、中国でも二部を確認するのみである。

第7章　『浮城物語』の近代

（1）奥付に「明治二十三年四月十六日出版」とある。

（2）『政治小説研究』下巻（『明治文学研究』第十巻、春秋社、一九六八）所収。なお同氏の『海洋文学と南進思想』（ラジオ新書94、日本放送出版協会、一九四二）も、『浮城物語』について多くを教える。

（3）『近代文学成立期の研究』（岩波書店、一九八四）所収。初出は『近代文学の検討』（『論集「文学史」』第一輯、白帝社、一九六二）。『矢野龍渓集』（『明治文学全集』15、筑摩書房、一九七〇）にも収める。

（4）『文学の近代』（砂子屋書房、一九八六）所収。初出は『国文学』臨時増刊（学燈社、一九七五・三）。

（5）齋藤久治『新聞生活三十年』（新聞通信社、一九三二）は「それまでは僅か五六千の発行に止まった報知が、一躍二万五千に達したのであった」と記す。また山本武利『近代日本の新聞読者層』（法政大学出版局、一九八一）によれば、明治二十三年の『郵便報知新聞』の一日の発行部数は二万五六八部である。

（6）明治十八年十二月二十七日の「読売雑談」欄に「新聞紙の小説」と題して「聯画閑人」の名で加藤紫芳が以下のように記している。

> 或る人閑人を詰りて曰く足下等の従事する処の読売新聞に記載する処の続話しは殊更に奇異の説を構造し又は猥褻の字句を狭さむ等の事なしと雖も其書く処のもの小説に類し然も趣意も無く寓意も無く唯事実を述るに過ざれば此の如きものを他の雑件と混載せんよりは寧ろ純然たる小説を編述して之を別欄に記載するに如ずと［…］試みに其例を欧米の新聞紙に求めたるに毎週発刊の新聞紙と雖も其例少からず現に仏国のペチ－ジウルナル（小新聞と云ふ意）の如きは日々の発刊にて紙面は其名の如く甚だ広大ならず我読売より一寸強も小さき小新聞ながら日々其紙面の下段に二個づつの小説を掲げ然も仏国内にありし事は大小漏さず記載するとの事にて大いに社会の信用厚く日々発刊の紙数六十万餘部の多きに達すると云り然れば我読売新聞に小説を掲ぐる敢て不可なきに依り来春よりは別欄を設け日々一二章づつ記者の編述したるもの或ひは欧米の小説中最も佳なるものを選びて登載し自餘の小説類似の続き話しは一切廢さん事を希望せり［…］（原文総ルビ）

（7）『報知七十年』（報知新聞社、一九四一）による。但し桜痴の非難を『浮城物語』の連載時であるとするのには従わない。

（8）『郵便報知新聞』明治二十三・六・二十八～七・一。『国民新聞』明治二十三・六・二十八～七・二にも掲載されたが、字句にいささかの異同がある。

（9）『郵便報知新聞』明治二十三・一・十五「社告」。

（10）同右。

（11）『龍渓矢野文雄伝』を参照。

（12）これについては藤田淑禎「森田思軒の出発――『嘉坡通信報知叢談』試論」（『国語と国文学』一九七二・四）や小森陽一「〈記述〉する「実境」中継者の一人称」（『構造としての語り』新曜社、一九八八）に詳らかである。

（13）「幾区にも仕切りあり」（第十八回）の「幾区」に右ルビ「コンパートメント」、左ルビ「いくつ」と振るように、例外がないわけではないが、これとても、右ルビが読みを示しているわけではない。
(14) F・シュタンツェル、前田彰一訳『物語の構造』（岩波書店、一九八九）第Ⅳ章。
(15) 同右。
(16)『経国美談』前編末尾評。
(17)「古来理想の幸福国の種類」（『龍渓矢野先生講話　社会主義全集』現代社、一九〇三）。
(18)『報知異聞浮城物語』序。
(19) 明治二十年代における自叙体への関心については、この思軒の文の細かな分析も含めて、前掲『構造としての語り』に収める諸論文に詳しい。
(20)「『浮城物語』を読む」（『国民新聞』明治二十三・五・八）。
(21)「報知異聞（矢野龍渓氏著）」（『国民之友』明治二十三・四・三）。
(22) 前掲「『浮城物語』を読む」。

第8章　明治の游記

(1)『漱石全集』第十八巻（岩波書店、一九九五）。
(2) ただし明治二十二年八月三日付正岡子規宛書簡には興津の地勢風景を漢文で記した四百字足らずの未完の游記が見られる。前掲『全集』第十八巻に「東海道興津紀行」との仮題で収められる。
(3) 古田島洋介「挿詩文の系譜——日本文学史試論」（『比較文学研究』四十五、一九八四・四）を参照。
(4)『西洋見聞集』（『日本思想体系』六十六、岩波書店、一九七四）に『仏英行』として収める。
(5) 前田愛「柳北「航西日乗」の原型」（『近代日本の文学空間——歴史・ことば・状況』新曜社、一九八三）を参照。該論はのち『幕末・維新期の文学　成島柳北』（『前田愛著作集』第一巻、筑摩書房、一九八九）に収める。
(6)『航西日記』については、井沢恒夫・伊藤由美子・大野亮司・武智政幸・本田孔明「「航西日記」注釈」（『季刊　文学』第八巻第三号、岩波書店、一九九七）およびその続編（『鷗外』第六十二号より連載）が先行研究の総括と新しい知見を提示して重要である。
(7)『航西日記』中の漢詩については、『鷗外歴史文学集』第十二巻（古田島洋介注釈、岩波書店、二〇〇〇）が参考に値する。

第9章　越境する文体

（1）大和田建樹『明治文学史』（博文館、一八九四）一一七頁。

（2）徳富猪一郎「森田思軒」（『漫興雑記』民友社、一八九八）。のち『思軒全集』巻一（堺屋石割書店、一九〇七）の蘇峰の序に引く。

（3）岩城準太郎『明治文学史』（育英社、一九〇六）一〇三〜〇四頁。

（4）岩城準太郎『明治大正の国文学』（成象堂、一九二五）一二五頁。

（5）高須梅渓『近代文藝史論』（日本評論社出版部、一九二一）二八三頁。

（6）『続明治翻訳文学全集《新聞雑誌編》5　森田思軒集Ⅰ』（大空社、二〇〇二）所収。

（7）『成城文藝』第一〇三号（一九八三・三）。のち『構造としての語り』（新曜社、一九八八）に改編加筆して収める。

（8）明治二十六・一・一三。『アーヴィング集』（『明治翻訳文学全集《新聞雑誌編》』17、大空社、一九九七）所収。

（9）明治二十五・七・三。『アーヴィング集』（『明治翻訳文学全集《新聞雑誌編》』17、大空社、一九九七）所収。

（10）底本不明。かりに *The Works of Washington Irving vol. 3, Bracebridge Hall ; Abbotsford and Newstead Abbey* (Bohn's standard library, London, George Bell & Sons, 1890) に拠る。テクストによっては "in a country inn!" の後にダッシュを加える。

（11）「今日の文学者」（『国民之友』四十八、明治二十二・四・二十二）で思軒は「一人あり朝に疑問標？ 感歎標！ を用ひそむれは夕にハ「乎」またハ「哉」をもて優かに其辞を達し得へき所に之を濫用するもの百人出つ」と言う。

（12）「簌」は「簌」の異体字。

（13）もと「だんた」とルビを振る。

（14）前掲「森田思軒」。

（15）「文学一からげ」（『読売新聞』明治二十六・六・二十）。

（16）『国民之友』第十号（明治二十・十・二十一）。

（17）「思軒居士の書簡」（『早稲田文学』第二十三号、明治二十五・九・十五）。

（18）『新著月刊』第七号（明治三十・十・三）。のち伊藤青々園・後藤宙外編『唾玉集』（春陽堂、一九〇六）に「翻訳の苦心」として収める。

（19）『飲氷室合集　専集』五十九（上海中華書局、一九三六。北京・中華書局、一九八九影印）。

（20）『専集』五十九、二十八頁。

（21）思軒訳『十五少年』からの翻訳『十五小豪傑』にしても、李慶国「従森田思軒譯《十五少年》到梁啓超譯《十五小豪傑》」（『追手門学院大学文学部紀要』三十八、二〇〇二）や范令「梁啓超訳『十五小豪傑』に見られる森田思軒の影響と梁啓超の文体改革」（『大阪大学言語文化学』十二、二〇〇三）などの近年の論者のように、翻訳のありかたに共通項を見出すことは不可能ではないが、その比較はもう少し広い視野で行う必要があるだろう。

(22) リットン（Edward George Earle Lytton Bulwer-Lytton）著、藤田茂吉（鳴鶴）佐訳纂評・尾崎庸夫訳、報知社、一八八五。「初篇」とも称する。

(23)「明治十八年十一月　訳者等識」。

(24)「失」はもと「夫」。

(25) 集成社、一八八八。「中篇」とも称する。

(26)「明治二十年十一月　思軒　森田　文蔵撰」。

(27)『経国美談』は前後編とも頭評者の名を記さないが、谷口靖彦『明治の翻訳王　伝記　森田思軒』（山陽新聞社、二〇〇〇）九一頁掲載の森田佐平（思軒の父）宛矢野龍渓書簡に「拙著経国美談後篇ニハ文蔵君ノ額評を煩シ」とある。

(28) 益田克徳訳述、若林玵蔵速記、博文館、一八八九。

(29)『国民之友』第七号（明治二十・八・十五）。

(30)『国民之友』第八号（明治二十・九・十五）。

(31)『経国美談』後編自序付載「文体論」。

(32) 同右。

(33)『外国語学雑誌』第一巻第一号（明治三十・七・十）。なお末尾近くの「者」にルビがないのは原文のまま。

(34)『国民之友』第三〇九号付録（明治二十九・八・十五）。『ユゴー集Ⅰ』（『明治翻訳文学全集《新聞雑誌編》』24、大空社、一九九六）所収。

(35) 川戸道昭「明治時代のヴィクトル・ユゴー――森田思軒の邦訳をめぐって」（前掲『ユゴー集Ⅰ』）を参照。

(36)「出」にルビがないのは原文のまま。

(37)「嘉坡通信報知叢談　月珠《ムーンストーン》」第四回、続（『郵便報知新聞』明治二十二・七・七）。『コリンズ集』（『明治翻訳文学全集《新聞雑誌編》』9、大空社、一九九八）所収。

(38) Victor Hugo, *Claude Goux*（英訳同題）。『国民之友』第六十九～七十三号（明治二十三・一・三～二・十三）。『ユゴー集Ⅰ』（『明治翻訳文学全集《新聞雑誌編》』24、大空社、一九九六）所収。

(39) Hugo, *Bug-Jargal*（*Told under Canvas*）.『国民之友』第一四二号付録～一七〇号付録（明治二十五・一・十三～十・二十三）。

前掲『ユゴー集Ⅰ』所収。

（40）Edgar Allan Poe, *The Pit and the Pendulum*.『太陽』第二巻第三号（明治二十九・二）。『ポー集』（『明治翻訳文学全集《新聞雑誌編》』19、大空社、一九九六）所収。

（41）Hugo, *Le Dernier Jour d'un Condamné*（*The Under Sentence of Death, or A Criminal's Last Hours*）.『国民之友』第三〇九号付録〜三三五号（明治二十九・八・十五〜三十・二・十三）。『ユゴー集Ⅱ』（『明治翻訳文学全集《新聞雑誌編》』25、大空社、一九九八）所収。

（42）Charles Dickens, "The Story of the Convict's Return"（*The Posthumous Papers of the Pickwick Club*（*The Pickwick Papers*）Ch. 6）からの抜粋。『家庭雑誌』第八十三号付録（明治二十九・八・十）。『ディケンズ集』（『明治文学全集《新聞雑誌編》』6、大空社、一九九六）所収。

（43）Jules Verne, *Deux ans de vacances*（*Two years' vacance*）の翻訳。『少年世界』第二巻第五号〜十九号（明治二十九・三・一〜十・一）。

（44）近世における教育制度については、石川謙『学校の発達』（岩崎書店、一九五三）、同『日本学校史の研究』（小学館、一九六〇）、武田勘治『近世日本学習方法の研究』（講談社、一九六九）、橋本昭彦『江戸幕府試験制度史の研究』（風間書房、一九九三）を参照。

（45）「素読吟味」とは、十五歳までの者に対し、十歳までが四書の素読、それ以上は四書及び五経の素読を試験するもの、「学問吟味」は、十五歳以上の者に対し、経書、歴史、文章の試験を行うものであった。

（46）前掲『日本学校史の研究』一九六頁。

（47）前田愛『近代読者の成立』（有精堂、一九七三）所収。のち『近代読者の成立』（『前田愛著作集』第二巻、筑摩書房、一九八九）所収。

（48）前田愛『近代日本の文学空間――歴史・ことば・状況』（新曜社、一九八三）所収。のち前掲筑摩書房版『近代読者の成立』所収。

（49）『国民之友』第七十七号（明治二十三・三・二十三）。

（50）民友社、一八八二。

（51）「明治二十五年十一月九日根岸の近狂草廬に識すこの日晴然謂ゆる小春の気節にかなふ」。

（52）『国民之友』第七十八号（明治二十三・四・三）。

（53）『国民之友』第九十一号付録（明治二十三・八・十三）。

(54)『国民之友』第三十一号（明治二十一・十・五）。
(55)『歌舞伎新報』第一三三一号（明治二十五・一・九）。
(56)『国民之友』第五十八号（明治二十二・八・二）。
(57)『国民之友』第一二八号および一三〇号（明治二十四・八・二十三、九・十三）。
(58)『国民之友』第七号（明治二十・八・十五）。
(59)『国民之友』第一三〇号（明治二十四・九・十三）。
(60)前掲筑摩書房版『近代読者の成立』四〇三頁。
(61)同書一三二頁。
(62)「南窓渉筆」（『国民之友』第八十五号、明治二十三・六・十三）。
(63)『郵便報知新聞』明治二十一・七・二十四〜二十八。
(64)『郵便報知新聞』明治十八・五・二〜五・二十九。
(65)『国民之友』第一九三〜二一八号（明治十六・六・十三〜十七・七・十三）。のち『頼山陽及其時代』（『十二文豪』第十二巻、民友社、一八九八）所収。
(66)『国民之友』第一七八号付録（明治二十六・一・十三）。
(67)「熱海たより（番外）」（『国民新聞』明治二十六・三・十九、二十六）。のち前掲『頼山陽及其時代』所収。
(68)「書目十種」（『国民之友』第四十八号、明治二十二・四・二十二）。
(69)前掲「熱海たより」。引用は『頼山陽及其時代』五四七頁。
(70)『国民之友』第三四二〜三四六号（明治三十・四・三〜五・一）。
(71)底本不明。かりに *The posthumous papers of the Pickwick club*（Tokyo, Mikawaya, 1893）に拠る。

第10章　『記事論説文例』

(1)『文法指教記事論説作法明辨』と同種の書らしく思われるが、『記事論説文法明辨』の広告には菊池三渓閲、山田清風・橋本徳校正とあるにもかかわらず、明治二十一年の『前川蔵版并発兌書目』に掲載された『文法指教記事論説作法明辨』は安田の名のみ載せることからも、区別したほうがよさそうである。ただし、この書目には『記事論説文法明辨』はなく、あるいは刊行計画が変わって『文法指教記事論説作法明辨』となったものか。
(2)森琴石の事績については、曾孫の森隆太ご夫妻より、貴重な資料を提供いただいた。

（3）『日本銅版画志』四二五頁。
（4）同書三九八頁。また明治七・十一・七付『東京日日新聞』の「江湖叢談」も高橋由一と玄々堂の親交を伝える。玄々堂と明治西洋画のかかわりについては、増野恵子「日本に於ける石版術受容の諸問題」（『近代日本版画の諸相』中央公論美術出版、一九九八、所収）参照。
（5）松本家は緑山に至って松田に改姓し、また、緑山は先代を松田姓で称するため、資料によっては初代も松田玄々堂と呼ぶことがある。
（6）該書未見。「銅版細字の経巻に就て」（『書物の趣味』第七冊、一九三二）に拠る。
（7）島屋政一『日本版画変遷史』（大阪出版社、一九三九）六九一頁は、井上を初代玄々堂の門人と言う。
（8）同書三四六頁。
（9）同書三五三頁。
（10）『明治の銅版本』一三頁。
（11）『書誌学談義　江戸の板本』四三頁。
（12）『日本銅版画志』四一二頁。
（13）森登「玄々堂と明治の銅版画」（前掲『近代日本版画の諸相』所収）参照。
（14）石川松太郎『往来物の成立と展開』（雄松堂、一九八八）参照。
（15）『書牘』については、母利司朗「明治前期作文教育と文部省編『書牘日用文』――国語教育前史論5」（『岐阜大学国語国文学』二十六、一九九九・三）にこの時期の作文書としての位置づけが述べられる。
（16）前田愛「明治立身出世主義の系譜――『西国立志編』から『帰省』まで」（『近代読者の成立』『前田愛著作集』第二巻、筑摩書房、一九八九）参照。
（17）「体」はもと「休」。
（18）『新小説』第六年第一巻（一九〇一・一）。本文は春陽堂版『鏡花全集』巻十五（一九二七）に拠り、ルビは適宜省略した。

第11章　作文する少年たち

（1）『文学』一九六五年四月、のち『近代読者の成立』（有精堂、一九七三）所収。また『近代読者の成立』（『前田愛著作集』第二巻、筑摩書房、一九八九）所収。
（2）前掲『近代読者の成立』（『前田愛著作集』第二巻）所収。

（3）『『穎才新誌』復刻版　解説・総目次・索引』（不二出版、一九九三）所収。

（4）『権利としての教育』（筑摩書房、一九六八）所収。のち『権利としての教育／言葉の論理と情念』（『佐藤忠男著作集』三一書房、一九七五）所収。

（5）青柳宏「投書雑誌・『穎才新誌』の研究——明治10年代前半の青少年の書記文化」（『名古屋大学教育学部紀要・教育学科』三十八、一九九一）はそれを踏まえて『穎才新誌』上の論争にハーバーマス的な「公共性」を見いだそうとする。

（6）国会図書館所蔵。なお第五十八号（明治十・十一・二十七御届）より、編集兼発行人が代わり、表紙の号数も「第一号」に改められるが、内題では通巻号数が示されており、ここではそれに従う。

（7）前掲「『穎才新誌』解説——日本近代文化の揺籃として」は『穎才新誌』と「同様の作文投稿雑誌」としてその名のみ挙げるが、「明治七〈一八七四〉年創刊」とするのは何に拠るのか不明。

（8）（　）内の数字は作文の本数。「洋行ノ人ニ送ル文」は第二号以下掲載分では「洋行ノ人ニ贈ル文」とする。標題を欠くものが一本あり、数に含めていない。

（9）『学庭拾芳録』第二十九号（明治十・五・七御届）掲載の本郷定太郎の作文「父母ニ尽ス可キ職分ノ説」が『穎才新誌』第三十三号（明治十・十・二十）に見える。

（10）『太陽』昭和二年七月号。のち『内田魯庵全集』3（ゆまに書房、一九八三）所収。

（11）『穎才新誌』第七十号（明治十一・七・六）。『明治文鑑』は明治十一年六月出版。

（12）広告は『穎才新誌』第八十八号（明治十一・十一・九）。『習文軌範』は前四冊が明治十一年八月出版、後四冊が明治十二年三月出版。広告には「四冊記説ノ部出版　四冊論序跋雑文既刻」とある。

（13）明治十八年一月出版。著者は山田久作、発売元は自由閣。

（14）前掲「論争の場としての少年雑誌」および「投書雑誌・『穎才新誌』の研究」。

終章　象徴としての漢字

（1）Ernest F. Fenollosa, *The Chinese Written Character as a Medium for Poetry.* エズラ・パウンドによって *Little Review*, VI. 5–8（1919）に分載されたのが初出。本章では高田一美訳『詩の媒体としての漢字考』（東京美術、一九七二）を参照した。また、フェノロサの漢字論を論じたものに、川西瑛子「フェノロサの漢字論について——その波紋と背景」（『比較文学研究』64、一九九三・十二）がある。

（2）初版一八九九年。用いた日本語訳は一九一九年版を底本とした前川祐一訳（冨山房、一九三三）。なお一九一三年（大正二）に刊行された岩野泡鳴訳は『表象派の文学運動』と題する。

（3）フェノロサの伝記については、山口静一『フェノロサ』上・下（三省堂、一九八二）を参照した。

（4）井上哲次郎「フェノロサ及びケーベル氏のことども」（『明治文化回顧録』大日本文明協会、一九二四）。

（5）高田早苗『半峰昔ばなし』（早稲田大学出版部、一九二七）。

（6）*A Special Exhibitions of Ancient Chinese Buddhist Paintings, Lent by the Temple Daitokuji, of Kioto, Japan : Catalogue* (Museum of fine Arts, Boston, 1894). 訳文は前掲『フェノロサ』下を参照した。

（7）"The Lessons of Japanese Art", bMS Am 1759. 2(87), The Houghton Library. 訳文は前掲『フェノロサ』下を参照。

（8）"Oriental Poetry in Relation to Art", bMS Am 1759. 2(71), The Houghton Library（村形明子編訳『フェノロサ資料3　文学論　ハーヴァード大学ホートンライブラリー蔵』第三巻、ミュージアム出版、一九八七）.

（9）"Introduction to *East and West*." 詩集『東と西』序文草稿（前掲『フェノロサ資料3』）。

（10）同右。

（11）"Modern Arts and Literature"（前掲『フェノロサ資料3』）.

あとがき

飛鳥井雅道さんが京都大学人文科学研究所で主宰していた共同研究班「文学から何が見えてくるか」に参加することになったのは、たしか文学研究科の修士課程在学中のころだった。新鮮で刺激的な研究班で、院生だから立場としてはオブザーバーに過ぎなかったけれども、自由な雰囲気の中で発言はもとより研究報告の機会も与えられ、専攻での勉強とはまた違った楽しさがあった。思いがけないことに、人文研で助手を公募することになったから受けてみないかと声をかけられたのは、博士課程一年のときであった。人文研の助手は、外国語試験と論文審査と面接、つまりほとんど大学院入試のようなやり方で採用を決める。日本部の助手の公募だったから、卒論や修論で書いたような六朝文学の論文を提出するというわけには行かない。たまたま研究班で明治の政治小説とその華訳のことについて自分なりの考えを報告したことがあって、それを論文にしたらどうか、ということであった。

あれこれ考えたはずだが、今ではよく憶えていない。とにかく論文を書き上げて提出したところ、さいわいにも助手に採用されることになった。それが本書第6章「小説の冒険」である。以後、一年間の北京大学留学を含めて六年間、京大人文研日本部の助手を勤めた。端なくも拡がってしまった研究領域の中であたふたしながらも、ここで多くの糧を得られたのは、研究に専念できる環境であったことと同時に、あるいはそれ以上に、所内のメンバーとしてさまざまなテーマの共同研究に参加する機会に恵まれたことが大きい。本書に収められた文章の三分の二、すなわち第1章から第7章および終章が、人文研の共同研究の報告もしくはその延長として書かれたものにもとづいている。

名古屋大学出版会の橘宗吾さんから初めて電話があったのは、助手を終えて奈良女子大学文学部に赴任して三年、すでに国文学研究資料館への転出が決まっていた頃だったと思う。お会いすると、「小説の冒険」に目を留めて下さっていて、このテーマの論文を集めて本にまとめるつもりはないか、とのお話だった。それから五年。六日のアヤメであるのはもとより、アヤメになっているかどうかさえ怪しいけれども、ようやくかたちにすることができた。各章の初出は次の通りである。

第1章　「〈文学史〉の近代――「和漢」から「東亜」へ」（古屋哲夫・山室信一編『近代日本における東アジア問題』吉川弘文館、二〇〇一）。

第2章　「「支那」再論」（衛藤瀋吉編『共生から敵対へ――第四回日中関係史国際シンポジウム論文集』東方書店、二〇〇〇）。

第3章　「文学観念形成期の梁啓超」（狭間直樹編『共同研究　梁啓超』みすず書房、一九九九）。

第4章　「近代文学への認識と実践――梁啓超とその周辺」（狭間直樹編『京都大学人文科学研究所70周年記念シンポジウム論集　西洋近代文明と中華世界』京都大学学術出版会、二〇〇一）。

第5章　"Liang Qichao's Consciousness of Languages", Joshua A. Fogel ed., *The Role of Japan in Liang Qichao's Introduction of Modern Western Civilization in China*, The Institute of East Asian Studies, University of California, Berkeley, 2004.（一九九八年にカリフォルニア大学サンタバーバラ校で行われたシンポジウム The Role of Japan in the Reception of Modern Western Civilization in China: The Case of Liang Qichao に於ける発表原稿にもとづく。）

第6章　「〈小説〉の冒険――政治小説とその華訳をめぐって」（『人文学報』第六十九号、一九九一）。

第7章　「『浮城物語』の近代」（『人文学報』第七十五号、一九九五）。
第8章　「明治の游記――漢文脈のありか」（『文学　増刊　明治文学の雅と俗』岩波書店、二〇〇一）。
第9章　書き下ろし。
第10章　「『記事論説文例』――明治初期銅版作文書の系譜」（国文学研究資料館編『明治の出版文化』臨川書店、二〇〇二）。
第11章　「作文する少年たち」（『日本近代文学』第七十集、二〇〇四）。
終　章　「象徴としての漢字――フェノロサと東洋」（宇佐美齊編『象徴主義の光と影』ミネルヴァ書房、一九九七）。

人文研に入ったのをきっかけに近代文学関係の論文を書き始めた頃、それまで稚拙ながらも進めてきた中国古典文学の研究とそれがどう関わるのか、問われることが多かった。うまく答えられた記憶はあまりないのだが、今の勤務先である東京大学比較文学比較文化研究室のウェブサイトでは、こんなふうに自己紹介している。

六朝詩文を研究の出発点としたのは、古典詩文という枠組みが生まれる場を見ようとしてであり、清末－明治期の文学に目が向くことになったのは、その枠組みが解けていく場を見ようとしてであった。さまざま読み書きするにつけても、常に、「ことば」たちの接触・混淆によって「ことば」が――そしてわれわれが――変容していく場に立ち会いたいと考えている。

これもあまりうまい答えではなさそうだ。ともかく、レールはあってないようなもの、これまでもそうであったし、これからもそうであろう。あいかわらず『文選』は読み続けているし、明治の文章を手放すこともないだろう。

多くの著者が言うように、この書物もまた、さまざまな方からいただいた力がなければ、このかたちにはならなかった。お礼を申し上げたい。とりわけ、京都大学人文科学研究所という場でお世話になった方々には、いちいちのお名前を挙げることはしないが、改めてお礼を申し上げたい。

そして、この書物を手にとっていただきたかった、いただくべきであったのに、すでに幽明相隔たってしまったお二人、飛鳥井雅道さんと中島みどりさんの名をとくにここに留めて感謝を捧げることを、許していただきたい。

二〇〇五年一月

齋藤希史

*本書は、日本学術振興会による平成十六年度科学研究費補助金（研究成果公開促進費）の交付を受けた。

索　引

・本文中で言及した人名・書名等を五十音順に挙げた。書名の角書は省略した。
・書名等は，その作者名等が立項されている場合には，当該項目の下位に掲げた。
・当該人物や作品をおもに論じている頁はイタリックで示した。

あ　行

か　行

さ　行

た　行

な　行

は　行

ま　行

や　行

ら・わ行

《著者略歴》

齋《さい》藤《とう》希《まれ》史《し》

1963年生
京都大学大学院文学研究科博士課程中退
京都大学人文科学研究所助手，奈良女子大学文学部助教授，
国文学研究資料館文献資料部助教授，東京大学大学院総合文化研究科教授等を経て
現　在　東京大学大学院人文社会系研究科教授
著　書　『漢文脈と近代日本』（NHKブックス，2007年／角川ソフィア文庫，2014年）
『漢文スタイル』（羽鳥書店，2010年）
『漢詩の扉』（角川選書，2013年）
『漢字世界の地平——私たちにとって文字とは何か』（新潮選書，2014年）
『詩のトポス——人と場所をむすぶ漢詩の力』（平凡社，2016年）他

漢文脈の近代

2005年2月28日　初版第1刷発行
2016年8月30日　初版第3刷発行

定価はカバーに
表示しています

著　者　齋　藤　希　史
発行者　金　山　弥　平

発行所　一般財団法人　名古屋大学出版会
〒464-0814　名古屋市千種区不老町1名古屋大学構内
電話(052)781-5027/FAX(052)781-0697

印刷・製本 ㈱クイックス　ISBN978-4-8158-0510-4
乱丁・落丁はお取替えいたします。

鈴木広光著
日本語活字印刷史
A5・356頁
本体5,800円

石川九楊著
日本書史
A4・632頁
本体15,000円

石川九楊著
近代書史
A4・776頁
本体18,000円

佐藤深雪著
綾足と秋成と
—十八世紀国学への批判—
四六・302頁
本体3,200円

眞壁　仁著
徳川後期の学問と政治
—昌平坂学問所儒者と幕末外交変容—
A5・664頁
本体6,600円

平川祐弘著
天ハ自ラ助クルモノヲ助ク
—中村正直と『西国立志編』—
四六・406頁
本体3,800円

藤井淑禎著
小説の考古学へ
—心理学・映画から見た小説技法史—
四六・292頁
本体3,200円

坪井秀人著
声の祝祭
—日本近代詩と戦争—
A5・432頁
本体7,600円

井上　進著
中国出版文化史
—書物世界と知の風景—
A5・398頁
本体4,800円

籠谷直人著
アジア国際通商秩序と近代日本
A5・520頁
本体6,500円